HEYNE BÜCHER

Von Eric Van Lustbader
sind als Heyne-Taschenbücher erschienen:

Der Ninja · Band 01/6381
Schwarzes Herz · Band 01/6527
Teuflischer Engel · Band 01/6825
Die Miko · Band 01/7615
Ronin · Band 01/7716
Dolman · Band 01/7819
Jian · Band 01/7891
Dai-San · Band 01/8005
Shan · Band 41/3
Zero · Band 41/12
French Kiss · Band 41/19

ERIC VAN LUSTBADER

MOICHI

Roman

Deutsche Erstausgabe

WILHELM HEYNE VERLAG
MÜNCHEN

HEYNE ALLGEMEINE REIHE
Nr. 01/8054

Titel der Originalausgabe
BENEATH AN OPAL MOON
Aus dem Amerikanischen übersetzt von Caspar Holz

Für Ralphine

Printed in Germany 1990
Umschlagzeichnung: Frank Frazetta/Luserke
Umschlaggestaltung: Atelier Ingrid Schütz, München
Gesamtherstellung: Elsnerdruck, Berlin

ISBN 3-453-04179-8

Inhalt

Inhalt

Und so laßt uns denn kämpfen,
damit die Geschichte unseres Lebens
zur Rettung unserer Kinder beiträgt.

Aus den Tafeln der Iskamen

Vorgeschichte

AUF DER STRASSE DER GRÜNEN DOLPHINE

Der Mann mit den Narben erreicht Sha'angh'sei bei Sonnenuntergang. Vor der hoch aufragenden zinnoberroten Böschung des Westtores verharrt er und dreht sich in seinem staubigen Sattel. Über ihm breiten Aasgeier ihre grotesk weiten Schwingen aus, stehen in der Luft und heben sich angsteinflößend vor dem feurigen Himmel ab. Wie Streitwagen aus rotglühendem Feuer verdecken hochaufgetürmte Wolken die aufgedunsene Sonnenscheibe, die sich träge auf die hochgelegenen Teile der Stadt senkt, die bereits in dem dichter werdenden Dunst verschwinden. Die Sonnenuntergänge in Sha'angh'sei sind ein einzigartiges Schauspiel: Zuerst wird die Stadt selbst und das gesamte umliegende Land in das reinste Zinnoberrot getaucht, dann geht alles mit dem Verschwinden der Sonne hinter den von Menschenhand geschaffenen Fassaden in ein amethystfarbenes Violett über, das die Nacht ankündigt.

Der Mann mit den Narben jedoch betrachtet mit seinen tiefliegenden, zusammengekniffenen Augen, stumpf wie trockenes Gestein, nur die vielbenutzte Straße, die sich hinter ihm windet, und das unaufhörliche Durcheinander des Verkehrs — Ochsenkarren, auf denen sich grober Reis türmt, Reiter, Soldaten und reisende Händler, Geschäftsleute, Bauern zu Fuß, die sich mit ihm auf die Stadt zubewegen; der Strom aus der Stadt dagegen scheint ihn nicht zu interessieren.

Sein Pferd schnaubt und schüttelt den Kopf. Sachte streicht der Mann mit den Narben ihm mit seiner roten Hand unter der kurzen Mähne über den Hals. Das Fell des Hengstes ist ohne Glanz, verfilzt vom Staub der Landstraße, dem getrockneten Schlamm der schmalen Nebenstraßen und dem Fett von so manch hastigem Mahl des Reiters.

Er zupft an seiner Kappe, einer ungestalten Pelzmütze, die sein langes, ausgemergeltes Gesicht umrahmt. Zufrieden dreht er sich schließlich um, gibt seinem Pferd die Sporen und reitet, zusammengesunken in seinem hohen staubigen Sattel, durch das Tor. Dabei hebt er die Augen und beobachtet voller Vergnügen, wie sich die Perspektive verändert, sieht sich die wechselnden Ansichten zahlloser in das zinnoberrote, düstere Westtor geschnitzter Reliefs an — beredte Zeugnisse des immer gleichen Widerspruchs: Triumph und Grausamkeit des Krieges.

Der Mann mit den Narben schaudert, obwohl ihm nicht kalt ist. Er glaubt nicht an Omen. Trotzdem findet er es interessant, daß er Sha'angh'sei durch das Westtor betritt, das man als deutliche Warnung vor den düstersten Seiten der menschlichen Natur errichtet hat. Aber würde es wirklich einen Unterschied machen, fragt er sich, käme er durch das grüne Südtor aus Onyx in die Stadt, das Osttor aus Alabaster, oder das Nordtor aus kunstvoll rot lackiertem Holz und schwarzem Eisen? Er wirft den Kopf mit einem kurzen, bitteren Lachen zurück. Nein, nein, bestimmt nicht. Denn zu dieser Stunde des Sonnenuntergangs taucht das schwindende Licht sowieso alles in Zinnober.

Der Mann mit den Narben bahnt sich einen Weg durch das geschäftige Treiben der großen Stadt. Sein Ritt wird durch die wimmelnde Menschenmenge gebremst, er reitet wie durch ein Feld mit schwankenden Mohnblumen und spürt, daß seine lange Einsamkeit zu Ende geht, eine scheinbar endlose Zeit, die er fern von menschlicher Gesellschaft verbracht hat, allein mit seinem Hengst und mit nur den Sternen und dem Mond als Familie. Als er jedoch durch das hektische Chaos der Stadt reitet, sein Pferd durch die Menge drängelnder Männer, Frauen und Kinder trabt, dicken und dünnen, kleinen und großen, jungen und alten, häßlichen und hübschen, als er an überquellenden Läden, Ställen und Ständen mit gestreiften Markisen vorbeikommt, den verwinkelten Häusern mit ihren nebeneinander schwingenden Reklametafeln, die für die Verlockungen im Innern werben, erkennt er, daß er sich noch nie so weit von der Wärme menschlicher Gesellschaft entfernt hat. Eine sonderbare Fremdheit durchflutet ihn völlig, so daß sein Körper zu beben beginnt, als wäre er schwer krank.

Er gräbt die Hacken seiner Stiefel in die Flanken des Pferdes und lockert die Zügel. Plötzlich hat er es eilig, an sein Ziel zu gelangen. Schwankend durchquert er unter metallischem Klirren und dem Knarren von Leder dieses brodelnde Meer. Der Schmutz der Reise lastet schwer auf ihm. Ein Strom verdreckter Kinder mit totengleich abgemagerten Körpern streift seine Beine. Dieser Strudel in der fauligen Brandung zwingt ihn, seine hohen Stiefel gegen die Flanken seines Hengstes zu pressen, damit sie ihn nicht unter Geheul aus dem Sattel reißen. Er nimmt eine Kupfermünze aus seiner weiten Schärpe und wirft sie hoch in die Luft. Die schrägen Lichtstrahlen spiegeln sich in ihr. Als sie in der wimmelnden Menge zu seiner Linken verschwindet, lassen die Kinder von ihm ab und rennen hinter der sirrenden Münze her. Auf Händen und Knien durchsuchen sie hartnäckig den Schlamm und Abfall der Straße.

Er reitet weiter und biegt an einer Ecke, der Straße folgend, scharf ab. Überall liegt der schwere Duft von Koriander und Limonen in der Luft, der beißende Geruch scharf gebratenen Fleisches und die etwas leichteren Gerüche von frischem Fisch und Gemüsen, die in heißem Sesamöl kurz gebraten werden. Als er an einer düsteren Seitengasse vorbeikommt, schlägt ihm der dicke, süßliche Geruch des Mohnharzes, für das Sha'angh'sei so berühmt ist, mit solcher Intensität entgegen, daß es ihm den Atem nimmt und ihm schwindelig wird.

Nach einer so langen Zeit alleine unterwegs überwältigt ihn der Lärm der Stadt; die beständigen rauhen Mißtöne aus Geheul, Kreischen, Schreien, Rufen und Gelächter, aus Flüstern und Gesang, das wunderbare Durcheinander menschlicher Stimmen, Zeugnis der Unbezähmbarkeit des Menschen, macht ihm angst.

Im tiefen Schatten seiner Pelzmütze sieht man seine eingefallenen Wangen. Seine lange, gebogene Nase und die aufgeworfenen, spröden Lippen lassen den Schluß zu, er hätte in seinen wilden, jungen Jahren in der Arena aus Hanfseilen mit den Fäusten gekämpft, wie es bei bestimmten Völkern der westlichen Ebenen des von Menschen bewohnten Kontinents üblich ist. Sein Haar glänzt seidig und silbern, es fließt lang über seinen Rücken. Ein schmales, geflochtenes Kupferband hält es von seiner hohen, zerfurchten Stirn zurück. Sein trotziges, glattrasiertes Gesicht weist ein Flechtwerk weiß leuchtender Narben auf, die Wange und Hals kräuseln wie Regen die Oberfläche eines Teiches. Sein langer Umhang hat vom Schmutz der Reise eine dunkle, unbestimmbare Farbe angenommen, darunter trägt er eine Bluse und Beinkleider in tiefstem Braun. Von seiner Hüfte hängt an einem schlichten, fleckigen Ledergürtel in einer Scheide ein gebogenes Schwert mit breiter, einschneidiger Klinge.

Neben einer Weinschenke auf der »Straße der drei Segnungen« hält er an, steigt ab und führt sein Pferd aus dem gewaltigen Gedränge der Hauptstraße. Als er in den Schatten der gemusterten Markise tritt, entdeckt er den mondgesichtigen, mandeläugigen Weinhändler, der sich mit zwei jungen Frauen über den Preis einer Lederflasche Weins streitet. Mit einem Blick aus seinen tiefliegenden Augen erfaßt der Mann mit den Narben die geschwungenen Körper der Frauen und ihre wutentbrannten Gesichter. Aber er ist ruhelos, und während er lauscht und ungeduldig wartet, schweift sein Blick nach rechts und links, erfaßt hier ein Gesicht, dort eine weiße Hand. Einen Augenblick lang beobachtet er einen Mann mit Augen wie Oliven und schwarzen Locken, die ihm bis über die Schultern fallen, bis ein anderer hinzukommt und die beiden gehen. Der Mann mit den Narben neigt den Kopf und lauscht dem dumpfen Poltern schneller Schritte; Rufe erschallen und werden leiser, als ein menschlicher Körper sich an ihm vorbeidrückt und sich einen Weg durch die Menge bahnt. Er wendet sich ab und bittet den Weinverkäufer, der inzwischen frei ist, um einen Becher gewürzten Weines. Er leert ihn in einem einzigen Schluck. Es ist nicht der Reiswein aus dieser Gegend, der für seinen Geschmack zu dünn ist, sondern der kräftige Burgunder aus den nördlicheren Gebieten. Er kauft eine ganze Flasche.

Die Sonne ist jetzt fast ganz verschwunden. Der Himmel über Sha'angh'sei färbt sich lila und violett, während von Osten die Nacht hereinbricht.

Der Mann mit den Narben führt seinen Hengst nach links in eine enge, verwinkelte Gasse voller Abfälle und Kot. Hier liegen sicher auch Knochen, möglicherweise versteckt unter den hohen, dunklen Haufen, die sich an den Mauern der Häuser auftürmen. Menschliche Knochen, von denen alles Fleisch, jedes Erkennbare gerissen wurde. Es stinkt entsetzlich, und er atmet nur flach, als wäre die Luft selbst giftig. Sein Pferd wiehert, und er tätschelt ihm beruhigend den Hals.

Die Gasse führt schließlich auf die ›Straße der grünen Dolphine‹ mit ihrem dichten Gewirr aus Läden und Wohnhäusern. Wieder füllt der disharmonische Singsang der Stadt die Luft. Gewürze überlagern die ekelhafteren Gerüche. Einen halben Kilometer weiter entdeckt der Mann mit den Narben die Zuflucht eines Stalles voller Stroh. Er führt sein Roß zu einem Verschlag, bindet seine Satteltaschen los und wirft sie sich über die linke Schulter. Dann drückt er dem schmierigen Wärter zwei Münzen in die schmutzige Hand und tritt wieder auf die ›Straße der grünen Dolphine‹ hinaus. Eine Weile schlendert er über den breiten Boulevard. Von Zeit zu Zeit bleibt er stehen, um einen Blick in Schaufenster zu werfen oder die Ware eines Straßenhändlers zu prüfen. Wenn er die Straßenseite wechselt, dreht er sich häufig um und wirft einen Blick hinter sich.

Endlich erreicht er ein schwankendes, hölzernes, wie das Gesicht eines Tieres geschnitztes Schild. *Der brüllende Affe,* eine düstere und verräucherte Taverne. Er tritt ein, geht um die voll besetzten Tische herum und spricht kurz mit dem Wirt. Vielleicht liegt es am Lärm hier, daß er seine Lippen ganz nah an das Ohr des anderen Mannes führen muß. Der Wirt nickt, Silbermünzen wechseln den Besitzer. Der Mann mit den Narben durchquert den Raum und erklimmt die schmale Holztreppe. Auf dem Absatz nach der Hälfte des Wegs läßt er seinen Blick über den verrauchten Raum schweifen, in dem es vor Lärm und Gedränge brodelt. Die Leute aus der Gegend von Sha'angh'sei interessieren ihn nicht, wohl aber die Ausländer. Er betrachtet jeden äußerst sorgfältig, dann setzt er seinen Aufstieg fort.

Leise geht er den düsteren Korridor entlang und zählt dabei genau die Zahl der geschlossenen Türen ab. Er will sehen, ob es einen Hinterausgang gibt. Dann öffnet er die letzte Tür zu seiner Linken.

Im Zimmer bleibt er lange völlig bewegungslos hinter der wieder verschlossenen Tür stehen und lauscht angestrengt dem geräuschvollen Treiben draußen. Er prägt es sich ein, damit er eine Veränderung sofort wahrnehmen kann, selbst wenn er beschäftigt ist.

Schließlich überquert er die schäbigen Holzbohlen, wirft seine Satteltaschen auf das hohe Daunenbett mit dem verblaßten grünen Bezug und tritt sofort ans Fenster, um die Vorhänge zuzuziehen. Als sie aufhören, sich zu bewegen, zieht er eine Seite vorsichtig mit einem Finger zurück und blickt hinaus auf die tief im Schatten liegende Gasse, die im rechten Winkel auf die ›Straße der grünen Dolphine‹ stößt. Er weiß, er befindet sich mitten im Herzen der Stadt, weit entfernt von den Kais des Sha'angh'sei Deltas. Wenn er sich anstrengt, kann er trotzdem die klagenden, einschläfernden Arbeitsgesänge der Kubaru aus dem Gebrodel heraushören. Seitlich ist ein schmaler Streifen der gegenüberliegenden Seite der ›Straße der grünen Dolphine‹ zu sehen. Ein Händler mit gewürztem Schweine- und Kalbfleisch schließt gerade seinen Laden, und in einem staubigen Teppichgeschäft gleich daneben erlischt das

Licht, als drei dickleibige Brüder, die sich bis hin zu ihren bestickten safrangelben Gewändern gleichen, die Fensterläden verriegeln. Sie sind reich, diese Teppichhändler, denkt der Mann mit den Narben, als er den Vorhang wieder zurückfallen läßt. Mit zunehmendem Reichtum scheinen sie immer schwerer zu werden, so als würden sie auf magische Weise zu lebenden Verkörperungen der Silbertaels, die sie horten.

Der Mann mit den Narben verläßt die Fensterseite des Zimmers. Zufrieden, daß die Vorhänge kein Licht durchlassen, entzündet er eine Öllampe auf dem zerkratzten Nachttisch. Eine Ecke ist verkohlt, als hätte ein früherer ungeschickter Bewohner die Lampe umgestoßen. Er greift tief in seine Satteltasche, zieht die gerade gekaufte Weinflasche hervor und nimmt einen langen Zug.

Er wäscht sich in der Schüssel, bis das Wasser schwarz vom Schmutz ist, dann hört er plötzlich leise Schritte auf der Treppe. Er hebt den Kopf und umfaßt mit seiner Rechten das Heft seines geschwungenen Säbels. Geräuschlos schleicht er an die Wand gleich neben der Tür und wartet fast ohne zu atmen.

Jemand klopft, und er zieht den Riegel zurück.

Ein großer dunkelhaariger Junge tritt mit einem Tablett voll dampfenden Essens ein. Als er sieht, daß das Zimmer leer ist, hält er inne. Der Mann mit den Narben räuspert sich tief in der Kehle, und der Junge dreht sich um. Er versucht, den Mann mit den Narben nicht anzustarren, aber es gelingt ihm nicht.

»Gut, stell es dorthin.«

Der Junge schluckt und nickt. Und starrt weiter.

Der Mann mit den Narben achtet nicht darauf. »Dein Vater erzählt, du seist zuverlässig. Stimmt das?« Seine Stimme klingt belegt und rauh, als stecke ihm etwas in der Kehle.

Angst und Faszination liegen oft dicht beieinander. Der Mann mit den Narben sieht, wie ein Gemisch dieser beiden Gefühle über das Gesicht des Jungen huscht.

»Nun, hast du keine Stimme?«

»Doch«, stammelt der Junge. »Hab ich, Sir.«

»Schließ die Tür.«

Der Junge gehorcht.

»Hast du einen Namen?« Der Mann mit den Narben ist zum Nachttisch gegangen. Mit den langen Nägeln von Mittelfinger und Daumen greift er ein Stück Geflügel. Der Zeigefinger dazwischen steht merkwürdig vor. Er wälzt das Fleisch in der fetten braunen Soße, ohne die langen Eßstäbchen aus Holz zu beachten, die neben dem Teller liegen, und steckt es in den Mund.

»Ausgezeichnet«, sagt er zu niemandem Bestimmten und leckt sich die Finger. »Der schwarze Pfeffer ist genau richtig.« Er dreht sich um. »Und jetzt ...«

»Kuo.« Die Stimme klingt leise.

»Aha.« Der Mann mit den Narben mustert ihn mit furchterregend durchdringendem Blick, aber Kuo weiß, daß er keine Furcht zeigen darf. Er bleibt stocksteif stehen und konzentriert sich nur auf seinen Atem. Er versucht, nicht auf sein Herzklopfen zu achten, das ihm bis in die Kehle schlägt.

»Das ist für dich, Kuo. Wenn du tust, was ich verlange.« Wie durch Zauberei erscheint in den Fingern des Mannes mit den Narben eine Silbermünze.

Der Junge nickt wie hypnotisiert von der glänzenden Münze. Das ist mehr Reichtum, als er sein ganzes Leben besessen hat.

»Jetzt hör mir gut zu, Kuo. Mein Pferd steht unten im Stall auf der ›Straße der grünen Dolphine‹. Beim ersten Schlag zur Stunde des Ebers bringst du es mir zu der Gasse neben dieser Taverne. Dorthin.« Er zeigt mit seinem langen Finger auf den Vorhang. »Niemand darf dich dabei sehen, Kuo. Sobald du dort bist, halte dich im Dunkeln. Warte auf mich. Wenn ich komme, habe ich eine weitere Silbermünze für dich. Ist das klar?«

Kuo nickt. »Ja, Sir, völlig klar.« Der geheime Auftrag hat ihn aufgeregt. Wie werden seine Freunde ihn beneiden.

»Niemand darf davon erfahren, Kuo.« Der Mann mit den

Narben tritt mit einem schnellen Schritt auf ihn zu. »Weder deine Freunde, noch deine Geschwister, nicht einmal dein Vater. Niemand.«

»Ich erzähle niemand etwas«, sagt Kuo, von sich selbst begeistert. »Wer interessiert sich schon dafür, ob ich noch ein Essen nach oben trage.«

»Laß dich nicht bestechen!« Der Donner der vier knappen Worte läßt den Jungen auffahren, dann nickt er. »Nein, Sir.«

Der Mann mit den Narben schnippt die blinkende Münze mit seinem Daumen wie mit einer Schleuder in hohem Bogen in die Luft. Kuo schnappt sie sich und verschwindet schnell und ohne ein Wort.

Der Mann mit den Narben lauscht an der Tür. Als die Geräusche von Kuo auf der Treppe nicht mehr zu hören sind, wendet er sich dem Essen zu und ist eine Weile mit nichts anderem beschäftigt.

Geräusche dringen zu ihm herauf, unheimlich verzerrt durch die geschlossenen Vorhänge. Die Rufe der nächtlichen Händler, betrunkenes Gelächter, das schwere Knarren der Holzräder von Karren, beladen mit Lebensmitteln und getrockneten Früchten für den nächsten Tag, das Schnauben der Pferde, das Geklapper der Hufe auf dem Pflaster. Ein sanfter Wind rauscht durch die Blätter der Platanen, die die nahe ›Gelbzahnstraße‹ säumen. Nacht.

Leise Schritte auf der Treppe. Der Mann mit den Narben springt auf und wischt sich die fettigen Hände ab. Er beugt sich vor und löscht die Öllampe. Leise geht er um das Bett herum und öffnet die Vorhänge. Wie Blut aus einer Leiche sickert von der Straße trübes, unregelmäßiges Licht ins Zimmer.

Die Schritte hören auf.

Der Mann mit den Narben hat tief im dunkelsten Schatten des Zimmers Stellung bezogen, von wo er die Tür gut übersehen kann. Reglos steht er da, mit einer Hand hält er das Heft seines Säbels umfaßt, als sich die Tür nach innen öffnet und eine schwarze Silhouette sichtbar wird.

»Mistral«, flüstert eine Stimme.

»Wer bringt diese Nachricht?« fragt er.

»Der Wind.«

»Tritt ein, Omojiru«, sagt der Mann mit den Narben, und die Silhouette verschwindet, als die Tür geschlossen wird. Dann das Geräusch eines Riegels, der vorgeschoben wird.

»Cascaras«, fragt Omojiru, »hast du es gefunden?«

Der Mann mit den Narben spürt das kaum beherrschte Zittern in der Stimme, während er den anderen in dem flackernden Licht beobachtet. Ihm fällt die hohe Stirn auf, die flachen Wangenknochen, der schmale, dünnlippige Mund und die intelligenten Mandelaugen. Er denkt, es waren diese Augen, auf die ich hereingefallen bin. Aber jetzt weiß ich, daß er ohne den Einfluß seines Vaters ein Nichts ist. Es tut mir leid, daß man ihn in die Geschichte verwikkelt hat. Nicht daß er skrupellos und ohne Prinzipien wäre, ihm fehlt nur die Verschlagenheit, die er zu besitzen glaubt. Das kann gefährlich werden. Er sieht, wie Omojirus Lippen sich zu jener Unnachgiebigkeit zusammenpressen, die jeder Gewalttätigkeit vorausgeht, und er erinnert sich, wie unberechenbar dieser Mann sein konnte. Wie sehr bist du aus der Art geschlagen, Omojiru, dachte er. Wenn dein Vater wüßte, was du mit mir vorhast ...

»Sag es mir!« faucht Omojiru. Er preßt die Worte hervor, als stünden sie unter Druck. Der Mann mit den Narben sieht einen Augenblick lang weg, er schämt sich für den anderen.

»Ich habe es gefunden.«

»Endlich!« Omojiru kommt näher, ohne es zu wollen. Jetzt ist das Beben in seiner Stimme nicht mehr zu unterdrücken.

Gier, denkt Cascaras. Und Macht. Wen würde er nicht alles töten, um sie zu erlangen? »Aber ich habe es noch nicht.«

»Was?« Die übermächtige Enttäuschung steht dem jungen Mann selbst in der Dunkelheit unverkennbar ins Gesicht geschrieben.

»Doch ich weiß, wo es ist.«

»Ah, dann werden wir gehen und es holen.«

»Ja«, sagt der Mann mit den Narben. »So war es abgemacht.« Und er fragt sich, wann Omojiru versuchen wird, ihn zu töten.

»Wo ist es?« flüstert Omojiru mit heiserer Stimme.

Der Mann mit den Narben lacht in sich hinein. Wie durchschaubar er ist. Er möchte nichts riskieren und es sofort versuchen. »Wir werden zusammen dorthin gehen, Omojiru«, sagt er voller Geduld, als erklärte er einem Kind eine schwierige und komplizierte Sache.

»Ja, ja, natürlich, so werden wir es machen. Ich, oh, ich möchte nur wissen, was ich auf die Reise mitnehmen muß, und das — das hängt davon ab, wohin sie führt.«

Jetzt lacht der Mann mit den Narben lauthals. »Ich werde dir sagen, was du mitnehmen mußt, Omojiru.«

Die Tür fliegt auf, Schloß und Angeln zersplittern. In diesem kurzen Augenblick des Schocks, als er den Kopf in die Richtung des gewaltigen Lärms und Durcheinanders dreht, fragt sich der Mann mit den Narben, warum er nichts gehört hat. Nicht das Geringste.

Auf dem Gang sind die Lichter erloschen. Es ist, als blikke er in eine sternenlose Nacht voll dichten, alles umhüllenden Nebels. Er zieht die Klinge, aber schon dringt beängstigendes Kampfgetöse an sein Ohr und ein erstickter Schrei von den Lippen Omojirus, der gleichermaßen Entsetzen und Schmerz verrät. Ein Wirbelwind fegt durch das Zimmer, und jetzt hört er ein lautes, dickflüssiges Blubbern, ein abscheuliches Gegrunze wie von einem Tier, das stirbt oder bei der Begattung ist. Mit einem Schaudern erkennt er, daß es von Omojiru kommt. Irgend etwas hält ihn gepackt und tötet ihn.

Die gewaltige breite Klinge des Mannes mit den Narben schwingt blank durch die Nacht. Er hat sie hoch über seinen Kopf erhoben, doch irgend etwas fällt ihn aus der Finsternis heraus an. Es ist, als wäre die Nacht selbst zum Leben erwacht, voll von kaltem, unerbittlichem Haß.

Sirrend zerschneidet sein Säbel die Luft, trifft aber nichts. Finger wie aus Stahl packen sein Handgelenk und verdrehen es. Er zieht sein Knie zum Stoß hoch, und irgend etwas Schweres trifft krachend darauf und zersplittert die Kniescheibe. Keuchend entweicht ihm der Atem. Schmerz flammt auf. Sein linkes Handgelenk bricht, und er brüllt laut. Seine Klinge fällt scheppernd zu Boden.

Er wird zum Bett getragen, als wiege er nichts. Ein Druck auf seiner Brust, und wieder durchbohren ihn Schmerzen, die seine Lebenskraft zerfetzen. Haut und Fleisch reißen, sein Puls brandet gegen sein inneres Ohr, die Geräusche werden undeutlich. Sein Herz fühlt sich an, als würde es in einem Schraubstock zerquetscht, der Druck in seinem Kopf steigt. Er bekommt keine Luft. Und kurz vor der Bewußtlosigkeit fangen die Fragen an und wiederholen sich unaufhörlich, bis er sie beantworten muß, obwohl sie längst jede Bedeutung für ihn verloren haben. Dunkles Blut strömt aus seinem schlaffen Mund, sein Herz wird über jedes Maß zusammengeschnürt, sein Verstand schreit nach Erlösung und hat nur noch eines im Sinn — die Qual zu beenden. »Ja«, zischt eine Stimme ganz dicht über ihm. »Ja, ja, ja.« Für ihn kommt sie vom anderen Ende der Welt. Ein Ballon zerplatzt vor seinen geschlossenen Lidern. Etwas in ihm brüllt auf und füllt das gesamte Universum. Dann beginnt sein Blut zu fließen wie Wasser nach einem Dammbruch. Es durchtränkt das Bett, überflutet den Boden, rinnt quer durch das Zimmer bis hinaus auf den schwarzen Gang.

Erster Teil

Stadt der Wunder

BEINE AUS RUBIN

Moichi Annai-Nin wachte auf und hörte das Meer.

Eine ganze Weile, wie es schien, blieb er mit offenen Augen liegen und lauschte mit all seinen Sinnen dem trägen Donnern der Brandung gegen das uralte Holz. Er hörte die klaren, schrillen Schreie der hungrigen Möwen und glaubte einen Augenblick lang, er befände sich an Bord eines Schiffes. Dann vernahm er die rauhen Rufe der Schauerleute und den Singsang der Kubaru und wußte, daß er sich im Hafen von Sha'angh'sei befand. Er liebte diese Stadt, vielleicht mehr als irgendeine andere. Seltsam und machtvoll fühlte er sich zu ihr hingezogen, obwohl sie weit von seinem Zuhause entfernt lag. Dennoch sehnte er sich nach einem Schiff.

Mit einer einzigen geschmeidigen Bewegung war er auf den Beinen, überquerte die Dielen des großen Zimmers und stieß die Faltjalousien vor den Glastüren auf, die die ganze Wand zum Meer hin einnahmen. Die tief über dem Horizont stehende Sonne verwandelte das Wasser in flirrendes Gold.

Mit seiner riesigen Hand stützte er sich am Türbalken ab. Die ausgedehnte Veranda lief hier über die gesamte Front des Gebäudes. Tief atmete er die salzige, feuchte Brise ein, seine Nase weitete sich in dieser würzigen Luft, dabei rieb er sich gedankenverloren die muskelbepackte Brust. Ewigkeit, dachte er, die ewige See.

Das schräg über dem Horizont einfallende Morgenlicht überflutete seinen gewaltigen Körper. Seine Haut hatte die Farbe dunklen Zimtes, und wenn sich sein weiter Mund mit den wulstigen Lippen zu einem Grinsen verzog, was oft geschah, blitzten seine weißen Zähne auf. Seine großen, weit auseinanderstehenden Augen hatten die Farbe von rauchgrauem Topas. Oft flüsterte man sich allerdings zu — als verriete man damit die dunkelsten Geheimnisse —, bei bestimmtem, undeutlichem Licht flackere tief in ihnen ein seltsam roter Funke auf, wie von einer züngelnden Flamme. Ein winziger, perfekt geschliffener Diamant in der dunklen Haut seines rechten Nasenflügels betonte seine lange, gebogene Nase. Sein dichtes Haar und sein voller Bart waren schimmernd schwarz gelockt. Widerstrebende Einflüsse prägten sein Gesicht. Die Mischung war bestechend und sicher aus der ständigen Konfrontation mit der Gefahr entstanden, natürlichen oder von Menschen ausgehenden Gefahren. Für die Leute in Sha'angh'sei, die es wissen mußten, war es ein fremdes Gesicht. Denn es strahlte eine fesselnde Kraft aus, die den Leuten in dieser Region unbekannt war.

Moichi Annai-Nin streckte sich, seufzte tief und spürte den unerbittlichen Sog des Meeres, der ihn wie einen Kompaß unweigerlich nach Norden zog. Er war der geschickteste Navigator der bekannten Welt; schon deswegen hatte seine gegenwärtige mißliche Lage etwas Ironisches. Er selbst fand sie allerdings nicht im geringsten komisch.

Mit langen, geschmeidigen Schritten ging er zurück ins Zimmer und trat an einen beschnitzten Holztisch, auf dem ein riesiger Krug und eine Schüssel aus meeresgrünem Stein standen. Es war die Stunde des Kormorans. Auf See wäre er jetzt auf das hohe Achterdeck getreten und hätte das ganze Meer vor sich gehabt. Er hätte die Gezeiten, die Strömungen und Winde gespürt und sich den ersten Überblick für den Tag verschafft. Langsam beugte er sich vor und goß sich kaltes Wasser über den Kopf und in die Schüssel. Dann schöpfte er es mit beiden Händen und klatschte es sich ins Gesicht und auf die Schultern.

Er trocknete sich gerade mit einem dicken braunen Handtuch ab, als er die Bewegung hinter seinem Rücken hörte. Er wirbelte herum. Llowan war die Treppe aus dem riesigen Arbeitsbereich der Lagerhalle unten heraufgekommen. Dieser große hagere Mann mit der Silbermähne einer großen Katze war Hafenmeister in Sha'angh'sei. Ihm unterstand das Be- und Entladen aller über See transportierten Güter, er war Aufseher der unzähligen Harttins, der Lagerhäuser der Stadt.

Llowan lächelte. »Hola, Moichi.« Er benutzte absichtlich den traditionellen Seemannsgruß. »Ich bin froh, daß du wach bist. Unten wartet ein Bote auf dich. Er kommt von Regent Aerent.«

Moichi faltete das Handtuch und zog sich an. »Hast du etwas von einem Schiff gehört, Llowan?«

»Interessiert dich überhaupt nicht, warum dein Freund dich zu so früher Stunde sprechen will?«

Moichi wartete, dann sagte er: »Hör zu, Llowan. Ich bin Navigator. Ich liebe eure Stadt, aber ich habe schon zu lange festen Boden unter den Füßen. Sogar in Sha'angh'sei sehne ich mich nach Schiffsplanken.« Er zog seine kupferfarbenen Beinkleider an, darüber zurrte er die Lederschürzen fest, die nur die Außenseite seiner Beine schützten. Dann schlüpfte er in ein strahlend weißes Seidenhemd mit weiten Ärmeln und ohne Kragen. Um die Hüfte band er sich eine waldgrüne Baumwollschärpe, in die er die Zwillingsdolche mit den Kupfergriffen steckte, sein Markenzeichen. Zuletzt zurrte er einen dünnen Lederriemen um seine Hüfte, von dem in einer abgewetzten, tätowierten Lederscheide ein Säbel mit Silbergriff hing. Der Diamant in seiner Nase funkelte im heller werdenden Tageslicht.

»Geduld, mein Freund«, sagte Llowan. »Seit der Vernichtung der dunklen Mächte des Dolman im Kai-feng vor mehr als sechs Jahren sind die Seewege nach Sha'angh'sei von Handelsschiffen verstopft.« Er hob die Schultern und fuhr sich mit der Hand durch sein langes Har. »Eine der unglücklichen Begleiterscheinungen des Friedens ist ein Übermaß an Menschen. Alle Navigatoren, die man zur letzten Schlacht einberufen hat, sind wieder zu Hause. Es ist nur gerecht, daß man ihnen auf den einheimischen Schiffen den Vorzug gibt. Das verstehst du doch.« Er drehte sich seitwärts in das schräg einfallende Licht, und Moichi sah die sich mit brutaler Deutlichkeit abzeichnende Narbe. Sie zog sich vom linken Mundwinkel des Hafenmeisters bis hoch zum Nasenrücken. Auf dieser Seite fehlte der Nasenflügel. »Warum bist du nicht mit der Arbeit zufrieden, die ich dir hier verschaffe, mein Freund? Was ist dort draußen nur so verlockend?« Mit ausholender Geste wies er über die breite Veranda des Lagerhauses auf die Wellen des gelben Meeres. »Hier hast du all das Silber, all die Frauen und Freunde, die du dir nur wünschen kannst.«

Moichi kehrte der tiefen Stimme den Rücken zu. Er stand im Durchgang zur Veranda und starrte auf den dichten Wald aus schwarzen Masten, das Gewirr der Quersalings, auf das feine Netzwerk der Takelage dieser Armada von Schiffen, die vorübergehend im Hafen vor Anker lagen oder ballenweise Frachtgut von exotischen, fernen Gestaden löschten. Schon bald würden sie wieder die Segel setzen und das Getümmel Sha'angh'seis hinter sich lassen. Er hörte kaum, wie Llowan sagte: »Ich werde den Tee heraufschicken. Komm nach unten, wenn du fertig bist. Der Bote kann ruhig noch warten.«

Als Moichi wieder alleine war, schweifte sein Blick weit nach draußen, über das Getümmel des Uferstreifens hinweg; er glitt über die weiße Gischt der rollenden Dünung wie eine sturmgebeutelte Möwe. Moichi erinnerte sich an die langen Tage und Nächte an Bord der *Kioku.* Sie waren mit ihrem Kapitän Ronin, der als Krieger des Sonnenuntergangs aus Ama-no-mori zurückgekehrt war, immer weiter nach Süden gesegelt. Die Erinnerung an eine üppige, namenlose Jadeinsel trübte seinen Blick. Jetzt war sie unter den unablässig nagenden Wellen verschwunden, genauso wie ihre verzauberte Stadt aus Steinpyramiden und die Götter mit den Herzen kalt wie Eis. Er dachte an einen traumhaften Ritt auf einer mächtigen gefiederten Schlange hoch am Himmel, durch ein Land voller Sonne, bis hin auf ein Schiff, das nach Iskael, seiner Heimat, segelte. Von dort kehrte er mit seinem Volk auf den Kontinent der Menschen zurück, um in den Kai-feng-Krieg einzugreifen. Er dachte an das Gewitter am letzten Tag der Schlacht, als er durch einen Sumpf aus blutenden Toten und sterbenden Kriegern stolperte, hinweg über Berge von Leichen und Verwundeten, Freund und Feind. Seine Kleider waren so schwer von Blut, daß er sich kaum rühren konnte, um den siegreichen Dai-San zu begrüßen.

Und was füllt jetzt meine Tage und Nächte? grübelte Moichi. Wo ist mein Freund? Wir schulden uns gegenseitig ein Leben. Mehr, als auch nur einer von uns je zurückzahlen kann.

Jetzt lebt er im sagenhaften Ama-no-mori unter den Bujun, seinen Verwandten, der Welt berühmtesten Krieger. Trotz der Trennung stehen wir uns näher als Brüder, die von Geburt an durch Blut vereint sind. Denn wir sind auf demselben Amboß geschmiedet. Uns verbindet das Entsetzen des drohenden Todes. Aber wir haben überlebt. Überlebt!

Moichi trat hinaus in die Sonne.

Im Süden des entfernten Ama-no-mori lag Iskael. Es war lange her, daß er durch die glühenden Wüsten gewandert war, durch die Obstgärten, die voller köstlicher Früchte hingen, vorbei an den langen Reihen stattlicher Apfelbäume, die im Frühjahr weiß blühten, als hätten sich himmlische Wolken auf die Erde gesenkt. Dort hatte er in der glühenden Sommerhitze in ihrem Schatten gestanden. Die Sonne glich einer weißglühenden Scheibe aus geschmiedetem Messing, und er hatte die reifen, goldenen Früchte gepflückt. Seine plötzliche Ankunft und sein noch hastigerer Aufbruch während des Kai-feng zählten nicht. Er hatte die ganze Zeit an Bord verbracht und die Kriegsvorbereitungen überwacht; er hatte den Kurs nach Norden zum Kontinent der Menschen abgesteckt. Die ganze Zeit über hatten ihn die dunklen, welligen Hügel Iskaels gelockt, wo sich hinter der Küstenlinie in hektischer Hast waffenstarrende Männer von ihren Familien verabschiedeten; dieselben Hügel, die Moichi und sein Volk in jahrhundertelangem Kampf von Ödland in ein Land des Überflusses verwandelt hatten. Ja, diese Rückkehr damals zählte für ihn nicht, war doch das Land für ihn unerreichbar gewesen.

Er drehte sich um und sah Yus Kopf am obersten Treppenabsatz auftauchen. Sie trug ein graugrünes Tablett, auf dem eine flache Tonschale und eine ebensolche Tasse standen. Damit kniete sie sich vor einen niedrigen Lacktisch gegenüber dem massiven Schreibtisch. Er stand in einer Ecke des Raums, das Moichi trotz dessen Protest als Llowans Zimmer ansah. Die enorme Größe des Möbelstücks beunruhigte ihn; er war natürlich die viel kompakteren und praktischeren Schreibtische in den Schiffskabinen gewöhnt. Aber darüber hinaus erinnerte er ihn an den Schreibtisch seines Vaters im riesigen Schlafzimmer des Hauses seiner Familie in Iskael.

Er ging ins Zimmer und betrachtete Yu in ihrem cremefarbenen Seidengewand. Sie war groß und schlank. Ihr zartes, blasses Gesicht wurde von den dunklen, ausdrucksvollen Augen beherrscht. Geräuschlos hatte sie das Tablett auf den Tisch geschoben und saß jetzt reglos mit gebeugtem Kopf da. Mit im Schoß gefalteten Händen wartete sie.

Moichi konnte kaum sagen, ob sie atmete, als er sich ihr gegenüber an den niedrigen Tisch kniete. Yus Hand öffnete sich wie eine Blume, die sich der warmen Sonne zuwendet. Langsam und präzise führte sie die Teezeremonie durch.

Er ließ sich nieder. Das leise Plätschern des Meeres, die Schreie der Kormorane und Möwen, die Rufe eines Händlers ganz in der Nähe, die Sonne, die das salzige Holz und den muschelübersäten Teer aufheizte, die bleichen, geschickten Hände, die mit feinen Kreisbewegungen alles magisch miteinander verbanden. Eine Welle des Friedens durchwogte Moichi.

Yu reichte ihm die Tasse. Er sog den würzigen Duft des heißen Tees ein. Langsam setzte er sie an seine Lippen und genoß die Vorfreude, bevor er den ersten Schluck nahm. Die Wärme durchströmte seine Kehle und füllte seine Brust. Kraft fuhr ihm kribbelnd in die Glieder.

Nach einer Weile hatte er ausgetrunken. Er setzte die

Tasse ab, streckte seine Hand aus und hob Yus Kinn mit zwei Fingerspitzen an. Es war ein Gesicht der weiten Ebenen und sanft geschwungenen Wiesen, aus dem sich die kleinen Hügel aus Fleisch erhoben. Welche Fertigkeiten mochte dieser Körper noch bereithalten? fragte er sich. War das überhaupt wichtig? War die wundervolle Teezeremonie nicht mehr als genug?

Yu lächelte ihn an. Mit zarten Fingern verschloß sie ihr Seidengewand. Moichi legte seine groben Hände auf ihre und hielt sie fest.

Sie nahm seine Hand, küßte seine Fingerspitzen und legte sie auf ihre Hand. Dann stand er auf und verbeugte sich förmlich vor ihr. Sie erwiderte die Verbeugung. Stille senkte sich auf den langen Raum. Als er ging, blieb sie stehen, unbeweglich wie das Licht der Sonne.

Unten erwartete ihn eine völlig andere Welt. Schwitzende Kubaru mit nacktem Oberkörper gingen durch die breiten Holztüren ein und aus, die auf die ausgedehnte Uferstraße führten. Gleich dahinter lagen endlose Kais, an denen unzählige Schiffe ungeduldig warteten. Weizenstaub hing in der Luft und färbte die schrägen Sonnenstrahlen silbern, die durch die Tür und die vielen Fenster in der Seefront des Lagerhauses hereinfielen.

Llowan sprach mit einigen Schauerleuten, vermutlich über die Bezahlung einer gerade ausgeladenen Lieferung. Stapel von braunen Jutesäcken und breiten Holzfässern füllten das Lagerhaus, getrennt nur durch einen Irrgarten aus schmalen Korridoren, der sich wie ein Muster über das gesamte Areal legte.

Moichi entdeckte Regents Boten sofort. Er stand neben einem der schmalen hinteren Ausgänge, die auf die Straßen des Hafenviertels hinausführten. Er war muskulös, aber immer noch jugendlich schlank. Ein leuchtend blauer Fleck an einer Seite seines Gesichts ging an den Rändern bereits in ein blasses Gelb über. Das Fleisch war immer noch aufgedunsen.

Auch der Bote erkannte den Navigator, als er aus dem hektischen Treiben im Lagerhaus heraustrat. Er verschwendete keine Zeit für unnötige Formalitäten, sondern überreichte Moichi nur einen Umschlag aus Reispapier. Moichi erbrach das blaugrüne Wachssiegel des Regenten und las den Brief. Dort stand:

»Moichi — entschuldige die frühe Stunde dieser Vorladung, aber ich muß dich sofort hier im Seifu-ke sprechen. Aerent.«

Typisch, dachte Moichi. Er hat seinen neuen Titel weggelassen. Alte Gewohnheiten sind zäh. Moichi mußte lachen. Aerent wird immer ein Rikkagin bleiben, ganz gleich, welchen Job er übernimmt. Seine Ausbildung läßt sich nicht verleugnen. Und vermutlich ist das gut so. Mit ihm als Regenten hat Sha'angh'sei eine gute Wahl getroffen, ganz gleich, ob er selbst sich dessen bewußt ist.

»Gut«, sagte Moichi und sah hoch. »Geh voran.«

Er winkte Llowan zum Abschied zu und folgte dem Boten nach draußen.

Draußen im Innerbezirk von Sha'angh'sei war es trotz der frühen Stunde bereits drückend heiß. Seewasser und Fischblut rann durch das dichte Gewirr aus verwinkelten Gassen, die zu den ältesten der Stadt gehörten. Zum schwarzen Gebrumm fetter Fliegen scharrten dürre, nervöse Hunde in der Hoffnung auf frische Fischabfälle in den Müllbergen vor den Häuserwänden. Paarweise trabten Kubaru vorbei. Zwischen ihnen hingen Lasten an Bambusstangen, die sich unter dem Gewicht bogen.

Sie saßen in einer Riksha, einem zweirädrigen Karren, der von einem Kubaruläufer gezogen wurde. Trotz der holprigen Straße und vieler Stops kamen sie schnell voran, denn der Kubaru machte seine Sache ausgezeichnet. Er zog sie rasch aus dem hinderlichen Gedränge und durch enge, finstere Durchgänge und krumme Gassen.

Moichi ließ Sha'angh'seis Pracht an sich vorüberziehen. Das Ewige dieser Stadt faszinierte und erschreckte ihn.

Trotz oder gerade wegen all dieser Veränderungen blieb die Metropole im Grunde immer gleich. Auch wenn es jetzt keine Herrscherin mehr gab, sondern nur noch das rosaweiße Quarzdenkmal ihr zu Ehren auf dem Jihi-Platz, wo das Gewirr der Stadt und der größte Fluß der Gegend, der Ki-iro aufeinandertrafen. Obwohl die Grünen und die Roten, oder, wie sie auch genannt wurden, die Ching Pang und die Hung Pang, zur Zeit einen Waffenstillstand hielten: sie waren von altersher verfeindete Einwohner Sha'angh'seis, die unter der mittlerweile verstorbenen Herrscherin und ihrem Taipan während des Kai-feng vereint worden waren — dieses Krieges, der länger gedauert hatte als irgendein Lebender zurückdenken konnte und der, wie einige behaupteten, erst zur Gründung Sha'angh'seis geführt hatte. Jetzt war er endlich und für immer vorbei. Sha'angh'sei geht nicht unter, dachte Moichi, es blüht und gedeiht mysteriös und todbringend, es ist ein eigenes lebendes Gebilde, das mehr Freude und Schmerz verbreitet als irgendein Mensch sich vorstellen kann. Für ihn war es trotzdem nicht genug.

»Wo hast du das her?« fragte er und zeigte auf den großen Bluterguß im Gesicht des Boten.

Unwillkürlich berührte der junge Mann die empfindliche Stelle mit den Fingerspitzen. »Oh, von Kampfübungen mit dem Regenten. Er läßt keinen Tag aus, er ist ein herausragender Krieger, selbst — selbst jetzt noch.« Er sah weg und schämte sich wegen seines Patzers.

In diesem Augenblick merkte Moichi, wie der Kubaru langsamer wurde und beugte sich aus der Riksha. Auf der Straße vor ihnen gab es einen Menschenauflauf. Sie hatten das Hafenviertel jetzt hinter sich und waren in einem Viertel voller Geschäfte von verwirrender Vielfalt — einer Art ständigen Bazars.

Moichi sah, daß eine Gruppe von Leuten die Straße blokkierte. Der Kubaru drehte den Kopf und suchte nach einem anderen Weg zum Seifu-ke. Aber bevor er wenden konnte, lösten sich drei Grüne aus dem Pulk und kamen wiegenden

Schritts auf die Riksha zu, alles untersetzte Männer mit fettigen schwarzen, zu einem Zopf nach hinten gebundenen Haaren. Sie trugen schwarze Baumwollhemden und weite Hosen. An ihrer Seite hingen kurzgriffige Äxte.

Moichi wollte sie gerade bitten, den Weg freizumachen, als er sah, wie der Blick des einen Grünen sich verfinsterte, wie er seine Axt packte und sie sirrend in die Riksha schleuderte. Sie krachte mit solcher Wucht in die Brust des Boten, daß er mit zerschmettertem Brustbein durch die geflochtene Rückwand der Riksha geschleudert wurde. Der junge Mann hatte nicht einmal begriffen, wie es zu diesem plötzlichen Angriff gekommen war.

Moichi sprang aus der Riksha, als das Blut aufspritzte, und brachte damit das zierlich geflochtene Gefährt zwischen sich und die losstürmenden Grünen.

Die Zeit schien stillzustehen, bis der erste Schock vorüber war und überall der Tumult losbrach. Leute stoben schreiend in alle Richtungen auseinander, dann sprang der Mann, der die Axt geschleudert hatte, auf die Riksha und riß seine Waffe aus der Brust des toten Boten.

Moichi hatte einen Dolch gezückt, hielt die Spitze ein wenig nach oben und ging wie zum Angriff leicht in die Hocke. Doch dann rannte er weg. Sie lachten, als hätten sie keinen Krieger, sondern ein verängstigtes Kind vor sich und schwärmten keilförmig aus. Als einer der Grünen ihn fast eingeholt hatte, wirbelte er blitzschnell herum und schleuderte den Dolch mit dem schweren Griff nach vorne dem Heranstürmenden mitten ins Gesicht.

Der Grüne brüllte und wurde von der gewaltigen Wucht des Schlages zurückgeworfen. Das Blut schoß aus seiner gebrochenen Nase. Im selben Augenblick zog Moichi seinen zweiten Dolch und glitt auf den Mann zu. Ein Schnitt im Vorbeigleiten, und er hatte ihm die Achillessehne durchtrennt. Er hob die Axt auf, die der Grüne fallengelassen hatte und schleuderte sie, ohne recht Zeit zum Zielen zu haben. Nur aus den Augenwinkeln sah er verschwommen den Angriff, der ihm galt.

Die fliegende Axt streifte die Kniescheibe des zweiten Grünen und traf ihn mit der flachen Seite. Der Mann ächzte, als sein Kniegelenk nachgab, aber er hatte gelernt abzurollen und kam wieder auf die Beine — das Knie war nur verletzt, und nicht zertrümmert, wie Moichi das beabsichtigt hatte. Dann schleuderte er seine eigene Axt.

Moichi duckte sich. Ziegel- und Mörtelsplitter rieselten auf ihn herab, als die Waffe dicht neben seinem Kopf in die Hauswand krachte.

Jetzt war der Grüne nahe genug. Moichi trat mit seinem rechten Bein zu und spürte, wie sein Tritt genau im richtigen Winkel auf den Wangenknochen des Mannes prallte. Knochen splitterten, und der Grüne kippte nach hinten. Seine Zunge schoß rot und klebrig hervor, er hatte sie sich fast vollständig durchgebissen. Aber noch war er längst nicht erledigt. Er stieß sich von der Wand ab, warf sich auf Moichi und holte mit seinen massigen Armen zu einem vernichtenden Schlag aus, der Moichis Schulter streifte. Der Dolch flog ihm aus der Hand. Dann packte der Grüne ihn an der Kehle, seine Fingernägel waren scharf und tödlich.

Moichi ließ den Griff zu, riß seine Arme nach außen und rammte dem Grünen seine geballten Fäuste mit ungeheurer Wucht gegen die Ohren. Augenblicklich sprühte das Blut aus den geplatzten Trommelfellen. Brüllend vor Schmerz bäumte der Grüne sich auf. Moichi nahm ihn zwischen seine massigen Hände und brach ihm das Genick.

Er stieß den blutverschmierten Körper von sich und sah, wie der dritte Grüne heranstürmte. Er schien der Kräftigste und Erfahrenste und umkreiste Moichi mit einiger Vorsicht. Die Klinge seiner Axt glänzte blutrot in der Sonne.

Moichi lehnte sich an das zersplitterte Mauerwerk und zog seinen Säbel mit dem silbernen Heft. »Warum hast du ihn getötet?« fragte er mit belegter Stimme. »Wir haben euch nichts Böses getan.«

»Nichts Böses getan?« spie der Grüne. »Er war ein Roter, oder?«

Einen Augenblick lang verlor Moichi die Orientierung.

Fast war es, als wäre er in die Zeit des Kai-feng in Sha'angh'sei zurückversetzt. »Was redest du da?« stöhnte er. »Die Roten und die Grünen leben im Frieden.«

Der Mann spuckte Moichi vor die Füße. »Das ist vorbei, bei den Göttern, das ist vorbei! Dieser Waffenstillstand stand unter einem bösen Zeichen!« Drohend schwang er seine Axt. »Er war unnatürlich. Wir haben uns alle geschämt. Wie Kinderschänder sind wir uns vorgekommen. Bei Kai-Iro De, dem mächtigen Gott Sha'angh'seis, der Krieg ist in die Straßen der Stadt zurückgekehrt!«

Damit stürmte er auf Moichi los. Eine Zeitlang kämpften sie dicht voreinander stehend, atemlos schlagend und konternd. Jeder suchte eine Schwäche in der Abwehr des anderen.

Moichi wechselte seinen Säbel nach links und schwang ihn mit derselben Bewegung in einem blitzschnellen flachen Bogen gegen den Untersetzten. Der war abgelenkt und sah Moichis Rechte nicht kommen, die mit den gestreckten Fingern hart wie ein Brett auf ihn zuschnellte. Er drehte sich viel zu spät. Moichi rammte ihm seine Handkante seitlich in den Nervenstrang am Hals. Der Grüne sackte schwer auf das Pflaster.

Bis auf die herumliegenden Leichen war die Straße jetzt menschenleer. Der Kubaru war längst verschwunden. Aber Moichi spürte die Augen, die hinter vielen Läden auf ihn gerichtet waren. Er atmete tief durch, ignorierte das Brennen in seiner linken Schulter, nahm hastig seine Dolche wieder an sich und streckte sie in seine breite Schärpe. Er schob seinen Säbel in die tätowierte Scheide zurück und bog in eine Seitenstraße. Fast augenblicklich war er verschwunden.

»Ich verstehe einfach nicht, wie es dazu kommen konnte.«

»Das ist einer der Gründe, warum ich dich so dringend sprechen wollte.«

»Du weißt es?«

»Ja.«

»Dann sag es mir.«

»Ich fürchte, die Angelegenheit ist nicht gerade einfach. Alles andere als das.«

Moichi saß in einem Zimmer im zweiten Stock des Seifu-ke. Durch die großen Bleiglasfenster, die offen standen, um jede Luftregung vom Meer hereinzulassen, blickte er über die schrägen Dächer in der Nähe auf die dichten grünen Bäume der Okanstraße, die reglos wie auf einem Gemälde wirkten.

Monate zuvor, nach Beendigung des Kai-feng, hatte man den alten Palast der Herrscherin abgerissen, hatte die großzügigen Schlafgemächer mitsamt den ausgedehnten Arbeitszimmern, den Säulen aus kühlem Marmor und den endlosen Hallen dem Erdboden gleichgemacht. Nicht etwa aus fehlendem Respekt vor der gestürzten Herrscherin; das Denkmal auf dem Jihi-Platz war dafür Beweis genug. Doch der Palast und die darin wohnende Thronfolgerin gehörten einer anderen Zeit an, und so hatte man an seiner Stelle ein dreistöckiges Gebäude errichtet. Es war kleiner und praktischer und bestand aus groben gebrannten Ziegeln, die an Ecken und in Zwischenräumen mit glänzenden Füllungen aus Platin umgeben waren. Diese einzigartige Kombination von glanzloser Rauheit und sanfter Sinnlichkeit des neuen Wohnsitzes des Regenten vermittelte den Eindruck, als hätte er schon seit jeher inmitten des Chaos von Sha'angh'sei gestanden. Dies war der Seifu-ke.

Auf der anderen Seite des auf Hochglanz polierten Tisches aus Sandelholz saß Rikkagin Aerent, der erste Regent von Sha'angh'sei, in einem hochlehnigen Stuhl aus geschnitztem Ebenholz. Er war groß und schlank, hatte breite, mächtige Schultern, dichtes graues Haar und trug einen kurzgeschnittenen Bart. Sein Gesicht hatte die Farbe leicht gegerbten Leders und war zerfurchter, als sein Alter hätte vermuten lassen. Es wurde von einer gebogenen Habichtnase und dunklen Augen beherrscht, die man fälschlicherweise leicht für grüblerisch halten konnte. Statt dessen waren sie ständig voller Licht und Leben.

Genau das Gegenteil seines toten Bruders, dachte Moichi, der war in seinem Innersten ständig von düsteren Ahnungen gequält worden. Man sah in Aerents Augen sofort den Rikkagin, den herausragenden Feldherrn, sicher, aber das war nicht alles. Seine Augen hielten nicht das geringste zurück, sie waren so klar und tief, als reichten sie bis in die Unendlichkeit. Und was sah man in ihnen? Mehr als einen Krieger, mehr als einen Anführer. Einen Mann. Seine tiefe und unerschütterliche Menschlichkeit macht ihn so außergewöhnlich, dachte Moichi. Und Tuolin, sein Bruder? Sein einziger Verwandter. Moichi schüttelte unmerklich den Kopf. Krieg. Solch ein Wahnsinn. War es Glück, daß er und Aerent überlebt hatten, während Tuolin umkam? Oder gab es eine größere, dem Menschen unbekannte Macht, die den Ablauf der Ereignisse letztlich bestimmte? Wieder ein Kopfschütteln.

»Es war alles wieder wie früher, Aerent«, sagte Moichi. »Der Haß ist immer noch lebendig, auch wenn keiner sagen kann, wie und warum alles begann.«

Aerent nickte. »Ja. Es hat wieder begonnen. Und es ist, als hätte es nie einen Waffenstillstand gegeben. Die Ching Pang und die Hung Pang haben in mancher Hinsicht ein kurzlebiges Gedächtnis.«

»Aber wie kam es dazu? Irgendein Scharmützel zwischen Anhängern beider Seiten?«

Der Regent lächelte wehmütig. »Wenn es so einfach wäre, gäbe es vielleicht noch Hoffnung. Aber wie die Dinge liegen ...« Er zuckte mit den Schultern. »Hör zu«, sagte er bedächtig und legte beide Hände flach auf den Tisch. »Letzte Nacht fand man Du-Sings jüngsten Sohn — ermordet.«

»Den Sohn des Tai-pan der Grünen!« Moichi pfiff leise durch die Zähne.

»Aber das ist nicht alles.« Aerent stützte sich auf seine muskulösen Arme, dann auf seine Hände und stand auf. Er schwankte einen Augenblick, bis er das Gleichgewicht wiedergefunden hatte, kam steif und etwas unsicher bei den ersten Schritten hinter der Barriere des Tisches hervor und durchquerte das Zimmer. Moichi wollte nicht so abgrundtief ungehobelt sein und seinen Blick abwenden, aber der Anblick seines unsicher gehenden Freundes zwang ihn zu den Worten: »Es tut mir aufrichtig leid, Aerent. — Was diesen jungen Mann, deinen Boten betrifft ...«

Der Regent winkte ab.

»Du hast mehr getan als erwartet, Moichi. Er war ein guter Kerl.« Er drehte sich um und lächelte. »Ich danke den Göttern, daß du wohlauf bist. Ich denke, ich sollte einen Arzt rufen, damit er sich deine Schulter ansieht ...«

Jetzt winkte der Navigator ab.

»Nimm wenigstens etwas Eis«, sagte der Regent und schob eine Schale über den Tisch. Moichi war einverstanden. Die Kälte würde wenigstens fürs erste die Schwellung stoppen und die Schmerzen lindern.

Moichi beobachtete seinen Freund, wie er vorsichtig das Zimmer durchquerte und zum Fenster ging. Er gleicht eher einem gewaltigen Insekt, dachte Moichi, vielleicht einer Gottesanbeterin — mit diesen eigenartigen Gelenken, die man für ihn konstruiert hat. Schließlich hatte der Regent das Fenster erreicht. Er setzte sich auf das breite Fensterbrett und streckte seine langen Beine aus. Mit seiner schmalen Hand betastete er seine edelsteinharten künstlichen Glieder und sagte: »Mittlerweile möchte ich sie um nichts in der Welt mehr verstecken.«

»Es ist sicher nicht leicht, sich daran zu gewöhnen.«

»Das ist es wirklich nicht.« Aerent lächelte dünn und dachte, daß er immerhin mehr Glück gehabt hatte als andere. Den Göttern sei Dank, daß mir Tuolins Los erspart geblieben ist. Seltsam, erst im Angesicht des Todes durfte er erfahren, was Liebe ist. Er war bis zum Schluß ein echter Krieger. Und am Ende ein wahrer Held. So wird man sich an ihn erinnern. Das ist nur gerecht.

Aufrecht wie ein Baumstamm saß er in sich gekehrt da, während Moichi geduldig seinen eigenen Gedanken nachhing. Aerent spürte die leichte Brise, die plötzlich aufgekommen war und den Schweiß auf seinem Rücken trocknete, der ihm sein grünes Seidenhemd an den Rücken geklebt hatte. Dann wurde die Sonne schwächer hinter den sich schnell zusammenbrauenden Sommergewitterwolken im Südwesten. Sie zogen rasch landeinwärts, als kämen sie zu spät zu einem wichtigen Stelldichein. Er sog kurz den Atem ein: Regen lag in der Luft. Wie ein Gedankenblitz rief es ihm jenen schrecklichen Morgen ins Gedächtnis zurück, als er über das Schlachtfeld vor der gelben Steinzitadelle von Kamado gerast war. Sein geschmeidiger Hengst war unter ihm mit geballter Wucht dahingedonnert — doch er konnte dem Geschoßhagel nur um Haaresbreite ausweichen, indem er sich am Sattel festhielt und auf die Seite gleiten ließ. Der Boden war trügerisch und glatt vom Blut der vielen Gefallenen, die Erde war unter einer grauenvollen Decke aus übereinandergeschichteten Leichen verborgen. Sein Pferd war gestrauchelt und in Panik geraten, hatte sich hysterisch aufgebäumt und ihn abgeworfen. Ein Stiefel hatte sich am seitlich verdrehten Steigbügel verfangen, einer unentrinnbaren Falle. Er war über den holprigen Boden geschleift worden, über Leichen und herumliegende Waffen, doch der größte Teil seines Körpers und seine Arme waren geschützt von der Rüstung. Zum Schluß hatte etwas seinen Helm halb abrasiert, so daß er gnädig in Bewußtlosigkeit sank.

Für seine Beine kam jede Rettung zu spät. Die Nerven waren gerissen, und die Verletzungen im Fleisch und an den Muskeln so schwer, daß den Ärzten keine Wahl blieb. Sie überließen es Tuolins Leibarzt, ihm die Wahrheit zu sagen.

Trotzdem verzweifelte er nicht. Für dieses finstere, lähmende Gefühl war in seiner strahlenden Seele kein Platz. Alles, was geschieht, hat auch sein Gutes, hatte Aerent gedacht, zumindest kann man etwas Wichtiges daraus lernen. Sein Körper hatte eine Prüfung bestanden, und jetzt stand sein Geist vor der gleichen Aufgabe. Entweder überlebte er, oder er ging zugrunde.

Die Ärzte waren für ihn nutzlos geworden, nachdem sie das tote Fleisch weggeschnitten hatten. Also rief er nach Ingenieuren, entließ aber sofort alle, die ihn belächelten, den Blick abwandten oder von seinem Ansinnen verwirrt waren. All jene, die sagten, sie könnten nichts für ihn tun.

Aerent war vom Gegenteil überzeugt. Endlich fand er einen mutigen Mann, der wußte, worauf es ankam. »Künstliche Glieder sollten mehr können, als nur ihren Zweck zu erfüllen«, waren seine ersten Worte. Aerent war zufrieden. »Mach dich an die Arbeit«, hatte er gesagt.

Geld spielte natürlich keine Rolle. Aerent war ein Held des Kai-feng. Schon bald bildete sich eine Massenbewegung, die seine Ernennung als erster Regent von Sha'angh'sei forderte. Die Stadt hatte ihm die Beine genommen, daher sollte sie sie ihm auch wiederbeschaffen, ganz gleich, was es kostete.

Der Ingenieur, der auch die Pläne für den Seifu-ke gezeichnet hatte, gab alle anderen Projekte auf und arbeitete unermüdlich ein ganzes Jahr. Endlich kam er mit einem schmalen, etwa einem Meter langen in dunkles Tuch gehüllten Paket zu Aerent.

»Sie sind fertig«, sagte er und breitete den Inhalt aus.

Die Glieder waren dem Bau des menschlichen Beines nachempfunden, die gebogenen Knochen aus einer rubinähnlichen Substanz geschnitten, die die Härte des Edelsteins und doch die nötige Elastizität besaßen. Die Gelenke waren technische Meisterwerke, Kugeln und Aufhängungen aus Onyx und reinem Messing gefertigt und mit einer Substanz überzogen, die das Metall vor Feuchtigkeit und Abnutzung schützte und gleichzeitig schmierend wirkte.

Das Anpassen der Beine, ihre Verbindung mit Sehnen und Muskeln, dauerte einen halben Tag, aber danach brauchte Aerent sie nie wieder abzulegen. Während der letzten Korrekturen sagte der Ingenieur: »Es gibt natürlich eine Reihe von Substanzen, mit denen wir diese ›Knochen‹ überziehen könnten, damit sie wie echte Beine wirken. Aber«, damit zog er die letzte Schraube an und erhob sich,

»ich will ganz offen sein. Mir gefallen sie so besser. Wenn ich sie tragen sollte, ich würde sie so lassen.«

Aerent betrachtete die Kunstglieder lange. Vielleicht suchte er tief in seinem Innern nach einer Gefühlsregung, einem Anhaltspunkt. »Ja«, sagte er schließlich. »Ich glaube, du hast recht. Lassen wir sie, wie sie sind.« Er legte seine Hände auf seine Beine aus Rubin und strich mit den Fingern darüber. Dann stand er zum erstenmal gestützt auf eine Stuhllehne auf. Der erste Eindruck war seltsamerweise der völliger Freiheit. Erst viel später merkte er, wieviel leichter seine neuen Beine im Vergleich zu denen aus Fleisch und Knochen waren.

Der Regen hatte eingesetzt. Unwillkürlich rückte Aerent vor, als die ersten Tropfen auf seinen Rücken prasselten. Der Himmel über Sha'angh'sei war schwarz und gekräuselt wie der Unterbauch einer riesigen Bestie. Fernes Donnergrollen.

»Danach war es dann in Ordnung?« fragte der Regent.

Moichi mußte einen Augenblick nachdenken. »Ja. Ich wußte, welche Straßen ich zu meiden hatte.«

Aerent nickte. »Gut. Diese Idioten!« Er meinte die Grünen, die Moichi und den Boten überfallen hatten. »Man hat Omojiru, den Sohn von Du-Sing, in einem Zimmer im ersten Stock einer Taverne auf der ›Straße der grünen Dolphine‹ gefunden.«

»In welcher Taverne?«

»Im *Brüllenden Affen,* wie man mir sagte.«

»Nicht gerade die angenehmste Gaststätte. Warst du schon dort?«

»Nein. Ich hielt es für klüger, bis zum Morgen zu warten. Es ist nichts angerührt worden.«

»Hast du die Leiche gesehen?«

»Ja. Man hat sie hierher geschafft. Du-Sing hat sie etwas später abgeholt.«

»Wie wurde der junge Mann getötet?«

»Äußerst gründlich, fürchte ich. Es war keine Straßenschlägerei.«

»Also kaum ein Zufall.«

»Nein. Die Schwertstreiche waren ebenso brutal wie wirkungsvoll. Er wurde von einem Experten ermordet.«

»Ermordet?«

»Sein Schwert steckte noch in der Scheide. Ich habe mich nachträglich vergewissert, daß er es nicht benutzt hat.«

»Verstehe. Aber wieso verdächtigt Du-Sing die Roten?«

»Vermutlich wegen der Orte, an denen Omojiru verkehrte. Angeblich war er das schwarze Schaf der Familie. Der alte Herr hat versucht, das zu ignorieren, so gut er konnte. Immerhin war es kein Geheimnis, daß der Bursche die Spielhöllen im Tejiraviertel aufsuchte.«

»Auf dem Gebiet der Hung Pang.«

Der Regent nickte sachlich. »Und dann die Mädchen. Angeblich hat Omojiru sie geradezu verschlungen. Vier oder fünf in einer Nacht. Und keine älter als zwölf, wie man mir erzählt.« Er stemmte sich wieder auf die Beine und ging leichtfüßiger durch das Zimmer, als es je ein normaler Mann gekonnt hätte. Die Gottesanbeterin in Bewegung. »Eines steht fest, Omojiru war alles andere als Du-Sings ganzer Stolz. Aber er gehörte zur Familie und war vor allem ein Grüner. Das ist alles, was jetzt nach seinem Tod noch zählt.«

Moichi sah seinem Freund in die Augen. »Ich glaube nicht, daß es für Du-Sing einen Unterschied macht, ob die Roten oder sonst jemand seinen Sohn getötet haben.«

»Darin irrst du dich, Moichi«, sagte der Regent. »Aber ich weiß, worauf du hinauswillst. In Sha'angh'sei ist Krieg zwischen den Roten und Grünen unausweichlich. Das wird mir jetzt klar. Kein Waffenstillstand wird lange halten. Die Stadt muß ihren eigenen Weg finden. Kein Mann und keine Frau kann sie zu etwas zwingen. Das wußte sogar Kiri. Sie hat bestimmte natürliche Grenzen nie überschritten, dabei war sie Thronfolgerin und eine außergewöhnliche Person. Ich bezweifle, daß außer ihr jemand die Roten und die Grünen für den Kai-feng unter einen Hut gebracht hätte.

Wie auch immer, jetzt sitze ich hier, und ich bin nicht Kiri. Ich tue alles, was ich kann, um diese Stadt zusammenzuhalten. Doch Sha'angh'sei läßt sich als Ganzes nicht regieren, und darin liegt seine eigentliche Stärke, davon bin ich fest überzeugt. Jede Einmischung könnte ihr die Lebenskraft nehmen, und das werde ich auf jeden Fall vermeiden.«

»Du willst nicht versuchen, den Krieg zu verhindern?«

Aerent lächelte. »Das habe ich nicht gesagt, mein Freund. Ich habe nur die Fakten beschrieben. In meiner Position muß man lernen, auf welche Weise man am meisten erreicht. Und in Sha'angh'sei führt der direkte Weg oft nicht zum Erfolg. Ich habe kurz mit Du-Sing gesprochen, als er mit seiner Eskorte kam, um den Leichnam seines Sohnes abzuholen. Sein Entschluß steht fest, fürchte ich. Ich muß jetzt versuchen, mit anderen Mitteln eine Einigung zu erzielen.«

»Wie kann ich dabei helfen?« fragte Moichi.

Der Regent nickte. »Auf zweierlei Art. Zuerst kannst du mich zum *Brüllenden Affen* begleiten und mir bei den Ermittlungen helfen.«

»Du willst also beweisen, daß Omojiru nicht von einem Roten ermordet wurde.«

Aerent lächelte. »Ich will die Wahrheit herausfinden. Vielleicht ist Omojiru tatsächlich von einem roten Mörder umgebracht worden. Motive gibt es genug; seine Spielschulden sind in letzter Zeit alarmierend gestiegen.« Er zuckte mit den Schultern. »Vielleicht erwartete er Geld von Du-Sing, das nicht kam.« Der Regent stand jetzt neben dem Tisch. Man hatte ihn auf sein Drängen aus seinem alten Kasernengebäude in der ›Gasse des Drachens der Morgendämmerung‹ herübergeschafft. Er habe ihm als Rikkagin immer treu gedient, hatte er gesagt, und so würde es auch in Zukunft sein. Den reich verzierten Tisch aus Silber und Kristall, der ursprünglich von den Bauherren für dieses Zimmer vorgesehen worden war, hatte er rundweg abgelehnt. Jetzt beugte er sich über den alten Tisch, nahm eine großköpfige Pfeife aus einem schwarzen Holzregal und war eine Zeitlang damit beschäftigt, sie mit dunklem Tabak zu füllen. Er fuhr erst fort, als er sie fertig gestopft und angezündet hatte: »Zweitens habe ich gerade eine offizielle Nachricht aus Ama-no-mori erhalten. Ein Schnellsegler von den südlichen Vorinseln hat sie heute morgen gebracht.« Moichi fuhr hoch. Bestimmt enthielt sie etwas über seinen Freund, den Dai-San. »Dort heißt es« — er sog an seiner Pfeife —, »daß Kunshins Tochter morgen mit der Flut eintrifft.« Er drehte sich um und sah dem Navigator ins Gesicht. »Ich möchte, daß du dich während ihres Aufenthalts um ihre Sicherheit kümmerst ...«

»Ich, als Kinderschwester, du lieber Gott!« jammerte Moichi und sprang auf.

Aerent lächelte freundlich. Er behielt wie immer die Ruhe. »Du kennst Azuki-iro, mein Freund. Glaubst du, er würde uns ein hilfloses Mädchen schicken?« Er unterstrich seine Worte mit einem Kopfschütteln. »Das würde kein Bujun tun. Nein, der Kunshin möchte, daß seine Tochter die Welt außerhalb Ama-no-moris kennenlernt. Außerdem« — er grinste breit — »wird in der offiziellen Benachrichtigung ausdrücklich deine Hilfe verlangt.«

Aerent hielt die Pfeife in der Hand und schwieg. Eine dünne Rauchwolke zwang ihn zu blinzeln, als blicke er in die Sonne. Er betrachtete Moichi aus seinen dunklen Augen, sie schienen so klar und verständnisvoll wie nie zuvor. Dann legte er dem Navigator die Hand auf die Schulter. »Mein Freund«, sagte er ruhig, »glaube nicht, daß ich dich nicht kenne. Ich verstehe, daß du unruhig bist und den Wunsch hast, wieder zur See zu fahren. Ich habe auch bereits mit Llowan gesprochen. Aber im Augenblick können wir beide nichts machen. Es gibt zur Zeit keine Schiffe, und unser Druck auf die Schiffseignergilde ist begrenzt. Deine Zeit ist noch nicht gekommen. Aber lange wird es nicht mehr dauern, bestimmt nicht.«

Als sie durch die Straßen der Stadt ritten, prasselte wolkenbruchartiger Regen aus den tiefhängenden Wolken. Sie ritten ohne Eskorte, Aerent hätte eine solche Behinderung nicht geduldet. Das Staatswappen zierte das Geschirr seines Pferdes und seinen flatternden Umhang, mehr war seiner Meinung nach nicht nötig. Was den neu entflammten Krieg anbetraf: Hätten Du-Sing oder auch Lui Wu, der Tai-Pan der Roten, von einem Überfall auf ihn gehört, sie hätten die Angreifer eigenhändig exekutiert. Ein Überfall war ohnehin unwahrscheinlich, da der Regent in ganz Sha'angh'sei bekannt war.

An der ›Straße des Braunen Bären‹ wurde gearbeitet. Der Boden war so verschlammt, daß sie einen anderen Weg durch die ›Quincestraße‹ und den Paradiespark nahmen, der auf die ›Straße der Drei Segnungen‹ stieß. Von dort wählten sie sehr sorgfältig den Weg zur ›Straße der grünen Dolphine‹.

Vor dem schwankenden Schild des *Brüllenden Affen* stiegen sie regendurchnäßt ab. Moichi rief einen Jungen herbei, der vor der Tür saß, drückte ihm zwei Kupfermünzen in die Hand und bat ihn, sich um die Pferde zu kümmern.

In der Taverne war es dunkel, die Luft stickig. Sie schüttelten den Regen von den Umhängen und atmeten das Geruchsdurcheinander aus tierischem Fett, Holzkohle, vergorenem Wein und Sägemehl ein. So früh am Tag war es ruhig; die meisten Stühle standen noch auf den Tischen. Dennoch saßen drei oder vier Gäste essend und trinkend da. Eine dunkelhaarige Frau mit schwarzlackierten Zähnen fläzte sich träge in einer hinteren Ecke. Als sie sie sah, ließ sie ihren Wickelumhang wie zufällig auseinandergleiten, und Moichi erhaschte einen Blick auf eine glatte Wade und einen geschmeidigen Schenkel. Die Frau setzte sich, reckte sich und streckte ihm ihre üppigen Brüste entgegen, die fast aus dem tiefausgeschnittenen Kleid fielen.

Der Wirt kam hinter der Theke hervor. Er war klein, hatte einen faßartigen Oberkörper und dünne Beine wie ein Vogel. Sein Schädel war vollkommen kahl. Er rieb sich die Hände und spielte den Unterwürfigen, in der Hoffnung, er könne den zu erwartenden Ärger noch verhindern.

»Ja, Regent?« Seine dünne Stimme war fast ein Gewimmer. »Womit darf ich Euch dienen? Frühstück vielleicht? Ein Becher gewürzten Weins an diesem schrecklichen Tag?«

»Weder noch«, sagte Aerent. »Wir wollen das Zimmer sehen, in dem man den jungen Mann, Omojiru, gefunden hat.«

Der Wirt schüttelte sich, als wären seine schlimmsten Befürchtungen bestätigt worden. »Ein entsetzliches Verbrechen, Euer Ehren, einfach entsetzlich. Zu dem Zimmer geht es die Treppe hoch, die letzte Tür zu Eurer Linken.« Er schloß kurz die Augen. Als er sie wieder öffnete, schienen sie etwas feucht zu sein. »Verzeiht, wenn ich Euch nicht begleite, aber ...«

»Verstehe«, sagte Aerent.

»Ich versichere Euch, man hat nichts angerührt. Es ist alles noch, wie — wie wir es gefunden haben.«

»Sag mal«, warf Moichi ein, »hat Omojiru das Zimmer im voraus bezahlt?«

»Worauf willst du hinaus?« fragte Aerent.

»Das Zimmer hat jemand anderes bezahlt. Er kam zur Stunde der Zikade. Omojiru kam erst zur Stunde des Fuchses, ich bin ganz sicher.«

»Was geschah mit diesem Mann?« fragte Moichi. »Hast du gesehen, wie er ging?«

Der Wirt machte ein überraschtes Gesicht. »Nein, wieso? Aber — aber bei all dem Durcheinander hätte er sich ohne weiteres hinausschleichen können.«

»Weißt du noch, wie er aussah?« fragte der Regent.

Der Wirt beschrieb ihn so genau er konnte.

Sie ließen ihn stehen und stiegen die Treppe hoch. Hinter ihnen nahm der Wirt in dem großen Raum die Stühle von den Tischen. Die dunkelhaarige Frau raffte ihren Umhang wieder zusammen und schloß die Augen.

Das Zimmer verriet ihnen fast nichts. Die Vorhänge waren immer noch zugezogen, und die wenigen Möbel schienen an ihrem Platz zu stehen. Das Bett war natürlich vollkommen durcheinander. Laken und Decken waren zerrissen und zerwühlt und steif von geronnenem Blut, der Boden war zum Teil dunkel verfärbt. Moichi folgte der Spur bis auf den Gang und hockte sich hin. Er kratzte am Holz und probierte. Blut. Er erhob sich. Massenweise Blut auf Bett und Fußboden, fast so, als hätte man einen ganzen Körper ausbluten lassen.

Er ging zurück ins Zimmer. Aerent stand auf der anderen Seite und zog die Vorhänge auseinander. Er warf einen Blick durch das offene Fenster und zog seinen Kopf schnell wieder zurück. »Puh, man müßte dem Wirt sagen, daß er die Gasse sauberhalten soll. Was für ein Gestank!«

»Überall Blut, Aerent«, sagte Moichi. »Du hast Omojirus Leiche gesehen. Könnte das Blut von ihm stammen?«

Der Regent schüttelte den Kopf. »Nein, nach der Art zu urteilen, wie man ihn umbrachte. Er hat nur sehr wenig Blut verloren, der Tod trat zu schnell ein.«

»Vielleicht hat dieser andere Mann Omojiru umgebracht?«

»Möglich. Aber dann wissen wir immer noch nicht, was mit ihm geschah.«

Moichi sah sich weiter um. Sie hatten in jeder erdenkbaren Ritze und Spalte gesucht und nichts gefunden. Nichts, nur Blut. »Nun, hier finden wir die Antwort offensichtlich nicht.«

Draußen entdeckten sie den Jungen. Er warf mit Steinen nach vorüberfahrenden Karren und führte nach jedem Treffer einen Freudentanz auf. Der Regen war mittlerweile in ein leichtes Nieseln übergegangen.

»Unsere Pferde«, sagte Moichi. Der Junge nickte und führte sie die Straße hinunter.

»Augenblick.« Moichi hob die Hand, als sie an der Einmündung zu der feuchten, düsteren Gasse vorbeikamen, über der das Zimmer lag, in dem sie eben gewesen waren. Es zirpte, zischte und raschelte in der Dunkelheit, Ratten schienen dort nur so zu wimmeln.

Moichi ging hinein, und Aerent und der Junge folgten ihm.

Küchenabfälle und Müll, Exkremente und — eine verkrümmte Gestalt.

Moichi bückte sich und pfiff sofort durch die Zähne. Die Ratten wichen unter verärgertem Gequieke zurück.

»Hier liegt etwas«, sagte er. »Etwas, das diese Nachttiere sogar am Tag in helle Aufregung versetzt.« Mit einer raschen Bewegung streckte er seine Hand aus und ertastete ein Stück hart gewordenen Stoffs, darunter einen steifen, unregelmäßig geformten Körper. Der Gestank von Blut, eine Wolke fauligen Gases ... Der Tod. Ihm stockte der Atem.

»Bei den Göttern, es ist ein Mann!«

Zusammen mit Aerent zog er ihn ans Tageslicht.

Der Junge drehte sich um und erbrach sich unaufhörlich unter heftigem Würgen.

Die Augen fehlten und natürlich die Nase. Sie waren die ganze Nacht über emsig gewesen, diese Tiere. Länger konnte er unmöglich dort gelegen haben.

Sie beugten sich beide über die Leiche. Moichi warf einen Blick nach oben und sah die Vorhänge im Fenster des Zimmers flattern, das sie gerade verlassen hatten. Ein sauberer Sturz, dachte er. Problemlos. Die Aasfresser der Stadt sollten sich wohl um die Leiche kümmern.

Aerent starrte auf den toten Körper. Sein Blick weitete sich. »Beim Polarstern, Moichi, sieh dir das an!«

Aber Moichi hatte sich abgewandt. Er wußte, was der andere gesehen hatte und betrachtete den Jungen, der trotz seiner Angst nicht fortgelaufen war und sich wieder umgedreht hatte. Er bemerkte, wie blaß der Junge unter seiner gelben Haut war, wie verhärmt um die Mundwinkel, und er sah das Entsetzen in seinem Blick. In Sha'angh'sei ist jeder den Tod gewöhnt, dachte Moichi, sogar die Kinder. Er gehört hier einfach zum Leben. Was mochte bei dem Jungen die heftige Reaktion ausgelöst haben? Es war ein schrecklicher Tod, sicher, aber was hatte das zu bedeuten?

»Moichi, wer hätte ...?« Der Regent packte den Navigator entsetzt am Arm. »Hast du diese Grauenhaftigkeit gesehen? Ich kenne den Tod zur Genüge, er ist zu meinem ständigen Begleiter geworden, wir haben ein Abkommen miteinander. Aber das hier — so etwas habe ich noch nicht gesehen. Weder auf dem Schlachtfeld, noch in Militärgefängnissen. Nirgends.«

Moichi nickte. Er blieb bei dem Jungen stehen und sah noch einmal hin. In der Brust des Toten klaffte ein gähnendes schwarzweißes Loch, in dem es von winzigem Getier nur so wimmelte.

Irgend etwas war mit dem Herz dieses Mannes geschehen. Irgend etwas Perverses und Böses, langsam und genau berechnet, noch vor seinem Tod. Moichi durchfuhr erneut ein Schauer, und ihm sträubten sich die Haare im Nacken, ein verkümmerter Reflex, aus der Zeit, als der Mensch sich noch durch die Bäume hangelte und beim Gehen seine Fingerknöchel auf dem Boden schleiften. Irgend jemand hatte sich mit übermenschlichem Geschick an diesem Mann zu schaffen gemacht, mit einer Gefühlskälte, die alles andere als menschlich war. Im Gegensatz zu Omojiru war dieser Mann keinen raschen Tod gestorben.

Moichi drückte den Arm des Jungen noch fester. »Wer ist das?«

Der Junge schüttelte den Kopf.

»Red schon.« Und dann schärfer, wie ein Peitschenknall. »Red schon!«

Der Junge zuckte zusammen und schloß die Augen, schwieg aber immer noch. Tränen standen ihm in den Augen.

»Sag es mir.« Sanft.

»Nein, nein!« keuchte der Junge. »Ich habe es versprochen.« Er flehte Moichi mit aufgerissenen Augen an.

»Was hast du versprochen?« Er ließ sich jetzt nicht mehr erweichen. »Du mußt es mir sagen.«

»Ich habe ihm versprochen, es niemandem zu erzählen.«

»Hör zu!« fuhr Moichi ihn an und zwang ihn vor der Leiche in die Knie. »Er ist tot. Tot! Hast du begriffen?«

Der Junge fing an zu weinen und schüttelte sich unter

lautem Schluchzen. Moichi zog ihn an sich und strich ihm über den Kopf. »Also gut«, sagte er sanft. »Schon gut. Dein Versprechen spielt jetzt keine Rolle mehr. Verstehst du das? Er braucht sich jetzt vor nichts mehr zu fürchten. Du kannst ihm nicht mehr schaden, wenn du mir erzählst, was passiert ist. Das hat er hinter sich.« Er sah dem Jungen in sein tränenverschmiertes Gesicht. »Hier, Kuo, setz dich zu uns.«

Nach einer Weile erzählte Kuo ihnen, was er von dem Mann wußte, der ihm eine Silbermünze gegeben und eine weitere versprochen hatte.

»Kintai.«

»Wie sind sie dahinter gekommen?«

»Durch das Fabrikat des Sattels. Es ist so deutlich wie ein Siegel. Außerdem sind die Leute hier ziemlich geschickt. Wenn sie genügend Zeit hätten, könnten sie vielleicht sogar die genaue Provinz und die Stadt nennen.«

»Und das Pferd? Hat sich da etwas ergeben?«

»Du meinst die Rasse?«

Moichi nickte.

Aerent zog die Schultern hoch. »Das ist eine völlig andere Geschichte. An dem Pferd ist nichts Bemerkenswertes. Aber er hätte es ohnehin überall kaufen können, selbst wenn es ein Luma wäre.«

Sie saßen im selben Zimmer des Seifu-ke, in dem sie sich schon am frühen Morgen unterhalten hatten.

Kuo hatte ihnen alles erzählt, was er wußte, und führte sie dann zu dem Stall, in dem er ihre Pferde untergebracht hatte. Dort zeigte er ihnen den Verschlag mit dem Pferd des Toten. Er hatte es am Abend zuvor zur verabredeten Stunde herausgeführt, genau wie es der Fremde befohlen hatte. Aber anstelle der versprochenen Silbermünze und ein paar freundlicher Worte hatte er in der Gasse das schiere Entsetzen vorgefunden.

»Ich weiß nur wenig über Kintai«, sagte Moichi.

»Das überrascht mich nicht.« Aerent sah aus dem Fenster, seine Hände hielt er locker vor sich gefaltet. Das Unwetter war fast vorüber. Hier und dort über den Dächern der Stadt konnte man schon wieder ein Stück klaren blauen Himmels sehen und vereinzelte Wolken, die dem Regen hinterherzogen. Der Regent wandte Sha'angh'sei den Rücken zu. »Kintai ist ein Gebiet weit im Nordwesten ohne Zugang zur Küste. Viel ist nicht darüber bekannt. Seine Grenzen liegen hinter denen der nördlichsten Waldvölker, mit denen wir Handelsabkommen geschlossen haben.«

»Was kann ein Fremder aus einer so entlegenen Gegend in Sha'angh'sei mit dem Tai-pan der Ching Pang zu besprechen gehabt haben?«

»Und wer hat beide umgebracht?« Aerent trommelte mit seinem langen Zeigefinger nachdenklich gegen seine Lippen. »Ich glaube, wir müssen uns auf die unterschiedlichen Todesarten konzentrieren.«

»Richtig«, nickte Moichi. »Omojiru war fast sofort tot, während der Fremde einen sehr häßlichen und schmerzhaften Tod erlitt.«

»Informationen.«

»Was?«

»Vermutlich wollte der Mörder Informationen von ihm.«

»Sie müssen außerordentlich wichtig gewesen sein, wenn er zu solchen Foltermethoden gegriffen hat.«

»Genau das denke ich auch.« Aerent trommelte wieder gegen seine Lippen.

»Vielleicht sollte Du-Sing davon erfahren«, bemerkte Moichi. »Es sieht nicht danach aus, als hätten die Roten etwas damit zu tun.«

»Hmm. Es ist zwar verlockend, aber ich fürchte zu diesem Zeitpunkt noch zu früh eine solche Schlußfolgerung zu ziehen. Wir wissen nicht, wie viele daran beteiligt waren. Vielleicht …«

»Vielleicht was?« drängte Moichi.

Aerent schenkte Wein ein und reichte Moichi einen Kristallpokal mit dem Siegel des Regenten in Silber. Seine

Stirn war voller Sorgenfalten. »Vielleicht handelt es sich um etwas Militärisches, dann wären logischerweise die Roten oder die Grünen beteiligt. Es gibt immer noch eine Menge Völker, die auf diese Hafenstadt mit ihrem unermeßlichen Reichtum und ihrer strategischen Lage scharf sind.«

»Du meinst doch nicht etwa ...?«

»Eine Invasion aus dem Norden?« Der Regent zuckte mit den Schultern. »Das kann ich nicht ausschließen.« Er nippte an seinem Wein, ohne ihn recht zu probieren. »Eines ist sicher, mein Freund — hier geht es um mehr als einen Mord. Um weit mehr.« Er setzte seinen Pokal ab. »Im Augenblick haben wir alles getan, was wir können. Ich lasse mir Informationen über Kintai zusammenstellen, das wird einige Zeit dauern. Die neu gebildete Shobai wird mir dabei sehr nützlich sein.«

Moichi lachte. »Bei Gott, das kann man wohl auch erwarten. Ohne deine Hilfe würden die Sha'angh'sei-Hongs diesen Händlern schwer zu schaffen machen.«

»Die Händlergilde ist eine gute Idee, aber wer weiß, ob sie auch funktioniert? Es gibt so viele unterschiedliche Mitglieder aus so vielen Ländern, vielleicht verschwindet sie mit einem lauten Knall wieder von der Bildfläche.« Er rieb sich die Hände. »Es ist schon spät. Bleibst du zum Essen?«

»Ein andermal, Aerent. Ich bin mit Kossori verabredet ...«

»Ach! Ich verstehe wirklich nicht, was du dir von diesem Herumtreiber versprichst.«

Moichi lächelte gut gelaunt. »Ich glaube, Regent, du kannst ihn einfach nicht leiden.«

»Unsinn! Ich halte nur nichts von Taugenichtsen, Moichi. Das weißt du sehr gut. Wie sie sich benehmen, interessiert mich nicht. Dieser Freund von dir vergeudet seine ganze Zeit und unterstützt keinen Menschen. Für wen ist das gut? Nicht einmal für ihn selbst.«

»Er ist ein guter Musiker«, sagte Moichi. Es war nicht das erste Mal, daß er gerne mehr über ihn erzählt hätte.

»Kann sein, mein Freund, aber ich hege keinen großen Respekt für Leute, die den ganzen Tag auf Plätzen herumlungern und musizieren. Und abends …«

»Heute abend nimmt er mich zum Sha-rida mit.«

Der Regent wandte sich abrupt ab. »Ich will vergessen, daß ich das von dir gehört habe.«

Moichi war verwirrt. »Ist das wirklich so schlimm? Es gibt viele Sklavenmärkte in Sha'angh'sei.«

Aerent wirbelte herum, aus seinem Gesicht war alle Farbe gewichen. »Du weißt es also nicht?«

»Was?«

Der Regent legte ihm sachte die Hand auf die Schulter. »Mein Freund, du mußt noch sehr viel über diese Stadt lernen. Der Sharida ist ein ganz besonderer Sklavenmarkt. Eines Tages werde ich ihn zerstören.«

»Willst du mir nicht sagen, worum es geht?«

Aerent schüttelte den Kopf, als wäre er plötzlich müde. »Ich möchte nicht mehr darüber sprechen. Dein Freund Kossori wird dir alle Fragen beantworten.« Er fuhr sich mit der Hand durch die Haare und trat ein Stück vom Tisch zurück. Seine Beine klickten leise. »Aber bevor du gehst, müssen wir noch etwas Wichtiges besprechen. Azuki-iros Schiff, *Tsubasa,* wird morgen zu Beginn der Stunde des Kormorans erwartet. Ich kann mich doch darauf verlassen, daß wir uns trotz deiner nächtlichen Umtriebe pünktlich am Pier der drei Fässer treffen, oder?« Er lächelte dünn.

Moichi stand auf. »Keine Angst, Aerent. Ich werde dort sein. Und bis dahin gibt es bestimmt auch Neuigkeiten über die gegenwärtigen Geschehnisse in Kintai.« An der Tür drehte er sich um. »Übrigens, wie heißt dieses Mädchen, Kunshins Tochter?«

»Chiisai.«

Jetzt mußte Moichi lächeln. »Wenigstens ein hübscher Name.«

»Was hast du erwartet?« sagte Aerent. »Er ist Bujun.«

KOPPO

Kossori wohnte in der ›Silberfadengasse‹, einem heruntergekommenen engen Sträßchen, das seinen Namen Lügen strafte. Im Schatten der umliegenden höheren Gebäude war es ständig dunkel, am Tage Zwielicht und nachts völlig schwarz. Im Gegensatz zu den breiteren Straßen, Boulevards und Plätzen waren die kleineren Straßen der Stadt nachts nicht beleuchtet. Kossori schien diese ständige Dunkelheit nicht zu stören. Im Gegenteil, er amüsierte sich darüber und tat so, als gefalle sie ihm.

Trotz alldem konnte man ihn nur sehr selten zu Hause antreffen. Wie Aerent angedeutet hatte, zog er es vor, seine Tage auf den weiten, sonnigen Plätzen mit Musizieren zu verbringen. Er war ein außergewöhnlicher Musiker und beherrschte sowohl die Fliete, ein Blasinstrument, als auch die Kyogan, ein elliptisches, recht zierliches Saiteninstrument, das schwierig zu stimmen und noch schwieriger zu spielen war.

Man konnte ihn morgens an einem beliebigen Tag in seinen kräftig bunten Umhängen auf dem Hei-dorii-Platz finden und nachmittags vielleicht auf dem Doppelten Schweinskopfplatz. Dort spielte er heitere Melodien, während die Menschen in Schwärmen hektisch an ihm vorbeieilten.

Er war nicht groß, hatte jedoch breite Schultern und eine schlanke Taille. Mit seinen ungeheuer kräftigen Beinen wurde er so zu einer durchaus bemerkenswerten Erscheinung. Sein Haar glänzte schwarz und war länger, als in Sha'angh'sei üblich. Sein Zopf reichte ihm bis zu den Hüften. Er war nicht das einzige äußere Zeichen seine Protests.

Er kannte alle Welt, hatte aber nur wenige wirkliche Freunde, was seine enge Freundschaft mit Moichi noch ungewöhnlicher machte. Sicher fühlte sich Moichi zum Teil von seiner Andersartigkeit angezogen. Häufig genug langweilte ihn die Gesellschaft von Leuten, deren einziges Interesse Reichtum und Frauen zu sein schien. Und zweifellos fühlte er sich gerade in diesen Augenblicken zum brausenden Meer hingezogen, zu dem feucht-salzigen Wind, der durch die straff gespannten Seile heult, dem beruhigenden Senken und Rollen des geteerten Decks, der fliegenden Gischt am Bugspriet, wenn alle Segel vor dem Wind standen.

Nicht, daß es ihnen an Frauen gefehlt hätte. Oft zogen sie nachts durch das ausgedehnte Labyrinth der Stadt auf der Suche nach den richtigen Mädchen. Die hatten sie natürlich noch nicht gefunden, denn dann wäre es sicherlich vorbei mit ihrem Vergnügen gewesen. Kossori hatte einen ungeheuren Appetit auf Frauen. Dabei ging es nicht unbedingt um Sex, viel wichtiger war für ihn Kameradschaft. Mehr als einmal hatte Moichi während ihrer vergnüglichen Nächte in den sanften Armen der Frauen von Sha'angh'sei bei seinem Freund einen ernsten, fast verzweifelten Gesichtsausdruck bemerkt.

An diesem Abend saß Kossori mitten auf dem Jihi-Platz, im Schatten des rosa-weißen Quarzdenkmals zu Ehren von Kiri, der letzten Herrscherin Sha'angh'seis. Die Statue stellte eine Frau dar, die sich gerade in Kay-Iro De, den Schutzgott der Stadt verwandelte. Der Legende nach behütete er die Stadt vor allem Unheil, und also war sie als Seeschlange mit einem Frauenkopf dargestellt. Diejenigen, die behaupteten, es tatsächlich gesehen zu haben, meinten, genauso wäre Kiri während der letzten Tage des Kai-feng umgekommen. Sie hätte sich in die Göttin verwandelt, um die Stadt zu schützen. Und wer wollte ihnen widersprechen? dachte Moichi, als er ihr liebevoll ins täuschend ähnliche Gesicht sah. Während seiner Abenteuer mit dem Dai-san war er Zeuge viel seltsamerer und schrecklicherer Ereignisse geworden.

Er näherte sich Kossori durch das Gedränge der Menschen hindurch, die nach Hause zum Abendessen mit ihren Familien eilten oder in die zahlreichen verräucherten Tavernen der Stadt gingen, wo eine durchzechte Nacht ihren Anfang nehmen würde.

Kossori war mitten in einem Lied. Er spielte auf der Fliete, einem Instrument, das er selbst angefertigt und bei dem er die gebräuchlicheren Materialien Bambus und Elfenbein durch Silber ersetzt hatte. Das Metall gab den Tönen einen halb traurigen Klang, der dieses Instrument einzigartig machte.

Moichi blieb auf der anderen Seite des Platzes stehen, beobachtete das Gesicht des Mannes und hörte zu. Wieder fielen ihm die hageren Gesichtszüge auf — die hohen Wangenknochen, die breite, energische Nase und die hellgrauen, trotzigen Augen. Ein eindrucksvolles Gesicht, mutig und ungewöhnlich. Jedoch lag darunter tief verborgen eine Traurigkeit, die sich jetzt in der Musik widerspiegelte.

Das Lied war zu Ende, und Moichi ging zu ihm. Kossori sah hoch, entdeckte ihn und lachte.

»Hola!«

»Hola, Kossori. Eine hübsche Melodie. Ist sie neu?«

»Gerade heute morgen fertig geworden.« Er streckte seine Hand aus. »Komm und setz dich in den Schatten einer Legende. Es ist heiß heute.«

Mit einem Blick nach oben sagte Moichi: »Mir kommt es vor, als wäre der Kai-feng schon lange vorbei.«

»Hmm. Das menschliche Gehirn besitzt die bemerkenswerte Fähigkeit, zu vergessen. Leid und Elend bleiben nur noch schwach im Gedächtnis, den Göttern sei Dank. Die angenehmen Erinnerungen scheinen jedoch niemals ganz zu verschwinden, egal, wie viele Jahre vergangen sind.« Er steckte seine Silberfliete in eine abgewetzte Lederhülle und dann in den festen Lederkasten. »Glaub mir, Moichi, das haben wir hinter uns.« Er schüttelte sich. »Ohne Magie ist die Welt sehr viel angenehmer.«

»Es gibt weiße und schwarze Magie«, sagte Moichi. Er dachte an den Dai-san.

»Nein, mein Freund. Was mich betrifft, ist alle Magie böser *tzuzuru.*«

Moichi wußte, daß tzuzuru im Sha'angh'sei-Dialekt eine Vielzahl von Bedeutungen haben konnte. In diesem Fall meinte sein Freund sicher ›magischer Zauber‹. Trotzdem war er überrascht und sagte das auch. »All diese Leute wissen« — mit einer einzigen ausholenden Armbewegung umfaßte er den gesamten Platz und die vorbeieilenden Menschen —, »daß du ein guter Musiker bist, Kossori. Ich glaube, das hat selbst der Regent bemerkt. Aber ich kenne dich genau, und ich glaube, Angst entspricht nicht deiner Art.«

Kossori seufzte. »Das würde ich keinem anderen gegenüber zugeben, Moichi, aber Magie macht mir wirklich angst. Und zwar weil sie Gesetzen folgt, die ich nicht begreife. Ich fühle mich ihr gegenüber ohnmächtig, selbst hiermit.« Er ballte seine Hände zu Fäusten und hielt sie vor sein Gesicht. »Selbst mit *koppo* kommt man gegen Magie nicht an.«

Moichi lachte und gab ihm einen Klaps auf die Schulter. »Mach dir nicht so viele Gedanken, mein Freund, hör auf mit dem Grübeln. Nach der Säuberungsaktion durch den Kai-feng und den Dolman ist unsere Welt wie neugeboren. In dieser neuen Zeit ist kein Platz mehr für Magie.« Sie standen auf. »Ich denke, etwas Training im Dojo wird uns beiden guttun.«

Sie verließen den weiten Platz, tauchten in das Gedränge der engen Gassen ein und bogen schließlich links in die ›Kupferfolienstraße‹. Es war das falsche Ende. Im Nu befanden sie sich inmitten einer Gegend voller Straßenstände. Hier war alles so voller Waren und durcheinanderrennender Käufer, daß sie sich wie Fische vorkamen, die gegen eine starke Strömung ankämpfen mußten. Der Duft von Gewürzen hing schwer in der Luft: Zimt, Majoran, Thymian, schwarzer Pfeffer und Muskatnuß, Gerüche, die einem zu Kopf stiegen. Bunt flatternde Tücher und Zinnlampen waren zu lüsternen Figuren geformt, frischer Fisch lag auf geschabtem Eis, Langusten krabbelten durch mit Seewasser gefüllte Behälter. Wie die Rufe seltsamer Waldvögel gellten die Schreie der Händler im Staccato durch die Luft. Feilschende Käufer zwangen sie zu melodramatischem Gejammer, sie rauften sich die Haare, bevor sie ihre Waren gegen Silbertaels eintauschten, um sich dann hinter dem Rücken der Käufer zuzuzwinkern. Echsen in Drahtkäfigen mit leuchtenden Knopfaugen und trockener, runzliger Haut rochen nach feuchtem Lehm. Auf einer Schaukel saßen schnatternd kleine rotbraune Äffchen. Sie zeigten auf die Vorübergehenden und entleerten sich dabei unbeeindruckt in den Schmutz der Straße. Gelbliche Hunde mit zotteligem Fell hockten hechelnd neben den Ständen oder sprangen durch die schmalen Gänge dazwischen. Mütter trugen ihre schreienden, rotgesichtigen Kinder auf dem Rücken, manche schliefen auch friedlich und lehnten mit winzigen, geballten Fäustchen an einer Schulter.

Endlich waren sie am anderen Ende des Bazars und hatten das Gedränge hinter sich. Hier hatten die Händler provisorische Grills errichtet, auf denen Fleisch- und Gemüsestücke über weißglühender Kohle bruzzelten. Beißend scharfer, bräunlicher Rauch hing in der Luft.

Kossori führte Moichi eine knarrende Holztreppe hoch, die Stufen waren vom ständigen Gebrauch abgenutzt und glatt. Sie ließen den ersten Stock hinter sich. Im zweiten mußten sie sich mit dem Rücken gegen die Wand drücken, um einen massigen Kerl mit enormem Brust- und Bauchumfang vorbeizulassen. Er trug nur einen Lendenschurz und schwitzte kräftig. Sie kannten ihn flüchtig, er gehörte zu den vielen Ringern, die häufig hier trainierten. Er grüßte mit einem Nicken und stieg tiefer zu den Bädern im ersten Stock.

Sie gingen zu ihren Schließfächern und zogen einfache weiße Baumwollumhänge über, die ihnen nur bis ans Knie reichten. Anschließend betraten sie nicht den eigentlichen Übungsraum, sondern nahmen die letzte Treppe bis aufs Dach. Sie kamen oft hierher. Nicht nur weil es hier oben ruhiger und abgeschiedener war, sondern auch unvergleichlich viel angenehmer in der frischen Luft, so wie jetzt, unter dem lavendelfarbenen Abendhimmel, in dem sich nur einige Dunststreifen und die schwarzen Silhouetten der über dem Hafen kreisenden Möwen abzeichneten.

Das Dach war auf drei Seiten von Zwergbäumen begrenzt, die man zu knorrig verschlungenen Formen gezüchtet hatte. Sie bildeten ein dichtes Gestrüpp, welches das Dach des Dojo vor allzu neugierigen Augen auf einem der angrenzenden Dächer schützte. Auf der vierten Seite befand sich ein steiler Steingarten, der durch einen geschickt angelegten Wasserkreislauf feucht gehalten wurde. Das Wasser tröpfelte vom höchsten Punkt über die Felsen, und in dieser ständigen Feuchtigkeit gedieh eine Vielzahl von Moosen und Flechten, die wie ein Netz sämtliche Spalten überwucherten, so daß die Felsen wie ein einziges buntes Ganzes wirkten. Es war ein herrlicher Anblick. Der Ort war für tiefe Ruhe und Meditation gedacht, und Kossori kannte ihn, seitdem er in der Stadt war, und das war die längste Zeit seines Lebens. Der Boden des Daches bestand aus breiten Holzbohlen, die nicht durch Nägel, sondern durch Hartholzstifte zusammengehalten wurden. Unzählige Klarlackschichten hatten das Holz über die Jahre hin beinahe hellgelb gefärbt. Es war vollkommen eben, und dank einer ausgezeichneten Drainage an allen vier Ecken gab es nie Schwierigkeiten mit Regenwasserpfützen.

Soweit das Auge reichte, konnte man über den buschigen Kronen der verkrüppelten Bäume die unzähligen, seltsam geformten Dächer Sha'angh'seis sehen. Sie schienen im Südwesten bis ins Meer zu fließen. Die Gebäude verdeckten den sanften Bogen der Uferstraße mit ihren langen Reihen von Lagerhäusern.

Die letzten Sonnenstrahlen versanken im glitzernden Meer. Das reflektierte Licht wurde jetzt so intensiv, daß die Dunstwolken hoch über der Stadt gold- und pflaumenfarben erglühten. Die Dächer verdunkelten sich zu tiefem

Schwarz, ihre Umrisse traten nach dem grellen Licht am Höhepunkt des Sonnenuntergangs noch klarer und schärfer hervor.

Heute abend waren sie hier oben alleine mit dem Wind und der alles umhüllenden Dunkelheit, die sich wie ein von unbekannter Hand über den Himmel gezogener Gebetsschal immer weiter nach Westen hin ausbreitete.

Sie begannen mit ihren Aufwärmübungen. Moichi sagte: »Erzähl mir, Kossori, was geht dir bei Aerent gegen den Strich?«

Kossori beendete erst seine tiefen Atemübungen, dann antwortete er: »Es ist das, wofür er steht, Moichi. Ich fürchte, ich komme mit Machthabern nicht zurecht. Der Regent ist wirklich kein schlechter Kerl. Nur hat er sich für die falsche Sache entschieden.«

»Aber glaubst du nicht, daß ein Herrscher auch ein Wohltäter sein, dem Staat wirklich nützen kann?«

»Nein«, sagte Kossori schlicht. »Das glaube ich nicht.«

»Aber bestimmt ...«

»Hör zu, mein Freund. Macht hat noch nie etwas Gutes bewirkt. Natürlich gibt es Leute, deren Absichten anfangs gut sind. Aber wer einmal von der Macht gekostet hat, verfängt sich in ihrem Netz. Es gibt keine Ausnahmen.«

»Mit anderen Worten — Macht korrumpiert?«

»Genau. Der Verstand nimmt sich selbst immer wichtiger, und die Seele verkümmert zur Bedeutungslosigkeit. Es ...«, sein Kopf fuhr plötzlich herum. Er flüsterte: »Zurück.«

»Was ...?«

»Schnell, Mann. Tu, was ich sage!«

Moichi trat einen Schritt zurück, bis er das Dickicht der Bäume streifte. Er sah in die Richtung, in die Kossori starrte. Südlich von ihnen war wie von selbst ein Schatten aus der Nacht aufgetaucht. Trotz seiner Schnelligkeit bewegte er sich leise und geschmeidig. Leichtfüßig wie ein Rauchwölkchen übersprang er die schmalen Abgründe zwischen den Häusern. Eine kühle Brise vom Meer fuhr mit einem

Rauschen in die stacheligen Blätter der Bäume. Moichi schauderte leicht, seine Muskeln spannten sich. Der Schatten kam immer noch näher. Seine fließenden Bewegungen hypnotisierten ihn. Nichts schien den Energiefluß zu unterbrechen: Rennen, Springen, Rennen, Springen.

Jetzt spurtete der Schatten über das Dach des angrenzenden Gebäudes und gewann klare Umrisse. Er bewegte sich jedoch so rasch, daß Moichi erst merkte, was es war, als er bereits auf ihrem Dach gelandet war.

Ein Mann, von Kopf bis Fuß tiefschwarz gekleidet, weite Hosen, Schärpe, offenes Hemd. Sogar sein Gesicht war schwarz. Es war hinter einer Maske verborgen, die nur einen schmalen Schlitz offen ließ — gerade genug für ungehinderte Sicht. Er tanzte über das glatt polierte Holz auf sie zu. Seine Füße schienen durch die fortschreitende Dunkelheit zu gleiten. In einer Hand trug er eine Art ovaler Schachtel. Sie war ebenfalls tiefschwarz, an beiden Seiten flach, und hing an einer derben Lederschnur. Die andere Hand war leer.

»Jhindo«, zischte Kossori dicht neben Moichi.

Moichi hatte schon von diesen sagenhaften Geschöpfen gehört. Man heuerte sie als Mörder und Spione an. Angeblich kannten sie unendlich viele Arten des Tötens, Verstümmelns und des sich Verkleidens; sie konnten jeder Falle entkommen und erledigten ihre geheimen Aufträge immer. Jetzt hatte Moichi jedoch den ersten in Fleisch und Blut vor sich, und ihm fiel die Geschichte des Dai-San ein, der von dem Jindho berichtet hatte, der in die Zitadelle von Kamado eingedrungen war. Er hatte Moeru umbringen wollen, war statt dessen jedoch von seinem Opfer getötet worden. Jindho waren also nicht unbesiegbar. Allerdings war Moeru ein Bujun gewesen, und großartigere Krieger gab es nirgendwo auf der Welt.

Der Jhindo schien sie angreifen zu wollen.

Kossori stand ganz ruhig da und betrachtete die Gestalt, die jetzt langsam näherkam. Er hob die Hände, mit den Handflächen nach außen, ganz ruhig und scheinbar gelassen. »Laß dich bitte nicht aufhalten. Wir wollen dir nichts Böses.«

Der Jhindo sagte nichts, sondern setzte nur bedächtig die ovale Schachtel auf dem Boden ab. Dann ließ er die Schnur los. Er war groß, und als er jetzt zum erstenmal etwas sagte, schien er noch zu wachsen. »Es ist euer Pech, daß ihr gerade jetzt hier seid. Ich kann erst weiterziehen, wenn alle Spuren meiner Anwesenheit ausgelöscht sind.«

Kossori ließ den Jhindo nicht aus den Augen. Trotzdem waren seine leisen Worte direkt an Moichi gerichtet. »Misch dich nicht ein, mein Freund. Und dreh ihm vor allem nicht den Rücken zu. Die Jhindo besitzen eine Reihe von Metallwaffen, die tödlich sein können, wenn sie präzise geschleudert werden. Sieh ihnen ins Gesicht, dann hast du eine Chance.«

»Zum letztenmal, zieh weiter«, sagte Kossori zu der Gestalt vor ihnen.

»Sicher«, sagte der Jhindo, »das werde ich tun. Sobald ihr beide mit leerem Blick in den Himmel starrt.«

Dann holte er mit seiner Linken aus und ging auf Kossori los. Kossori tauchte weg. Die Bewegungen waren so schnell, daß Moichi sie jetzt kaum noch deutlich verfolgen konnte. Der Jhindo hatte den Angriff nur vorgetäuscht, von irgendwoher holte er eine dünne, geflochtene Schlinge mit einem Knoten in der Mitte. Er warf sie Kossori um den Hals, war mit einem Schritt hinter ihm und riß die beiden Enden auseinander, so daß der Knoten ihm die Kehle zuschnürte.

»Uch!« Moichi hörte Kossoris kurzen Aufschrei und wollte ihm helfen. Er umkreiste die beiden, konnte aber nichts machen, sie waren so ineiander verschlungen, daß jeder schnelle Schlag auch Kossori hätte treffen können.

Kossori fluchte innerlich, weil er sich von dem Jhindo hatte übertölpeln lassen. Sein Atem ging bereits schwer, durch den raschen Blutmangel wurden seine Nackenmuskeln gefühllos. In seinem Kopf pochte es. Es war nur eine Frage der Zeit, bis er durch die Schlinge das Bewußtsein verlieren würde. Zuerst versuchte er zuzutreten, aber das hatte der Jhindo erwartet und wich tanzend aus. Dann gebrauchte Kossori seine Ellenbogen und stieß mit aller Kraft zu, die ihm geblieben war. Endlich kam das erwartete Stöhnen. Die Schlinge weitete sich gerade genug, daß er sich umdrehen konnte und seinen Gegner vor sich hatte. Ein winziges Messer glitt aus dem Ärmel des Jhindo in seine offene Hand. Kossori ließ es zu und beobachtete, wie der schwungvolle Hieb auf ihn zukam. Er hatte den richtigen Angriffswinkel geahnt. Jetzt war ihm alles egal. Mit seiner Rechten schlug er dem Jhindo von innen gegen das Handgelenk, und die Klinge flog in die Nacht, schlitterte funkelnd über die Holzbohlen, bis sie endlich, wie ein Tropfen Blut schimmernd, liegenblieb. Statt dessen hatte der Jhindo jetzt ein Jitte, ein doppelschneidiges Messer in der einen und einen mit schwarzen Metalldornen bewehrten Totschläger in der anderen Hand.

Der Jitte blitzte kurz auf, dicht gefolgt von der Dornenhand in einer todbringenden Zweierkombination und erschreckend schnell, vielleicht sogar schneller als Kossoris Bewegungen. Aber Schnelligkeit war nicht alles.

Der Jitte riß Kossoris weißen Umhang auseinander. Im fahlen Licht des gerade aufgegangenen Mondes kam seine Haut darunter bleich zum Vorschein. Dann fanden die Dornen ihr Ziel und bohrten sich in das Fleisch seiner linken Schulter.

Der Jhindo war am Ende seiner Künste. Immerhin stand ihm diese Erkenntnis ins Gesicht geschrieben, Sekundenbruchteile bevor Kossoris knallharte Finger in einem bestimmten Winkel auf ihn prallten. Der Schlag kam für das Auge zu schnell und war so gewaltig, daß das rechte Handgelenk des Jhindo riß, als wäre es aus Bambus. Noch mit demselben Aufwärtsschwung zertrümmerte Kossori ihm beidhändig die Schultern. Der Jhindo sackte zusammen. Bevor er sich noch auf dem Holzdach ausstrecken konnte, hatte Kossori ihm mit einem letzten blitzschnellen, vernichtenden Schlag das Rückgrat gebrochen.

Als Moichi zu Kossori trat hatte er das Gefühl, durch Wasser zu gehen. Er hatte oft mit seinem Freund zusammen trainiert und wußte, welche Wirkung die tödliche Kunst des *Koppo* auf Holz und Metall hatte. Noch nie war ihm aber zu Gesicht gekommen, wie sie gegen einen Menschen angewandt wurde, und er war entsetzt, welche Zerstörung einige so knappe Bewegungen anrichten konnten. Kein Wunder, daß Kossori nie bewaffnet war. Wozu brauchte er die üblichen Waffen, wenn er in die Geheimnisse des *Koppo* eingeweiht war?

»Wo hast du das gelernt, Kossori?«

Der starrte noch auf den zerschmetterten Körper des großen Jhindo, düster sickerte das Blut durch seine tiefschwarze Kleidung und sammelte sich in einer Pfütze. »Wir müssen jemanden rufen, der hier saubermacht«, sagte er fast abwesend.

»Kossori?« Moichi legte ihm sachte die Hand auf die Schulter. »Ist alles in Ordnung?«

»Er war nicht schlecht.« Kossoris Stimme verhallte in der Nachtluft wie ein Spuk. »Und schnell.«

»Kossori.« Moichi stellte sich vor seinen Freund und sah, wie sein Blick allmählich wieder klar wurde.

Er schüttelte lächelnd den Kopf. »Das zu erlernen dauert eine Weile, mein Freund. Die eigentliche Schwierigkeit bei der Beherrschung des *Koppo* liegt in der geistigen Anspannung. Außerdem packt einen so etwas wie eine Art Tötungsrausch. Woher sollten wir sonst die Kraft nehmen, um ...« Er streckte die Hand aus. Moichi warf einen Blick auf den zusammengesackten Körper. Er sah aus wie eine Marionette, die ein wütendes Kind zerrissen und dann weggeworfen hatte.

Kossori riß einen Streifen aus seinem Gewand und verband sich die vier Stichwunden von den Metalldornen des Jhindo. »Glück gehabt«, sagte er. »Sie hätten vergiftet sein können.«

Moichi ging das kurze Stück hinüber zu der ovalen Schachtel, die auf dem Boden lag. »Was er wohl vorhatte?«

Kossori trat neben ihn. »Bestimmt nichts Gutes. Mach sie auf. Bestimmt enthält sie einen Hinweis auf seinen nächtlichen Auftrag.«

Moichi bückte sich und öffnete den lackierten Deckel.

Er sah zuerst den blauschwarzen Zopf, der von Duftöl glänzte. Es mußte Stunden gedauert haben, es aufzutragen; das Haar war sorgsam und edel frisiert. Auch das hatte lange gedauert. Die Mandelaugen darunter waren leicht überrascht geöffnet, ebenso wie die dicken Lippen, die zu protestieren schienen. Auf den gelben Zähnen schimmerte noch etwas Speichel. Unter dem Nackenstumpf hatte sich dunkel und düster Blut angesammelt, das allmählich gerann. Nur die dünne Lackschicht innen verhinderte, daß es aus dem Behälter troff.

»Ich will nichts davon wissen.«

»Aber ich bitte dich um einen persönlichen Gefallen. Ich …«

»Laß dir eines gesagt sein, mein Freund — Rätsel liegen mir nicht. Das war schon immer so. Das ist etwas für Experten wie dich. Ich bin nicht so dumm, mich an etwas zu versuchen, das ich nicht begreife und für das ich einfach nicht geschaffen bin.«

»Hör doch erst mal zu, Kossori. Ich will dir doch erklären, wie du mir helfen kannst.«

»Unsinn!« Kossori sah ihn argwöhnisch an, schwieg aber jetzt.

Sie saßen an einem groben Holztisch in einer Taverne der ›Eisenstraße‹, in der es lebhaft und geschäftig zuging. Man hatte ihnen riesige Zinnteller mit geröstetem Geflügel, in heißem Öl gebackenes Gemüse und Sesam vorgesetzt. Zwischen ihnen stand eine Flasche aus gebranntem Ton mit gelbem Wein. Ihre grifflosen Becher waren allerdings leer.

»Gestern abend wurde jemand ermordet …«

»Stimmt, na gut. Einer von mehreren Hundert in Sha'angh'sei. Und weiter?«

»Unterbrich mich nicht dauernd. Ich will es dir erklären.«

Kossori grinste und breitete beschwichtigend seine Hände aus. »Bitte, laß dich nicht stören.« Er fing an zu essen, während Moichi redete.

»Das Seltsame ist«, kam Moichi jetzt zum Schluß, »die beiden wurden auf völlig unterschiedliche Weise umgebracht.«

Kossori hob kurz die Schultern. »Das bedeutet nur, daß es zwei Mörder waren. Ganz einfach.« Er wischte sich mit dem Handrücken das Fett vom Mund.

Moichi schüttelte den Kopf. »Nein, ganz so einfach ist es nicht. Omojiru wurde schnell, effektiv und kaltblütig umgebracht, wie von einer — einer Maschine.«

Kossori blickte ihn fragend an. »Maschine? Was ist das?«

Zu spät merkte Moichi, daß er das seinem Freund unmöglich erklären konnte. Er hatte selbst nie eine Maschine gesehen, jedoch hatte ihm Dai-San auf ihrem langen Treck durch die dichten Dschungel um Xich Chih eine beschrieben. Er mußte sich, so gut es ging, behelfen. »Ich meinte, von etwas nicht Menschlichem.«

»Verstehe. Und der andere? Dieser Fremde — woher kam er noch?«

»Aus Kintai.«

»Richtig. Und wie ist er umgekommen?«

»Auf sehr seltsame Weise. Irgend etwas hat mich daran beunruhigt.« Er beschrieb, was mit dem Herz des Mannes geschehen war.

Kossori legte seine Eßstäbchen neben seinen halb leergegessenen Teller. »Du hast recht, das ist äußerst unangenehm. Aber auf dieser Welt gibt es mehr Wege, Informationen aus jemandem herauszubekommen, als wir beide in einem ganzen Leben zusammentragen könnten. Angeblich sind die Bujun darin am geschicktesten. Und wie soll ich dir deiner Meinung nach nun helfen?«

Zwei Grüne kamen durch die Eingangstür, sahen sich kurz im Raum um und setzten sich an einen leeren Tisch gleich rechts neben der Tür. Moichi hatte sie genau vor sich. Sie fingen an, sich zu unterhalten.

»Genau weiß ich es auch nicht. Es ist eher ein Gefühl.« Er zuckte mit den Schultern. »Vielleicht stimmt es auch nicht.«

Die Kellnerin kam, aber sie winkten sie wieder weg.

Kossori tippte auf Moichis kräftiges Handgelenk. »Auf jeden Fall ist es gut, daß du dich für etwas interessierst. Diese Stadt langweilt dich doch.«

Moichi lächelte. Aus den Augenwinkeln hatte er beobachtet, wie die Grünen herübersahen. Als er ihre Blicke erwidern wollte, waren ihre Augen bereits wieder woanders. Jetzt vermied er es, in ihre Richtung zu blicken. Sie schienen in ihre Unterhaltung vertieft. »Ich fürchte, in letzter Zeit denke ich immer häufiger an zu Hause.«

»Aber das ist doch nur gut!« Kossori stopfte sich ein letztes Gemüsestück in den Mund, kaute und schluckte. »Es wird Zeit, daß du nach Hause kommst.« Er lächelte. »Du weißt gar nicht, wie glücklich du dich schätzen kannst, eine Familie zu haben.«

Moichi wandte leicht den Kopf, konnte aber immer noch nicht die Hände der beiden sehen. Er griff in seine Schärpe und holte einige Münzen hervor. »Fertig?« fragte er und warf die Kupferstücke auf den Tisch, ohne eine Antwort abzuwarten.

»Du gibst viel zuviel Trinkgeld«, bemerkte Kossori. »Warte doch auf das Wechselgeld.«

»Steh auf«, drängte ihn Moichi flüsternd. »Wir müssen sofort verschwinden.«

Er behielt die Grünen im Blick, bis sie die Tavernentür hinter sich geschlossen hatten. Das Gedränge auf der ›Eisenstraße‹ hatte wegen der späten Stunde bereits etwas nachgelassen. Sie bogen zweimal links ab. Schnell und ohne zu sprechen traten sie in einen Durchgang, der auf die ›Grüne Grillengasse‹ führte. Sofort verschluckten sie die dunklen Schatten. An beiden Enden flackerte gelblich die nächtliche Beleuchtung der breiteren Straßen.

»Also gut«, sagte Kossori, als sie einen Augenblick stehen blieben. »Was hast du gesehen?«

»Diese Grünen.« Er behielt die Straße nach vorne und hinten im Blick. »Ich glaube, sie haben nach mir gesucht.«

»Aber warum?«

»Ich kann mir einen guten Grund vorstellen.« Er erzählte Kossori von dem Überfall am frühen Morgen. »Gehen wir weiter.«

Sie waren erst ein paar Schritte weit gekommen, als er abrupt stehenblieb und Kossori mit einer Handbewegung zurückhielt. Er deutete mit dem Kopf. »Da vorne.«

Das Klappern von Stiefeln auf dem Boden, Abfall raschelte. Ratten flitzten hin und her.

»Wer ist da?« rief Moichi und zog seinen Säbel. Er spürte, wie sich Kossori neben ihm bereit machte und die Muskeln spannte.

Einen Augenblick lang war es absolut still. Selbst die kleinen Aasfresser verhielten sich ruhig, als spürten sie die Spannung in der Luft. Moichi sah seinen und Kossoris Schatten vor ihnen über die feuchte Mauer flackern, sie wurden vom Straßenlicht auf der ›Blessantstraße‹ hinter ihnen über jedes menschliche Maß in die Länge gezogen. In der beängstigend engen Umgebung wirkten sie grotesk und monsterhaft.

»Moichi Annai-Nin!« Das kam aus der Dunkelheit vor ihnen. »Wir kommen dich holen.« Die Stimme klang fest und befehlsgewohnt.

»In wessen Auftrag?« wollte Moichi wissen.

»Im höchsten Auftrag unseres Tai-pan, des Du-Sing von den Ching Pang.«

»Machen wir diesen Abschaum fertig«, zischte Kossori ihm ins Ohr. Moichi ignorierte ihn.

»Was wünscht euer Tai-pan von mir?« fragte er.

»Das wird dir Du-Sing persönlich sagen«, antwortete die Stimme aus der Dunkelheit.

Jetzt sah Moichi, daß vorne aus dem Durchgang zur ›Grünen Grillengasse‹ kein Licht mehr drang.

»Seid bitte vernünftig«, sagte die Stimme. In diesem Augenblick verschwanden ihre Schatten auf der Wand. Mehrere Gestalten versperrten den Eingang der Gasse. Von der Hauptstraße drang kein Licht mehr herein.

Der Raum war ganz mit Bambus ausgekleidet, das man der Länge nach gespalten und klar lackiert hatte, so daß es im Licht der überall auf den niedrigen Tischen und Vorsprüngen verteilten Öllampen glänzte. Die Dachluke stand offen und gab den Blick frei auf die eiskalt glitzernden, weit entfernten Sterne, die so hart funkelten wie Diamanten. Der Mond war nicht zu sehen.

Der Mann ihnen gegenüber war so kolossal, daß seine Masse über den Bambussessel zu fließen schien, und das, obwohl es sich offenbar um eine Maßanfertigung handelte. Er trug safrangelbe Seidenhosen, aus denen man vermutlich ein ganzes Zelt hätte schneidern können, dazu eine kurze, knopflose Jacke mit weiten Ärmeln aus dem gleichen Material. Die Jacke war gefüttert und so tief ausgeschnitten, daß man weite Teile seiner Brust sehen konnte. Auf seiner nackten Haut baumelte wie ein zweites Herz ein riesiger Turmalin, der jeder seiner Bewegungen folgte.

Schon beim ersten Hinsehen fiel einem dieses Gesicht auf, in dem ein lebenslanger Guerillakrieg seine harten, grausamen Spuren hinterlassen hatte. Es war flach und rund wie der Mond und strahlte eine Macht aus, die so alt war wie das Delta, auf dem das Stadtgebilde errichtet worden war. Es hieß, Du-Sing, der Tai-pan der Ching Pang, der Grünen, wäre ein Abkömmling der Erde, und die Erde würde ihm gehorchen.

»Meine Herren.« Seine Stimme klang wie fernes Donnergrollen, man konnte sie nicht nur hören, sondern auch spüren. »Tee?«

Moichi nickte schweigend, Kossori blickte starr geradeaus wie eine Statue.

Ein winziges Zucken in Du-Sings Augen, und schon setzte sich ein junger Mann in schwarzen Baumwollhosen und wattierter Jacke in Bewegung. Er füllte die Tassen auf einem verzierten Silbertablett, das auf dem langen Tisch längs der einen Wand des Raumes stand. Moichi nahm eine Tasse, aber Kossori lehnte ab. Moichi konnte nichts daran ändern. Er nippte an dem heißen Tee.

Du-Sing wartete seinen ersten Schluck ab, dann sagte er: »Es gab Zeiten, in denen wir gut zusammengearbeitet haben.« Er meinte den Kai-feng, als alle wie in einer großen Familie vereint gewesen waren. »Aber das ist lange her.« Der Tai-pan hatte zwischen den beiden Bemerkungen gerade lange genug eine Pause gemacht, um der letzteren einen drohenden Unterton zu geben. »Bei den Ching Pang erinnert man sich an dich aus dieser Zeit voller Wohlwollen, Moichi Annai-Nin.« Er seufzte. Es hörte sich an, als wolle ein Damm bersten und Baumstämme brechen. »Deswegen empfange ich dich in allen Ehren, anstatt dich hinrichten zu lassen.« Er schnippte mit den Fingern. Der junge Mann sprang ihm zur Seite und stellte ihm eine Tasse heißen Tees in die Hand. Sie verschwand in seiner riesigen Faust, und er leerte sie in einem Schluck. »Und wie geht es dem Dai-San, Moichi Annai-Nin?«

»Es geht ihm gut, Du-Sing.«

»Gut. Gut.«

Der Tai-pan hatte alles gesagt.

»Warum wurde ich heute morgen von den Ching Pang angegriffen?« fragte Moichi. »Wie du selbst gesagt hast, bin ich nicht dein Feind.«

»Richtig.« Du-Sing hob einen seiner fetten Finger. »Ich habe dich für einen Freund der Ching Pang gehalten. Und trotzdem hast du einen Spion der Hung Pang begleitet.«

»Er war ein vom Regenten gesandter Bote, der mich zum Seifu-ke bringen sollte. Das ist alles.«

»Wirklich?« Er hob fragend eine Braue. »Das wird sich herausstellen. Und zwar sofort.« Er lugte Moichi über den Rand seiner zarten Teetasse mit den Goldschnittschmetterlingen an, fast als wäre er ein schüchternes junges Mädchen bei ihrer ersten Verabredung. »Ich hatte eine Unterredung mit dem Regenten. Eine lange Unterredung. Er hat sich bereit erklärt, alle Hung Pang aus seinen Diensten zu entlassen.«

»Tatsächlich?« Es war mehr als unwahrscheinlich, daß Aerent einer solchen Abmachung zugestimmt hätte.

»Zweifelst du an den Worten eines Tai-pan?« Seine Augen funkelten kurz zornig zwischen den Fettwülsten auf. Dann erlosch der Funke ebenso schnell wieder, und ein dünnes Lächeln umspielte seine wulstigen Lippen. Weiter kam es nicht. »Aber nein, natürlich nicht. So unhöflich könntest du gar nicht sein, nicht wahr, Moichi Annai-Nin? Du hast viel zu viele hochgestellte Freunde in Sha'angh'sei, um nicht beurteilen zu können, wie überaus dumm ein solches Verhalten wäre.« Er winkte nach mehr Tee und wurde bedient.

»Können wir endlich erfahren, worum es geht?« fragte Kossori. Moichi packte ihn bestürzt am Arm.

»Wie bitte?« Du-Sing hob eine Braue. »Habe ich richtig gehört?« Er erinnerte Moichi an einen großen Bühnenschauspieler. Was war eigentlich los, und was setzte man seinetwegen in Szene?

Der Tai-pan stellte seine Tasse ab und schob sie weg. »Wie ich sehe, ist dein Freund weit weniger mit dem höflichen Umgang vertraut als du, Moichi Annai-Nin. Nun gut, wie dem auch sei, ich werde sofort zur Sache kommen. Ich war nur deswegen etwas ausweichend, weil sie so schmerzlich ist.« Er legte seine riesige Pranke auf das Herz und stand zum erstenmal auf. »Es geht um meinen Sohn, meinen jüngsten Omojiru, der von den Hung Pang ermordet wurde. Dies ist eine unverzeihliche Schmach. Darüber sollte sich sogar dein barbarischer Freund im klaren sein, was Moichi Annai-Nin? Ohne Zweifel bist du es.« Plötzlich war das Feuer in seinen Augen echt, und sein Gesicht hatte sich in die schreckliche Fratze eines Rachegottes verwandelt. Stampfend kam er einen Schritt auf Moichi zu, der spürte, wie Kossori sich wieder anspannte. Er betete, sein Freund möge sich ruhig verhalten. Er hatte zwar keinerlei

Anzeichen von Wachen bemerkt, seit sie das innere Heiligtum des Tai-pan betreten hatten, dennoch war er nicht so naiv zu glauben, sie wären alleine mit Du-Sing. *Koppo* oder nicht, sollte Kossori irgendeine bedrohliche Bewegung machen, wären sie beide innerhalb von Sekunden tot.

»*Mein Sohn* ist ermordet worden, Moichi Annai-Nin!« blaffte Du-Sing. »Die Frucht meiner Lenden. Meine Familie und ich und die Ching Pang sind es, die jetzt um ihn trauern. Mit welchem Recht mischst du dich in eine Angelegenheit ein, die dich nichts angeht?«

»Was du sagst, ist nicht ganz richtig, Du-Sing. Genau genommen hat mich deine Familie bereits hineingezogen. Heute morgen haben Ching Pang versucht, mich umzubringen. Eine solche Drohung stecke ich nicht einfach weg. Für die Toten kann ich nichts. Ich habe jedes Recht, mich zu verteidigen. Schließlich habe ich nichts von ihnen gewollt.«

»Aber dein Begleiter war ein bekannter Spion der Hung Pang.«

»Er war ein Bote des Regenten.«

»Noch schlimmer!« brauste der Tai-pan auf. »Bei allen Göttern, Moichi Annai-Nin, die Ching Pang brauchen sich nicht bei dir zu entschuldigen! Ständig arbeiten die Hung Pang gegen uns. Aber jetzt sind sie zu weit gegangen. Sie haben Omojiru kaltblütig umgebracht ...«

»Es gibt gute Gründe für die Annahme, daß die Hung Pang nichts mit dem Tod deines Sohnes zu tun haben, Du-Sing. Wir haben ...«

»Ruhe!« donnerte der Tai-pan. »Was weißt du, ein Iskamen, von den Hung Pang? Oder den Ching Pang? Daß ich dich nicht hinrichten lasse, hast du nur deiner Freundschaft mit dem Dai-San zu verdanken. Omojirus Tod geht nur uns alleine etwas an, sonst niemanden. Ist das klar?«

»Vollkommen«, sagte Moichi.

»Dieser Mord wird bereits während dieser Unterhaltung gerächt. Mehr brauchst du nicht zu wissen.« Er klatschte einmal in die Hände. »Chei wird euch hinausbringen.« Damit glitt er ohne ein weiteres Wort aus dem Raum, erstaunlich behende für jemanden mit solch ungeheurer Leibesfülle.

»Wenn ich den so vor mir sehe, würde ich ihm am liebsten den Hals umdrehen«, sagte Kossori, als sie wieder draußen auf der ›Schwarzfuchsgasse‹ standen. Moichi riet ihm, den Mund zu halten, dann bogen sie rechts auf die breite Durchgangsstraße ein. Er wußte auch ohne sich umzudrehen, daß ihnen die Augen der Ching Pang folgten. Sie schlenderten weiter, obwohl sie es eilig hatten, diesen Stadtteil, eine Hochburg der Ching Pang, zu verlassen. Hier konnten sie niemandem trauen. Die Ladenbesitzer, Fußgänger, Priester und Geldverleiher, alle standen hier in den Diensten der Grünen.

Kossori ließ sich nicht beirren. »Ich weiß beim besten Willen nicht, warum wir uns das scheinheilige Gequatsche dieses anmaßenden Windbeutels angehört haben.«

Moichi sah ihn an und mußte lächeln. »Dieser anmaßende Windbeutel, wie du es so elegant formulierst, hätte uns ganz nach Belieben enthaupten lassen können. Hinter den Türen dieses Raumes waren mindestens fünfzig schwerbewaffnete Ching Pang versteckt.«

»Huh!« Mehr sagte Kossori nicht, aber Moichi sah, wie beeindruckt er war. »Dann gehst du der Sache also nicht weiter nach?«

»Wie kommst du darauf?« fragte Moichi.

»Na ja, ich weiß nicht. Vielleicht wegen des Gequatsches dieses Fettwanstes. Ich wüßte nicht, wie ich sonst auf eine so abwegige Idee kommen sollte.« Er schnaubte.

Moichi warf den Kopf zurück und schlug seinem Freund lauthals lachend auf die breite Schulter. »Ich würde mir über Du-Sing nicht allzu viele Sorgen machen, Kossori.«

»Verstehe. Hunde, die bellen, beißen nicht«, sagte er voller Sarkasmus.

»Nein, Unsinn. Ich muß mich nur mehr in acht nehmen, das ist alles. Wahrscheinlich bleibe ich ohnehin nicht mehr lange hier. Ich nehme an, daß Aerent bis morgen früh alle Informationen über Kintai hat, dann …«

»Dahin willst du also!« platzte Kossori heraus.

»Ich denke schon. In Sha'angh'sei sind wir in einer Sackgasse gelandet. Wenn wir herausfinden wollen, wer die beiden umgebracht hat, müssen wir in Kintai mit der Suche anfangen. Möchtest du mitkommen?«

»Ich?« Kossori mußte lachen. »Bei den Göttern, nein! So etwas liegt mir nicht.«

»Denk wenigstens noch einmal in Ruhe darüber nach. Ich werde wohl erst in einigen Tagen abreisen.«

»Also gut, wenn es dich glücklich macht. Aber ich warne dich, an dem Ergebnis wird sich nichts ändern.« Er rieb zufrieden die Hände. »Ich schlage vor, jetzt vergessen wir diese Geschichte und gehen eine Weile in den Saito-gushi.«

Moichi lachte. »Keine schlechte Idee.«

Kossori schmunzelte lüstern. »Das will ich meinen.«

Das Gebäude war reich verziert und hatte drei Stockwerke aus glänzendem, schwarz und zinnoberrot lackiertem Holz. Man erreichte es nur über eine geschwungene Brükke, die über den schmalen, aber recht tiefen Befestigungsgraben rings um das Gebäude gespannt war. Man hatte es auf einem Grundstück errichtet, das einmal nahe am Meer gelegen hatte. Während des Idai Na Nami jedoch, dessen Flutwelle der Überlieferung nach sogar die Sonne verdunkelt haben soll, war das Meer durchgebrochen und hatte sich mit gewaltiger Wucht auf das Land geworfen. Es wurde regelrecht weggespült, und dann bildeten sich die beiden Kanäle, aus denen man später die Befestigungsgräben baute. Wie gerade der Saito-gushi der ansonsten allgegenwärtigen Zerstörung während des Ida Na Nami entgangen war, bildete in Sha'angh'sei noch heute Anlaß zu zahlreichen Vermutungen. Onna jedenfalls, die Besitzerin des Saito-gushi, führte es darauf zurück, daß sie und ihre Mädchen die Lieblinge Kay-Iro Des waren und daß sie deswegen verschont worden seien. Viele waren der gleichen Überzeugung. Und so blieb der Saito-gushi seitdem einen

Abend in der Woche geschlossen. Alle Bewohnerinnen konnten dann quer durch die Stadt in das alte Kubaruviertel pilgern und an einem Gottesdienst in einem Tempel teilnehmen, den man nach Sha'angh'seis legendärer Beschützerin benannt hatte.

Tatsächlich spürte man die Aura der Schlangengöttin schon, wenn man den ersten Fuß auf die Brücke setzte. Die Geländer waren ihrer Gestalt nachempfunden, und in den geschwungenen Holzboden hatte man ein vergoldetes Relief des Kay-Iro De eingelassen. Diese deutlichen Zeichen des Übernatürlichen gaben einem zusammen mit der beinahe halbkreisförmigen Brücke das Gefühl, man durchschreite eine unsichtbare Barriere, ließe die wirkliche Welt hinter sich und beträte ein fantastisches Königreich der Mythen, in dem alles möglich war.

Moichi wußte aus eigener Erfahrung, daß dies weit mehr der Wahrheit entsprach als sich jemand vorstellen konnte, der zum erstenmal durch diese Pforte trat. Denn hinter den Mauern des Saito-gushi wartete das prächtigste Aufgebot an Frauen seit dem Tode Techos.

Die Türen waren mit Messing beschlagen und von einer steinharten spiegelnden Substanz umgeben. Sie gingen wie die Tore einer schweren Befestigungsanlage nach innen auf und hätten wegen ihrer Dicke tatsächlich auch einer Burg zur Ehre gereicht.

Innen jedoch war es warm und gemütlich. In den an die lange Vorhalle angrenzenden winzigen Kammern zog man allen Besuchern die Straßenkleider aus, ganz gleich, wie reich und elegant sie waren. Anschließend wurden die Gäste zum Baden geführt. Danach zogen alle die hauseigenen Seidengewänder an, und damit gab Onna jedem, der durch ihr Tor trat, zu verstehen, daß er sich unabhängig von seiner Stellung draußen unter ihre Herrschaft begeben hatte. Hier war Onnas Stimme Gesetz. Seit sie den Saito-gushi leitete, hatte dies noch niemand in Frage gestellt.

Nach dem Baden führte man Moichi und Kossori in ihren neuen Gewändern wieder in die Vorhalle. Der Boden bestand hier aus nacktem, auf Hochglanz poliertem Holz. Auch die Wände waren kahl. Als sie jedoch durch einen fast kreisrunden Durchgang gingen, betraten sie die wahre Welt des Saito-gushi. Der Boden war hier überall mit tiefem, scharlachrotem Teppich bedeckt. In den kleinen Zimmern, die kein Ende zu nehmen schienen, standen all die niedrigen Tische, die Rundtabletts und die Eß- und Trinkgefäße aus purem Gold. Die kühlen, abgedunkelten Gänge zwischen den Zimmern hatten ausnahmslos eine Ebenholzdecke und Wände aus duftendem Zedernholz. Andere, größere Zimmer wurden von zierlichen Ebenholzgittern unterteilt, die mit reichlichen Schnitzereien versehen waren. In einer entlegenen Ecke des ausgedehnten, verwinkelten Gebäudes gab es sogar einen Miniaturtempel aus Kanton. Derart gesinnte Kunden brauchten also nicht auf eine Messe oder den Segen der Heiligen Tage im Frühjahr oder Hochsommer zu verzichten.

Eine Frau in einem rosa Seidengewand mit weißen aufgestickten Nelken empfing sie gleich hinter der Schwelle. Sie war etwas rundlich und wirkte wie eine Verkörperung des Mütterlichkeitssymbols. Ihr Gesicht war weiß, ihre Lippen scharlachrot geschminkt. Ihre Zähne, das wußte Moichi, schimmerten genauso weiß wie die all ihrer Frauen — im Gegensatz zu den Prostituierten in den Straßen der Stadt, von denen verlangt wurde, daß sie ihre Zähne schwarz lackierten. Mit einem Lächeln verbeugte sie sich vor ihnen. Ihre schwarzglänzenden Haare hatte sie zu einem verwirrenden Knoten gebunden und zwei halbmeterlange Stäbchen aus Elfenbein hindurchgesteckt. Ihre dunklen, lachenden Augen und ihre rundlichen, bleichen Hände schienen nie still zu stehen. Sie waren ständig in Bewegung, als wollten sie geheime Botschaften signalisieren. Immer bester Laune war sie aufgeregt wie eine Mutter am Hochzeitstag ihrer Tochter.

Sie beugte sich vor und küßte beide vergnügt auf die Wange.

»Wie schön, euch mal wieder zu sehen, Jungs.« Sie zeigte auf Kossori. »Hör mal, Süßer, ich sehe, du hast abgenommen. Wir werden dich erst wieder gehen lassen, wenn du wieder etwas zugelegt hast.« Ihre Stimme klang wie ein zartes, von einem Virtuosen gespieltes Instrument. Ein Wohlklang, der einen leicht vergessen ließ, daß sie elf Jahre intensiven Trainings gebraucht hatte, um ihn zu erzielen.

Das war also Onna, oder genauer Onna-shojin. Es war eigentlich eher ein Titel als ein Name. Er bedeutete Mätresse, und genau das war sie auch. Ihren richtigen Namen kannte niemand. Es hatte eine Weile gedauert, bis alle sie Onna nannten.

»Alle sind bereit«, sagte sie. Sie rühmte sich, die Wünsche ihrer Kunden zu kennen, sobald sie einmal die Pforten des Saito-gushi durchschritten hatten. Was Kossori und Moichi betraf, hatte sie sich noch nie geirrt.

Die Frauen erwarteten sie in einem der kleinen Zimmer. Überall auf den Tischen standen goldene Tabletts mit Zukkerwerk und einer Anzahl exotischer Liköre aus fernen Ländern, die auf Onnas ausdrückliche Empfehlung hin importiert worden waren.

Zwei der Frauen waren zierlich, aber gut gerundet. Sie hatten helle Haut und sahen sich so verblüffend ähnlich, daß sie gut Zwillinge sein konnten. Vielleicht waren sie es sogar. Die beiden waren für Kossori bestimmt, denn er nahm nie weniger als zwei mit ins Bett. Anfangs waren es sogar drei gewesen, aber dann hatte er entdeckt, daß im Laufe der Nacht weitere Frauen aus den zahlreichen Zimmerfluchten zu ihm ins Bett schlüpften, nachdem sie ihre Kunden zufriedengestellt hatten. Derartige Neuigkeiten schienen sich wie ein Lauffeuer im Gebäude auszubreiten. Kossori galt als hervorragender und ausdauernder Liebhaber, aber vier Frauen in einer Nacht waren selbst ihm zuviel. Schließlich wurde er vorsichtiger und begnügte sich mit zweien.

Die dritte gehörte zu einer Anzahl von Frauen, aus denen Moichi stets eine auswählte. Sie war von etwas größerer Statur als die beiden anderen, hatte braune Haare und eine dunkel-olivfarbene Haut, die Moichi an die Iskamenfrauen erinnerte, von denen er so weit entfernt war. Er hatte es oft versucht, sich aber nie an die hellhäutigen Frauen in Sha'angh'sei gewöhnen können.

»Ich werde dich in der Stunde der Schlange holen kommen«, sagte Kossori, während er die Frauen mit seinen langen Armen an sich zog.

»Wahrscheinlich werde ich wohl eher dich holen müssen«, antwortete Moichi unter dem Gekicher der Frauen.

Er hatte weder Hunger noch Durst, also führte ihn die Frau durch einen nach Zedernholz duftenden Gang. Die Decke war so schwarz wie eine sternenlose Nacht. Dann ging es über eine Wendeltreppe in den ersten Stock.

Sie öffnete eine Tür, und beide traten ein. Er hörte das Rauschen des Meeres, ging ans Fenster und teilte die wehenden Vorhänge. Das Fenster stand offen, man hatte den ganzen Ozean vor sich. Onna vergaß wirklich nie etwas, auch wenn es sich scheinbar nur um eine Kleinigkeit handelte. Aber schließlich führte sie ein Geschäft, bei dem es ganz auf das persönliche Wohl des einzelnen Kunden ankam. Vergaß sie auch nur das Geringste, konnte leicht die Harmonie gestört werden. Und Harmonie war es schließlich, was im Saito-gushi verkauft wurde.

Das Zimmer war einer Kapitänskajüte an Bord eines Schiffes nachempfunden. Unmöglich zu sagen, ob es eines von vielen war oder das einzige seiner Art. Aber war das nicht egal?

Bodennebel zog herauf und wogte über die Straßen. Er reichte einem Mann gerade bis an die Waden. Der Mond versteckte sich hinter einer vollkommen horizontalen Schicht Stratuswolken, die schwer in dem ansonsten sternenübersäten Himmel hingen.

Moichi fühlte eine sachte Berührung auf seiner Schulter und drehte sich um. Dunkle, schräge Balken über ihrem Kopf folgten vertrauensvoll der Neigung des Daches. Hier war der Zederndurft besonders stark, aber ihr Moschusgeruch überdeckte sogar ihn. Sie kam in seine Arme und küßte ihn auf den offenen Mund. Ihre flinke Zunge elektrisierte ihn. Sie ließ ihre Hände über seinen Körper gleiten, und sein Umhang glitt zu Boden.

Es hatte etwas ungeheuer Erotisches, völlig nackt vor einer angezogenen Frau zu stehen. Der Gegensatz erinnerte ihn an Elena. Hatte sie deswegen diese Frau für ihn ausgesucht?

Sie griff nach ihm und stöhnte auf, als sie merkte, wie erregt er war.

Plötzlich teilte sich ihr Umhang wie die Flügel eines Vogels. Sie glitt an seinem kräftigen, muskulösen Körper hoch und hauchte ihm ihren heißen Atem in den Nakken.

Draußen saß eine Eule im weitverzweigten Geäst einer uralten Pinie. Sie zwinkerte zweimal im Lichtstrahl, der durch das Fenster drang, dann erschallte ihr Ruf durch die Nacht.

Mitten in der Nacht stand er plötzlich auf einer vertrauten Straße in Sha'angh'sei. Aber wie war das möglich, denn die Straße war völlig menschenleer.

Er war sicher, daß es die ›Straße der grünen Dolphine‹ war. Schwankte nicht das Schild des *Brüllenden Affen* gleich dort vor ihm im Wind? Natürlich. Und dort war die Gasse, wo ...

Er spürte einen Druck im Kopf, als hätte man ihn in einen riesigen Schraubstock geklemmt. Seine Nase weitete sich. Was war das für ein Gestank?

Er sah nach unten. In der Hand hielt er einen handgeschriebenen Zettel. Er kniff die Augen zusammen, aber in dem trüben Licht war unmöglich etwas zu entziffern. Trotzdem kannte er den Text: Wir treffen uns in der Gasse an der ›Straße der grünen Dolphine‹.

Der Gestank schien heftiger geworden zu sein. Irgendwie wußte er, daß er aus der Gasse auf der anderen Seite der Straße kam. Er sollte dorthin gehen. Schließlich war er deswegen gekommen. Aber er schien wie festgewachsen und in der Mitte geteilt, die beiden Hälften gehorchten einander nicht.

Angst lähmte ihn auf der Stelle.

Er wagte sich nicht in den feuchten, finsteren Durchgang.

Jetzt sah er sich selbst wie aus großer Höhe, beobachtete hilflos, wie sein Körper auf die dunkle Gasse zuging. *Nein!* wollte er herausschreien. *Bleib stehen! Geh nicht dort hinein!* Aber er schien keine Stimme zu haben. Unfähig, die aufsteigende Angst zu unterdrücken, die ihn ganz erfüllte, mußte er mitansehen, wie er durch das ebenholzschwarze Portal trat.

Anstatt aber im Schatten zu verschwinden, konnte er sich plötzlich selbst folgen. Sofort verschwanden das schwankende Schild des *Brüllenden Affen,* die ›Straße der grünen Dolphine‹ und schließlich ganz Sha'angh'sei, als hätte es all das nie gegeben.

Er schwebte dicht über seinem Körper, als dieser sich über eine unförmige Gestalt beugte. Er sah die geschundene, zerstörte Leiche des Mannes aus Kintai. Ein häßliches, scheußliches Werk von Menschenhand.

Und dann wußte er, daß es nicht diese armseligen menschlichen Überreste waren, die ihm die Angst eingejagt hatten. Sondern vielmehr das Etwas, das dieses Böse angerichtet hatte.

Er zwang sich, noch einmal hinzusehen, um dieses Bild des Schreckens nicht zu vergessen. In diesem Augenblick kam ihm eine Idee. Vielleicht war es die Stellung, in der er den Körper gefunden hatte, oder auch die Verwüstung, die man in seinen Eingeweiden angerichtet hatte. Irgend etwas. Irgend etwas ...

»... chi, wach auf!«

Jemand rüttelte ihn sacht. Aber jetzt hatte er es fast. Er drehte sich murmelnd weg.

»Laß mich das besser machen.« Noch eine Stimme, ein fester Griff, der ihn hochzog, nach oben, aus dem Bett, aus dem Schlaf.

Verärgert schlug er mit seiner Hand wie mit einem Schwert um sich und spürte, wie sie mitten in der Luft gestoppt und in eisernem Griff gehalten wurde.

»Immer mit der Ruhe, mein Freund. Wach auf.«

Kossoris Stimme. Moichi öffnete die Augen.

Ohne ein Wort stieg er aus dem Bett und kleidete sich rasch an. Er drehte sich um und sah ihre geschmeidige Haut im Mondlicht, beugte sich zu ihr und küßte sie auf die Lippen.

Dann waren sie unterwegs.

Mitten in der Nacht. Der Mond hatte gerade den höchsten Punkt seiner nächtlichen Bahn überschritten, war unter einer dichten Wolkenbank halb verborgen und hing dann übergroß und knochenbleich dicht über den schwarzen Dächern, bevor er allmählich hinter dem Horizont versank. Die Sterne glitzerten kalt. Sie wirkten wie der Mond greifbar nah.

»Wir werden zu Fuß gehen müssen«, sagte Kossori. »Ich traue mich nicht, eine Riksha zu rufen.« Er sah Moichi kurz an. »Alles in Ordnung?«

Moichi zwang sich zu einem Lachen, aber sein Gesicht blieb versonnen. »Doch, sicher. Ich — ich hatte nur einen äußerst seltsamen Traum, das ist alles.«

Um diese Zeit waren nur wenige Leute unterwegs. Ein oder zwei Betrunkene torkelten an den Häuserwänden entlang, eine Familie schlief zusammengekauert in einem Türeinang, ein paar gebrechliche alte Männer saßen beim Würfeln. Sobald sie sich einer Straßenlampe näherten, huschten ihre Schatten überlebensgroß über die Ziegelmauern wie die Bilder einer Laterna Magica.

Nach einer Weile sagte Kossori ruhig. »Willst du mir davon erzählen — von deinem Traum?«

Moichi mußte tief durchatmen, der Alptraum hielt ihn immer noch gefangen. »Ich habe mich selbst auf der ›Straße der grünen Dolphine‹ gesehen, gegenüber der Gasse, in der Aerent und ich die Leiche des Mannes aus Kintai gefunden haben.« Ein Hund bellte, dann war er wieder ruhig und streunte weiter durch den Müll, den jemand irgendwo weiter vorn quer über die Straße gekippt hatte. »Dann habe ich die Leiche noch einmal untersucht, aber ich schien sie jetzt — ich weiß nicht, in einem neuen Licht zu sehen.« Aus dem Fenster im ersten Stock eines Ziegelhauses links drang eine helle Frauenstimme. Sie sang ein klagendes Volkslied im Dialekt der Kubaru.

»Was war diesmal anders?« fragte Kossori.

»Das ist es ja, ich kann mich nicht erinnern.«

Jetzt verstand er die Worte. Die Geschichte einer verlorenen Liebe.

»Was soll's, vielleicht ist es gar nicht so wichtig«, sagte Kossori.

Im Dorf wo ich geboren,
steht auf dem Platz ein Brunnen.
Im Schatten der Buchen, gesprenkelt vom Licht,
traf ich dort einen Mann vom Meer.
Er roch salzig nach See, und Tang umwand seine Füße

»Träume stecken oft voller Bedeutung«, fuhr Kossori fort. Er zuckte nachdenklich mit den Schultern. »Zu einer anderen Zeit ... Wer weiß?«

Ich traf ihn nie wieder, meinen Mann aus dem Meer.
Vielleicht griff ihn die brechende See,
doch jetzt bin ich in Sha'angh'sei,
und das Meer verläßt mich nie,
genau wie mein Mann aus dem Meer!

Sie kamen zu einem Haus, das vor kurzem ausgebrannt war, und konnten durch die so entstandene Lücke bis in die oberen Teile der Stadt sehen. Weit oben auf dem Hügel, in den großen Wohnhäusern der ummauerten Stadt, in denen die reichen Hongs unter dem Schutz der Ching Pang-Söldner lebten, leuchteten hell die Lichter. Hier und da hoben sich gestutzte Bäume vor den Lichtern ab. Fast sah es so aus, als wären sie von einem himmlischen Glanz umgeben. Ganz in der Höhe flatterte ein Nachtvogel schreiend von Baum zu Baum. Die Frauenstimme war bereits weit hinter ihnen verhallt.

Sie bogen um eine Ecke. In der Gasse flackerte kurz eine Flamme auf, und der süßliche Geruch von Opium hing schwer in der Luft.

»Wie bist du dazu gekommen?« fragte Moichi. »Zu *Koppo?*« Er wollte endlich den Traum loswerden.

Kossori pfiff einen Augenblick tonlos durch die Zähne und ahmte den Nachtvogel nach. Er wollte, daß er ihm antwortet. Aber entweder hörte der, daß es kein Artgenosse war, oder er war verschwunden. Das Geklapper ihrer Stiefel auf dem schimmernden Pflaster war in der Nacht deutlich zu hören. Die Schatten im Mondlicht waren gestochen scharf.

»Anfangs war es zur Selbstverteidigung.« Kossoris Stimme hallte gespenstisch in der völligen Stille. Nur die Zikaden gaben weiter ihr Konzert, sogar die Nachtvögel waren verschwunden. »Ich konnte nie richtig mit Dolch oder Schwert umgehen.« Er zuckte die Schultern. »Nachdem ich zweimal verprügelt worden war, hatte ich die Schnauze voll.« Ihre Schatten huschten von Licht zu Licht der Straßenlampen, dahinter schien es nichts als Leere zu geben, in der ihre Schritte schwindelerregend klangen.

»Damals hatte ich kein Zuhause«, fuhr Kossori fort, »also ging ich zum einzigen Ort, den ich gut kannte, dem Hafengelände. Ich sah mir die riesigen Drei- und Viermaster an, die in den Hafen manövrierten oder Anker lichteten, deren Bäuche voller Waren steckten, die für ferne Länder bestimmt waren.« Er mußte lachen. »Damals habe ich mir oft vorgestellt, mich tief unter Deck als blinder Passagier zu verstecken, eingeklemmt zwischen den dicken Reissäcken, wo mich niemand finden würde. Erst weit draußen wollte ich aus meinem Versteck kommen, wenn es bereits zu spät zum Umkehren war. Ich wollte mich dem Kapitän vorstellen, irgendeinem großen, kräftigen Mann mit einem Gesicht aus gegerbtem Leder, und mich als Matrose oder Schiffsjunge verdingen, um meine Überfahrt zu verdienen. Egal wohin, mir war alles gleich.« Er lachte leise. »Aber damals hatte ich nicht den Mumm dazu. Oder eher, ich hatte sogar in dem Alter schon zuviel gesunden Menschenverstand, um mich auf ein derart törichtes Unterfangen einzulassen. Sie hätten Hackfleisch aus mir gemacht.« Er schüttelte den Kopf und fing wieder an zu pfeifen. Jetzt waren die Töne tiefer und klarer. Sie schienen wie von selbst zu kommen, als könne er sich bei dieser verschlungenen Melodie leichter an seine Vergangenheit erinnern. »Na ja, bestimmte Dinge sollte man wirklich der Fantasie überlassen.« Er wollte weiterpfeifen, hielt aber inne. »Aber du hast mich nach *Koppo* gefragt. Also gut. Damals hatte ich mir gerade auf dem Markt ein Stück Bambusrohr besorgt und wollte sehen, wie man die Luftlöcher anordnet. Ich gebe zu, es war eine grobe Fliete, aber sie entsprach meinen musikalischen Fähigkeiten.« Gelächter aus einem Eingang, überraschend nah, dann war alles plötzlich wieder still.

»Eine Zeitlang wohnte ich unten in den Lagerhäusern am Hafen. Ich blieb immer nur so lange, daß man mich nicht fand.« Er lächelte. »Einmal bin ich auf einem riesigen Sack Mohnsamen eingeschlafen. Ich hatte königliche Träume. — Eine Weile nahmen die Tassan mich auf, aber natürlich gab es nie genug für alle — weder Essen noch Kleider, nichts. Es war schlimm. Nachdem ich ein paarmal halbverfaulte Äpfel und schimmelige Pilze geklaut hatte, gab ich es auf. Ich bin nie wieder zu den Schiffen zurückgekehrt. Das Leben dort war viel zu niederschmetternd.

Danach stand ich vor dem völligen Nichts. Nachts wanderte ich an den Werften vorbei, spielte etwas auf der Bambusfliete und lernte langsam dazu. Es war ein fragendes ekstatisches Lernen, so wie man den Körper einer Geliebten kennenlernt. Manchmal hörten mich die Köche am Hafen und riefen mich für eine Mahlzeit herein. Ich übertreibe wirklich nicht, wenn ich sage, daß damals die Musik mein einziger Trost war. Ich habe es nur meiner Musik zu verdanken, daß ich mir damals keinen Stein ans Bein gebunden habe und ins Hafenbecken gesprungen bin.

Während dieser Zeiten der Niedergeschlagenheit verbrachte ich lange Stunden damit, über alles nachzudenken, und mir fiel immer wieder der schwere Stein ein, den ich bestimmt bald brauchen würde. Ich wußte, ich war nicht entschlossen genug, um freiwillig so lange unter Wasser zu bleiben, bis meine Lungen volliefen.« Er schnaubte fast spöttisch. »Die Überlegung war nicht völlig aus der Luft gegriffen. In einer besonders trostlosen, dunklen Nacht war ich tatsächlich ins Wasser gegangen. Ich konnte das Alleinsein einfach nicht mehr ertragen. Selbst die Sterne und der strahlende Mond waren nicht mehr meine Freunde. Ich kam mir vor wie der einzige Mensch auf der Welt, alle anderen waren Millionen Kilometer entfernt, oben auf diesen kalten Sternen.« Er sah Moichi an. »Ich weiß, es klingt verrückt, aber je länger ich darüber nachdachte, desto wirklicher wurde es. Ich fing an zu zittern, und ehe ich mich versah, sprang ich vom Pier. Ich ging unter wie Blei, tiefer und tiefer.« Er schüttelte den Kopf. »Da wurde mir alles klar — dort unten. Es war die Hölle, erschreckend wirklich. Ich wollte Leben — atmen, den Mond und die Sterne sehen, die Sonne, Regen und Wind auf der Haut spüren, ich wollte einfach leben!

Ich kämpfte mich an die Oberfläche und krallte mich knapp oberhalb der Wasserlinie in das glitschige Holz der Werft. Langsam bekam ich wieder Luft. Danach habe ich nie wieder wirklich über Selbstmord nachgedacht. Was mich dort unten in der Tiefe erwartete, war schlimmer als alles, was das Leben bereithielt.

In dieser Nacht kam einiges zusammen. — Nein, eigentlich war es mehr eine Art Zeichen, ein symbolischer Wendepunkt, denn kurz darauf lernte ich Tsuki kennen. Ich schlich gerade in eine der Hafentavernen, wo ich mir etwas zu Essen besorgen wollte, hatte aber kein Glück. Der Koch, der mich mochte, hatte an jenem Abend frei. Ich ging wieder nach draußen, schlenderte am Hafen entlang, spielte

Fliete und wollte mich damit von meinen Magenbeschwerden ablenken. Es war Vollmond, das weiß ich noch. Erntemond, wie man es manchmal auf dem Land nennt. Flach wie eine Scheibe aus Reispapier und goldglühend wie die Sonne. Auch der Name des Mädchens bedeutete ›Mond‹.«

Von weiter unten näherte sich langsam und knarrend ein Ochsenkarren.

»Sie hatte rote Haare. In ihren grünen Augen schwammen in der Iris kleine braune Fleckchen. Sie war voller Sommersprossen, voller Sonne, und sie trug ein Seemannstuch in tiefstem Blau.« Kossoris Blick schweifte in die Ferne. Er beachtete den näherkommenden Karren nicht. »Als sie mich sah, blieb sie stehen und lächelte und hörte der Melodie zu. Ich weiß sie noch heute. Willst du sie hören?« Ohne auf Moichis Antwort zu warten, spitzte er die Lippen und pfiff eine verschlungene Melodie. Sie war genauso rauh und traurig wie ein kahles Moor an einem kalten Wintermorgen, völlig anders als die komplizierten, überall geschätzten Melodien, die Kossori heute komponierte, dennoch erkannte Moichi sofort, daß darin schon seine spätere Entwicklung als Künstler enthalten war.

»Sie ist wunderschön«, murmelte Moichi.

Oben auf der groben Holzbank des näherkommenden Karrens hockte verschlafen ein Kubaru. Neben ihm saß eine zusammengekauerte Gestalt mit über den Kopf gezogener Kapuze. Die Zügel hingen schlaff in den Händen des Kubaru. Mühsam schleppte sich der Karren vorbei. Ein Hund kam, verärgert über den Lärm, aus einer Tür gerannt und bellte die Ochsen an, bis der Kubaru seinen Kopf hob und das kläffende Tier anschrie. Der Karren holperte an ihnen vorbei. Er fuhr so langsam, als hätte er alle Sorgen der Welt geladen.

»Ja, sie hat etwas, stimmt«, sagte Kossori leise, als spräche er in den Wind. Er hatte nach dem Ende der Melodie eine Weile geschwiegen. »Trotzdem ist es immer noch die unbeholfene Musik eines Jungen.

›Du spielst sehr gut‹, sagte sie zu mir. Und obwohl es

nicht stimmte, habe ich mich über ihr Kompliment gefreut. ›Wer hat dir das beigebracht?‹ fragte sie. ›Ich mir selbst‹, gab ich zurück. ›Wirklich?‹ Sie hob eine Braue. ›Du hast wirklich Talent.‹ Jetzt konnte ich ihr einfach nicht mehr glauben. Ich wunderte mich, was sie wohl von mir wollte, und fragte: ›Wie willst du das überhaupt wissen?‹ Ich hatte wohl erwartet, daß sie verärgert reagierte, statt dessen warf sie nur den Kopf zurück und lachte. Dann zog sie die schönste Fliete hervor, die ich je gesehen habe. Zum Schutz gegen die salzige Luft war sie in Ölzeug gewickelt. Sie bestand aus Ebenholz, und alle Luftlöcher waren mit Silber eingefaßt. Dann spielte sie. Ich kann dir unmöglich sagen, was sie spielte oder wie, auf jeden Fall war sie eine Virtuosin. ›Wahrscheinlich möchtest du jetzt auch so spielen lernen?‹ Das Lachen stand ihr immer noch ins Gesicht geschrieben. ›Ja‹, sagte ich. ›Na klar.‹ ›Dann kommt mit, ich werde es dir zeigen.‹ Sie hob einen Arm, bis sich ihr Umhang wie eine riesige Welle ausbreitete, und nahm mich unter ihre Fittiche.«

Sie waren am Ende der Straße angelangt. Eine Seltenheit für Sha'angh'sei, dessen breite Straßen weder Anfang noch Ende zu kennen schienen. Diese hier mündet auf einen weitläufigen Platz, den Moichi nicht kannte. Ringsum standen zweistöckige Wohnhäuser, um die sich eine schier endlose Reihe zierlicher schmiedeeiserner Balkone zog. Es sah aus wie groteskes Zuckerwerk. Der Platz war menschenleer, und auch die Häuser, ihrer Art nach deutlich als Wohnhäuser zu erkennen, wirkten verlassen. Fast undenkbar für das übervölkerte Sha'angh'sei.

»Die Stadthäuser der Reichen«, sagte Kossori, als lese er Moichis Gedanken. »Viele, die hinter der Stadtmauer wohnen, mischen sich gerne unters niedrige Volk. Also unterhalten sie eine Wohnung in der Unterstadt.« Er lachte. Es klang hart und unbehaglich.

Er haßt jede Form von Autorität, dachte Moichi. Und wie er den Reichtum der feisten Hong verabscheut, die in Wirklichkeit diese Stadt regieren.

Kossori ging voran. Er führte sie schräg nach links über den leeren Platz, und kurz darauf tauchten sie wieder in das verwirrende Durcheinander der kleinen Straßen ein. Sie nahmen den ›Lila Pfauenweg‹, dann die ›Frostlichtgasse‹ und von dort die ›Perlenstraße‹. Moichi wußte, daß sie sich sehr weit von der ›Nanking‹, Sha'angh'seis Hauptstraße entfernt hatten. Tatsächlich waren sie sogar meilenweit von jedem bekannten Orientierungspunkt entfernt.

»Dann führte sie mich zu dem Gasthaus«, fuhr Kossori fort, als wäre er überhaupt nicht unterbrochen worden. Er ließ sich Zeit, das wußte Moichi. Aber er wußte auch, daß er eine Geschichte hörte, die Kossori sehr viel bedeutete und die bestimmt vor ihm noch niemand gehört hatte. Kossori hatte nur wenige Freunde und war darüber hinaus sehr verschwiegen. Moichi wurde eine einzigartige Ehre zuteil, und das wollte er nicht auf die leichte Schulter nehmen. »Es war dieselbe, aus der ich vorher rausgeflogen war. Jetzt waren alle überaus zuvorkommend. Offenbar war Tsuki dort gut bekannt. Entweder stammte sie aus Sha'angh'sei selbst, oder sie kam ziemlich oft zu Besuch hierher ...«

»Du hast sie nicht gefragt, woher sie kommt?«

Kossori funkelte ihn an, als hätte er ihn gebeten, sich kürzer zu fassen. »Nein«, sagte er langsam. »Auf den Gedanken bin ich nie gekommen.«

Moichi zuckte mit den Schultern und hörte weiter schweigend zu.

»Sie ließ mir Essen vorsetzen. Noch nie in meinem ganzen Leben habe ich soviel gegessen, und noch nie hat es so gut geschmeckt. Schließlich war ich mehr als satt. Wir stiegen über eine wacklige Wendeltreppe nach oben. Es ging durch einen dunklen Gang in ein warmes Zimmer mit einem gewaltigen Daunenbett gegenüber der Tür. Das doppelte Bleiglasfenster stand offen. Es ging hinaus auf die zu der Zeit ruhige Hafenstraße und die gleich dahinter vor Anker liegenden Schiffe. Es roch stark nach Meer.«

»Ich kann mir denken, wie es weitergeht.«

Kossori drehte sich ihm zu. »Nein, mein Freund«, sagte er ruhig. »Das glaube ich kaum.« Er zeigte nach links, dann verließen sie die ›Straße der Verbotenen Vier‹ und kamen in eine winzige, verwinkelte Gasse, die keinen Namen zu haben schien. »Ich schlief völlig erschöpft ein.«

Jetzt stieg die Gasse leicht an. Moichi stellte plötzlich fest, daß sie, den Windungen der Gasse folgend, wohl einen Hügel hinaufstiegen. Hier war es noch dunkler. Ohne Ende türmten sich die schmalen Häuser übereinander. Zudem wurden die Lichter der Stadt in dem Straßengewirr hinter ihnen schwächer. Das Licht der Sterne überzog Gesichter und Hände mit einem bläulichen Schimmer.

»Spät nachts wachte ich auf«, fuhr Kossori fort. »Der Mond war bereits untergegangen. Ganz in der Nähe hörte ich eine Möwe schreien. Ich hatte das Gefühl, ich sei an Bord eines Schiffes, weit draußen auf See. Ich glaube, ich bildete mir sogar ein, das Schaukeln und Rollen des Schiffes unter mir zu spüren. Noch halb im Schlaf drehte ich mich um und stieß an ihren zusammengerollten Körper. Ihre Wärme und ihr schwerer Moschusduft erfüllten mich voll und ganz. Ohne nachzudenken, nahm ich sie in den Arm. Sie rührte sich im Schlaf und legte mir ihre Hand so seltsam zart an Wange und Hals, ich kann es gar nicht richtig beschreiben. Es war, als würde mich zum erstenmal jemand wirklich berühren. Mir kamen die Tränen. Meine Brust wurde unerklärlich zusammengeschnürt, und Tränen schienen die einzige Rettung zu sein. Dann wachte sie wie durch einen Zauber auf. Ihre Augen waren ganz nah. Mir war, als blickte ich durch ein spezielles Fernglas auf eine entlegene Küste. Ihr Kuß war das Schönste, das ich je erlebt habe.«

Nach zahllosen Windungen und scharfen Kurven wurde die Gasse endlich wieder eben. Sie stießen auf einen recht breiten Boulevard, der das genaue Gegenteil einer Wohnstraße darstellte. Zu beiden Seiten riesige Läden, ohne die sonst üblichen Wohnungsfester im ersten Stock. Die oberen Stockwerke starrten sie statt dessen aus leeren, schwarzen Augen an. Offenbar wurden sie nur als Lager genutzt. Beide blieben einen Augenblick stehen.

Kossoris Geschichte hatte Moichi gerührt, aber darüber hinaus wühlte ihn die Intensität der wiedererweckten Gefühle auf. Die Verbindung war offenbar außerordentlich eng gewesen. »Und sie hat dir das Flietespielen beigebracht«, sagte er.

Kossori nickte. »Das Flietespielen. Und *Koppo.*« Er zeigte auf einen schmalen Durchgang zwischen zwei Läden. »Heute nacht findet der Sha-rida gleich dort hinten statt.«

Aber Moichi hielt ihn am Arm zurück. »Soll der Schwarze Tod den Sha-rida holen, Kossori. Erzähl erst deine Geschichte zu Ende!«

Kossori breitete lächelnd die Hände aus. »Ich bin fertig, mein Freund. Ich habe dir alles erzählt.«

»Aber was ist aus ihr geworden? Wo ist sie jetzt, deine Frau?«

Kossoris Miene verfinsterte sich. »Sie ist weg, Moichi. Sehr, sehr weit weg. Eines Tages verschwand sie, als hätte sie sich in Luft aufgelöst. Ich habe überall am Hafen nach ihr gefragt, aber niemand hatte sie gesehen. Vielleicht ist sie auf einem Schiff in die weite Welt gereist, jedenfalls wußte niemand genaues.«

»Und sie ist nie zurückgekehrt?«

»Nein«, sagte Kossori. »Niemals.« Er griff in seine Schärpe. »Aber das hier hat sie mir gelassen.« Er zog ein Futteral aus Ölzeug hervor und nahm die Fliete aus Ebenholz und Silber heraus.

»Ihre Fliete!«

»Ja. Und natürlich blieb mir auch das *Koppo.* Sie war eine Meisterin und konnte mir daher sehr viel beibringen. Jetzt kann ich also meine Hände dazu benutzen, anderen die Knochen zu brechen. Viele halten das für unnatürliche Hexerei, was natürlich nicht stimmt. Aber das weißt du. Ich habe dir alle Grundverteidigungsarten beigebracht. Du weißt, daß sie viel leichter zu erlernen sind als die Angriffe. Aber eines weißt du bestimmt nicht, wir haben nie darüber gesprochen. *Koppo* ist zu drei Vierteln rein geistig. Man sammelt seine innere Kraft, konzentriert sich, und dieser geistige Vorgang wird durch rein körperliche Übung erzielt.« Er hob seine geöffneten Hände.

»Hast du je mit einem anderen *Koppo*-Meister gekämpft?« fragte Moichi. »Ich meine einen tatsächlichen Gegner, nicht im Training mit einem Lehrer.«

Kossori mußte lächeln. »Nein. Ich glaube auch nicht, daß es je dazu kommt. Es gibt nur ganz wenige *Koppo*-Meister. Die Methode ist uralt, und die Überlieferungen sind so geheimnisumwittert, daß man nur selten jemanden findet, der davon gehört hat. Erst recht keinen, der *Koopo* praktiziert.«

Moichi blieb hartnäckig. »Aber was würde passieren, wenn du einem gegenüberstündest — rein hypothetisch, natürlich?« Noch während er die Frage stellte, wunderte er sich über seine Hartnäckigkeit.

Kossori zuckte mit den Schultern und konzentrierte sich. »Ich weiß es wirklich nicht. Allerdings bezweifle ich, daß der Kampf allein durch Kraft entschieden wird. Die einzige Chance gegen einen *Koppo*-Meister ist Gerissenheit. Und natürlich Schnelligkeit. Ich könnte mir denken, daß ein solcher Kampf selbst unter Meistern nicht lange dauert. Zu den wirksamsten Merkmalen von *Koppo* gehört der Schock. Der Kampf ist vorbei, bevor er richtig angefangen hat. Und mit Gerissenheit meine ich, daß man einen Weg finden muß, die Konzentration des anderen zu stören. Dabei genügt schon ein winziger Augenblick. Gelingt das nicht, hat man kaum Chancen, eine solche Auseinandersetzung zu überleben. Man nennt die Macht des *Koppo* auch *mitso-no-tsuki,* das heißt ›Mond auf dem Wasser‹. Solange der Himmel klar ist, spiegelt sich das Mondlicht im Fluß. Aber sobald eine Wolke sich vor den Mond schiebt, verschwindet das Licht, und übrig bleibt nur die Dunkelheit.« Er lachte und klopfte Moichi auf die Schulter. »Aber warum so ernst, mein Freund? Du brauchst keine Angst zu haben. Der einzige *Koppo*-Meister, der dir je über den Weg laufen wird, würde dir nie etwas tun.«

Aber Moichi erwiderte das Lächeln nicht. Er war jetzt mit seinen Gedanken ganz woanders. Kossori hatte irgend etwas gesagt, ein Wort, einen Ausdruck, der ihn vage an etwas erinnerte, das er bis jetzt vergessen hatte. Etwas aus seinem Traum.

Licht und Schatten. Es hatte etwas mit ... Dann fiel es ihm ein. Aufgeregt packte er Kossori am Arm.

»Ich hab's!« schrie er. »Ich hab's, Kossori! Der Traum heute nacht. Er sollte mich auf etwas bringen. Ich habe geträumt, wie wir die Leiche gefunden haben. Daß es in meinem Traum Nacht war und daß es in Wirklichkeit am Tag geschah, spielt keine Rolle. Das *Lichtmuster* war das gleiche. Alles war tief gesprenkelt und verzerrt, so daß ich nicht genau wußte, was ich sah.« Er merkte, daß Kossori ihn verständnislos ansah. »Verstehst du nicht? Meine Augen und mein Verstand haben jedes Detail aufgenommen und abgespeichert. Nur mein Bewußtsein hat sich täuschen lassen. Im Traum kam dann alles wieder ans Licht!«

»Was kam wieder ans Licht?«

»Dieser Mann aus Kintai«, sagte Moichi aufgeregt. »Ich glaube, er wurde durch *Koppo* umgebracht.«

ZIRKUS DER SEELEN

Es war eine Ansammlung zerlumpter Zelte in der Form eines fünfzackigen Sterns. Zweifellos waren sie einmal fröhlich bunt gewesen, aber unter dem jahrelangen Einfluß von Sonne, Sand, Regen und Schnee waren die Farbmuster verblichen, bis man sie jetzt kaum noch erkennen konnte.

Rings um die Zelte hatte man in unregelmäßigen Abständen Fackeln aus Schilfrohr auf kleine Holzpfeiler gesteckt, die schon alt waren. Farbe und Lack waren abgeblättert, und die natürliche Holzmaserung schimmerte durch. Man hatte sie geglättet und poliert, bis sie glänzten. Die Pilaster stellten wütende Krieger mit buschigen, wildgelockten Bärten dar, mit funkelnden Blicken und Ringen durch die Nasen, Meerjungfrauen mit dem Unterleib eines Fisches, aber mit einem nackten und durchaus menschlichen Oberkörper, aus deren Haargeschlinge kleine Muscheln und Meeresschnecken hervorlugten. Oder auch kriegerische Jungfrauen, deren Brustpanzer und Beinschienen reich verziert waren und die lange Speere in ihren schwieligen Händen hielten.

Alles in allem vermittelte der Ort den Eindruck, als kämpfe hier ein verrufener Zirkus ums Überleben, ein Anachronismus innerhalb der sich ändernden Zeiten.

Sie hatten endlich den ›Weg der Blauen Illusion‹ verlassen, eine Straße mit eleganten Geschäften. Während sie in die tiefe Dunkelheit eines Durchgangs eintauchten, hatte Kossori zu ihm gesagt: »Du irrst dich bestimmt, mein Freund. Was man mit dem Herzen dieses unglückseligen Menschen getan hat, hatte bestimmt nichts mit *Koppo* zu tun. Das war eher eine äußerst perverse Foltermethode, deren Ursprung ich nicht kenne.«

»Ich meine nicht nur sein Herz, Kossori, sondern vor allem, was man mit seinem restlichen Körper angestellt hat. Wirst du ihn dir wenigstens ansehen?«

»Ja, natürlich. Aber ich fürchte, ich kann deinen Verdacht nicht bestätigen.« Er schüttelte den Kopf. »Kann ich dich nicht irgendwie ablenken? Dein Freund, der Regent, wird sich um den Mann aus Kintai kümmern.«

»Nein.« Moichi klang entschlossen. »Ich werde die Sache zu Ende bringen. Das habe ich übrigens auch Aerent versprochen.« Vor ihnen, offenbar am Ende der Gasse, tauchten jetzt punktförmige Lichter auf. Er legte seinem Begleiter die Hand auf den Arm und stoppte ihn. »Da fällt mir ein — Aerent hat sich geweigert, mit mir über den Sha-rida zu sprechen. Was für ein Markt ist das eigentlich? Ich nahm an, es wäre nur einer dieser Sklavenmärkte, die überall in der Stadt aus dem Boden schießen.«

»Wenn das so wäre, brauchte man seinen ständig wechselnden Standort nicht geheimzuhalten. Darüber hinaus wird er nur bei Neumond abgehalten, zu einer Zeit, die manche die Untiefen der Nacht nennen.«

»Er ist gesetzwidrig?«

»Genau so ist es«, lachte Kossori. »So gesetzwidrig wie kaum etwas in Sha'angh'sei.«

»Aerent meinte, er wolle den Sha-rida ausrotten.«

»Dann kann ich ihm nur viel Glück wünschen.« Kossori sog die Nachtluft tief ein. »Das haben schon andere vor ihm versucht. Sogar die Grünen. Unmöglich. Am besten vergißt man einfach, daß es ihn gibt. Ihn zu zerstören, hat keinen Sinn.«

»Aber warum ist es so schwierig? Du wußtest doch, wo er heute nacht stattfindet, und du bist bestimmt nicht der einzige.«

»Vollkommen richtig. Und genau deswegen kann sich der Sha-rida halten.«

»Das klingt widersprüchlich ...«

»Hör zu, mein Freund, es hat nichts damit zu tun, *wie viele* Leute von dem Sha-rida wissen, sondern *wer* diese

Leute sind.« Er zeigte nach vorne und sie gingen weiter. »Komm, ich zeige dir, was ich meine.«

Mit diesen Worten erreichten sie den Ebbeplatz, ein seltsamer Name, bedenkt man, wie weit landeinwärts sie waren. Früher mochten hier einmal elegante Wohnhäuser gestanden haben, aber mit den Jahren waren die Gebäude verlassen worden und verfallen; mittlerweile waren sie als Wohnhäuser unrettbar verloren. Wie die Stümpfe einst kräftiger Zähne eines alten Mannes ragten Mauerreste aus Ziegeln und Holz aus den staub- und mörtelbedeckten Trümmern.

Und mittendrin das Meer der Zelte des Sha-rida.

Die behelfsmäßigen Bauten wirkten verwahrlost und waren überall geflickt, aber für die verschwiegene Existenz des Marktes war diese Lösung durchaus praktisch. Als sie jetzt zwischen die flatternden Zelte traten, sah Moichi, daß sie von einem Augenblick auf den andern auf- und abgebaut werden konnten. Für den Sha-rida war es sicherlich von Vorteil, daß er schnell zusammenpacken und verschwinden konnte.

Zudem stand diese Verwahrlosung in scharfem Kontrast zu den Leuten, die dort verkehrten. Sie waren fast ausschließlich in düstere, anonyme Mäntel oder Gewänder gehüllt. Im Innern der Zelte war es jedoch so heiß, daß ihnen nichts anderes übrig blieb, als sie wenigstens ein Stück zu öffnen. Moichi war überrascht als er sah, daß alle, Männer wie Frauen, zu den Reichsten der Stadt gehörten.

»Außer ihnen kann es sich niemand leisten, hierher zu kommen«, sagte Kossori, als er Moichis fragenden Blick bemerkte. »Jetzt wirst du verstehen, warum man dem Sha-rida mit Gesetzen schwerlich beikommen kann. Dafür sorgen schon die Leute, die ihn besuchen.«

Moichi sah sich vorsichtig im größten Zelt um, es war das in der Mitte. Hier war genügend Gold, Platin und Juwelen versammelt, um die gesamte Bevölkerung der Kubaru über viele Jahre mit Lebensmitteln, Kleidung und Wohnungen zu versorgen.

»Aber was«, fragte er, »kann man hier kaufen, das man nicht auf einem der legalen Sklavenmärkte in der Stadt bekommen würde?«

»Einen Fleischmarkt wie den Sha-rida gibt es nicht ein zweitesmal auf der ganzen Welt.« Das Licht der Messingfackeln schimmerte auf Kossoris dunkler Haut und betonte seine grüblerischen Augen. »Hier werden nur die schönsten Männer und Frauen verkauft, alle jung und bei bester Gesundheit. Und es gibt nur einen Grund, sie zu kaufen.«

»Sex?«

»Den Tod.«

Moichi sagte eine Weile nichts. Er ließ seinen Blick durch das Zelt wandern, das sich jetzt rasch füllte. Sie mußten zusammenrücken, bis sie dicht an dicht gedrängt standen.

»Warum kommst du dann hierher?« fragte Moichi. Scham und Ärger hatten ihn überkommen. Schließlich hatte Kossori ihn hierhergeschleppt, ohne ihm zu verraten, was ihn erwartete.

»Ich komme so oft hierher, weil ich die schlimmen Dinge, derentwegen der Markt existiert, ganz aus der Nähe erleben will.«

»Aber du hast mich hierhergebracht, ohne ...«

»Mein lieber Freund, soweit ich mich erinnern kann, hast du mich erst nach dem Sha-rida gefragt, als wir praktisch schon hier waren. Und das, nachdem Aerent dich ziemlich deutlich gewarnt hatte.«

Moichi schwieg. Er hat recht, dachte er düster. Ich kann Kossori nicht meine eigene Verantwortungslosigkeit vorwerfen. Aber war die Antwort wirklich so einfach? Nein, eigentlich nicht. Die Antworten im Leben sind selten einfach. Höchstens im Spiel. Die Wirklichkeit ist viel zu kompliziert, um sie auf einen Nenner zu bringen. Leugnet man die Vielfalt, geht auch die Bedeutung verloren. Er kam zu dem Schluß, daß er schließlich trotz Aerents Andeutungen den Sha-rida hatte besuchen wollen.

»Jetzt paß auf, Moichi«, flüsterte ihm Kossori zu. »Es geht los.«

Man hatte einfach eine Seite des Zeltes zur Vorderseite erklärt und darauf eine Bühne errichtet. Moichi hatte sie bislang überhaupt nicht bemerkt. Darauf stand ein Riese mit nacktem Oberkörper; seine gewaltigen Muskeln glänzten im flackernden Licht der Fackeln, als hätte er sie gerade mit Öl eingerieben. Sein Kopf, groß und rund wie ein Kürbis, schien ohne Hals geradewegs auf seinen massigen Schultern zu sitzen.

»Heute nacht beehrt der Sha-rida Sha'angh'sei«, verkündete er mit einer Stimme wie ein donnernder Bergfluß. »Der Morgen ist nicht mehr weit, und bei Einbruch der Dämmerung werden wir verschwunden sein. Es bleibt nicht viel Zeit. Gerade genug für unsere Feier. Ich bin Mao-Mao-Shan, der Herrscher des Sha-rida, Jäger des Fleisches, das weder zur Nahrung noch dem Sex dienen soll. Ich liefere das Fleisch für die letzten und höchsten Empfindungen.« Er reckte seinen baumstammdicken Arm in einer theatralischen Geste vor. »Und jetzt will ich eure Aufmerksamkeit auf die herrlichen Früchte meiner nächtlichen Mühen lenken. Denn mein Werk soll euer Gewinn sein, und euer einziger Feind ist jetzt der Sonnenaufgang. Richtet eure Blicke auf die Todgeweihten!«

Die Rede verfehlte nicht ihre Wirkung. Moichi spürte, wie ihn ein kalter Schauer durchfuhr, obwohl er wußte, daß alles nur Hokuspokus war. Geschickt gemacht, zugegeben, aber trotzdem Hokuspokus.

Links von Mao-Mao-Shan wölbte sich ein Teil der Zeltwand vor, und ein Mann betrat die Bühne. Er war groß und hatte einen feinen muskulösen, schokoladenbraunen Körper. Seine überraschend hellblauen Augen waren starr nach vorn gerichtet. Er schien die Menge überhaupt nicht wahrzunehmen. Warum wollten diese Leute ihre späteren Sklaven wohl ohne Kleider auf der Bühne vor sich sehen? Wären die Umstände nicht so seltsam gewesen, hätte es ganz amüsant werden können.

»Achtzig Jahreszeiten alt«, sagte Mao-Mao-Shan. »Das erste Gebot steht bei vierhundert Taels.«

Moichi flüsterte zu Kossori gewandt: »Vierhundert Silber-Taels?« Und dachte, als der andere nickte, mein Gott, das ist selbst für diese Stadt eine Riesensumme.

Die Menge wurde unruhig.

Mao-Mao-Shan nickte. »Vierhundert Taels, gut, Herr. Wer bietet mehr?« Er warf einen Blick in die Menge. Aus den Augenwinkeln sah Moichi, wie ein schmächtiger blonder Mann in einem dunklen Gewand nickte. »Vierhundertfünzig Taels, vielen Dank. Sehr gut! Die Versteigerung beginnt. Aber gewiß ist diese zauberhafte Seele weit mehr wert. Für vierhundertfünfzig könnte ich fast ... Ah, gut, meine Dame, vielen Dank. Fünfhundert sind jetzt geboten ...«

Moichi drehte sich und sah eine Frau undefinierbaren Alters mit feurigen Augen. Als sie ihn anfunkelte, drehte er sich schnell wieder um und beobachtete die Bühne.

So ging die Versteigerung weiter, bis sie bei 750 Taels ihren Höhepunkt erreichte. Die Frau mit den feurigen Augen rauschte nach vorne, um ihre Seele, wie Mao-Mao-Shan den Dunkelhäutigen genannt hatte, in Empfang zu nehmen. Sofort danach wölbte sich die Zeltwand neben Mao-Mao-Shan erneut, und eine schlanke junge Frau betrat die Mitte der Bühne. Sie war blond und hatte blaue Augen.

Das Bieten begann. Moichi drehte sinem Freund den Kopf zu und zischte: »Womit willst du das rechtfertigen? Es ist ungeheuerlich!«

»Ich will es nicht rechtfertigen, mein Freund. Es gehört einfach zum Leben. Hier zeigt die Welt ihr anderes Gesicht.«

Das Bieten kam nur schleppend voran. Mao-Mao-Shan fing an, die Menge zu ermuntern und schwelgte in Beschreibungen der Künste der Frau, die zwar launisch sei, aber dennoch alles Verlangte tun würde — und schon zog das Bieten an. Er verstand sein Geschäft.

Moichi fuhr fort: »Persönlich hältst du doch nichts von Sklaverei, oder? Aber hier in Sha'angh'sei duldest du sie. Warum?«

»Weil ... Na ja, weil sie hier einfach dazugehört. Ich ...«

»Aber überleg doch, Kossori, was hier geschieht ...«

»Wirf bitte einen Blick auf die Bühne, mein Freund. Nein, ich meine, sieh dir alles ganz genau an. Siehst du irgend jemand, der sich dagegen sträubt?«

Es war tatsächlich seltsam. Keine der Seelen schien sich im geringsten über das Geschehen beklagen zu wollen. Vielleicht wußten sie nicht, was sie erwartete. Aber Kossori wischte diese Idee mit einer kurzen Bemerkung beiseite.

»Nein, mein Freund, sie sind sich alle durchaus darüber im klaren, was sie erwartet. Mao-Mao-Shans größte Schwierigkeit ist es auch nicht, die Seelen zu *finden*, sondern die Unbrauchbaren *auszusondern*.«

Die schlanke Frau wurde für 500 Taels verkauft.

»Soll das heißen, die Leute stehen Schlange, um — um zu sterben?« Moichi konnte es kaum fassen.

»Genau das meine ich.«

»Aber warum? Ich kann mir unmöglich ...«

»Vielleicht«, sagte Kossori leise, »suchen sie Erlösung.«

»Und nun etwas ganz Besonderes«, sagte Mao-Mao-Shan auf dem Podest. Ein Raunen ging durch die Menge, als sich der Vorhang erneut teilte und ein Mann erschien. Er war nicht nackt, sondern eher so gekleidet wie Mao-Mao-Shan. Nur sein Oberkörper, längst nicht so umfangreich wie der des Meisters der Sha-rida, war entblößt. Er trug dunkle Beinkleider und hohe, staubige Stiefel. Um seine Hüfte schlang sich eine breite Schärpe, in der lässig ein Krummdolch steckte. Er blieb am hinteren Bühnenrand stehen und griff nach hinten. Es sah aus, als zerrte er jemand von draußen herein. Dann kam hinter ihm eine Frau auf die Bühne gestolpert.

Mao-Mao-Shan begann sofort wieder mit seinem Geschrei. Moichi beachtetete ihn nicht. Er hatte seinen Blick auf die Frau geheftet, die nackt war wie die anderen zuvor.

Sie war groß. Ihre schmale Taille betonte noch ihre breiten Schultern und geschwungenen Hüften. Sie hatte sehr lange Beine.

»Begreifst du jetzt?« fragte Kossori. »Der Sha-rida verkörpert die Befreiung des menschlichen Geistes ...«

Ihre Wangenknochen standen leicht vor, mit ihrer schmalen Nase und den zart bebenden Flügeln sah sie aus wie ein in die Enge getriebenes Tier. Ihre trotzigen Augen schimmerten kobaltblau, ein Blau, das Moichi noch nie gesehen hatte. Ihr langes Haar floß ihr über die Schultern, war jetzt allerdings wild zerzaust wie von einer Auseinandersetzung. Es hatte die Farbe von Feuer.

»... hier werden die dunkelsten Seiten der menschlichen Seele freigesetzt und befriedigt, hier werden sie nach außen gekehrt und nicht nach innen, wo sie alles zerfressen. In uns allen steckt etwas davon, in unterschiedlichem Maß ...«

Sie hatte die schönsten Beine, die Moichi je gesehen hatte. Sie waren fest, schlank und doch muskulös und schienen kein Ende zu nehmen. Er hob die Augen.

»... hier vermischen sich Lust und der Tod.«

Ihre Blicke trafen sich kurz. Ein Schock durchfuhr seinen Körper, er fühlte, daß er am ganzen Leib zitterte. Dann war der Kontakt gerissen. Das Bieten begann. Aus allen Teilen der Menge folgte ein Angebot dem nächsten, ohne daß Mao-Mao-Shan weiter eingreifen mußte. Er wußte, wann er das große Los gezogen hatte.

Was war geschehen? fragte sich Moichi verwirrt. Irgend etwas hatte sie kurz über die räumliche Entfernung, sogar über ihre unterschiedlichen Kulturen hinweg miteinander verbunden.

Mittlerweile waren 850 Taels geboten, und das Bieten kam kurz ins Stocken. »Los, los«, feuerte Mao-Mao-Shan das Publikum an. »850 Taels sind ein armseliger Preis für diese Seele. Ich versichere euch aufrichtig, eine solch große Seele ist mir schon seit vielen Jahreszeiten nicht mehr über den Weg gelaufen. Also wer ... Ja, Herr, ich gratuliere. Tausend Taels sind jetzt geboten!«

Ein Stöhnen ging durch die Menge, als der enorme Preis genannt wurde. Alles reckte die Köpfe, um einen Blick auf den Bieter zu werfen. Nur Moichi starrte geradeaus auf die

Bühne, wo die Frau stand. Eins war merkwürdig — ihre Handgelenke! Sie hatte sich leicht gedreht, als interessiere auch sie sich für den Menschen in der Masse, der bereit war, soviel Silber für sie zu bezahlen. Jetzt sah Moichi, daß man ihr die Hände auf den Rücken gebunden hatte. Aber nicht nur das. Als sie sich weiter drehte entdeckte er, daß sie an den Hanfschlingen gezerrt und versucht hatte, sich zu befreien. Er stieß Kossori an.

»Hast du nicht gesagt, alle wären freiwillig hier?«

Kossori nickte. »Allerdings.«

»Dann sieh doch mal hier«, sagte Moichi und zeigte auf die Frau auf der Bühne.

»Bei allen Göttern! Ich verstehe nicht, wie ...«

Das Bieten ging weiter. Eine ältliche Frau mit ausgetrocknetem Gesicht erhöhte den Preis auf zwölfhundert. Schon donnerte eine hörbar verärgerte Stimme lauthals durchs Zelt: »Fünfzehnhundert!«

Moichi drehte sich überrascht um. Es war der gleiche, der bereits mit seinem Gebot über 1000 Taels für Aufregung gesorgt hatte. Im Gedränge erkannte er einen Mann in einem schwarzen Gewand, das ihn von Kopf bis Fuß einhüllte. Das Licht auf dieser Seite war zu schwach, um die Gesichtszüge genau zu erkennen, außerdem hatte der Mann die Kapuze übergezogen. Dennoch fiel er in seiner Umgebung sofort auf, denn er überragte alle um wenigstens einen Fuß.

»Achtzehnhundert!« schrie die Frau mit dem ausgemergelten Gesicht.

Der große Mann bahnte sich einen Weg nach vorne und schob jeden auf die Seite, der zu protestieren wagte. Er hob den Kopf und rief: »Beim Gott des Eisens, 2000 Taels!« Moichi glaubte, ein kaltes Funkeln unter der Kapuze gesehen zu haben, als hätte das Licht sich kurz in einem Auge gefangen.

Moichi wandte sich wieder zur Bühne und sah, daß die Frau ihn anstarrte. Jetzt wußte er, was sie von ihm gewollt hatte.

»Zweitausendfünfhundert Taels!« brüllte er.

»Was?« Kossori packte ihn am Arm. »Was ist in dich gefahren? Bist du verrückt? Wir haben nicht annähernd ...«

»Zweitausendsiebenhundert!«

Moichi brauchte sich nicht umzudrehen, um zu wissen, daß die Stimme dem Mann mit der Kapuze gehörte. Er hatte sich mittlerweile näher an sie herangedrängt und stand vor der Bühne.

»Dreitausend!« rief Moichi.

»Dreitausendeinhundert!« Und dann, leiser: »Du widerliche Kröte, wenn du es wagst, noch einmal zu bieten, werde ich ...«

»He, du ...!« Kossori hatte sich umgedreht, um dem Mann entgegenzutreten.

Inzwischen machte Moichi ein neues Angebot. »Dreitausendfünfhundert Taels!«

Hinter ihm kam Bewegung ins Gedränge, als der Mann mit der Kapuze versuchte, sich zu ihm durchzukämpfen. Er zischte: »Ich habe dich gewarnt — aus dem Weg, verdammter Pöbel!«

Aber das war jetzt egal. Moichi hatte der Frau auf der Bühne genug Zeit gelassen. Sie hatte sich aus ihren Fesseln befreit und mit einer blitzschnellen Bewegung dem Mann, der sie gefangen hatte, den Dolch aus der Schärpe gerissen, als er durch den Aufruhr im Publikum abgelenkt wurde.

Ohne einen Augenblick zu zögern, rammte sie ihm die krumme Klinge bis zum Heft ins Fleisch, rechts zwischen der dritten und vierten Rippe.

Mittlerweile war ein derartiger Lärm losgebrochen, daß Moichi seinen eigenen Schrei nicht hörte. Aber er war bereits unterwegs. »Los, komm!« rief er Kossori zu. Als er merkte, daß der andere ihm folgte, sprang er mit einem Satz auf die Bühne.

Diese noch nie dagewesene Ungeheuerlichkeit ließ Mao-Mao-Shan erstarren. Als er wieder zu sich kam, war es bereits zu spät. Moichi stellte dem Riesen ein Bein, und Mao-Mao-Shan schlug hin wie ein gefällter Stamm.

Moichi legte der Frau seinen Arm zum Schutz um die nackte Taille. Er spürte ihre Wärme. Kossori war neben ihnen und warf einen kurzen Blick in die Menge, als sie gemeinsam auf die Zeltöffnung zustürzten. Er entdeckte den großen Kerl, der rechts und links die Leute von sich schleuderte, um sich zur Bühne durchzuarbeiten. Kossori hatte wenigstens ein Schwert oder irgendeine andere Waffe in der Hand des anderen erwartet, aber dessen Hände blieben leer.

Dann hatten sie die Zeltöffnung hinter sich. Sie befanden sich jetzt in einem der kleineren, schwach erleuchteten Nebenzelte, in dem man offenbar die Seelen vor dem Verkauf aufbewahrte. Das Zelt war voller Männer und Frauen, alle schön und makellos und offensichtlich bereit, besessen zu werden, wie Mao-Mao-Shan es nennen würde.

Zu dritt rannten sie mitten durch das Gewimmel hindurch. Jeder starrte sie aus leeren Augen an oder flüsterte seinem Nachbarn etwas zu. Die Nachtluft draußen war kühl. Einige der Fackeln auf dem Ring aus geschnitzten Säulen hatten angefangen zu tropfen und waren ausgegangen. Moichi führte sie durch die Ruinen des Ebbeplatzes zu einer dunklen Stelle am Rand.

Er fand die Gasse, und sie flohen diesen schwarzen Pfad hinab. Das Geräusch ihrer Schritte übertönte einen Augenblick lang den Lärm der Verfolger. Moichi glaubte zu wissen, wer sie anführte. Bestimmt war es nicht Mao-Mao-Shan.

»Das ist doch Wahnsinn!« keuchte Kossori im Rennen. »Wie konntest du …«

»Spar deinen Atem, mein Freund«, sagte Moichi. »Das ist jetzt nicht mehr zu ändern.«

Sie näherten sich dem ›Weg der Blauen Illusion‹. Ein bezeichnender Name. Davon würden sie einiges brauchen, wollten sie dem Mann in der schwarzen Kapuze entkommen. Hinter ihnen hallten Schritte in der engen Gasse. Die Leute des Sha-rida hatten sie ebenfalls erreicht. »Außerdem glaube ich kaum, daß du ruhig zugesehen hättest, wie man sie verkauft, um sie dann zu töten. Schließlich wurde sie gefangen gehalten.«

»Schon gut, schon gut.« Als sie die breite Geschäftsstraße erreicht hatten, veranlaßte Kossori sie abrupt zum Anhalten. »Die Zeit ist knapp, also keine langen Diskussionen.« Der Lärm hinter ihnen kam rasch näher. »Nimm das Mädchen und lauf nach rechts. Einen Block weit, dann scharf nach links. Von da kennst du den Weg.«

»Und du?« Heißer Atem in den Lungen, hinter ihnen Schreie aus dem Dunkel der Gasse. Wenigstens konnten sie hier von ihren Verfolgern nicht sofort gesehen werden.

»Mach dir keine Sorgen.« Kossori wedelte mit der Hand durch die Luft. »Ich werde sie ablenken. Los jetzt, schnell. Sie müssen glauben, daß du mit dem Mädchen vor mir läufst, sonst klappt es nicht.«

»Aber ...«

»Geh jetzt, los! Gleich ist es zu spät, und sie fangen uns wie Fische im Netz! Los, mach schon!«

Moichi packte die Frau an der Hand und stürzte mit ihr den ›Weg der blauen Illusion‹ entlang. Hoffentlich trug die Straße ihren Namen zu Recht. An der Ecke mußte er sich zusammenreißen, um sich nicht umzudrehen, dann rannten sie in den schützenden Schatten der Querstraße. Er hob im Laufen den Kopf und stellte fest, daß er von hier aus tatsächlich weiter wußte. Er sah sich kurz um, dann jagte er mit ihr durch düstere Nebengassen, in denen ihnen quiekende Ratten aus dem Weg sprangen, durch hell erleuchtete Straßen und über schattige, baumbestandene Plätze. Bis sie endlich auf den ›Nanking‹ traten und Moichi eine Riksha herbeiwinken konnte. Er mußte sich zweimal bemerkbar machen, denn die träge Kubarufrau schien ihn anfangs nicht zu hören. Ohne viel Federlesens schob er die Frau unter das Verdeck, sprang neben sie und gab der Fahrerin die Adresse seines Harttin. Als sie anfuhren, zog er seinen Umhang aus und legte ihn dem zitternden Mädchen um ihren herrlichen nackten Körper.

Dann holperten sie durch die Nacht.

»Aufeya.«

Er beobachtete, wie sie sich unter dem Seidenumhang bewegte, sah ihre kräftigen Schenkel und langen Beine.

»Ein hübscher Name.«

Sie drehte sich zu ihm um. Angst hatte sie nicht, aber sie war immer noch auf der Hut. Sie glich einem märchenhaften Katzentier und steckte voll ungebändigter Kraft.

»Was starrst du so?« wollte sie wissen. »Hast du noch nie eine Frau gesehen?«

Moichi durchquerte den großen Raum bis zum Schreibtisch und schenkte ihnen Wein ein. Er drehte sich um und hielt ihr einen Becher hin. Sie ließ ihn keinen Augenblick aus den Augen, rührte sich aber auch nicht. Er zuckte mit den Schultern, stellte den Becher ab und nippte an seinem.

»Hast du ...?«

»Ich beantworte keine Fragen«, fuhr sie ihn an. »Du solltest nicht so dumm sein zu glauben, daß ich dir wegen dieser Geschichte irgend etwas schulde.«

Er ging an ihr vorbei und zog die Jalousien auseinander. Jetzt konnte man auf die Hafenstraße blicken, die, genau wie der Hafen dahinter, zu dieser frühen Stunde noch friedlich dalag. Es war immer noch ziemlich dunkel, bis zum Einbruch der Dämmerung würde es noch eine Weile dauern. Hier und da schaukelten kleine Laternen an den Sparren. In der Dunkelheit wirkten sie wie umherirrende Glühwürmchen.

»Vielleicht hörst du mir erst mal zu«, sagte Moichi. »Ich will dich nicht ausfragen. Ich wollte nur wissen, ob du je so etwas Schönes gesehen hast.«

Zögernd und beinahe widerwillig, als erwarte sie einen Trick, wandte sie ihren Blick von ihm ab und sah hinaus auf die Uferstraße.

Moichi trat auf die Veranda. Kurz darauf kam Aufeya nach.

Die Luft war vollkommen klar. Man konnte selbst die kleinsten Geräusche deutlich unterscheiden, die lange Fassade des Harttin wirkte wie ein Resonanzboden. Er konnte das Klicken der Würfelspieler hören, das Knarzen der Schiffstakelage und ganz in der Ferne den undeutlichen Singsang eines Kubaru bei der Arbeit. Näherbei hörte er es plätschern; irgend jemand pinkelte in eine Ecke.

»Was ist ein — Harttin?« fragte Aufeya.

»So nennt man in Sha'angh'sei die Lagerhäuser. In den Harttin lagern die reichen Hongs ihre Güter, sobald sie von den hereinkommenden Schiffen ausgeladen werden oder solange sie auf die Ausfuhr warten.«

»Und das hier ist dein Harttin?«

»Nein. Er gehört Llowan, dem Hafenmeister von Sha'angh'sei.«

»Und was tust du hier?«

»Ich warte.« Er trat an das Geländer und stützte sich darauf. Schiffsmasten ragten schwarz vor ihm in den Himmel. Zusammen mit den Quersalings und den eingerollten Segeln, den straffen Spanten und der Takelage überzogen sie das Bild mit einer unwirklichen Geometrie.

Aufeya machte zwei Schritte auf ihn zu, dann blieb sie stehen wie ein Reh, das Wasser riecht, aber nicht weiß, was sich hinter dem Gebüsch am Ufer verbirgt.

»Worauf?«

»Auf ein Schiff, *querhida*.« Er sah, wie sie erstarrte. Sie sah ihn an, sagte aber nichts. »Auf ein Schiff, das mich nach Hause, nach Iskael bringt.«

»Bist du ...? Bist du ein Kapitän?«

»Kapitän?« Er mußte lächeln. »Nein, ich bin Navigator.« Er drehte sich um. Seine Gedanken schweiften weit über den Horizont hinaus.

Sie betrachtete ihn lange. Ihre kobaltblauen Augen waren noch düsterer als sonst. Er sah nicht, daß sie leicht zitterte. Ihr Kopf zuckte, dann verschränkte sie die Arme dicht unter ihren festen Brüsten, als wollte sie sich selbst festhalten.

Ihr fiel wieder ein, wie der Sturm ihr kleines Boot vom Kurs abgebracht und gezwungen hatte, im Hafen Schutz zu suchen. Das Boot war stabil, aber ein reiner Küstensegler und nicht hochseetüchtig. Außerhalb eines sicheren Hafens hatte es einem heftigen Sturm nichts entgegenzusetzen.

Sie war erschrocken gewesen, als sie erfahren hatte, daß sie in Sha'angh'sei gelandet waren. Ein abscheuliches Mißgeschick, aber daran war jetzt nichts mehr zu ändern. Vor den Hafenmauern tobte noch immer der Sturm, und sie hatten keine andere Wahl gehabt als zu warten, bis das Unwetter sich legte oder weiterzog.

Der Sturm hatte sie einiger bitter benötigter Vorräte beraubt, und sie war an Land gegangen, um das Nötigste zu besorgen. Dabei hatte der Mann in der schwarzen Kapuze sie entdeckt. Sie war voller Angst weggelaufen — genau in die Arme von Mao-Mao-Shan. So war sie auf dem Sha-rida gelandet. Sie wußte, das Ganze war nur ein abgekartetes Spiel gewesen. Der Mann mit der Kapuze konnte sie schlecht direkt in seine Gewalt bringen, ohne Aufsehen zu erregen, und das durfte er nicht riskieren. Deshalb hatte er etwas mit Mao-Mao-Shan ausgehandelt. Sie hatte beobachtet, wie sie sich unterhielten und wußte, daß der Mann im schwarzen Umhang im voraus für sie bezahlt hatte. Die Versteigerung auf dem Sha-rida wurde also nur zum Schein abgehalten. Dann hatten sich zum Glück Moichi und sein Freund eingemischt. Aber war das wirklich nur ein glücklicher Zufall? Sie wußte genau, wie verschlagen der Mann im schwarzen Umhang vorging. War das vielleicht wieder nur einer seiner Tricks? Natürlich sprach sie lieber zu einem freundlichen Gesicht — aber wie konnte sie sicher sein? Als sie an den Mann im schwarzen Umhang und seine Rache denken mußte, fing sie unweigerlich wieder an zu zittern. Wie dumm war sie gewesen! Jetzt war alles zu Ende. Nein, vielleicht nicht zu Ende. Noch nicht ganz. Dabei wollte sie unbedingt wenigstens noch ein Wörtchen mitreden.

»Du bist also aus einem Land namens Iskael?« fragte sie so plötzlich, daß er sich zu ihr umdrehte. »Erzähl mir davon. Wo liegt es zum Beispiel?«

»Weit im Süden«, sagte Moichi. »Sogar noch weiter als Ama-no-mori.«

Sie schnaubte spöttisch. »Ama-no-mori existiert doch nur in der Legende.«

Er schüttelte den Kopf. »Hast du noch nie vom Dai-San gehört?«

»Doch, natürlich. Jeder kennt ihn.«

»Er ist wie ein Bruder zu mir und lebt zur Zeit dort.« Er hob eine Hand, als wollte er ein Insekt verscheuchen. »Aber das spielt keine Rolle. Iskael ist ein Land voller Sonne, voll sanft geschwungener Wüsten und üppiger Obstgärten. Dort gibt es die höchsten Berge der Welt, die noch von einem Gipfel überragt werden. Auf den heiligen Tafeln meines Volkes heißt es, Gott habe ihn mit eigenen Händen erschaffen.«

»Du glaubst an einen einzigen Gott?«

»Aber ja, *querhida*.«

Sie erstarrte wieder und trat zurück. »Jetzt sagst du das schon wieder«, preßte sie hervor. »Du spielst nur mit mir. Du wußtest die ganze Zeit Bescheid.« Sie lehnte jetzt ganz hinten am Geländer und hielt sich so krampfhaft fest, daß ihre Knöchel blauweiß wurden. »Du arbeitest für ihn.«

Er spürte ihre Hysterie und wußte, daß sie jeden Augenblick durchdrehen konnte. Unsinnigerweise machte er einen Schritt auf sie zu. »Nein, ich versichere dir, ich ...«

»Lieber sterbe ich!« schrie sie, wirbelte herum und schwang sich über das Geländer.

Mit einem Satz war Moichi bei ihr und bekam ihre Beine noch in der Luft zu fassen. Durch ihren Schwung wurde er ans Geländer gerissen, und die oberste Stange bohrte sich ihm in den Magen. Er knickte in der Mitte ab, und die Luft blieb ihm weg. Um ein Haar hätte er sie wieder verloren, aber dann nahm er alle Kraft zusammen und zog sie zurück auf die Veranda. Aber er stand noch nicht wieder fest auf den Beinen und war noch etwas außer Atem, als sie ihm überraschend mit dem Hacken gegen das Schienbein trat. Er hielt sie immer noch fest und torkelte nach hinten, dann rammte sie ihm ihren schlanken Ellenbogen mit aller Kraft in die Seite und versuchte, einen Hebel anzusetzen. Worte hatten jetzt keinen Sinn mehr. Sie traf ihn mit dem Handballen an der Schulter, mußte aber einen Augenblick ihre Deckung aufgeben. Er überraschte sie mit einer geraden Rechten nach oben gegen ihre Wange und setzte sie außer Gefecht. Mit offenem Mund und glasigem Blick sackte sie kraftlos neben ihm zusammen. Als sie wieder zu sich kam, hatte er dafür gesorgt, daß sie ihm endlich zuhören mußte.

»Hör zu, Aufeya«, sagte er ruhig, als sie sich losreißen wollte. »Hör gut zu, dann lasse ich dich wieder los.«

»Ich verhandele nicht mit Feinden.« Wenn ihr feuriger Blick hätte töten können, wäre er jetzt eine verkohlte Leiche.

Er schlug ihr mit der flachen Hand ins Gesicht. »Hör endlich auf mit dem Unsinn!«

Sie reckte den Kopf vor und versuchte ihn zu beißen. »Bleib mir vom Leib!« kreischte sie. »Ich denke nicht daran, mir deine Lügen anzuhören. Deine Zunge ist wie Honig, aber ich weiß, wer dich bezahlt ...!«

Voller Wut und ohne nachzudenken beugte er sich vor und drückte ihr seinen Mund auf die Lippen. Er hatte sie eigentlich nur zum Schweigen bringen wollen, aber das änderte sich bald. Er spürte ihre kühlen, feuchten Lippen, sie schmeckte leicht nach Zimt, gleichzeitig herb und süß, als hätte sie gerade einen reifen Apfel gegessen. Und wieder durchfuhr ihn das Gefühl, das er schon verspürt hatte, als sie ihn im Sha-rida zum erstenmal angesehen hatte.

Ihr schien es ähnlich zu gehen, denn sie öffnete die Augen und sah ihn verwirrt an. »Was — was machst du da?« flüsterte sie ihm rauh zu, als er wieder von ihr ließ.

Moichi räusperte sich und lockerte ohne es zu merken seinen Griff. »Ich wollte nur, daß du aufhörst zu schr ...« Er setzte zu einer Bewegung an, aber sie hielt ihm bereits einen seiner Dolche an die Kehle. Er blieb völlig regungslos liegen, spürte nur deutlich ihren Körper halb über seinem, ihre Wärme und das Heben und Senken ihrer Brüste unter dem dünnen Seidenstoff. Ihre Drohung mit dem Dolch war nicht entschlossen genug. Er sah ihren Augen an, wie sie mit sich kämpfte. Sie hatte die gleiche Anziehung gespürt wie er.

»Jetzt sag mir die Wahrheit!« Sie sprach immer noch leise, mit belegter Stimme und hatte ihre Gefühle nicht unter Kontrolle.

»Sonst schlitzt du mir die Kehle auf?« wollte er wissen.

Anstatt etwas zu sagen, drückte sie ihm die Klinge nur noch fester an die Gurgel.

»Ich habe dir bereits die Wahrheit gesagt, Aufeya.«

»Ich warne dich, versuche nicht, mich reinzulegen!« Die rasiermesserscharfe Klinge ritzte bereits die Haut auf. »Du weißt, daß ich Dalusierin bin? Wie ist das möglich, wenn du nicht für ihn arbeitest?«

»Ich weiß nicht einmal, von wem du sprichst.« Obwohl er die Klinge nicht sehen konnte und die Bewegung nicht bemerkt hatte, spürte er, wie ihm das Blut den Hals herabtropfte. »Ich bin schließlich Navigator und weit in der Welt herumgekommen. Ich war schon zweimal in Dalucia. Dalusische Namen vergißt man nicht leicht. Als ich deinen hörte, wußte ich sofort Bescheid.«

Sie schien überhaupt nicht auf seine Worte zu achten. Langsam bekam er Angst. Sie war hysterisch und schien nur noch zu hören, was sie auch hören wollte.

»Wo warst du in Dalucia?« Ihre Stimme war jetzt wie eine gespannte Bogensaite, die nur darauf wartete, losgelassen zu werden. Er hatte das unangenehme Gefühl, der Pfeil sei genau auf ihn gerichtet.

»Im Hafen von Corruña. Wir hatten Zedernholz und Seide an Bord.«

»Describame la puerta de la Corruña«, fauchte sie ihn in fließendem Dalusianisch an. *»Jao de Corruña.«*

Aus dieser Stadt kam sie also, es war die Hauptstadt Dalucias, das wußte er. Er erzählte ihr alles über den Hafen, was ihm noch einfiel.

Sie warf den Kopf zurück. Trotz der Dunkelheit wirkten ihre Haare wie eine Krone aus poliertem Edelmetall. »Das hat nichts zu sagen. Er hat dich bestimmt gut eingewiesen, wenn du für ihn arbeitest.«

»Mein Gott, Aufeya, was verlangst du von mir?«

»Die Wahrheit, sonst nichts.«

»Von wem sprichst du eigentlich die ganze ...?«

»Ich stelle hier die Fragen!« fuhr sie ihn an.

»Wie du willst.«

»Ja, genau wie ich will.« Sie schwieg einen Augenblick und schien nachzudenken. »Wieso sollte ich meine Zeit darauf verschwenden, dir zu erzählen, was du schon weißt?«

»Vielleicht weiß ich es ja nicht.«

Sie fällte einen Entschuß. Er durfte sich gegen eine der geschlossenen Jalousien lehnen. Die Dolchspitze schwebte dicht vor ihm und konnte sofort zustechen, sollte er sie angreifen.

Hinter ihren Umrissen konnte er jetzt einen dünnen rosa Strich sehen, der sich am entfernten Horizont immer weiter ausbreitete. Er war an unzähligen Stellen von den Masten der vor Anker liegenden Schiffe unterbrochen. Der Himmel wurde jetzt leicht grau, das Schwarz der Nacht wurde immer weiter zurückgedrängt. Er konnte die Möwen nicht sehen, dachte aber daran, wie sie ihre Kreise zogen. Gleich würde ihr Geschrei die aufgehende Sonne begrüßen. »Die Stunde des Kormorans, wie wir es auf See nennen.« Er mußte an seine Verabredung mit Aerent und der jungen Bujunfrau denken. Ihm blieb nicht mehr viel Zeit.

Sie betrachtete ihn argwöhnisch. »Du fährst also nach Hause nach Iskael, wenn du ein Schiff bekommst. Das hast du gesagt.«

»Tatsächlich?« Er war überrascht. »Seltsam. Nein, zuerst würde ich nach Kintai fahren.«

Die Bemerkung traf sie, als hätte er sie körperlich geschlagen. Sie erholte sich gerade weit genug, um zu fragen: »Was weißt du von Kintai?«

»Nichts«, sagte er und breitete die Hände aus. »Um die Wahrheit zu sagen, ich habe erst heute morgen von seiner Existenz erfahren. Wenn du mehr darüber weißt, wäre ich dir sehr dankbar, wenn du ...«

»Wie hast du davon erfahren?« Sie stand plötzlich wieder unter Spannung, und er mußte aufpassen, was er sagte.

»Gestern abend ist hier jemand ermordet worden. Ohne Zweifel nicht der Einzige in dieser Stadt. Trotzdem ist die Geschichte außergewöhnlich. Zwei völlig unterschiedliche Männer wurden auf zwei völlig unterschiedliche Arten getötet. Der eine, Sohn des Tai-pan der Ching Pang, wurde von einem professionellen und äußerst erfahrenen Schwertkämpfer getötet. Der andere wurde gräßlich gefoltert. Ich vermute, er wurde durch eine geheimnisvolle und uralte Kampfkunst mit dem Namen *Koppo* umgebracht.« Er hielt inne um zu sehen, ob seine Worte irgendeinen Eindruck auf sie machten. Sie hatte einen völlig leeren Blick bekommen, ihre Augen waren so flach und undurchsichtig wie Steine, die in der Sonne trocknen. »Dieser Mann war Ausländer. Vermutlich kam er aus Kintai.« Sie hatte sich hingesetzt und wirkte völlig abwesend. Er hätte sie jetzt ohne großes Risiko entwaffnen können, blieb aber seltsamerweise reglos. »Ich glaube, wir können uns gegenseitig helfen, Aufeya. Es war scheinbar kein reiner Zufall, daß wir uns über den Weg gelaufen sind.«

Sie sah ihn an, sagte aber nichts.

»Willst du mir jetzt von dem Mann erzählen? Ich weiß wirklich nichts über ihn.«

»Er heißt Hellsturm«, sagte sie schließlich mit seltsam metallischer Stimme. »Er hat mich über zehntausend Kilometer weit verfolgt. Wenn ich dir glaube, was du mir gerade erzählt hast, stehe ich ihm jetzt alleine gegenüber. Er hat Cascaras umgebracht.«

»Ist das der Mann aus Kintai?«

Sie nickte. »Er kam gerade aus Kintai, wo er nach ... Er ist — war — Dalusier, wie ich. Ein Händler.«

»Aber was ...?«

»Der Mann im schwarzen Umhang. Gegen den du geboten hast. Das ist Hellsturm.«

»Und er hat den Mann aus ... Er hat Cascaras umgebracht?«

Wieder nickte sie. »Es kann kein anderer gewesen sein.« Sie hatte ihre freie Hand zur Faust geballt und trommelte gegen ihr Knie. »Oh, er war bestimmt voller Schadenfreude, als er mich hier gesehen hat! Dieser verdammte Sturm! Ich hätte nie auch nur in die Gegend von Sha'angh'sei kommen dürfen. Cascaras und ich hatten uns getrennt. Er wollte sich hier verstecken, und ich sollte ... Aber das spielt jetzt keine Rolle mehr.«

»Und ob es eine Rolle spielt, Aufeya.« Er hielt ihr die Hand hin. »Willst du mir jetzt nicht den Dolch geben?«

»Nein«, sagte sie. »Ich glaube — ich glaube, ich kann dir jetzt vertrauen, aber ich kenne mich hier nicht aus. Ich fühle mich sicherer, wenn ich ihn noch eine Weile behalte.«

»Also gut«, sagte er. »Behalte ihn, solange du willst.«

Sie steckte ihn in den Gürtel der Seidenhosen, die er ihr gegeben hatte. Es waren Reservehosen von Llowan, die Moichi auf dem Weg in den ersten Stock des Lagerhauses mitgenommen hatte. Seine eigenen wären ihr viel zu groß gewesen.

Das Meer war jetzt rosa und blaßgelb überflutet, dann tauchte plötzlich die Sonne über dem Horizont auf. Sofort setzte das gewohnte Gekreisch der Möwen ein, die jetzt auf der Suche nach ihrem Frühstück durch die ruhige Meeresoberfläche tauchten. Der Himmel war von ihrem melancholischen Rufen erfüllt.

»Du hast gesagt, Cascaras wurde gefoltert«, sagte Aufeya. »Wie schlimm war es deiner Meinung nach?«

»So schlimm, wie man es sich nur vorstellen kann, fürchte ich.« Er beschrieb ihr, was sie entdeckt hatten.

Sie schauderte, und einen Augenblick lang schien alles Leben sie zu verlassen. »Dann muß ich davon ausgehen, daß Hellsturm Cascaras zum Reden gebracht hat und jetzt im Besitz seiner Hälfte der Information ist.«

»Welcher Information? Plant irgend jemand einen Angriff auf Sha'angh'sei?« fragte er, als hätte er die gleichen Befürchtungen wie Aerent.

Aufeya lachte. »Nein, nein«, sagte sie. »So etwas Irdisches ist es nicht, das kann ich dir versichern.«

Unter ihnen auf der Uferstraße nahmen die Geräusche mit einer Geschwindigkeit zu, daß sie sich schon bald überlagerten. Die Stadt stimmte für einen weiteren Tag ihren vielstimmigen Gesang an. Eine ganze Armada von Fischerbooten war bereits ausgelaufen, bevor die Wasserstraßen endgültig von den Klippern und Schonern aus aller Herren Länder verstopft wurden. Sie manövrierten jetzt in den Hafen, um die Anlegeplätze der Schiffe einzunehmen, die die Nacht am Kai verbracht hatten und noch vor Tagesanbruch schwer beladen unter vollen Segeln ausgelaufen waren. Sie passierten einander jetzt in einer stattlichen, dennoch alltäglichen Parade, die hier längst zur morgendlichen Routine gehörte.

Er hatte sie noch viel zu fragen, jedoch nur so wenig Zeit für die Antworten. Genaugenommen überhaupt keine mehr, stellte er schuldbewußt fest. Die Stunde des Kormorans hatte begonnen, und er mußte los. Egal, wie gerne er noch bei Aufeya geblieben wäre, er mußte an seine Pflichten nicht nur dem Regenten, sondern auch dem Dai-san gegenüber denken.

»Du bleibst hier«, sagte er und stand auf. Von unten drang der Lärm der Kubaru und der Schauerleute herauf. Er spielte kurz mit dem Gedanken, Llowan um Hilfe zu bitten, aber ein solches Ansinnen wäre nicht fair gewesen. Der Hafenmeister hatte jeden Tag bereits mehr als genug um die Ohren. Außerdem konnte Kossori bis zu seiner Rückkehr besser für ihre Sicherheit sorgen. Und zurückkehren wollte er so schnell wie möglich, zusammen mit Aerent.

Aufeya erhob sich ebenfalls. Ihr hübsches Gesicht sah besorgt aus. »Wo willst du hin?« Instinktiv griff ihre Hand nach dem Dolch.

»Ich habe eine Verabredung, eine offizielle. Ich fürchte, ich muß sie auf jeden Fall einhalten.«

»Dann laß mich mitkommen.«

»Tut mir leid, Aufeya, aber das ist unmöglich. Es ist eine wichtige Angelegenheit.«

»Ich bleibe hier nicht alleine.« Jetzt hatte sie wieder Feuer in den Augen. Es gefiel ihm. Sie war durchaus zu allerhand fähig, wenn sie erregt war. Er mußte lächeln, als ihm der Doppelsinn aufging.

»Du sollst hier auch nicht alleine bleiben, auch wenn das hier wohl der sicherste Ort in Sha'angh'sei für dich ist. Kossori wird dich schützen, bis ich zurück bin. Er war gestern abend mit mir auf dem Sha-rida.«

»Der Mann, der Hellsturm und die anderen abgelenkt hat?« Sie nickte. »Ja, nicht ungeschickt. Aber warum ist er noch nicht hier?«

»Er wird nicht riskieren, hier vor Tagesanbruch zu erscheinen, wenn die Straßen noch menschenleer sind. Gut möglich, daß sie versucht haben, ihm zu folgen, nachdem sie dahintergekommen waren, daß wir nicht bei ihm sind.«

Wie auf ein Stichwort hin polterte es auf der Treppe. Blitzschnell zog Aufeya ihren Dolch. Selbst Moichi, der vermutete, wer dort die Treppe hochkam, hielt seine Hand dicht über dem Griff seines Schwertes.

Aber es war tatsächlich Kossori. Moichi entspannte sich und stellte die beiden einander vor. Für mehr war keine Zeit. Kossori trat an den Tisch und stürzte den eigentlich für Aufeya bestimmten Wein hinunter. Währenddessen erklärte ihm Moichi, er wolle so schnell wie möglich zurückkehren. Bis dahin solle er Aufeya nicht aus den Augen lassen.

»Hattest du keine Schwierigkeit, ihnen zu entwischen?« fragte er.

»Ich habe ihnen eine nette Verfolgungsjagd geliefert, das kannst du mir glauben«, gab Kossori zurück. Er schenkte sich erneut ein und leerte den Becher in einem Zug. »Erst bis zum Tejiraviertel, dann nach unten bis zur Serpentine.«

Er seufzte und drehte sich zu ihnen um. »Ich habe eine verdammt anstrengende Nacht hinter mir, mein Freund.« Er grinste Aufeya mit gierigem Blick an. »Und wie ich sehe, ist bereits für den gerechten Heldenlohn gesorgt.«

Moichi lachte kurz. »An deiner Stelle wäre ich etwas vorsichtiger, Kossori. Sie ist gefährlich wie ein Schneewolf.«

»Tatsächlich?« Worauf Kossori sie noch interessierter beäugte. »Je wilder die Jagd, desto besser schmeckt die Beute, was?«

Aufeya hielt den Dolch immer noch gezückt. Moichi ging zu ihr. »Achte gar nicht auf ihn. Er ist nur bester Laune wegen heute nacht.«

»Bester Laune?« rief sie. »Die Sache ist todernst. Du kannst dir nicht vorstellen, wie wichtig die Geschehnisse der vergangenen Nacht sind.«

»Stimmt, noch nicht«, gab Moichi ihr recht. »Aber das wird nicht mehr lange dauern, das verspreche ich dir. Warte nur, bis ich vom ›Kai der Drei Fässer‹ zurück bin. Solange Kossori hier ist, wird dir nichts geschehen. Einen besseren Beschützer wirst du in ganz Sha'angh'sei nicht finden.«

Er zog rasch ein elegantes honigfarbenes Seidenhemd mit offenem Kragen und weiten Ärmeln an, dazu enge, rostfarbene Beinkleider aus Kalbsleder. Über diesen eleganten Kleidern wirkte sein alter abgewetzter Säbel tatsächlich etwas fehl am Platz.

Vorsichtig legte er Aufeya den Arm um die Schultern und führte sie zurück auf die Veranda. Sie stellten sich an das Geländer. Unten im Hafen steuerte gerade ein gewaltiger Viermaster, die in der Sprache der Seeleute Weltumspanner genannt werden auf eine der langen, extra für derartige Ungeheuer reservierten Werften zu. Obwohl er nur knapp die Hälfte seiner Segel gesetzt hatte, war es ein herrlicher Anblick. Er wurde von einem Trio von Hafenschleppern gezogen, die sich neben dieser Pracht wie Zwergenspielzeug ausmachten.

»Aufeya«, sagte er leise, »ich werde nicht lange bleiben.« Er mußte ihr in die Augen sehen. Es fiel ihm schwer, seinen

Blick wieder zu lösen. »Noch eine Frage, bevor ich gehe: Hast du — hast du es auch gespürt? Gestern abend auf dem Sha-rida? Und als — als wir uns vorhin geküßt haben?«

Er spürte immer noch, daß sie den Dolch in der Hand hatte, auch wenn er jetzt locker an ihrer Seite hing und die Spitze auf die Holzbohlen zeigte.

Sie hob ihren rechten Arm und berührte seine Wange ganz sacht mit den Fingerspitzen. »Du und ich, wir sind in diesem Land allein, Moichi.« Zum erstenmal hatte sie seinen Namen ausgesprochen. Ihn durchfuhr ein Schauder. »Wir sind beide Kinder des einen Gottes. Diese Heiden hier in Sha'angh'sei beten viele Götter an — wie die meisten anderen Menschen auch. Unter viele Götter aufgeteilt, geht die Macht verloren, meinst du nicht auch? Andere glauben an gar keinen Gott. Das ist bestimmt nicht gut.« Sie hatte ihre Hand wieder gesenkt, aber wo sie ihn mit den Fingerspitzen berührt hatte, war die Haut noch wie elektrisiert. Noch nie hatte ihm jemand mit einer so schlichten Geste so viel gesagt. »Ich dachte, die Dalusier wären die einzigen, die an den einen Gott glauben. Und jetzt treffe ich dich. Das kann kein Zufall sein.«

»Auch ich glaube nicht an Zufälle.«

»Und was ist es dann?«

»Sei«, sagte er. Sie sah ihn verständnislos an. »Die Bujun nennen es *Karma.* Wahrscheinlich gibt es viele Ausdrücke dafür. Es ist ein Teil der Kraft, der Menschen an einem bestimmten Ort zu einer bestimmten Zeit zusammenführt. Und zu einem bestimmten Zweck.«

»Und was wäre der Zweck bei uns?«

Er blickte ihr ins Gesicht und verweilte einen Augenblick bei ihren rosig schimmernden, halb offenen Lippen. Plötzlich beugte er sich voller Leidenschaft über sie und gab ihr einen Kuß. Zu seiner Überraschung schlang sie ihm die Arme um den Hals, der Kuß hielt an, wurde intensiver. Warm schmiegte sich ihr Körper an ihn.

»Geh jetzt«, sagte sie, trat einen Schritt zurück und

schüttelte ihr Haar. Es leuchtete kupfern im Sonnenlicht. »*Vejira con Dihos.*« Man sah in ihren Augen die unbändige Angst vor diesem Hellsturm. Sie gab sich alle Mühe, es sich nicht anmerken zu lassen, doch weil er so nah bei ihr stand …

Sie ging mit ihm zurück ins Zimmer. Kossori sah schweigend zu, wie sie sich verabschiedeten. Moichi lief rasch die Treppe hinunter.

Kurz bevor er unten war, drehte er sich um. Sie stand mitten im Zimmer im flutenden Licht des neuen Morgens. Es kam ihm wie eine Manifestation der Aura vor, die sie unsichtbar umgab. Ihre Blicke trafen sich, und auf dem gesamten Weg verfolgte ihn das Gefühl, das er in diesem Augenblick verspürt hatte.

MENSCHENRAUB

Der ›Kai der Drei Fässer‹ lag ein ganzes Stück auf der Uferstraße von Llowans Harttin entfernt. Trotzdem fand sich Moichi mit dem Gedanken ab, zu Fuß zu gehen. Eine Riksha kam nicht in Frage, wenn auch einige leer an ihm vorbeifuhren. Sie waren auf der Suche nach den Neuankömmlingen in Sha'angh'sei, die gerade von Bord kamen und es nicht besser wußten. Nicht etwa nur, weil man zu Fuß schneller war im frühmorgendlichen Gedränge aus schwitzenden Kubaru, müßigen Seeleuten, Hafenarbeitern, Gruppen von Passagieren, den fetten Hongs und ihren Vertretern und Leibwächtern sowie den unvermeidlichen Giomu, die von Pier zu Pier zogen, sobald neue Passagiere eintrafen; es war auch unvergleichlich viel billiger, denn der Mietpreis einer Riksha wurde nach Zeit und nicht nach Entfernung berechnet.

Es versprach, ein schöner Tag zu werden. Die Luft war klar und von dem Dunst, der die Stadt jeden Abend mehr oder weniger einhüllte, war nichts zu sehen. Dort, wo die fahle Sonne immer noch recht nah über dem Horizont brannte, war der Himmel weiß, weiter oben jedoch leuchtete das geschwungene Himmelsgewölbe in tiefem, endlosem Blau. Wie winzige Segel zogen Spuren kleiner Wölkchen über den Himmel.

Moichi arbeitete sich durch die Menge. Mitten im Geschrei und geschäftigen Durcheinander der Hafenstraße vertiefte er sich in das scheinbar bodenlose Rätsel, auf das er sich unvermutet eingelassen hatte. Was anfangs noch ein schlichter Vergeltungsakt geschienen hatte, war mittlerweile zu einer ziemlich vertrackten und, das hatte man ihm deutlich zu verstehen gegeben, bedrohlichen Angelegenheit ausgewachsen.

Behielt Aufeya recht, dann hatte er die Identität des Mörders bereits aufgedeckt. Aber ihn kennen und ihn stellen, das war zweierlei, soviel wußte auch Moichi. Dieser Hellsturm konnte sich in ganz Sha'angh'sei verstecken. Allerdings, solange Aufeya hier ebenfalls untergetaucht blieb, würde er nicht abreisen. Dem Anschein nach hatte Cascaras nur die eine Hälfte der Information in seinem Besitz, die Hellsturm suchte. Er würde hierbleiben, bis er die andere Hälfte in den Händen hielt oder Moichi ihn gefaßt hatte. Dabei konnte ihm Aufeya sehr nützlich sein. Ohne sie wußte er nicht einmal, wo er anfangen sollte, nach dem Mann im schwarzen Umhang zu suchen. Er wußte nicht einmal, wie Hellsturm überhaupt aussah — nur daß er groß war. Das war zu wenig, um ihn in diesem beängstigenden Labyrinth zu finden. Aber Moichi hielt den größten Trumpf in der Hand: Aufeya. Hellsturm wollte sie — unbedingt, nach der Länge der Strecke zu urteilen, die er sie verfolgt hatte.

In Gedanken war er noch bei Aufeya gewesen, als er den geschäftigen Arbeitsbereich des Lagerhauses betrat. Er hatte Llowan kurz mitgeteilt, wer oben war, und warum. Dann hatte er dem Hafenmeister noch zugerufen, wohin er wollte und hatte das Gebäude verlassen.

Jetzt konnte er den ›Kai der Drei Fässer‹ fast schon sehen. Das Schiff der Bujun hatte jedenfalls noch nicht angelegt. Wenn er sich beeilte, konnte er Aerent vielleicht noch die wichtigsten Einzelheiten der gestrigen Geschehnisse mitteilen.

In Gedanken kehrte er kurz zu Aufeya zurück. Er hätte sie lieber nicht allein gelassen. Aber selbst wenn er sie hätte mitnehmen können, hier draußen schwebte sie in größerer Gefahr. Eines schien sicher. Hellsturm war bestimmt nicht alleine nach Sha'angh'sei gekommen. Die Morde im *Brüllenden Affen* deuteten bereits darauf hin, daß es sich um zwei Angreifer handelte, außerdem hatte er auf seiner Flucht aus dem Hauptzelt des Sha-rida deutlich gesehen, wie mehrere andere Hellsturms Kommando folgten. In diesem Punkt lag Aufeya vollkommen richtig. Trotz des fein gesponnenen Netzes aus Geheimniskrämerei, das sich hier über alles legte, war Sha'angh'sei für Ausländer viel zu offenes Gelände. Aber das mußte kein Nachteil sein. Einerseits mußte Hellsturm bei dem Versuch, Aufeya zu schnappen, äußerst vorsichtig vorgehen, andererseits konnte er sich auch das ungeheuer effektive Spionagenetz der Stadt zunutze machen, um ihr Versteck zu finden. Unter den gegebenen Umständen war sie im Lagerhaus auf jeden Fall am sichersten. Außerdem war dort Kossori. Moichi ließ Aufeya lieber von ihm bewachen als von einem Trupp Ching Pang.

Damit war die Sache für ihn vorerst abgeschlossen, und er bereitete sich auf die Begegnung mit der Tochter des Kunshin vor.

Der Regent erwartete ihn auf dem letzten Viertel des ›Kais der Drei Fässer‹. Der Kai selbst war voller Kubaru-Läufer und Schauerleute, die sich auf die Ankunft des Bujun-Schiffes vorbereiteten. Da es sich nicht um einen Frachter handelte, waren weder Hongs noch Schiffsagenten zu sehen. Zum Glück, wie Moichi feststellte, als er vorsichtig über die Holzplanken lief. Statt dessen machte sich eine drei Reihen starke militärische Ehrenformation breit. Er lief an den funkelnden, mit äußerster Sorgfalt herausgeputzten Reihen vorbei und sah Aerent, der hinaus aufs Meer blickte, vermutlich in die Richtung, aus der man das Schiff erwartete. Er hatte die Hände hinter dem Rücken verschränkt. Mit dem herrlich schimmernden Brustpanzer und den federgeschmückten Schulterpolstern sah er in dieser Pose wieder aus wie der Oberbefehlshaber der gesamten Truppe.

»Hola, Aerent!« rief Moichi.

Der Regent wirbelte auf seinen Rubinbeinen herum. Im schräg einfallenden Sonnenlicht hatte ihre Durchsichtigkeit etwas gespenstisches, zumal sie einen scharlachroten Schatten warfen.

Aerent lächelte. »Ah, guten Morgen, guten Morgen.« Er

löste die Hände hinter seinem Rücken und rieb sich die Nase. »Und wie hat dir der Sha-rida gefallen? War er vielleicht sogar nach deinem Geschmack?«

Moichi lachte. »Nein, Regent, alles in allem eigentlich nicht. Dennoch« — er legte den Kopf auf die Seite — »er hat auch sein Gutes.«

Aerents Blick verfinsterte sich. »Erzähl mir davon.«

»Immerhin habe ich auf dem Sha-rida erfahren, wer Omojiru und den Mann aus Kintai ermordet hat.« Genaugenommen entsprach das nicht ganz der Wahrheit, denn von Hellsturm hatte er erst gehört, nachdem sie den Sharida wieder verlassen hatten. Aber er konnte sich die Gelegenheit nicht entgehen lassen, Aerent zu verblüffen.

Die Überraschung war ihm deutlich anzusehen, und Moichi umriß kurz, was Aufeya ihm erzählt hatte. In diesem Augenblick hörten sie einen gellenden Schrei vom anderen Ende des Kais. Sie drehten sich um. Ein Ausgucker hielt sich die Hände wie einen Trichter vor den Mund. »Dort kommt es!« rief er, drehte sich um und zeigte in die aufgehende Sonne hinein. Sie mußten wegen des blendenden Lichts die Augen zusammenkneifen, aber dann waren tatsächlich erst die Segel und Masten, und wenige Augenblicke später der Rumpf der *Tsubasa* deutlich zu erkennen, als das Schiff der Bujun am Horizont auftauchte.

Moichi verfolgte das Schiff länger als Aerent und sog unfreiwillig den Atem ein. »Sieh dir das an, Aerent!« sagte er aufgeregt. »Es fliegt über das Wasser, als hätte es Flügel.« Aerent sah erneut hin und mußte ihm recht geben. Obwohl die *Tsubasa* gerade erst in ihrem Gesichtsfeld erschienen war, erhob sie sich jetzt bereits deutlich über dem Horizont.

»Wo befindet sich die Dalusierin im Augenblick, Moichi?« wollte der Regent wissen.

»Im Harttin. Dort ist sie fürs erste sicher.« Er wollte noch hinzufügen, daß Kossori bei ihr wachte, aber dann fiel ihm ein, daß sein Freund nichts von den kämpferischen Fähigkeiten des Musikers wußte.

»Wir müssen auf jeden Fall so schnell wie möglich mit

ihr sprechen.« Er strich sich durch den Bart. »Nach dem, was du mir gerade erzählt hast, trifft das Schiff der Bujun zu einem verdammt ungünstigen Zeitpunkt ein. Nun, uns bleibt nichts anderes übrig, als das Beste daraus zu machen. Wir können doch Kunshins Tochter nicht beleidigen, oder? Soweit ich weiß, hat sie eine Botschaft des Dai-san bei sich. Ich könnte mir denken, daß dich das besonders interessiert, mein Freund.«

Als die *Tsubasa* kurz vor der Hafengrenze beidrehte, entstand hinter ihnen verhaltene Unruhe in dem Militäraufgebot, das man sich bei verschiedenen ranghohen Rikkagin der Stadt ausgeborgt hatte. Die *Tsubasa* hatte den größten Teil ihrer Segel eingeholt und schien jetzt majestätisch über das Wasser zu schweben, während sie geduldig auf freie Fahrt in den Hafen wartete.

Ein unglaublich schönes Schiff, dachte Moichi. Schlank, sogar noch etwas schmaler als die in Sha'angh'sei üblichen hochseetüchtigen Schoner. Von der Deckerhöhung bis kurz über der Wasserlinie war der obere Teil des Rumpfes schwarzglänzend gestrichen. Ein goldenes Band trennte ihn vom Zinnoberrot des unteren Rumpfes. Der Bug kurvte steil nach oben. Als Galionsfigur diente ein Hahn, das Symbol der Bujun für Wachstum und Forscherdrang, wie Moichi wußte.

»Diese Frau stammt aus Dalucien, genau wie der Mann in der Gasse«, dachte Aerent laut nach. »Moichi, wußtest du, daß Kintai an der Nordwestgrenze Daluciens liegt?«

Moichi wandte seinen Blick von dem Schiff ab, das sich jetzt mit äußerster Vorsicht unter der Hilfe eines kleinen Lotsenbootes in den Hafen tastete, und sah Aerent an. »Interessant. Wie die Dinge liegen, werde ich mich bald von hier verabschieden, Aerent.«

»Jetzt, wo Kunshins Tochter eintrifft? Unmöglich.«

»Wieso? Ich bin überzeugt, du kannst dich ebensogut um sie kümmern.«

»Die Sache ist sowieso mehr als fraglich. Schließlich hast du kein Schiff.«

»Jetzt schon«, sagte Hung Pang. »Aufeyas Schiff liegt am ›Feuerlinienkai‹. Ich habe vor, damit nach Norden, nach Dalucien zu segeln.«

»Und was ist mit diesem Hellsturm? Ich will ihn unbedingt fassen.«

»Genau wie ich, Aerent. Aufeya wird mir dabei helfen, ihm eine Falle zu stellen.«

»Hm, ziemlich riskant. Diese Frau ...«

»Je schneller wir ihn fassen, desto sicherer ist es für sie.«

Die *Tsubasa* schob sich jetzt mit dem Bug an den ›Kai der Drei Fässer‹. Kubaru und die Schauerleute gerieten auf der ganzen Länge des Kais in Bewegung und machten sich an den dicken Hanftauen zu schaffen, die ihnen die Bujunmannschaft zugeworfen hatte. Zum eintönigen Singsang ihrer Stimmen zerrten sie im Rhythmus der Musik an den Tauen, bis sie sie schließlich an den mächtigen Metallpollern entlang des Kais befestigt hatten. Dies war einer der unschätzbaren Vorteile, der Sha'angh'sei zum wichtigsten und reichsten Hafen des Kontinents machte. Sein Hafenbecken war bis kurz vor die Kais so tief, daß selbst große Schiffe — sogar die viermastigen Ungeheuer — nicht in sicherer Entfernung weit draußen vor Anker gehen und ihre Fracht mit Beibooten zum Festland transportieren mußten. Das Be- und Entladen fand direkt an den Kais statt und sparte so Zeit und Geld. Das war in Khiyan, wo Moichi und der Dai-san vor ihrer langen Reise nach Süden an Bord der *Kioku* gegangen waren, nicht möglich gewesen. Das Schiff hatte von weit draußen ein Beiboot schicken müssen, um sie abzuholen.

Die Erschütterung des Kais riß ihn aus seinen Gedanken. Spanten knarrten und kleine Wellen schlugen an die Holzpfähle weiter unten. Die *Tsubasa* hatte angelegt.

Chiisai war ein passender Name.

Sie war die einzige Tochter des Kunshin und sah aus wie eine Blume. Moichi hatte keine Ahnung, was ihr Name bedeutete. Als sie jedoch auf dem hohen Achterdeck erschien, kam ihm der Gedanke an eine Pflaumenblüte. Schimmernd und voller Leben.

Als sie näher kam sah er, wie klein sie war. Langsam schritt sie den verzierten Laufsteg herunter und trat auf den Kai, um sie zu begrüßen. Aber dieser Eindruck täuschte, wie er bald feststellen mußte. Sie war keineswegs ein Mädchen, sondern eine erwachsene Frau.

Ihr Gesicht war zart wie eine Blüte, mit länglichen mandelfarbenen Augen und den hohen Wangenknochen der Bujun. Ihr Mund war groß und ungewöhnlich sinnlich. Sie trug die bei feierlichen Anlässen üblichen Holzschuhe und ein Seidengewand, das ihr bis auf die Füße reichte. Es war vollkommen weiß und blendete in der hellen Sonne. In blassem Grün waren einige fliegende Fische darauf gestickt.

Alles war so, wie es sein sollte. Als sie jedoch vor ihnen stehenblieb und man sich voreinander verbeugte, fiel Moichi etwas Eigenartiges an ihrer Erscheinung auf. Einen Augenblick wußte er nicht, wie er es hätte beschreiben sollen. Dann stellte er schockiert fest, daß sie ihre Haare zu dem traditionellen Bujunzopf geflochten hatte, der eigentlich nur den männlichen Kriegern vorbehalten war.

Nur zwei große Bunun flankierten oben auf dem Deck den Laufsteg. Niemand hatte sie nach unten begleitet. Auch das war seltsam, schließlich war sie Kunshins Tochter.

Sie lächelte. »Aerent, Regent von Sha'angh'sei, ich bringe dir die Grüße von meinem Vater, dem Kunshin, und von allen Völkern von Ama-no-mori, sowie von dem Dai-san. Wir wünschen dir auf deinem neuen Posten alles Gute und wollen dir gratulieren.« Aus den Falten ihres Gewandes holte sie ein kleines Holzkästchen, das man zum Schutz gegen die feuchte Meeresluft versiegelt hatte. Auf dem Deckel war in Platin das Siegel der Kunshin der Bujun eingelassen: drei Regenpfeifer im vollen Flug, umgeben vom Weltkreis. »Mit all unseren besten Wünschen.« Sie hielt ihm das Kästchen hin.

Moichi sah, daß Aerent etwas überrascht war. Er nahm das Geschenk gerührt entgegen.

»Ich danke dir, Chiisai. Ein solches Geschenk ehrt mich.«

»Oh, ich versichere dir, es ist ein ganz schlichtes Geschenk«, sagte Chiisai. Ihre Augen lachten immer noch.

Mit der Klinge seines Dolches durchtrennte Aerent das hartgewordene Pech. Dann hebelte er den Deckel auf und sah hinein. Eine ganze Weile sagte er kein Wort — dann nahm er vorsichtig den Platinring heraus. Die Fassung war feinste Handarbeit, das Prunkstück des besten Edelmetallschmieds von Ama-no-mori. In der Fassung befand sich eine makellose Perle.

Chiisai brach das lähmende Schweigen mit den unschuldigen Worten: »Mein Vater meinte, dies sei das geeignete Geschenk für den Herrscher des größten Seehafens der bekannten Welt.«

Aerent steckte sich den Ring auf den vierten Finger seiner rechten Hand — den Herzfinger — hob den Kopf und sah sie an. »Ich bin entzückt, Chiisai, und überwältigt.« Dann gab er ihr das Geschenk, das er für sie ausgesucht hatte: eine gefütterte Sha'angh'sei-Jacke, aus feinster Seide, kunstvoll gearbeitet. Darauf hatte man einen blauen Reiher, das Symbol für Anmut, sowie einen sprungbereiten Tiger, das Bujun-Symbol für die Herrschaft über das Land gestickt. Angesichts dessen, was er erhalten hatte, kam ihm sein eigenes Geschenk jetzt vollkommen unpassend vor, aber Chiisai war ehrlich begeistert und zog die Jacke sofort an.

Aerent trat einen Schritt zurück und wollte gerade Moichi vorstellen, aber Chiisai sah aus den Augenwinkeln hoch und kam ihm zuvor. »Und das muß Moichi Annai-Nin sein. Ich bitte zehntausendmal um Entschuldigung. Ich brauche einfach ein wenig Zeit, um mich einzugewöhnen.«

»Das ist schon in Ordnung, Lady.«

Sie mußte lachen. »Bitte nenn mich Chiisai. Ich kann unmöglich einem so guten Freund des Dai-san gegenüber weiter auf Förmlichkeiten bestehen.« Sie sah ihn unerschrocken an, gleichzeitig aber voller Respekt und Zuneigung. Ihre Vertrautheit überraschte Moichi. »Er wollte, daß ich dies tue, sobald ich dich sehe.«

Moichi erwartete die Verlautbarung, von der ihm Aerent bereits erzählt hatte, statt dessen umarmte sie ihn fest und herzlich wie ein Krieger den anderen. Diese Bande sind stärker als Blut, dachte Moichi. Meine Blutsschwester.

»Der Dai-san vermißt dich sehr, Moichi.«

»Ich ihn auch.«

Sie trat neben ihn und hängte sich bei ihm ein wie ein kleines Mädchen. »Aha, wie ich sehe, hast du die Ehrengarde aufgeboten, Aerent.«

»Gefällt sie dir, Chiisai?« fragte der Regent.

»Ja, es ist wirklich ein prachtvoller Anblick.« Dann beugte sie den Kopf vor. »Aber wenn ich ganz offen sein soll — es war wirklich nicht nötig. Dies ist doch kein offizieller Besuch. Mein Vater und ich legen großen Wert darauf, daß keinerlei offizielle Besichtigungen oder Essen zu meinen Ehren veranstaltet werden. Ich will auch keine Eskorte, kurz, das Ganze soll keine Staatsaffäre werden.«

»Verstehe«, sagte Aerent, als sie an den exakt ausgerichteten blitzenden Reihen der Ehrengarde vorbeischritten. Aber das entsprach nicht der Wahrheit. »Wenn ich fragen darf, welcher Art ist dein Besuch hier in Sha'angh'sei dann?«

»Du darfst«, sagte sie lachend. »Regent, du solltest lernen, mich als Frau zu behandeln und nicht als Tochter des Kunshin.«

»Also gut, ich werde mein Bestes tun.«

»Gut. Und nun zu meinem Aufenthalt. Mein Vater hat den dringenden Wunsch, daß ich nicht mein ganzes Leben in Ama-no-mori verbringen soll. Der Dai-san ist derselben Meinung. Ich bin zum Lernen hergekommen. Jetzt wirst du verstehen, warum offizielle Feste und dergleichen mir nicht gut täten. Ich möchte nicht einmal, daß meine Anwesenheit hier überall bekannt wird.«

Moichi lachte. »Das dürfte schwierig werden, Chiisai.

Solche Geheimnisse verbreiten sich in Sha'angh'sei wie ein Lauffeuer.«

»Wie geht es dem Dai-san?« fragte Aerent.

»Gut, er ist glücklich. Mein Vater freut sich sehr, ihn zur Seite zu haben. Sie sind mittlerweile geradezu unzertrennlich. Sie reiten oft zusammen aus, verbringen mehrere Tage in der Wildnis und nehmen nur ihre Reiher zur Gesellschaft mit.«

»Das höre ich gerne.«

»Der Dai-san hat mich gebeten, mich nach deinen Verletzungen zu erkundigen, aber wie ich sehe, ist das nicht nötig.« Seit sie an Land gekommen war, hatte sie seine mit Gelenken versehenen Rubinbeine nur einmal flüchtig angeblickt.

Jetzt hatten sie das Ende des ›Kais der Drei Fässer‹ erreicht und wollten sich in das vielfältige Getümmel auf der Uferstraße begeben. Weiter hinten entluden Hafenarbeiter unter der Anleitung der Bujun-Seeleute Chiisais Gepäck. Weder von einem Kapitän noch von einem Navigator war weit und breit etwas zu sehen, was Moichi ziemlich merkwürdig fand.

Aber für derartige Überlegungen war eigentlich keine Zeit, Chiisai zog sie bereits in das Gedränge der Hafenstraße. Als sie ihn mit einer Handbewegung aufforderte, vorauszugehen, glitt der weite Ärmel ihres Gewandes kurz zurück. Moichi sah, daß sie leicht sonnengebräunt war. Auch das war ungewöhnlich. Bunjunfrauen waren stolz auf ihre weiche, weiße Haut, und vom Dai-san hatte er erfahren, daß man in den Straßen der Städte überall Bambusschirme sehen konnte, egal, ob es regnete oder die Sonne schien.

Das Hin und Her der Kubaru, der Duft der Gewürze, der Mehlstaub, der in Wolken in der Luft hing, all das gab einem das Gefühl, in die Brandung eines unruhigen Meeres zu steigen.

Chiisai schien den Weg zu kennen. Sie ging jetzt voraus und steuerte die gegenüberliegende Seite der Uferstraße an. Dort, beinahe genau gegenüber dem ›Kai der Drei Fässer‹, hatte man vor der fensterlosen Mauer eines Lagerhauses ein kleines, blauweiß gestreiftes Zelt errichtet.

Vor der Zeltöffnung blieb Chiisai stehen und fragte: »Was ist das hier?«

»Das Zelt einer Shindai, Lady«, sagte Aerent.

»Eine Shindai.« Sie ließ das neue Wort auf der Zunge zergehen.

»Ja, so nennt man hier die Wahrsagerinnen.«

»Das Zelt einer Wahrsagerin, fantastisch. Darf ich?«

Aerent runzelte die Stirn. Persönlich hielt er nicht viel von den Shindai, und ganz bestimmt legte er keinen großen Wert auf ihre Vorhersagen. Aber wenn man davon absah, daß sie systematisch alle Besucher ausnahmen, waren sie völlig harmlos. »Aber bitte.«

Moichi wollte eigentlich nichts davon wissen, ließ sich aber dennoch mit ins Zelt schleppen. Er hatte es eigentlich eilig, zu Aufeya zurückzukehren.

Im Zelt war es düster und trotz der frühen Stunde heiß. Dennoch konnte er vage die Gestalt einer Frau mit einem fast schweinsähnlichen Gesicht erkennen. Immerhin bewegte sie sich recht anmutig, als sie sich lächelnd erhob. »Willkommen«, sagte sie. »Ihr seid gekommen, um einen Blick in eure Zukunft zu werfen.« Sie richtete ihre Worte an alle, aber Moichi wurde das unangenehme Gefühl nicht los, daß sie in erster Linie ihn meinte.

»Bezaubernde Lady«, sagte die Wahrsagerin, »bitte nehmt dieses Kartenspiel und mischt es ganz nach Belieben.«

Chiisai nahm das Kartenspiel, drehte die unterste Karte um und deckte dann eine Karte nach der anderen auf. Sie waren alle weiß. »Ich verstehe nicht, was das soll«, sagte sie, tat aber trotzdem, was die Wahrsagerin verlangte. Dann gab sie ihr die Karten zurück.

Die Shindai hielt die Karten mit der Oberseite nach unten in ihrer Rechten. Mit der Linken deckte sie die oberste Karte auf. Eine Vogelgestalt erschien.

»Aha«, sagte die Shindai. »Ihr steht vor einer langen und mühsamen Reise.«

Aerent lachte. »Das kommt etwas zu spät, Shindai. Die Lady kommt gerade von einer solchen Reise.«

»Trotzdem«, sagte die Shindai bestimmt, »steht eine Reise ins Haus. Und zwar schon bald.«

Sie schob die Karte mit dem Gesicht nach oben unter den Packen und deckte die nächste Karte auf. Sie stellte die Statue eines halbbekleideten Menschen dar, die seltsamerweise mitten in einem Wald stand.

»Und dies wird Euch dabei helfen.«

»Was?« rief Chiisai. »Eine Statue?«

»Die Statue ist das Symbol für Schönheit und Kunst.«

Wieder bewegten sich die Hände der Shindai, und die dritte Karte wurde aufgedeckt. Die Figur war nur schwer zu erkennen, denn es handelte sich um eine schwarze Zeichnung auf schwarzem Grund. Als die Shindai jedoch ihre Hand wegzog, fiel das Licht in einem solchen Winkel auf die Karte, daß das Schwarz verschwand wie die Gischt bei Ebbe. Zurück blieb eine schwarz umrissene Kontur. Der Knochenschädel eines Menschen.

»Der Tod!« hauchte Chiisai.

»Ich denke, das ...«, setzte der Regent an. Ihm dauerte es bereits zu lange. Unmöglich konnte er es zulassen, daß diese Shindai-Hexe seinen Gast verängstigte.

»Nein, nicht der Tod, Lady«, unterbrach ihn die Shindai mit einer Stimme, die keine weitere Störung ihrer Arbeit duldete. »Ganz bestimmt nicht der Tod. Dies hier wird Euren Weg kreuzen. Ein Mann. Ein Mann, der Euch den Tod *wünschen wird.*« Jeder im Zelt hatte deutlich ihre Betonung gehört.

»Wird?«

»Ja«, nickte die Shindai. »Offenbar weiß er noch nichts von Eurer Existenz.«

»Aber warum wird er mich töten wollen?«

»Das weiß ich nicht. Ich kann es Euch nicht sagen, Lady.«

Die Shindai hatte die Hände in den Schoß gelegt.

»Das ist alles?« fragte Chiisai.

»Ja. Die ›Drei Diener‹ sind aufgedeckt worden. Sie bestimmen Eure nahe Zukunft.«

Chiisai drehte sich zu Moichi. »Und jetzt laß dir die Karten legen.«

Er wollte schon protestieren, aber dann fiel sein Blick auf Aerent, der entschieden mit dem Kopf nickte. Ohne ein Wort nahm Moichi die Karten und mischte sie rasch und nachlässig. Er wollte diesem Unfug schnell ein Ende machen. Dann gab er der Shindai das Spiel.

Sie deckte die erste Karte auf. Die Sonne.

Die Shindai räusperte sich. Sie wirkte leicht verwirrt. »Dies ist das Symbol des Zieles. Ich muß gestehen, ich bin ihm noch nie an der Stelle des ›Ersten Dieners‹ begegnet. Äußerst ungewöhnlich. An dieser Stelle kündigt es große Veränderungen an.«

Die zweite Karte: der Hintergrund war ebenso schwarz wie auf Chiisais dritter Karte, bevor er in Weiß überging. Das Gebilde in der Mitte schien eine Bahre darzustellen, auf der eine ausgestreckte Frauengestalt lag.

»Und dies wird Euch helfen.«

»Eine Tote?« Beinahe hätte Moichi ihr ins Gesicht gelacht.

»Die Vergangenheit«, sagte die Shindai schlicht, während sie bereits die dritte Karte zog.

Diesmal hörten alle deutlich, wie ihr kurz der Atem stockte.

Die dritte Karte war leer.

»Niemand!« sagte Chiisai. »Das ist ja fantastisch!«

»Nein, nicht niemand«, sagte die Shindai ernst. »Jeder.«

»Jeder kreuzt meinen Weg?« spottete Moichi. »Aber das ist völlig unmöglich.«

»Kann sein«, sagte die Shindai. »Auf jeden Fall enthüllt das die Karte des ›Dritten Dieners‹.«

Aerent griff in seine Schärpe und drückte der Shindai eine Silbermünze in die Hand. Sie schüttelte den Kopf.

»Nein, Sir. Für diese Wahrsagung kann ich doch keinen Lohn verlangen. Es ist mein Hochzeitsgeschenk für dieses Paar.«

»Du irrst dich, Shindai«, sagte Moichi. »Wir sind kein Paar.«

»Sollte ich mich geirrt haben, Sir, dann bitte ich demütig um Vergebung. Trotzdem kann ich keine Bezahlung annehmen.« Geschickt wie ein Taschendieb steckte sie dem Regenten die Silbermünze in die Schärpe zurück. »Allen einen guten Tag«, sagte sie mit einer Verbeugung. »Guten Tag.«

Nach der drückenden Luft im Innern des Zeltes wirkten die Farben, Düfte und der Lärm des Hafenviertels äußerst belebend.

»Hoffentlich«, sagte Aerent, »nehmt ihr diese Vorhersagen genauso, wie sie ...«

Moichi hörte nicht zu. Er beobachtete einen Kubaruläufer, der Hals über Kopf die Hafenstraße entlangstolperte. Er rannte einen Hafenarbeiter um, dann sprang er über den behelfsmäßigen Stand eines Kastanienhändlers hinweg. Er schien genau auf den ›Kai der Drei Fässer‹ zuzurennen und kam Moichi irgendwie bekannt vor. Dann trafen sich ihre Blicke. Der Kubaru hatte ihn offenbar auch erkannt, denn er schwenkte sofort herum und kam eilig auf sie zugerannt. Wütendes Geschimpfe verfolgte ihn.

Der Kubaru achtete nicht darauf, sondern rannte weiter. Dann stand er vor Moichi.

»Ihr müßt sofort kommen, San!« sagte er. Er war völlig außer Atem. Der Dialekt und die abgehackte Sprechweise des Mannes machten es schwierig, ihn genau zu verstehen. Trotzdem war das Wesentliche schnell gesagt. »Ihr müßt sofort kommen, jetzt gleich!«

Jetzt erkannte Moichi den Kubaru, und es versetzte ihm einen heftigen Stich. Der Mann zerrte bereits an ihm, aber jedes weitere Drängen war überflüssig. Ohne ein Wort schoß er mit dem Kubaru an seiner Seite los und raste über die Uferstraße.

»Was ist passiert?« wollte Chiisai wissen und sah den Regenten fragend an.

Aerent war aschfahl geworden; er hatte den Kubaru ebenfalls erkannt. »Ich will keine Vermutungen anstellen, Chiisai. Bitte, komm mit.« Er faßte sie mit seiner Linken am Ellenbogen und führte sie zur Landseite der Uferstraße. Dort hielt er eine vorbeifahrende Riksha an, schob sie hinein, stieg rasch hinterher und gab dem Läufer eine Adresse. »Nimm nur die großen Straßen«, sagte er zu dem Kubaru. »Wir haben es eilig.«

Llowan empfing Moichi als erster am Eingang des Harttin. Er sah gealtert aus, und seine Hände zitterten.

»Ich habe keine Ahnung, wie das passieren konnte, Moichi«, sagte er mit bebender Stimme. »Heute morgen war so viel los. Dieses Durcheinander.« Er schüttelte traurig den Kopf. »Aber ich will mich nicht herausreden. Es ist allein mein Fehler.«

Moichi legte ihm die Hand auf die Schulter. »Was geschehen ist, hat mit dir überhaupt nichts zu tun. Ich habe sie hierher gebracht.« Dann stieg er die Treppe hoch, nahm drei Stufen auf einmal. Als er oben ankam ...

Das Zimmer sah aus, als wäre ein Sturm hindurchgefegt. Das Bett war zerwühlt, Stühle lagen zerbrochen umher, Llowans mächtiger Schreibtisch aus Hartholz war zertrümmert und lag wie ein Haufen Feuerholz in einer Ecke.

Die Jalousien waren an mindestens drei Stellen eingeschlagen. Moichi befürchtete das Schlimmste und trat auf die Veranda.

Überall auf dem Boden Jalousientrümmer, Möbelstücke und ... Er kniete nieder und betrachtete die weit verstreuten Blutspritzer. Ohne zu wissen, was er suchte, durchwühlte er die Trümmer, dann hatte er es gefunden. Sein Dolch lag genau unter seiner Hand, Klinge und Griff waren blutverschmiert und noch feucht.

Er hob ihn auf, sah sich um, ging ins Zimmer zurück und lief in die andere Ecke. Aufeya war verschwunden. Man hatte sie mit Gewalt entführt, aber sie lebte noch. Sie hatten nicht genug Zeit gehabt, die Informationen hier aus ihr herauszubekommen. Aber wohin hatte man sie verschleppt? Bestimmt waren sie nicht in Sha'angh'sei geblieben, einer fremden Stadt, wo sie im Nachteil waren. Aber hatten sie Kossori auch mitgenommen?

In diesem Augenblick fiel sein Blick auf eine dunkle Gestalt inmitten der Schreibtischtrümmer. Mit einem Satz war er dort und schleuderte die Holzstücke mitsamt der daran hängenden Messingscharniere aus dem Weg.

Der Schreibtisch bildete eine Art Höhle, unter der er die Leiche fand. Das Gesicht hatte seltsamerweise nichts abbekommen. Es sah aus, als schliefe Kossori. Aber der Körper ... Arme und Beine waren an unzähligen Stellen gebrochen, dennoch waren es die Hände, die ihn wie magnetisch anzogen. Sie waren eine blutige Masse, die Knöchel sahen aus, als wären sie von jemandem genüßlich und mit sadistischer Genauigkeit zerdrückt worden. Moichi spürte, wie ihm der Schweiß ausbrach.

Dieser zerschmetterte Körper war alles, was von Kossori übrig war, diesem Mann, der ohne außer Atem zu kommen ein halbes Dutzend Ching Pang in Schach halten konnte.

Was für ein Teufel, dachte Moichi dumpf, mag das hier angerichtet haben?

Dabei kannte er die Antwort bereits.

Zweiter Teil

DIE JAGD NACH DEM TEUFEL

CLIPPER

Wie gut, endlich wieder ein schwankendes Deck unter den Füßen zu haben!«

Moichi atmete die salzige Brise tief ein, drehte sich um und ließ seinen Blick kurz über das erhöhte Heck streifen. Sha'angh'sei existierte nur noch in der Erinnerung; es lag irgendwo im Süden hinter dem Horizont im tiefliegenden Dunst.

»Sprichst du wirklich ihre Sprache?« fragte sie und fuhr fort als er nickte: »Es klingt unwahrscheinlich, daß alle Menschen vor langer Zeit eine einzige Sprache hatten. Und alle waren damit zufrieden.«

»Auch die Bujun haben ihre eigene Sprache.«

»Stimmt. Aber wir sprechen zusätzlich noch die gemeinsame Sprache. Eigenartig, diese Menschen, nicht?«

Sie meinte die Dalusier. Er trat ein Stück vor und stützte sich auf das Geländer, das das erhöhte Achterdeck vom Rest des schnittigen Schiffes trennte. Dann hielt er sich die Hände als Trichter vor den Mund und rief den Männern in den Wanten zu: *»Ganarse las velas! A babor!«* Sofort wurde die Segelstellung verändert, wie er zufrieden konstatierte. Sie standen jetzt voll im Wind, und das Schiff schwenkte nach Backbord. *»Navegas viento en popa!«* riefen ihm die Matrosen aus den Wanten zu. Das Schiff hatte jetzt jeden Zentimeter Tuch gesetzt und segelte vor dem steifen Wind. In rascher Fahrt ging es die Küste des Kontinents nordöstlich von Dalucien hinauf.

Es hatte eine Weile gedauert, bis jemand kam und den zerschmetterten Körper wegschaffte. Sie waren sehr leise und wagten nicht, ihn zu stören. Er stand mitten im Zimmer, an der gleichen Stelle, von wo Aufeya ihm bei ihrer Trennung nachgesehen hatte. Aerent hatte sich um alles gekümmert, aber der Regent war nicht nach oben gekommen. Dafür war ihm Moichi dankbar. Auf jeden lebenden Menschen, der ihm jetzt zu nahe kam, wäre er mit dem Messer losgegangen.

Er fühlte sich vollkommen und vorbehaltlos für alles verantwortlich. Sich einzureden, er hätte nur getan, was er für richtig hielt, nützte nicht viel. Wie hätte er das ahnen können — und wie hatte Hellsturm von dem Harttin erfahren? Eines stand für ihn fest: Hellsturm steckte hinter dem Tod seines Freundes und dem Menschenraub. Ein häßliches Wort: *Menschenraub. Aber es paßte zu diesem abscheulichsten aller Verbrechen.* Es nützte auch nichts, sich ständig zu fragen, was er sonst hätte tun können. Es war einfach eine Ironie des Schicksals, daß ihr Treffen am ›Kai der Drei Fässer‹ gar keine Staatsangelegenheit gewesen war, wie er und Aerent geglaubt hatten. Er hätte Aufeya ohne weiteres mitnehmen können.

Gott, was für ein entsetzlicher Tod! Und Aufeya? Vielleicht lag sie auch längst in irgendeiner muffigen Gasse in ihrem eigenen Blut, wie zuvor ihr Freund Cascaras. Und hatte ein klaffendes Loch in der Brust, gleich über ihrem Herz. O Gott, schrie er innerlich, nur das nicht! Aber wohin hatte Hellsturm sie gebracht? Das konnte überall sein.

Dann hatte er gehört, wie jemand die Treppe heraufkam. Wer würde das jetzt wagen? Kalte Wut stieg in ihm hoch, und er wirbelte herum. Er hielt immer noch den Dolch in der Hand, den er Aufeya gegeben hatte.

Es war Chiisai.

Was will sie? dachte er voller Wut und spürte, wie er seinen blinden Haß gegen sie richtete. Sie war schuld. Wäre sie nicht gekommen …

»Ich dachte, du brauchst vielleicht jemanden, mit dem du sprechen kannst«, sagte sie, »jemand, der hier genauso fremd ist.«

Seine Wut verflog augenblicklich, und er schämte sich. Niemand hatte schuld. *Sei,* dachte er, *Karma.* Genau das hatte er doch Aufeya erzählt. Es schien ewig her zu sein. Mehr als ein Menschenleben lang.

»Er war ein guter Freund«, sagte Moichi. Sein Blick wanderte unruhig durchs Zimmer.

»Er hat sich tapfer gewehrt. Aber vielleicht hatte er keine Chance.«

»Er konnte es mit sechs Männern gleichzeitig aufnehmen.«

Sie kam durch das Trümmergewirr auf ihn zu. »Interessant. Er muß es mit einem schrecklichen Gegner zu tun gehabt haben.«

Plötzlich konnte Moichi das Zimmer nicht mehr sehen. Er kletterte durch die zerfetzte Jalousie auf die Veranda. Der Tag war immer noch schön, das Wetter ruhig und strahlend hell. So klar wie an diesem Tag war die Luft hier noch nie gewesen. Sie erinnerte an die Luft weit draußen auf See.

Chiisai stieg ihm nach.

Er suchte nach der Stelle, wo er den Dolch gefunden hatte und sah sie sich genauer an. Wo der Dolch gelegen hatte, war etwas. Er kniete sich hin und streckte die Hand aus.

»Was hast du gefunden?« fragte Chiisai.

»Weiß ich noch nicht.« Er erhob sich und hatte es in der Hand. Ein Irrtum war unmöglich. Es war ein Streifen von dem Seidenhemd, das er Aufeya gegeben hatte. Offenbar war Blut daran. Er drehte es um. Es dauerte einen Augenblick, bis er begriff. Dann erkannte er es: Es war ein Symbol, oder genauer, ein Bilderrätsel. Er wußte, daß es Kubaru war, konnte es aber nicht entziffern.

»Schnell«, sagte er zu ihr. »Sag Llowan, er soll den Kubaru heraufschicken, der mich am ›Kai der Drei Fässer‹ abgeholt hat.«

Im Nu war sie mit dem Mann zurück. Er blieb zögernd in der Tür stehen, obwohl Chisaii ihm angedeutet hatte, er solle weitergehen. Ohne ein Zeichen von Moichi wollte er sich nicht von der Stelle rühren.

Als er schließlich draußen neben dem Navigator stand,

sah Moichi, daß er aufrichtig betroffen war. »Es tut mir ungeheuer leid, Herr«, sagte der Kubaru. »Es bedrückt mich sehr.«

»Danke.« Moichi neigte den Kopf. »Ich stehe in deiner Schuld.« Er zeigte auf den blutdurchtränkten Seidenstreifen. »Vielleicht kannst du mir noch einmal helfen.«

»Was immer Ihr von mir verlangt.«

»Sag mir« — Moichi hielt ihm den Seidenstreifen hin — »was bedeutet das hier?«

Der Kubaru faßte den Streifen so vorsichtig an wie ein Stück handgeblasenes Glas.

»Das ist ein Kubaru-Symbol, richtig?«

»Ja«, nickte der Kubaru. »Es bedeutet ›Zuhause‹.«

Als er weg war, wandte sich Moichi an Chiisai. »Zuhause. Das hat Aufeya mir hinterlassen, sehr geschickt. Hellsturm bringt sie also nach Corruña. Ich werde ihr dorthin folgen.«

»Aber du wirst nicht alleine gehen«, sagte Chiisai.

»Muß ich aber«, erklärte er ihr. »Aerent kann nicht mitkommen.«

»Ich habe nicht den Regenten gemeint.«

»Oh, nein«, sagte er. »Du wirst hier bei ihm bleiben. Hier in Sha'angh'sei, genau wie dein Vater es wollte.«

»Hat Aerent dir nicht gesagt, daß ich eine Nachricht vom Dai-san mitgebracht habe?« Ein vages Lächeln schien um ihre Mundwinkel zu spielen, als sie einen kleinen Metallzylinder unter ihrem Gewand hervorholte und ihm gab.

Er öffnete ihn argwöhnisch. Der Dai-san hatte ihm persönlich geschrieben. *»Moichi, mein Freund«*, las er. *»Chiisai ist die einzige, die dir dies überreichen kann. Sie wird es höchstpersönlich tun, und nur wenn ihr beide alleine und unbeobachtet seid. Was sie Aerent erzählt hat, ist nur die halbe Wahrheit. Dies geschah nur zu seinem und ihrem Schutz. Chiisai soll auf meine Anordnung bei dir bleiben. Natürlich hat der Kunshin nichts dagegen. Ganz gleich, was geschieht, sie soll so lange bei dir bleiben, wie sie es für richtig hält. Die Entscheidung überlasse ich ihr allein. Du kennst mich gut, ich brauche also nichts* *weiter zu erklären. Ich vertraue auf unseren Bund als Brüder.«* Moichi sah sie an, aber sie schüttelte bloß den Kopf.

»Ich weiß weniger darüber als du.«

Er war sicher, daß sie schwindelte, aber sie hatte wohl ihre Gründe. Eigentlich ging ihn das auch nichts an. Wenn sie ihn begleiten wollte, war er einverstanden, solange sie auf ihrem Platz blieb und ihn nicht störte.

Sie lächelte ihn an. »Ich weiß, was du denkst.«

»Tatsächlich? Was denn?«

Mit einer raschen Bewegung, kaum mehr als einem Zucken des Handgelenks, hatte sie ihr Gewand abgelegt. Es glitt ihr von den Schultern und fiel um ihre Füße.

»Siehst du«, sagte sie, »ich kann dir von Nutzen sein.«

Moichi starrte sie an.

Unter ihrem Gewand trug sie einen fein zieselierten Brustpanzer aus schwarzem Metall und goldenen Einlegearbeiten, dazu enge schwarze Beinkleider aus geschmeidigstem Leder. Um ihre Taille hatte sie einen dünnen, mit rosa und weißer Jade besetzten Gürtel geschnallt, an dem die beiden traditionellen Schwerter der Bujun hingen, das Katana und das längere Dai-katana.

Sie mußte lachen, als sie sein Gesicht sah, aber es klang heiter und nett.

Ich hätte es wissen müssen, dachte Moichi. Ich hätte nur hinzusehen brauchen.

Die Wanten knallten im Wind und die Rahen knarzten, als das dalusische Schiff durch die Wellen pflügte. Die Mannschaft bestand nur aus berufsmäßigen Seeleuten, sie hatten nicht lange gebraucht, um Moichi zu akzeptieren. Er sprach ihre Sprache, außerdem wußten sie, was Aufeya zugestoßen war. Seit ihrem Verschwinden fürchteten sie nichts mehr als ihren Tod.

»Wir kommen also wieder nach Hause«, sagte Armazón. Er war der Bootsmann, ein stämmiger Kerl mit einem dichten weißen Haarschopf und einem zerfurchten, ledernen Gesicht, in dem Wind, Sonne und Salzwasser ihre Spuren hinterlassen hatten. Seine Augen waren leuchtend blau; sie strahlten und wirkten weise. Nur ein oberflächlicher Betrachter konnte sie für nichtssagend halten. Er schüttelte den Kopf. »Ich hatte von Anfang an kein gutes Gefühl bei dieser Reise. Ich bat Aufeya, sich auf andere Art mit diesem Mann zu einigen.«

»Hellsturm?« fragte Moichi.

Armazón nickte. Die Gischt wehte ihm ins Gesicht, als das Schiff in ein Wellental rollte und sich in die nächste Woge bohrte.

»A babor!« Moichi rief dem Steuermann etwas zu, und sofort schwenkte das Schiff nach Backbord. Das Schiff war gut gebaut, Moichi wußte das zu schätzen. Es reagierte auf die leiseste Ruderbewegung und war längst nicht so träge wie die größeren Dreimaster. Allerdings war es wegen seiner geringen Größe den Unbilden der See weitaus mehr ausgesetzt. Auf einem Dreimaster hätte Aufeya bei einem Sturm nie Schwierigkeiten bekommen.

Zu seiner Linken zeichnete sich die Küste als grünbraune Wellenlinie ab. Sie entfernte sich jetzt wieder, als der Clipper weiter aufs Meer hinaussteuerte. *»Basta!«* rief er, und das Schiff ging wieder auf nordöstlichen Kurs.

»Was hat sie gesagt?« Moichi widmete sich wieder dem Gespräch mit dem dalusischen Bootsmann.

»Was sie gesagt hat?« Der Mann schnaubte. »Sie hat mich ausgelacht und gesagt: ›Du armer Narr. Mit Hellsturm kann man nicht verhandeln. Sobald er seine Aufgabe kennt, läßt er sich von niemandem mehr aufhalten!«

»Jemand hat ihn *beauftragt?*« Er wiederholte es, weil er lange kein Dalusisch mehr gehört hatte. Die Sprache hatte so viele Nuancen und Betonungen, die die Bedeutung im Gegensatz zur Schriftsprache veränderten, daß er nicht wußte, ob er richtig gehört hatte.

Armazón nickte.

»Hellsturm arbeitet also für jemand. Für wen?«

Der Bootsmann zuckte mit den Schultern. »Keine Ahnung. Ich gehöre nicht zur Familie. Die Angelegenheit betrifft ausschließlich die Seguillas y Oriwara.«

»Du meinst die Familie der Seehändler?«

Er blinzelte Moichi an. »Genau, Aufeyas Familie. Das wußtest du nicht?«

Moichi schüttelte den Kopf. In jedem anderen Land hätte der Name vielleicht seltsam geklungen, in Dalucien war es jedoch Brauch, daß zwei Menschen auch ihre Namen bei der Hochzeit miteinander verbanden. Natürlich hatte er von den Seguillas y Oriwara gehört, als er in Corruña gewesen war. Alles andere wäre auch eine Überraschung gewesen. Die Familie war recht wohlhabend und besaß eine ansehnliche Handelsflotte.

»Hast du den Namen Milhos Seguillas schon einmal gehört, Piloto?«

»Ja.«

»Einer der großartigsten Männer in Corruña, vielleicht sogar in ganz Dalusien. Dann hatte er diese Ausländerin heiraten müssen.« Er spie zur Seite in das schäumende Meer. »Damit war sein Ende besiegelt, merke dir meine Worte gut.« Er betrachtete seine Hände. Sie waren kräftig, grob und dennoch geschickt, so dunkel wie gegerbtes Leder, dafür hatte die See gesorgt. »Und jetzt ist der Senhor tot. Dihos wird seiner Seele Frieden bringen.«

Irgend etwas war komisch an der Art, wie er es sagte. Deshalb fragte Moichi: »Wie starb er, dieser Senhor Seguillas?«

»Durch Gewalt, Piloto. Er starb einen häßlichen Tod, wenn du die Wahrheit wissen willst.«

»Wie kam es dazu?«

Wieder spuckte Armazón über Bord. »Du willst dir nur die Zeit vertreiben, Piloto? Eine kleine Unterhaltung auf der langen Reise, ja?«

»Du hast mich falsch verstanden, Armazón«, entgegnete Moichi ernst. »Alles was ich will ist, Aufeya zurückzuholen und Hellsturm zu vernichten. Wenn du mir irgend etwas sagen kannst ...«

Das höhnische Lachen des anderen schnitt ihm das Wort ab. »Entschuldige, Piloto. Aber du bist fremd hier und nicht vertraut mit unserer Art. Du willst diesen Hellsturm vernichten? Sehr lobenswert, zugegeben. Er ist ein übler Kerl. Aber du kennst ihn nicht. Bei uns in Dalucien gibt es ein Sprichwort, Piloto. ›Leichter gesagt, als getan.‹ Du kennst es auch, ja? Nein? Dann kennst du es jetzt.«

»Ich habe gesehen, was Hellsturm ausrichten kann. Er hat meinen Freund ermordet.«

»Ah.«

»Ich werde ihn also töten!«

»Bravo. Bravo!« Armazón klatschte spöttisch Beifall. »Entschuldige, Piloto, wenn ich mich vorerst noch nicht an den Feierlichkeiten beteilige. Ich denke offenbar ein wenig praktischer als du.«

»Du wolltest mir von dem Tod des Senhor erzählen.«

»Ah, ja. Richtig. Er wurde bei einem Duell ermordet.« Er blinzelte Moichi erneut an und schätzte die Wirkung seiner Worte ab. »Oh, ja. Ich weiß, was du denkst. Jemand erklärt sich zu einem dalusischen Duell bereit, reine Ehrensache, und man akzeptiert den Ausgang als Gottes Wille. So ist es Gesetz in Dalucien. So steht es geschrieben. Unveränderlich. Niemand darf sich in ein dalusisches Duell einmischen.« Sein Gesicht war von Gefühlen aufgewühlt. Er stieß jedes Wort mit einer Wucht hervor, als wolle er eine gewaltige Mauer des Schweigens zum Einsturz bringen. Seine Stimme zischte vor unterdrücktem Haß. »Eines ist sicher, Piloto, so sicher, wie ich auf diesem Deck stehe und mit dir spreche — irgend jemand hat dieses heilige Gesetz gebrochen. Irgend jemand hat sich eingemischt.«

Moichi starrte ihn schweigend an. Der Mann hatte sich in einen Zustand heftigster Erregung hineingeredet.

»Ich will dir sagen, woher ich das weiß, Piloto. Ich kannte Milhos Seguillas gut, sehr gut, möchte ich sogar sagen. Wir waren auf vielen erfolgreichen Reisen zusammen, und nicht immer als Herr und Bootsmann, wenn du verstehst, was ich sagen will. An Bord eines Schiffes ist alles anders,

Piloto, doch wem sage ich das? Die Ketten des Standes und des Geldes interessieren auf See nicht. Und genau so dachte auch Milhos Seguillas. Er war ein Lord von hohem Rang. Ihn interessierte nur das Meer und die Menschen, die ihm die Treue hielten. Mehr als alles Silber der Welt.« Er blinzelte Moichi an. »Sie ist eine grausame Geliebte, die See, was, Piloto? Das wissen wir beide. Sie ist hart und unnachgiebig, aber sie umarmt wie eine Geliebte alle, die ihr treu bleiben. Du hältst das alles für abergläubischen Unsinn?« Er räusperte sich und spuckte aus, als könne er sich damit von den angestauten Gefühlen befreien. »Hör mir gut zu, Piloto, Milhos Seguillas war ein ausgezeichneter Schwertkämpfer. Ein Experte. Er wäre nie so schnell in einem Duell umgekommen, es sei denn ...« Er hielt mit offenem Mund inne, als hätte er Angst, seine Vermutung offen auszusprechen. »Er wurde vergiftet, Piloto. Und zwar kurz vor Beginn des Duells. Ich habe seine Leiche gesehen, ich weiß es. Mit einer Substanz, die nur wenige kennen und die aus einer Pflanze gewonnen wird, die oben im Nordwesten heimisch ist. Aber Dalusier haben nur wenig mit Giften zu tun.«

»Aber wenn Senhor Seguillas auf diese Art vergiftet wurde — dann kann sein Gegner unmöglich damit etwas zu tun gehabt haben«, stellte Moichi fest.

»Genau, Piloto. Du hast den Nagel auf den Kopf getroffen. Senhor Seguillas Gegner hatte einen gerissenen Komplizen. So unglaublich gerissen, daß der Senhor nie auch nur Verdacht geschöpft hätte.«

»Was willst du damit sagen, Armazón?«

»Hör genau zu, Piloto: Senhor Seguillas wurde von seiner eigenen Frau vergiftet.«

»Mein Gott, Mann, hast du dafür irgendwelche Beweise?«

»Beweise, Piloto? Aye, die gibt es genug. Nur sind sie nicht so, daß sie einem Untersuchungsbeamten schlaflose Nächte bereiten würden. Aber mir reichen sie, das garantiere ich dir. Ich kannte Senhor Seguillas. Und ich kenne seine Frau.«

»Weiß Aufeya von dieser Geschichte?«

»Kein bißchen, Piloto. Jedenfalls nicht aus meinem Mund. Du bist der erste, dem ich davon erzähle.«

»Und warum gerade mir?«

»Du hast gesagt, du willst Aufeya retten, Piloto. Schön und gut. Du bist kein Dalusier. Du gehörst nicht zur Familie. Du kannst dich an Orte begeben, die für andere, vielleicht wegen der landesüblichen Sitten, tabu sind. Du mußt Aufeya und Senhor Seguillas helfen. Du mußt seinen Tod rächen. Töte Aufeyas Mutter!«

Moichi konnte nicht länger in diese blauen Augen blikken, in denen der Wahnsinn aufloderte. Vor ihnen im Nordosten bildeten sich dicke Kumuluswolken dicht über dem Horizont. Ihre Spitzen waren vollkommen weiß. Als sie jedoch weiterwuchsen, sah er ihre dunkle Unterseite. Sturmwolken. Ein Unwetter braute sich zusammen. Es war weit entfernt, zu weit, um sie unmittelbar zu bedrohen, denn der Wind war noch nicht einmal umgeschlagen. Aber die Möwen auf der Backbordseite begannen bereits kreischend ihre Kreise zu ziehen und das sichere Ufer anzusteuern.

Er sah tief in Armazóns blaue Augen. »Ich kann dir nichts dergleichen versprechen, Armazón. Mir geht es um Aufeya, und nicht um ihre Mutter oder ihren toten Vater.«

Die Augen des Bootsmanns funkelten auf, er zitterte vor Wut. *»Cobarde!«* Speichel wehte von seinen glänzenden Lippen. »Du mischst dich in Dinge ein, von denen du nichts verstehst. Du bist ein Ausländer! Was hast du mit Dalucien zu schaffen? Weniger als nichts!« Er lachte bitter. »Ach, spar dir dieses Elend, Piloto. Spring über Bord, bevor wir Corruña erreichen. Vertraue dich der See an. Du siehst dem Tod in die Augen und merkst es nicht einmal!« Er ließ Moichi abrupt stehen, sprang aufs Vorderdeck und schwang sich um den Hauptmast. Dabei wäre er beinahe mit Chiisai zusammengestoßen, die gerade auf dem Weg nach hinten war. Dann verschwand er in der Vorschiffluke.

Chiisai hatte ihre Position nahe dem Bug verlassen, die sie seit dem Hissen der Segel eingenommen hatte. Den ganzen Tag über hatte sie von dort die Küstenlinie im Auge behalten und mit den detaillierten Karten an Bord verglichen.

»Wir kommen ungewöhnlich schnell voran, Moichi«, sagte sie, ohne auf dessen Streit mit Armazón einzugehen. Sie zeigte nach Backbord. »Sieh, wir nähern uns bereits der Küstenstadt Singtao.«

Dort, wohin sie zeigte, konnte er den zinnoberroten Flecken einer städtischen Ansiedlung ausmachen. Sie war eindeutig kleiner als das mächtige Sha'angh'sei, dennoch auf ihre Art von Bedeutung. Die Farbe der Stadt ging nicht etwa auf eine Lichttäuschung zurück, von hier exportierte man den berühmten roten Lehm in alle Welt. Es war der beste überhaupt, und alle Künstler, ganz gleich, wo sie lebten, bestanden darauf, ihn zu verwenden.

Das Licht war jetzt eigenartig, denn die riesige Kumuluswolkenbank hatte sich nicht vollständig auf das Meer gesenkt. Obwohl die Sonne dahinter verborgen war, drangen ihre Strahlen unter der Wolkendecke hindurch. Das Meer erstrahlte leuchtend hell. Seeleute nannten dies den Weg des Oruborus. Wo die Sonnenstrahlen auftrafen, gleißte die See wie geschmolzenes Metall, überall sonst war es so finster und bedrohlich wie Blei. Oberhalb des Sturms leuchtete der Himmel in einem merkwürdigen Kanariengelb, das in ein kaltes, undurchdringliches Grau überging.

Er sog die Luft durch die Nase ein und konnte es riechen. »Gleich geht es los«, sagte er. »Es dauert nicht mehr lange.« Wie zur Bekräftigung seiner Worte war jetzt in der Ferne ein tiefes Donnergrollen zu hören. Er sah nach Backbord. Alle Möwen waren verschwunden, sie hatten sich an Land in Sicherheit gebracht. Sollten wir auch tun, dachte Moichi.

»*Un buque!*« Der durchdringende Schrei des Ausgucks gellte durch die Luft. Ein Schiff.

»*Dónde?*« rief er zurück.

»*Adelante!*«

Er blickte gerade nach vorn. Einen Augenblick lang sah er nichts außer der wogenden See, die durch das Zusammentreffen mit den dahinfliegenden Gewitterwolken noch trüber und düsterer wirkte. Dann peilte er die Richtung und entdeckte das dreieckige Segel. Es erschien mitten in einer Wolkenbank, die mit dem wogenden Meer zu verschmelzen schien. Die weißen Gischtkappen auf den Wogen nahmen mit alarmierender Geschwindigkeit zu.

»*Cuál clase de buque?*« rief er dem Ausguck zu. Er war mit diesen Gewässern nicht vertraut und es war besser, sich hier auf die Dalusier zu verlassen.

»*Momento, piloto!*«

Als der Sturm näherkam, rissen unregelmäßige Böen immer stärker an den Segeln, und die Takelage stimmte ihr Klagelied an. Unter normalen Umständen hätte er die Segel einholen lassen, aber er zögerte noch. Auf See hatte er einen sechsten Sinn bekommen. Erst wollte er ganz sicher sein. Er wurde unvermittelt herumgerissen, als eine besonders kräftige Bö drohte, sie zum Kentern zu bringen. »*Firme! Firme, hijo!*« rief er dem Steuermann zu. Er war noch sehr jung.

»Meinst du nicht, wir sollten an der Küste Schutz suchen?« fragte Chiisai.

»Noch nicht.« Moichi hatte sich wieder umgedreht und wartete darauf, daß der Ausguck das Schiff identifizierte. »Hellsturm hat schon jetzt einen beträchtlichen Vorsprung. Wir können nicht zulassen, daß er ihn noch ausbaut. Er hat das Unwetter bestimmt umsegeln können, also müssen wir hindurch.«

»Ich weiß, wie stark die Stürme hier im Nordwesten werden können.« Das bezog sie natürlich auf ihre Heimat Ama-no-mori. Für Moichi, wie für den gesamten Kontinent der Menschen, lag Sha'angh'sei im Süden. »Ja, und das auf einem hochseetüchtigen Dreimaster. Glaubst du nicht ...«

Moichi brachte sie mit einer Handbewegung zum Schweigen. Er konzentrierte sich.

»Ein Clipper!« kam es vom Ausguck. »Dalusier!«

»Einer von ihren«, sagte Chiisai.

»Vigilarse ciudadosamente!« rief er zum Ausguck hoch. Behalte es genau im Auge. Denn irgend etwas stimmte nicht. Er wandte sich zum Steuermann. *»A babor! Aprisa!«* Schnell jetzt! Das Schiff schwenkte nach Backbord und hielt auf die Küste zu. Nach einem kurzen Blick in die Takelage fixierte Moichi wieder das andere Schiff.

»Was ist?« fragte Chiisai.

Er achtete nicht auf sie und rief: *»Rohja! Dón está?«*

Ein junger Matrose, der mittschiffs arbeitete, rief nach einem Ersatzmann und kletterte nach achtern. »Piloto?« er war groß, hatte einen mächtigen Brustkasten und kräftige Arme. Sein Gesicht war lang und schmal und wurde von dunkel-grüblerischen Raubtieraugen beherrscht. Er trug ein weißes Baumwollhemd, dunkle Hosen und ein rotes Stirnband. So praktische Kleidung war ungewöhnlich.

»Was hältst du davon?« fragte Moichi und zeigte auf das näherkommende Schiff.

Der Matrose spähte geradeaus. »Ein Clipper.«

»Dalusier?«

»Der Bauart nach schon. Aber das will nichts heißen.« Er spähte weiter geradeaus, aber das undeutliche Licht behinderte die Sicht zunehmend. »Seltsame Segel«, sagte er.

»Was meinst du damit?«

»Ich habe einfach noch nie ein dalusisches Schiff mit schwarzen Segeln gesehen. Vielleicht sprichst du besser mit Armazón.«

»Ich spreche jetzt mit dir, Rohja.« Sein Blick schwenkte von dem entgegenkommenden Schiff auf die dahinterliegenden Kumuluswolken. Ein Blitz, blauweiß über dem Spiegel der See. Der andere Clipper hatte den Kurs geändert, steuerte die Küste wohl aber ebenso an wie Moichis Schiff.

»Ich glaube, sie wollen uns den Weg abschneiden, Piloto.«

»Vielleicht wollen sie einfach genau wie wir in die Nähe der Küste«, bemerkte Moichi.

»Der Winkel stimmt nicht.«

»Sag mal, Rohja, würde Senhora Seguillas ihrer Tochter ein Schiff hinterherschicken?«

»Unwahrscheinlich, Piloto. Niemand kannte ihr Ziel. Sie wußten ja nicht einmal, daß wir abreisen wollten, bevor wir die Segel gesetzt hatten.«

Rohja wurde immer unruhiger, Moichi aber behielt seine Gelassenheit bei.

»Ein Clipper ist in erster Linie ein Handelsschiff, richtig? Korrigiere mich, wenn ich mich irre.« Jetzt sah es so aus, als würde das andere Schiff sie noch vor dem Sturm erreichen.

»Richtig, Piloto. Allerdings trifft das nur auf die kurzen Strecken in dalusischen Gewässern zu. Für eine Fahrt die gesamte Küste entlang« — er schüttelte den Kopf — »ist das Schiff viel zu klein und unpraktisch. Man könnte gar nicht genug Ladung fassen, damit sich die Fahrt lohnt.«

Genau das war es natürlich, deswegen wirkte das andere Schiff so ungewöhnlich: es näherte sich viel zu schnell, als daß es irgend etwas hätte geladen haben können. Er rief dem Steuermann scharf zu: *»Recobarse el curso!«*

Der Mann drehte das Ruder, die Matrosen sprangen in die Takelage, und der Clipper schwenkte nach Steuerbord und richtete sich wieder auf. Sie entfernten sich jetzt auf einer Tangente von der Küste und segelten dem Unwetter genau entgegen. Der Wind heulte, er hatte noch nicht ganz Sturmstärke erreicht. Der Himmel war eine einzige graue Masse, tiefhängend und brodelnd wie ein dampfender Kessel. Der Horizont im Nordosten hatte sich zu einem undeutlichen Schleier aufgelöst, seit der Regen mit voller Wucht schräg herabpeitschte.

»Du hast mir sehr geholfen, Rohja«, sagte Moichi. »Geh jetzt und hol Armazón aufs Deck. Wir werden ihn brauchen.«

Der Mann verschwand sofort unter Deck. Im Nu erschien der Bootsmann, dicht gefolgt von Rohja. Beide waren mit geraden, schmalklingigen Schwertern bewaffnet.

»Also doch keine Dalusier«, sagte Chiisai.

»Das werden wir sehr bald wissen.« Moichi ging nach achtern zum Steuermann. »Hör jetzt ganz genau zu, Hijo, und halte genau den Kurs, den ich dir angebe. Und zwar sofort, verstanden? Jetzt kommt es auf jeden Augenblick an, jede Verzögerung kann unser Ende bedeuten.«

»Verstehe, Piloto.«

»Gut.«

Der andere Clipper hatte ebenfalls den Kurs geändert und entfernte sich von der Küste. Er war jetzt bereits nah, kreuzte vor dem Wind und konnte ihnen jeden Augenblick den Weg abschneiden.

»Hijo«, rief Moichi, »halte genau vor seinen Bug!«

»Piloto?« Er war vollkommen verwirrt.

»Tu, was ich sage, sonst soll dich Oruborus holen!« fuhr ihn Moichi an. »Halte genau auf ihn zu!«

Als er den Kurs erkannte, kam Armazón mit Rohja im Schlepptau nach hinten gerannt. In einem Bogen wälzte sich der Clipper genau vor das andere Schiff.

»Bist du wahnsinnig?« brüllte Armazón. »Bei diesem Sturm und unter vollen Segeln werden wir uns gegenseitig zerschmettern. Scher aus!«

Moichi ignorierte ihn. Er wandte sich statt dessen an Rohja. »Werden die Segel den Druck aushalten?«

Rohja warf einen Blick nach oben. »Ja, Piloto. Reißen werden sie nicht ...«

Moichi hörte sein Zögern. »Aber ...?«

»Aber es besteht die Gefahr, daß wir kentern. Wenn uns der Wind unter vollen Segeln seitlich trifft, drückt er uns unter Wasser. Dann sinken wir wie ein Stein.«

»Er hat recht, Piloto!« Armazón schwang sein Schwert. »Es ist in jedem Fall Selbstmord. Scher aus, sonst frißt der Teufelsfisch deine Augen!«

Dem Steuermann brach der Schweiß aus, und Moichi redete beruhigend auf ihn ein: *»Firme, hijo. Firme.«*

Sie hielten jetzt genau auf den entgegenkommenden Clipper zu. Der stürmische Wind schleuderte sie schwindelerregend schnell über die Wogen. Der Clipper kam mit erschreckender Geschwindigkeit näher, dichtgefolgt von dem Unwetter, das ihn fast eingeholt hatte.

Die Beschläge ächzten, als sich die Segel unter dem bokkenden Wind blähten. Behende kletterten die Männer durch die Wanten, um das Tuch in den richtigen Winkel zu stellen.

Moichi hatte jedoch seinen Blick von dem anderen Schiff abgewandt. Er behielt die zunehmenden Böen im Auge, berechnete Entfernung und Geschwindigkeit und die sich kreuzenden Kurse. Es würde sehr knapp werden.

Schwach hörte er, wie Chiisai seinen Namen rief. Er drehte sich um und sah Armazón, der sein Schwert gezückt hatte und die kurze Treppe zum erhöhten Achterdeck heraufstürzte.

»Verschwinde, Piloto! Nimm die Hände vom Ruder. Du bringst uns alle um in deinem Wahn!«

»Chiisai«, sagte Moichi so leise, daß nur sie es hören konnte. »Bleib genau hier neben dem Steuermann stehen. Du sorgst dafür, daß wir weiter genau auf das andere Schiff zuhalten, ganz gleich, wohin es sich dreht. Bleib von diesem Deck, Bootsmann!« rief er dann, sprang vor und zückte ebenfalls seinen Säbel. »Du hast zu tun. Ich brauche alle Mann unter Waffen, für den Fall, daß wir geentert werden. Kümmere dich darum!«

»Zuerst werde ich mich um dich kümmern, Piloto.« Er schlug wild auf Moichi los. Der wich mit dem Oberkörper aus und landete gleichzeitig einen heftigen, beidhändigen Schlag schräg auf der Klinge des anderen. Er durchtrennte sie wie einen reifen Weizenhalm. Moichi ging auf ihn zu, schob seinen Säbel in die Scheide und schlug dem Bootsmann mit der geballten Faust ins Gesicht. Armazón warf die Arme in die Luft und stürzte rücklings auf das Hauptdeck. Dort blieb er benommen liegen.

»Rohja!« rief Moichi. »Kümmere dich um ihn. Dann sorge dafür, daß die Männer bewaffnet sind. Ich will keine Überraschung erleben. Schnell jetzt. Wir haben nicht mehr viel Zeit!«

Er kehrte zum Ruder zurück und stellte fest, daß sie noch genau Kurs hielten.

»Gut«, brummte er. »Sehr gut.«

Der andere Clipper war jetzt ganz nah. So nah, daß man bereits einzelne Männer der Besatzung unterscheiden konnte. Was ...?

»Rohja!« Jetzt sah er den Mann genauer. Er war gerade an Deck gekommen. »Sieh dir das andere Schiff an. Sind das Dalusier?«

»Nein, Piloto!«

Genau, wie Moichi gedacht hatte. Diese Männer waren größer als Dalusier, breitschultrig und muskelbepackt. Mit ihren schmalen Hüften wirkten sie athletisch. Ihre Haare waren gelb wie die Sonne, und ihre Haut so hell, daß sie fast weiß schien.

»Was sind das für Leute auf dem Schiff?«

»Tudesker«, kam die Antwort.

»Wer sind sie?« fragte Chiisai. »Ich habe noch nie von ihnen gehört.«

»Ich auch nicht«, gab Moichi zurück. »Aber das werden wir gleich herausfinden.« Auf Moichis Aufforderung hin kam Rohja aufs Achterdeck geklettert.

»Die Tudesker sind aus dem Norden, aus einem Land, das noch hinter Dalucien liegt.«

»Was können sie von uns wollen? Sind es Piraten?«

»Nein, Piloto, soviel ich weiß, nicht. Aber auf jeden Fall sind es ziemlich rüde Burschen.«

Moichi mußte einen Augenblick überlegen. Das dalusische Wort ›rüde‹ hatte, soweit ihm bekannt war, sechs verschiedene Bedeutungen, die alle leicht voneinander abwichen. Rohja konnte mit seiner Bemerkung alles mögliche gemeint haben. Aber für derartige Überlegungen war jetzt keine Zeit. Er nahm sich vor, der Sache später nachzugehen.

»*Ahora!*«

Die beiden Schiffe rückten einander näher. Moichi beobachtete die hektischen Bemühungen auf dem anderen Schiff, wo man mit allen Mitteln versuchte, längsseits zu gehen.

Nach Lage der Dinge mußte Moichi das Schiff in scharfem Winkel schneiden. Wenn das nicht funktionierte, würden sie mit dem Bugspriet voran unter vollen Segeln ein verheerendes Chaos verursachen. Das wäre dann das Ende, wie Armazón befürchtet hatte. Nichts auf der Welt könnte sie dann vor dem Untergehen bewahren.

»Kurs halten«, drängte er den Steuermann. »Ganz ruhig. Sie versuchen uns abzuschütteln.«

Dichter, wolkenbruchartiger Regen kam rasch näher und nahm ihnen fast die Sicht. Das richtige Abschätzen der Entfernungen war jetzt das größte Problem. Man sah alles nur noch verschwommen und näher, als es tatsächlich war. Jede Wahrnehmung mußte erst im Kopf umgerechnet werden, daher kamen Moichis Anweisungen zum Steuern des Schiffes jetzt um Sekundenbruchteile verspätet.

Heulende Böen blähten ruckartig die Segel und machten den Männern größte Schwierigkeiten, aber als fähige Seeleute konnten sie den Kurs halten. Unter Moichis ständigen Anfeuerungen verdoppelten sie ihre Anstrengungen.

Der Steuermann neben ihm hatte angefangen zu zittern. In wenigen Augenblicken würden sich die beiden Bugwellen kreuzen.

»Kurs halten!« schrie Moichi in den Wind. »Bleibe ganz genau auf Kurs!«

Ein Mast wurde von einer Bö geknickt, und Schreie gellten über das Hauptdeck. Gar nicht darauf achten.

»Halte sie genau über den Bug!« brüllte Moichi. Dann zerrte er den zitternden Steuermann von seinem Posten. Er hatte getan, was er konnte.

Die Rahen knirschten. Ein Geheul wie von allen Hunden der Hölle.

»Kurs halten!« redete er sich selbst zu, griff nach dem

Ruder und übernahm das Steuern. Und schon spürte er, wie das Schiff reagierte, es wußte sein Können und seine sichere Hand zu schätzen. Die Bewegungen wurden ruhiger, er hatte es fest im Griff.

Die Männer schwitzten, zerrten an den Tauen und versuchten, mit den Füßen einen Halt auf dem geteerten Deck zu finden.

»Recht so.«

Dann spürte er Chiisai dicht neben sich, ihre Wärme und Hilfe waren ihm willkommen.

»Sehr gut.«

Die Regenwand kam ihnen wie ein riesiger Totenschleier entgegen. Ein undurchdringlicher Wasserfall aus schwarzem, flüssigem Metall nahm ihnen die Sicht.

»Ja, genau so!«

Das andere Schiff ragte gewaltig und finster über ihnen wie ein übergroßer Grabstein. Mit seinem massigen Rumpf und den straffen schwarzen, fledermausähnlichen Segeln hielt es sogar den aufheulenden Sturm ab.

Plötzlich schlug eine Welle über das ganze Schiff. Der Steuermann schrie auf. Er dachte, es wäre bereits die Bugwelle des anderen Schiffes. Moichi brüllte: »*Ahora!* Jetzt! Jetzt! Hart Steuerbord!« Er versuchte das Ruder zu drehen, aber die schwere See war bereits so aufgewühlt, daß der Widerstand enorm war. Chiisai legte sich mit ihm hinein, genau wie der zitternde Steuermann, dessen Zähne klapperten und der mit den Augen rollte, bis das Weiße zu sehen war. »Drücken, los, drücken!« Das Ruder gab nach. »Bei den Oruborus, legt alles rein, was ihr habt! Drücken!«

Das Schiff hob sich und schwenkte nach Steuerbord.

Eine massive Wand aus Wasser stieg hoch. Wieder schrie der Steuermann. Er schien bereits das letzte Todeszucken seines Schiffes zu spüren, als der andere Clipper fast gegen die Bordwand schlug.

»Nicht nachlassen! Drücken!«

Dann waren sie mitten im Chaos, in einer anderen Welt, sie hatten die Schwelle überschritten. Der Wolkenbruch verdunkelte alles, sie mußten sich zu dritt an das Ruder klammern, sonst wären sie über Bord gespült worden. Moichi jedoch sah bereits nach Backbord und beobachtete durch die zischende Gischt und die Wassermengen hindurch die undeutlichen Konturen des anderen Clippers, der durch den Blickwinkel und die Nähe noch massiger und dunkler wirkte. Bei dem Versuch, ihrem Angriff auszuweichen, hatte das Schiff den Sturm mit voller Breitseite nehmen müssen. Es brach auseinander. Das Krachen und Splittern übertönte sogar den Sturm. Moichi glaubte Schreie in einer fremden Sprache zu hören, die jetzt zwischen den zerborstenen Spieren und dem zersplitterten Rumpf verhallten.

Zusammen mit den anderen riß er das Schiff aus seinem Steuerbordschwenk und brachte es wieder auf geraden Kurs.

Dann überließ er dem Steuermann wieder das Ruder und sah, wie Chiisai ihn anstarrte. Sie legte ihm ihre kleine Hand mit gespreizten Fingern auf die Brust. Der Sturm hatte sein Hemd zerfetzt, und sie berührte seine nackte Haut. Unablässig peitschte der Regen auf sie ein, überströmte ihre Gesichter und lief ihnen in den Nacken.

ERZÄHLUNGEN EINES MEERMANNES

Während der langen Nacht träumte er von zu Hause. Von Iskael, das unter der glühenden Sommersonne brennt. Zu dieser Jahreszeit bewegt sich nichts in den ausgedehnten Wüstenstrichen, weder Karawanen, die im Herbst beladen mit Gewürzen und Zedernholz hindurchziehen, noch Pilger auf dem mühsamen Weg zu den heiligen Stätten am Fuß des Berges, der, wie es heißt, von Gottes eigener Hand stammt. Es ist die Zeit, in der tags die Skorpione und nachts die schnellfüßigen Packratten herrschen.

Zu dieser Zeit reitet er als Junge, aber schon groß und kräftig, auf einem Pferd über die Ländereien seines Vaters und überwacht einen großen Teil der Arbeit. Al'eph, sein Tutor, begleitet ihn, ein Mann unbestimmbaren Alters. Er soll dafür sorgen, daß seine weltlichen und religiösen Studien nicht unter seiner Arbeit leiden.

»Mein Junge«, ruft Al'eph ihm zu, als sie oben auf einem niedrigen Felsen anhalten, »Zeit für deinen Mittagsunterricht.«

»Nicht heute, Al'eph«, sagt er, »bitte.«

»Ich kann dich nicht zwingen, Moichi. Aber ich muß noch einmal darauf hinweisen, daß dein Vater über deine zögernden Fortschritte äußerst besorgt ist. Dadurch werden seine Sorgen sicher nicht kleiner werden.«

»Es ist mein Leben, Al'eph«, sagt Moichi. »Er versteht das nicht, du aber schon, das weiß ich.«

Der andere nickt. »Durchaus richtig, mein Junge. Aber ich neige nun mal nicht zu Wutausbrüchen. Du bist nicht der einzige, dem es an den Kragen geht, wenn nicht alles zu deines Vaters vollster Zufriedenheit erledigt wird.«

»Ich weiß, was du auf dich genommen hast«, sagt er, »und ich weiß es zu schätzen. Aber heute brennt die Sonne so heiß. Der schattige Bach im Nordwestquadranten ist einfach unwiderstehlich.«

Al'eph seufzt. »Also gut. Geh schwimmen. Aber dafür mußt du mir versprechen, daß wir uns hier gleich nach Sonnenuntergang treffen. Wir werden zusammen nach Hause reiten, genau wie es dein Vater wünscht.«

Moichi hebt zum Einverständnis die Hand, gräbt die Hacken in die Flanken seines Pferdes und schießt davon. Im Galopp geht es auf der anderen Seite des Felsens hinunter und hinweg über weite Weizenfelder.

Im Traum wundert es ihn nicht, daß er den Bach sofort erreicht hat. Er steigt ab und lugt durch eine Lücke in dem dichten Gebüsch. Er sieht das schäumende, einladende Wasser. Der Bach fließt weit entfernt von allen Haupt- und Nebenstraßen, dennoch ist er an diesem Tag nicht allein.

Mitten im Bachbett steht ein Mädchen mit kurzem, kastanienbraunem Haar. Er bewegt sich etwas, um besser sehen zu können, und erkennt, daß sie sich gerade entkleiden will. Ihr Hemd hat sie bereits ausgezogen, ihre sommersprossenübersäte Haut ist beinahe so braun wie Teakholz. Als sie sich bückt, um das Hemd ans andere Ufer zu legen, sieht er ihr geschmeidiges Muskelspiel und erhascht einen viel zu kurzen Blick auf ihre Brüste. Sie sind fest wie reife Äpfel. Dann dreht sie ihm den Rücken zu, und er sieht den sanften Schwung ihrer Hüften und ihren festen Po. Der Anblick ist so erotisierend, daß ihm die Knie unter der Wucht seines Verlangens zu zittern beginnen.

Unablässig fließt der Bach weiter und verdeckt ihre Füße und Knöchel und den unteren Teil ihrer Waden. Sie trägt jetzt nur noch ein Paar abgeschnittene Hosen. Ihre Beine, wie ein zweiteiliger exotischer Blütenstengel, erregen jetzt seine Aufmerksamkeit. Sie sind wunderbar geformt und voller geheimer Versprechungen. Er sieht sich plötzlich als Wüstenforscher, der endlich nach monatelanger Suche auf eine bisher unbekannte Mine voller Edelsteine stößt.

Sein Atem geht schwer, er hat Angst, sie könnte sein überlautes Schnaufen hören. Das Blut pocht ihm in den

Adern und hämmert gegen seine Schläfen. Sein Kopf scheint mit jedem Pulsschlag zu zucken.

Wie zur Bestätigung seiner schlimmsten Befürchtungen dreht sich das Mädchen um und sieht ihn an. Er erstarrt und wagt nicht, zu atmen. Wie hypnotisiert sieht er sie an, als hätte er eine unwirkliche, zum Leben erweckte Märchengestalt vor sich. Ihre Augen sind riesig und leuchtend grün wie polierte Jade. Die langen schwarzen Wimpern geben ihnen ein geheimnisvolles Aussehen. Sie hat eine schöne Stirn, eine kleine Nase, sinnliche Lippen. Ein bezauberndes Gesicht.

Dann wendet sie sich ab, sie hat ihn seltsamerweise nicht gesehen. Kälte überzieht sein Gesicht, als hätte sich eine Wolke vor die glühendheiße Sonne geschoben.

Jetzt nestelt sie, für ihn unsichtbar, an sich herum, was den Anblick noch erotischer macht. Dann, es ist kaum zu fassen, bewegt sie die Hüften hin und her und streift ihre Hose ab. Sie ist völlig nackt.

Sie will sich erneut umdrehen, aber jetzt hält er es nicht mehr aus. Er drückt sich rücklings in den tiefen Schatten des Gebüsches und reißt sich fieberhaft die Kleider vom Leib. Er ist schweißgebadet. Die Knöpfe verheddern sich an seinem Hemd, der Stoff klebt an seinem Rücken und den Armen, als er versucht, es über den Kopf zu ziehen.

Endlich hat er es geschafft. Er geht zur Lücke im Gebüsch, schiebt sich hindurch und stürzt sich Hals über Kopf in den Bach.

Das Wasser ist eiskalt, er bekommt eine Gänsehaut. Als er dann den Kopf aus dem Wasser hebt und sich die Tropfen aus dem Gesicht wischt, ist er alleine im Bach. Soweit sein Blick reicht.

Beflügelt durch das schöne Wetter und eine steife, frische Brise aus Südost erreichten sie den Hafen von Corruña.

Die Stadt bietet einen herrlichen Anblick, auch wenn sie längst nicht an die überbordende Pracht Sha'angh'seis heranreicht, die Neuankömmlinge leicht verschreckt. Die dalusische Hafenstadt war vergleichsweise klein und gedrungen. Steindämme, zumeist künstlich angelegt, ragten in das blaue Wasser und schafften so genügend Ankerplatz für die vielen schnellen Clipper, die, wie Rohja angedeutet hatte, die dalusischen Gewässer im Nahverkehr durchpflügten.

Gleich dahinter, im Nordosten, lag im Schutz einer geschwungenen Halbinsel eine tiefe Lagune, die erschöpfte Reisende auf größeren Seglern zum Verweilen einlud. Moichi entdeckte sieben Dreimaster, die dort vor Anker lagen.

Die Stadt selbst war in einem weiten Bogen angelegt, der den Hafen auf beiden Seiten umspannte. Corruña bestand aus einem Gewimmel weißer, quaderförmiger Gebäude, die man eindrucksvoll um Rundplätze angelegt hatte. In deren Mitte fand man unweigerlich einen herrlichen Skulpturenbrunnen oder einen kleinen, schattigen Park. In einem der unzähligen Kirchtürme schien immer eine Glocke zu läuten.

In der dalusischen Kultur wurden, vielleicht aus ästhetischen Gründen, zum Bau der Häuser keine gebrannten Ziegel verwendet. Im Innern benutzte man ausschließlich Holzverschalungen und Stuck. Beinahe ohne Ausnahme waren die Gebäude der Stadt aus luftgetrockneten Ziegeln erbaut, die man sorgfältigst gegen die winterliche Kälte versiegelte und dann dick mattweiß tünchte.

Die Häuser von Corruña erschienen vielleicht auf den ersten Blick farblos, die Bürger waren jedoch ganz das Gegenteil. Denn ihre Kleidung, auf die sie außerordentlich stolz waren, leuchtete in den strahlendsten Farben. Sowohl bei den eher strengen Kleidern der Männer als auch in den luftigen Rüschen der Frauen war jeder Farbton mit all seinen Schattierungen zu finden.

Der Clipper ging behutsam an einem Steindamm längsseits. Vorder- und achterdecks warf man Taue in wartende Hände. Während Moichi das Anlegen abwartete, beobachtete er Armazón. Er wußte, daß er sich in ihm einen Feind geschaffen hatte, als er den Bootsmann vor versammelter Mannschaft niederschlug. Was hätte er sonst tun sollen? Er hatte keine Wahl gehabt. Eines stand jedoch fest: Während seines Aufenthalts hier mußte er ein waches Auge auf ihn halten. Er hatte Chiisai kurz über den Inhalt seiner Unterredung mit Armazón informiert, aber ansonsten nicht mehr über die Angelegenheit gesprochen.

Sie stießen gegen den Kai. Moichi ging nach mittschiffs und verließ, gefolgt von Chiisai, den Clipper. Als sie an Land standen, tief durchatmeten und sich wieder an das Gefühl zu gewöhnen versuchten, festen Boden unter den Füßen zu haben, trat Rohja zu ihnen.

»Ihr werdet sicher zum Haus der Seguillas y Oriwara gehen wollen«, sagte er. »Erlaubt mir, euch zu führen.«

»Wenn du uns den Weg beschreibst, finden wir bestimmt auch alleine dorthin«, sagte Moichi. »Aber du könntest uns einen anderen Gefallen tun.«

»Gerne, wenn ich kann.«

»Gut. Ich möchte, daß du hierbleibst und dich umsiehst. Verhalte dich ganz normal. Mich interessiert, ob ein anderes Schiff auf unserem Kurs hier festgemacht hat. Entweder heute früh am Morgen, oder spät gestern abend. Könntest du das tun?«

Rohja grinste und schob sein violettes Stirnband zurecht. Seine Augen strahlten. »Aye, Piloto. Das ist nicht schwer.«

»Mach nicht den Fehler und nimm die Sache zu leicht, Rohja«, warnte Moichi ihn. »Der Mann, den wir verfolgen, ist äußerst gefährlich, außerdem hat er hier mit Sicherheit Verbündete. Ich möchte nicht, daß du Schwierigkeiten bekommst ...«

»Macht Euch deswegen bitte keine Sorgen«, sagte Rohja. »Ich kann selbst auf mich aufpassen. Niemand wird erfahren, was ich vorhabe.«

»Auch Armazón nicht«, sagte Moichi mit Nachdruck.

Rohja schnaubte. »Die Ermahnung war unnötig, Piloto. Wir konnten uns noch nie leiden. Schon lange bevor ich mich auf Eure Seite gestellt habe.«

»Sieh dich trotzdem vor.«

»Armazón ist ein alter Mann. Er wird mir keine Schwierigkeiten machen.«

Rohja wollte bereits gehen, aber Moichi hielt ihn mit einer Frage zurück: »Weißt du irgend etwas über das Duell, in dem der Senhor getötet wurde?«

Der Seemann überlegte kurz und zuckte dann mit den Schultern. »Nicht viel, Piloto. Ich habe es selbst nicht gesehen — damals war ich noch nicht in den Diensten der Seguillas y Oriware — aber wie ich gehört habe, soll der Senhor von Anfang an keine Chance gehabt haben.«

»Aber er war doch ein ausgezeichneter Schwertkämpfer.«

»Das war er ganz bestimmt. Aber hier in Dalucien gibt es ein altes Sprichwort: ›Vortrefflichkeit ist flüchtig. Es gibt immer jemanden, der besser ist.‹«

»Ein äußerst ernüchternder Gedanke«, sagte Chiisai. Rohja war einer der wenigen Dalusier, die Moichi kennengelernt hatte, der die Umgangssprache in allen Spielarten beherrschte. Sie hatten nicht nur wegen Chiisai dalusisch gesprochen, sondern auch, um an diesem öffentlichen Ort nicht von allen verstanden zu werden.

»Allerdings«, stimmte Rohja zu. »Es ist traurig. Aber wir Dalusier sind überzeugt davon, daß man dadurch Demut lernt.«

»Weißt du, ob es ein faires Duell war, Rohja?«

»Dalusische Duelle sind immer fair, Piloto, das versteht sich von selbst.«

»Armazón scheint anders darüber zu denken.«

»So, Armazón? Ich kann nicht sagen, daß mich das überrascht.«

»Wieso das?«

»Nun, Piloto, er liebte den Senhor wie seinen eigenen Bruder. Aber irgend etwas ist während des letzten Lebensjahres des Senhors geschehen. Ich weiß nicht, was — und vermutlich auch von den Männern niemand. Aber ungefähr vier Jahreszeiten, bevor der Senhor bei dem Duell umkam, hörte er auf, Armazóns Schiff zu benutzen.« Er drehte sich und streckte den Arm aus. »Dieses, um genau zu sein. Du weißt sicher, daß der Senhor eine riesige Flotte besaß, trotzdem segelte er unabänderlich immer mit Armazón, bis ...« Er zog die Schultern hoch. »Es kam ganz plötzlich, mußt du wissen. Seltsam, nach dieser langen Zeit.«

»Haben sie sich gestritten?«

»Jedenfalls nicht in der Öffentlichkeit. Außerdem würde Armazón nie darüber sprechen.«

»Aber was hat das mit Armazóns Verdacht bezüglich des Duells zu tun?«

»Er ist einfach seit dem Tod des Senhor wie verwandelt.«

»Aber das ist doch verständlich ...«

»Nein, nein. Das hat nicht nur etwas mit seiner Trauer, seinem Kummer zu tun. Er ist, wie soll ich sagen, er ist ein anderer Mensch geworden. Wer ihn noch von früher kennt, als der Senhor noch lebte, würde ihn nicht mehr wiedererkennen. Er fühlt sich schuldig.« Er zuckte mit den Schultern. »Ich weiß nicht, weshalb.«

Moichi sah Rohja über die Schulter und betrachtete den sanft schaukelnden Clipper. »Vielleicht erfahren wir es nie. Hör zu, Rohja, wo sollten wir uns heute abend treffen? Kennst du einen geeigneten Ort?«

Der Seemann dachte kurz nach. »Aye. Ganz in der Nähe, weiter unten an den Docks gibt es eine Fischertaverne. Sie heißt *El Cambiro* und liegt am Ende der Calle Córdel, dort, wo das Meer beginnt.« Er blinzelte in die Sonne. »Gib mir bis Mitternacht, Piloto. Diese Dinge sollte man nicht übereilen. Seeleute sind an Land recht verschwiegen« — er grinste breit — »bis der Schnaps ihre Zungen löst.«

Es dauerte eine Weile, aber schließlich hatten sie sich bis zur Plaza de la Pesquisa durchgefragt.

Sie war mit glänzend weißen Steinen gepflastert, die in der Sonne wie Diamanten funkelten. In der Mitte wuchs ein dichtes Gebüsch aus grünen Olivenbäumen, zwischen denen, halb verdeckt, ein winziger sprudelnder Brunnen stand. Er war aus grobem grauen Stein, der beinahe wie der Granit der Küste aussah, und stellte einen Mann mit kräftigen Schultern, einem gelockten Vollbart und einem Fischschwanz dar. Seine Augen lagen tief unter den geschwungenen Brauen. Das Haar bestand aus einem Geringel von Schalentieren. Hinter ihm ragte ein Fels empor, den man offenbar in seinem natürlichen Zustand belassen hatte, so daß er wie eine kleine Klippe aussah, an dessen Rand sich das Wasser brach und ihn überflutete. Seine gesamte Oberfläche glitzerte im Licht der Reflektionen auf den Sammelbecken darunter. »Die Dalusier sind ein religiöses Volk«, erklärte Moichi Chiisai, als sie eine Bemerkung über die Statue machte. »Sie sind sehr abergläubisch und legen viel Wert auf alte Überlieferungen und Mythen.«

»Der Dai-San hat mir von Kay-Iro De in Sha'angh'sei erzählt«, sagte sie, während sie immer noch die kleine Statue betrachtete.

»Nun, ich denke die Zeit ihrer physischen Anwesenheit ist vorbei — aber ihr Geist wird Sha'angh'sei ohne Zweifel nie verlassen.«

»Aber die Zeiten kehren doch immer wieder, meinst du nicht auch? Diese Geschöpfe« — damit zeigte sie auf die Figuren des Brunnens — »oder andere, die ihnen ähnlich sind, werden zu einer anderen Zeit zurückkehren.«

»Ohne Zweifel«, sagte Moichi und verzog dabei den Mund. »Aber wir werden das wohl nicht mehr erleben.«

Die Gebäude rings um die Plaza de la Pesquisa waren ein gutes Stück größer und reicher verziert als die meisten, die sie auf ihrem Weg durch die Stadt gesehen hatten. Dadurch bekam der Platz etwas Schlichtes und Edles, das ihn in Corruña einzigartig machte.

An verschiedenen Punkten des kleinen Wäldchens hatte man Bänke aus verziertem Schmiedeeisen aufgestellt. Auf einer saßen zwei alte, zusammengesunkene Männer mit von der Sonne gegerbter Haut, rauchten Pfeife und unterhielten sich. Sie trugen beide Anzüge aus reinem Leinen, die so elegant und sauber wirkten, als hätten sie sich extra herausgeputzt. Diese Farbe, das wußte Moichi, war hier den Älteren vorbehalten.

»Perdóname, senhores. Dón está la casa de la Senhora Seguillas y Orawara?«

Die beiden unterbrachen ihre leise Unterhaltung, sahen hoch und maßen ihn von Kopf bis Fuß. Dann betrachteten sie Chiisai eine Weile, bevor sie sich wieder ihm zuwandten. Einer von ihnen zeigte mit seinem knorrigen Finger auf Moichi und sagte zu seinem Begleiter etwas so schnell auf dalusisch, daß Moichi es nicht verstand. Der andere lachte kurz, aber nicht unfreundlich, dann legte er den Kopf zur Seite und sah Moichi an.

Der andere, der immer noch auf Moichi zeigte, meinte: »Du bist kein Dalusier. Ihr gehört nicht zu uns.« Er tippte sich mit dem Finger gegen die Nase. »Das sehe ich sofort.« Er lächelte vorsichtig. Seine Schneidezähne waren gelb vom Rauch. Dann drehte er sich mühsam um und zeigte über seine Schulter. »Dort steht das Haus, das Ihr sucht. Auf der anderen Seite des Platzes.« Er lächelte wieder. »Ist es nicht immer so im Leben?« Sein Begleiter neben ihm lächelte weise, obwohl die Worte eigentlich Moichi galten. »Ich wünsche Euch einen guten Tag, Senhor, der Senhora ebenfalls. Viel Glück.«

Moichi nickte, murmelte einen Gruß und verließ zusammen mit Chiisai den kleinen Park. Sie überquerten den sonnenüberfluteten Platz, vorbei an den raschelnden Olivenbäumen, den zirpenden Zikaden und den kleinen Vögeln mit den schwarzen Flügeln, die von Baum zu Baum hüpften, und ließen die Figur auf dem Brunnen hinter sich.

Moichi trug ein meergrünes Seidenhemd und kobaltblaue Hosen, die er in seine hohen braunen Seestiefel gesteckt hatte. Sein Säbel hing in der Scheide an seiner Seite, und die beiden Dolche mit den Griffen aus Kupfer steckten locker in seinem breiten Ledergürtel.

Chiisai trug immer noch ihren Brustpanzer, hatte aber jetzt enge Hosen in der Farbe zartester Gischt übergezogen, die sie ebenfalls in die Stiefel gesteckt hatte. Über dem Panzer trug sie die gefütterte Jacke aus Sha'angh'sei. Ihre beiden Schwerter waren deutlich zu sehen.

Das Haus der Seguillas y Orawara war ein beeindrukkendes Bauwerk mit weißer Fassade an der Nordseite des Platzes. Links grenzte es an ein weiteres Gebäude, rechts jedoch an eine Straße, die von der Plaza wegführte. Üppige Bäume säumten die breite Straße zu beiden Seiten, und was Moichi durch dieses grüne Dickicht vom Haus sehen konnte, verschwand völlig unter dem Efeu, der im obersten Stock um die Ecke bis zur Vorderseite wucherte.

Man mußte die Treppe aus Kupfer und Hartholz zur Linken nehmen, die sich elegant wie ein Schwanenhals bis hoch zur Flügeltür an der Vorderseite des Hauses schlängelte. Der Holzrahmen war mit Bronzebändern verstärkt. Moichi war sicher, daß sie früher einmal auf einem Schiff ihre Verwendung gefunden hatten, denn die Jahre und die Mineralien des Meeres hatten sie mit grünlicher Patina überzogen.

Sie stiegen die Treppe hoch, und Moichi klopfte. Durch die kleinen schmiedeeisernen Balkone vorne vor den Fenstern im oberen Stock fiel schräges Sonnenlicht auf sie.

Die Tür schwang zögernd nach innen.

Zwei kleine, dunkelhaarige Dalusier in schwarzen Baumwollanzügen hielten die Tür, doch der Mann vor ihnen war auf keinen Fall Dalusier. Er war groß und überragte sogar Moichi. Chiisai wirkte neben ihm wie eine Zwergin. Für seine Größe war er zu dünn, das fiel einem als erstes auf. Sein hageres Gesicht war unbehaart bis auf einen dünnen schwarzen Schnäuzer, der zu beiden Seiten des Mundes traurig herabhing. Er hatte dunkle Mandelaugen und eine gelbliche Hautfarbe. Über seiner schmalen Nase ragte seine hohe Stirn wie ein Gewölbe vor.

Dieser Mann ist aus Sha'angh'sei, überlegte Moichi.

»Ja?« Er sprach fließend Dalusisch. »Was wünscht ihr?«

Die Begrüßung ist nicht übermäßig herzlich, dachte Moichi. Der Mann trug einen hellgelben dalusischen Anzug, der aus hochreichenden Hosen und einem weiten Hemd bestand, das um die Hüfte von einer schmalen, aus Schnüren geflochtenen Schärpe gehalten wurde. Falls er bewaffnet war, hatte er seine Waffen gut versteckt.

»Wir möchten mit Senhora Seguillas y Oriwara sprechen«, sagte Moichi.

»Ich fürchte, das ist völlig unmöglich, Senhor. Die Senhora empfängt keine Besucher.«

»Trotzdem glaube ich, daß die Senhora uns sehen will. Wir sind auf einem ihrer Schiffe nach Corruña gekommen. Außerdem bringen wir Nachricht von ihrer Tochter.«

Irgend etwas blitzte weit hinten in den Augen des Mannes auf. Er senkte den Kopf. »Folgt mir bitte. Ich werde es der Senhora ausrichten.«

Die Tür wurde hinter ihnen verschlossen, und sie gingen durch einen kleinen Vorraum. Hinter einem Bogen aus buntem Glas betraten sie die eigentliche Eingangshalle des Hauses. Sie war zweigeschossig und beinahe wie eine Kathedrale überkuppelt. Vor der Täfelung aus Pekanholz hingen in regelmäßigen Abständen kleine Wandteppiche mit Szenen und Lebewesen des Meeres: Seelöwen, Schildkröten und blasende Wale. Am Ende der Halle führte eine äußerst seltsame Treppe nach oben. Aus der Entfernung sah es aus, als wäre sie aus einer riesigen Galionsfigur geschnitzt, einer Seejungfrau, deren langes Haargewirr vom Wind nach hinten geweht wurde.

Zu beiden Seiten der Halle gab es verschlossene Schiebetüren. Als sie an der ersten rechts vorbeikamen, bemerkte Moichi, wie sie kurz einen Spalt weit aufgeschoben wurde. Im Schatten dahinter leuchteten die dunklen Augen eines jungen Mädchengesichtes auf.

Der Mann mit dem schlaff herabhängenden Schnäuzer führte sie weiter links durch eine Schiebetür in einen Salon. Dort bat er sie zu warten und verschwand.

Hier waren die verputzten Wände dunkelgrün wie die Tiefen des Ozeans gestrichen. Überall hingen Gemälde mit religiösen Motiven.

»Die Dalusier haben offenbar ein völlig anderes Verhältnis zur Religion«, sagte Chiisai, während sie von Bild zu Bild ging. »Wie deprimierend. Verbinden sie mit ihren Göttern wirklich keinerlei Glück?«

»Sie glauben an den Einen Gott, Chiisai«, sagte Moichi. »Wie mein Volk auch.«

»Dann sind die Kami diesen Menschen unbekannt.«

»Kami?«

»Ja. Die minderen Götter, deren Aufgabe darin besteht, die Seelen der Toten in ihr neues Leben zu führen.«

Moichi merkte, wie wenig er über die religiösen Vorstellungen der Bujun wußte.

»Die gesamte Existenz ist ein gewaltiges Rad, das Leben ist nur ein Teil davon.« Sie war vor dem letzten Bild stehengeblieben. »Unserem Glauben nach endet mit dem Tod nur die physische Existenz. Die Seele jedoch lebt weiter. Sie wird von den Kami und dem persönlichen *Karma* ins Leben zurückgeführt. Das ist äußerst wichtig.«

Sie wurde vom Geräusch einer Schiebetür unterbrochen. Beide drehten sich um. Im Türrahmen stand eine stattliche Frau. Ihr langes Haar fiel locker um ihr ovales Gesicht, das seltsamerweise die Farbe und den Glanz von Silber hatte. Unter welchen Umständen auch immer, dieses Gesicht würde aus jeder Menge herausragen. Moichi spürte ihre Ausstrahlung und wurde schmerzlich an Aufeya erinnert. Sie trug einen tiefgrünen Seidenanzug, der in der Farbe genau zu ihren großen, fragenden Augen paßte.

»Ich bin Senhora Seguillas y Oriwara«, sagte sie mit einer Stimme wie ein Eiszapfen. »Darf ich erfahren, warum Ihr hergekommen seid?«

Diese schroffe und deutlich abweisende Begrüßung überraschte Moichi eigentlich nicht. Die Dalusier verhielten sich in diesem Punkt durchaus zwiespältig. Manchmal waren sie so höflich, daß es einem fast zuviel wurde, genauso leicht konnten sie einem aber auch mit ihrer schonungslosen Direktheit aus der Fassung bringen, wenn ihnen danach war.

»Ich bitte Euch, die Störung zu entschuldigen, Senhora«, sagte Moichi mit einer angedeuteten Verbeugung. Er hatte die Höflichkeitsform gewählt. »Ich bin Moichi Annai-Nin aus Iskael, und meine Begleiterin ist Chiisai aus Ama-no-mori.« Er hielt inne und wartete. Nicht umsonst.

Die Augen der Senhora weiteten sich ein wenig, sie trat in den Salon. Der Mann mit dem Schnäuzer blieb draußen vor der Tür stehen, reglos wie eine Statue.

»Ein Iskamen und eine Bujun«, sagte die Senhora. Jetzt, wo ihre Stimme ein wenig natürlicher klang, hörte Moichi, wie melodiös sie in Wirklichkeit war. »Ein seltsames Paar, um es vorsichtig auszudrücken.« Sie zeigte auf den Mann hinter sich. »Chimmoku hat mir berichtet, Ihr wäret an Bord eines meiner Clipper hierhergesegelt. Auf welchem?«

»Auf dem *Chocante*«, sagte Moichi. »Der Bootsmann ist Armazón.«

»Verstehe.« Die Senhora hatte die Hände in die Hüften gestemmt und warf einen kurzen Blick auf Chimmoku. »Ich wußte nicht einmal, daß dieses Schiff Corruña überhaupt verlassen hat.«

»Senhora, Eure Tochter hatte das Kommando über die *Chocante.*«

»Was Ihr nicht sagt.« Ihre Augen blitzten kurz auf. »Und was war das Ziel der Reise, Moichi Annai-Nin?«

»Das weiß ich nicht. Ich bin ihr in Sha'angh'sei begegnet.« Es hatte keinen Sinn, ihr vom Sha-rida zu erzählen. »Wie sie mir erzählte, ist sie während eines Sturms vom Kurs abgekommen. Sie hatte nicht vor, nach Sha'angh'sei zu segeln.« Er holte tief Luft. Jetzt kam der schwierige Teil. »Sie hat mir auch erzählt, daß sie von einem Mann verfolgt wird.« Er hielt erneut inne und rechnete mit einer heftigen Reaktion. Die Senhora jedoch verzog keine Miene und blieb ganz ruhig vor ihm stehen.

»Erklärt mir, Moichi Annai-Nin«, sagte sie bedächtig. »Warum seid Ihr hergekommen?«

»Eure Tochter ist entführt worden«, sagte Moichi.

Die Senhora drehte sich um und blickte wieder kurz zu

Chimmoku hinüber, bevor sie wieder das Wort an ihn richtete. »Ich fürchte, da liegt ein Mißverständnis vor.«

»Entschuldigt, wenn ich offen rede, Senhora, aber es liegt keineswegs ein Mißverständnis vor. Ein Mann namens Hellsturm ...«

»Hellsturm ...«

»Ja, Ihr kennt ihn?«

»Was? Nein, nein, ich kenne niemanden dieses Namens. Der Name — kam mir nur seltsam vor, das ist alles.«

»Dieser Hellsturm hat Aufeya entführt ...«

Die Senhora richtete sich auf, ihre Augen waren kalt und herrisch. »Was wollt Ihr von mir, Senhor? Geld? Schiffe? Ihr habt einen großen Fehler gemacht. Von mir werdet Ihr nichts bekommen. Wenn Ihr jetzt bitte ...«

»Senhora!« Die Wirklichkeit schien ihm wie im Traum durch die Finger zu gleiten. »Vielleicht ist mein Dalusisch nicht gut genug. Soll ich es noch einmal erklären? Eure Tochter ...«

»Ja, ich weiß. Meine Tochter wurde von einem Mann mit einem seltsamen Namen entführt. Eine ziemlich unglaubliche Geschichte — die Geschichte eines Meeresmannes, wie man auf dalusisch sagt.«

»Dieser Hellsturm hat meinen Freund umgebracht. Er hat sein Leben für den Schutz Eurer Tochter gelassen.«

»Das tut mir leid für Euren Freund, Moichi Annai-Nin, wirklich. Aber begreift endlich, daß mich diese Geschichte nicht im geringsten interessiert.« Die Senhora entließ sie mit einem Nicken. »Ich habe keine Tochter.« Endlich löste sie ihre Hände voneinander. »Und jetzt wünsche ich euch beiden einen guten Tag. Chimmoku wird Euch hinausbegleiten.« Damit drehte sie sich um und ließ sie stehen.

Draußen verweilten sie erst einmal kurz am Rand des Platzes. Stumm und geheimnisvoll überragte sie das Haus der Seguillas y Oriwara.

Dann gingen sie zu der kleinen Gruppe von Olivenbäumen und setzten sich nahe beim Brunnen auf eine Bank.

Die alten Männer waren verschwunden, aber die Vögel hatten ihren Platz in den Bäumen nicht verlassen. Durch die Lücken zwischen den umliegenden Gebäuden suchten sich die schrägen Lichtstrahlen ihren Weg, und die Baumwipfel leuchteten im Licht der untergehenden Sonne.

»Hast du alles verstanden, was dort drinnen gesagt wurde?« fragte Moichi.

Chiisai nickte. »Das meiste. Fremdsprachen liegen mir.« Um es zu beweisen, wechselte sie ins Dalusische. »Warum hat uns die Senhora deiner Meinung nach angelogen?«

Moichi hob die Brauen und lächelte. »Wie ich sehe, lernst du tatsächlich schnell.«

Sie mußte lachen. »Ich habe Rohja gebeten, mir abends Unterricht zu geben, wenn er keine Wache hatte.«

»Sehr geschickt von dir.« Dann mußte er wieder an die Szene im Haus der Seguillas y Oriwara denken. Sein Lächeln verschwand. »Irgend etwas geht hier nicht mit rechten Dingen zu.«

»Das würde ich auch sagen. Die Tochter der Senhora verläßt heimlich Corruña, wird erst von einem Fremden bedroht und schließlich von ihm entführt, und als einzige Reaktion darauf verleugnet ihre Mutter sie. Das gibt einfach keinen Sinn.«

»Zumindest noch nicht. Aber wenigstens wissen wir jetzt, wo wir anfangen können.«

»Du meinst bei der Senhora?«

»Genau das meine ich.«

»Aber sie wird uns nichts sagen.«

»Dann müssen wir eben einen Weg finden, sie zum Sprechen zu bringen.«

»Vielleicht findet Rohja heraus, wo das andere Schiff angelegt hat, dann brauchen wir ihre Hilfe gar nicht«, stellte Chiisai fest.

Moichi wollte ihr gerade erklären, daß das Leben meist nicht so einfach sei, als er aus dem Schatten des Gebüsches ein Zischen hörte. Er hatte die Hand am Säbel und drehte sich um. Knapp oberhalb und etwas seitlich vom Brunnen entdeckte er die vagen Umrisse eines menschlichen Kopfes. Sie standen beide auf und gingen näher heran, bis sie neben dem Brunnen standen. Dann sah er deutlich das Gesicht und erkannte die Augen wieder, die ihn bereits hinter der Schiebetür im Haus der Seguillas y Oriwara angesehen hatten.

»Senhor«, flüsterte das Mädchens. Er nickte. »Ich habe mitangehört, was Ihr zu Chimoku gesagt habt. Wißt Ihr, was mit Aufeya geschehen ist?«

»Was ich der Senhora bereits gesagt habe«, gab Moichi zurück. »Sie ist entführt worden.«

»O Gott!« entfuhr es ihr, dann hielt sie sich die Hand vor den Mund.

»Was wißt Ihr davon?« drängte Moichi. Die Frau murmelte etwas und schien sich in die Büsche zurückziehen zu wollen.

»Laß mich es versuchen«, flüsterte Chiisai ihm zu. Dann sagte sie: »Wie heißt Ihr, Senhora?«

»Tola, Senhora. Ich bin Aufeyas Doncella.«

Chiisai drehte sich fragend um. »Dienstmädchen«, erklärte Moichi.

»Ich bin Chiisai«, sagte sie. »Und das ist Moichi. Wir sind Freunde von Aufeya.« Sie zeigte mit dem Finger auf sich und Moichi, um ihre Worte zu unterstreichen. »Moichi hat ihr in Sha'angh'sei das Leben gerettet.«

Tola blickte von Chiisai zu Moichi. »Ist das wahr?«

Moichi nickte.

»Wie — wie sieht sie aus?« fragte Tola.

Moichi und Chiisai sahen sich verwundert an. »Gut«, sagte Moichi. »Aber du hast sie doch gesehen, bevor sie aufbrach.«

»Ja.« Jetzt machte Tola ein verdutztes Gesicht. »Aber das war vor vielen Jahreszeiten. Seitdem hat sie von hier niemand mehr gesehen — sie ist zusammen mit dem Tudesker ausgebrochen.«

»Wie hieß er?« fragte Chiisai. »Wie war sein Name?«

»Na, Hellsturm natürlich.« Sie rang die Hände. »Ich habe die ganze Zeit gewußt, daß dieser Tag unter keinem guten Zeichen stand.«

Chiisai beugte sich vor und berührte das Dienstmädchen. »Seid Ihr ganz sicher, Tola? Aufeya hat Corruña *tatsächlich* mit diesem Hellsturm zusammen verlassen?«

»Ay, gewiß, Senhora. Wie könnte ich das je vergessen? An jenem Tag hat die Senhora uns allen mitgeteilt: ›Soweit es dieses Haus betrifft, ist meine Tochter mit dem heutigen Tag gestorben.‹«

»Was meint Ihr damit?« fragte Chiisai.

»Dihos! Ich bin schon viel zu lange weggeblieben. Verzeiht, ich muß gehen.«

»Warte doch!« rief Chiisai. Aber Tola war schon zwischen den Bäumen verschwunden und lief im Schatten der Häuser auf die andere Seite des Platzes.

Sie fanden eine verräucherte Taverne aus weiß verputzten Luftziegeln und geschwärzten Balken zwischen einem Barbier und einem Gebäude, das offensichtlich zu einem Hospital gehörte. Eine ganze Reihe von Menschen strömte ständig aus einem weit geöffneten Tor auf die Straße. Drinnen lagen mehrere Gestalten, und es roch nach den unterschiedlichsten Heilkräutern.

Die Taverne war längst nicht so voller Menschen, wie entsprechende Lokale in Sha'angh'sei. Sie war grellweiß gestrichen, und die Decke wurde von dicken Balken gehalten. Eine Wand wurde von einem riesigen steinernen Herd eingenommen, der aber nur als Zierde diente, denn hinter der kupferbeschlagenen Holztheke konnte man die Küche erkennen.

Sie setzten sich an einen leeren Tisch. Die einzigen Leute in der Nähe waren zwei Ciras — dalusische Priester — in den traditionellen schwarzen Gewändern und steifen Hüten. Der eine war noch recht jung; er hatte rosige Wangen und eine Knollennase. Der andere war deutlich älter, sein Haar war bereits grau durchsetzt, und er trug einen spatenförmigen Bart. Moichi bemerkte, daß er keinen geringen

Rang bekleidete, denn er trug die Goldkette mit dem schweren Doppelkreuzanhänger um den Hals, das Symbol der dalusischen Kirche.

Nachdem sie Platz genommen hatten, brachte ihnen die überaus hübsche Kellnerin einen Krug Compaña, den sehr guten heimischen Wein von goldener Farbe. Während die Frau einschenkte, gab Moichi die Bestellung auf.

»Es ist doch interessant«, sagte Chiisai, nachdem sie an ihrem Becher genippt hatte, »jetzt hat sich Aufeyas Angelegenheit etwas geklärt, und gleichzeitig ist sie noch verworrener geworden.«

»Stimmt. Jetzt wissen wir, warum die Senhora sich uns gegenüber von ihr losgesagt hat.«

»Zumindest das war keine Lüge.«

»So gesehen nicht. Andererseits scheint sie uns aber auch nicht helfen zu wollen. Seltsam. Schließlich ist Aufeya ihre Tochter. Wünscht sie sich wirklich eher ihren Tod, als daß sie etwas zu ihrer Hilfe unternimmt?«

Chiisai zuckte mit den Schultern. »Darüber könnten wir uns die ganze Nacht streiten, ohne zu einem vernünftigen Ergebnis zu kommen.«

Moichi grinste sie an, als das Essen kam. »Du hast die richtige Art, den Nagel auf den Kopf zu treffen, Chiisai. Das gefällt mir. Ich schlage folgendes vor: Sobald wir hier fertig sind, gehe ich zu den Seguillas y Oriwara zurück und sehe, was ich herausbekommen kann. Und was dich anbetrifft, du mußt noch einer anderen Spur nachgehen. Cascaras, der Dalusier, den Hellsturm zu Tode gefoltert hat, stammte ebenfalls von hier. Aufeya hat mir erzählt, er sei eine Art Händler gewesen. Darüber wüßte ich gerne mehr.«

»Aber wo soll ich anfangen? Ich kenne mich in Corruña doch überhaupt nicht aus.«

»Mitten in der Stadt gibt es einen großen Platz, den Mercado. Dort treffen sich alle Händler und Seefahrer, nicht nur aus Corruña, sondern aus ganz Dalusien. Am besten fängst du dort an. Vielleicht weiß jemand, wo in Kintai er genau hinwollte.«

»Hm.« Chiisai spielte die Beleidigte. »Du willst mich nur nicht dabei haben, wenn du mit der Senhora sprichst.«

»Wie kommst du nur auf eine solch abwegige Idee?«

»Ich habe gesehen, wie du sie angeschaut hast.«

»Ich habe sie ganz normal angesehen«, log er.

»War doch nur Spaß.« Sie lächelte ihn mit großen Augen an. »Aber wenn du jetzt so heftig protestierst, komme ich ins Nachdenken.«

»Noch etwas«, sagte Moichi ernst. »Ich möchte, daß wir beide zusammen mit Rohja sprechen. Wir treffen uns also kurz vor Mitternacht oben an der Calle Córdel.«

Sie nickte und fing an zu essen.

Als ihre eigene Unterhaltung ins Stocken geriet, konnte Moichi etwas von dem Gespräch der beiden Curas am Nachbartisch mitbekommen.

»... soweit das Geld reicht, Don Godé?« fragte der Cura mit dem spatenförmigen Bart. »Die gesamte Westfassade der Kirche muß für die Erweiterung abgerissen werden. Glaubst du, wir können uns wegen der gesamten Summe auf den Erzbischof verlassen?« Seine Stimme war voller Verachtung.

»Aber all das bunte Glas ist schrecklich teuer«, sagte Don Godé, der junge Cura. »Ich bin überzeugt, Don Hispete, wir können einen weniger kostspieligen Entwurf zur Vergrößerung der Kirche vorlegen. Was wir dabei sparen, könnte den Armen ...«

»Mein lieber Don Godé«, unterbrach ihn der andere mit einem tiefen Seufzer, als hätte man ihm sämtliche Sorgen der Welt aufgebürdet, »hast du überhaupt eine Vorstellung von der Größe unserer Gemeinde? Die Leute hier sind alle gut betucht, alle Männer und Frauen hier sind von hohem Rang und Ansehen. Es ist Aufgabe unserer Kirche, diese Pracht widerzuspiegeln.«

»Aber man hat uns doch beigebracht ...«

»Ja, ja. Das weiß ich alles«, sagte Don Hespe irritiert. »Ich war selbst einmal im Seminar des Erzbistums. Wenn das jetzt weiß Gott auch in weiter Ferne liegt. Aber wenn

Ihr erst einmal eine ausreichend lange Zeit hier bei uns seid, werdet Ihr anfangen, die komplizierten Anforderungen an die hiesige Kirchenführung zu verstehen.« Er griff in einen der Töpfe und nahm sich eine winzige gekochte Kartoffel, die vor Rahm tropfte. Er steckte sie sich in den Mund, kaute und fuhr fort: »Eins müßt Ihr bedenken, Don Godé. Hier draußen solltet Ihr sozusagen alles vergessen, was Ihr auf dem Priesterseminar gelernt habt.« Er lachte donnernd und schluckte.

Dann nahm er sich die nächste Kartoffel. »Kommt, junger Freund, Ihr wißt doch, daß ich das nur im übertragenen Sinn gemeint habe. Aber die nackte Wahrheit ist nun einmal, daß das Leben hier ganz anders ist. Schließlich sind Bücher doch kein Ersatz für die Realität.« Er hob seinen feisten Zeigefinger, an dem ein dicker Goldring glänzte; das rosige Fleisch verdeckte ihn fast. »Das versteht Ihr doch?« Er stopfte sich ein Stück Braten in den Mund und kaute. »Zugegeben, es wäre sehr schön, wenn wir das mühsam zusammengetragene Geld für die Bedürftigsten verwenden könnten, aber die Verhältnsise zwingen zu einem anderen Vorgehen.« Von seinen halb geöffneten Lippen tropfte das Fett. Ein Fleischstückchen klebte an seinem wulstigen Kinn über den schwarzen Haaren seines verfilzten Bartes. »Wie sehr unser Herz uns auch anders rät — wir sind dem Erzbischof verpflichtet, unsere persönlichen Vorlieben in den Hintergrund zu stellen.« Er trank schnell einen Schluck Wein und rülpste. »All unser Geld bekommen wir von den Mitgliedern unserer Gemeinde, Don Godé. Und laßt Euch gesagt sein, es ist in dieser Zeit nicht leicht, zurechtzukommen. Oh, vor einigen Jahreszeiten war es viel einfacher. Aber seitdem sind wir gewachsen, und natürlich haben sich auch die Zeiten geändert. Mittlerweile betreiben wir ein äußerst schwieriges Geschäft. Durch das Geld ist das Erzbistum aufgeblüht, Don Godé, das dürft Ihr nie vergessen. Glaube ist gut und schön, er hat seinen festen Platz in unserer Kirche. Aber durch Glaube allein kann das Erzbistum nicht überleben. Dazu braucht man eben Geld.«

»Aber, ich bitte um Vergebung, Don Hispete, ist es nicht unsere vornehmste Pflicht, den Bedürftigen Trost zu spenden, ihnen den Weg zur Erlösung in diesem Leben aufzuzeigen? Das ist doch der heilige Auftrag des Erzbistums.«

»Nun, gewiß.« Don Hispete riß sich eine Keule gerösteten Fleisches von dem weiß schimmernden Gelenk. »Aber es ist eben ein Wunder, was Geld für das Bistum ausrichten kann. Ohne Geld« — er zuckte mit den Schultern — »würden wir niemanden erreichen.« Gierig biß er in seinen Fleischbrocken. »Seid unbesorgt, mein Freund, alles, was wir tun, geschieht nur zur Ehre Gottes.«

FUGE

Die Plaza de la Pesquisa war menschenleer.

Er hatte sich einen Platz tief im Schatten der Olivenbäume ausgesucht, von dem aus er eine ausgezeichnete Sicht nach allen Seiten hatte. Von hier aus konnte er ungesehen das Haus der Seguillas y Oriwara beobachten. Er stand jetzt schon eine ganze Weile hier. Während dieser Zeit hatte niemand das Haus betreten oder verlassen. Vier Leute waren vorübergegangen, ohne stehenzubleiben.

Noch einmal hielt er nach allen Seiten Ausschau. Nichts. Dann widmete er seine ganze Aufmerksamkeit wieder dem großen Haus. Es konnte hoffentlich nur durch die Tür betreten werden.

Behend und geräuschlos huschte er von Schatten zu Schatten und verließ die Plaza. Ein alter Mann ging langsam vorüber, und kurz darauf kam ein junges Pärchen Arm in Arm aus der entgegengesetzten Richtung. Niemand bemerkte ihn.

Schließlich hatte er die kleine, dunkle Seitengasse rechts vom Haus erreicht. Der dritte Baum hatte die richtige Form. Er kletterte hinauf und stieg auf einen dicken Ast, der in weitem Bogen bis an die efeubewachsene Seitenwand des Hauses reichte.

Mit einer Stiefelspitze fand er Halt in einer Gabelung des Efeus. Nachdem er sich überzeugt hatte, daß sie sein Gewicht tragen würde, schob er sich nach oben. Hand für Hand krallte er die Finger in die Ranken, zog zur Probe hier und da und hievte sich hoch.

Weit über der Straße hörte er die leisen Schreie; sie klangen wie dünner Draht, der in der Luft sirrt. Einmal berührte ihn sogar leicht ein lederner Flügel. Er konnte Fledermäuse nicht ausstehen, und die hier waren auch noch ungewöhnlich groß. Sie umflatterten ihn unaufhörlich und verständigten sich dabei in seltsam hohen Tönen, waren aber vollkommen ungefährlich. Nur an ihre Sturzflüge mußte er sich gewöhnen.

Er tastete sich an der Mauer entlang wie ein Nachttier auf der Jagd, und bald hatte er die Ecke des Hauses erreicht. Hier war es etwas heller, wegen der flackernden Lichter rund um die Plaza. Er sah nach oben: Eine Wolkenbank hatte sich vor den aufgehenden Mond geschoben, und er war sich ziemlich sicher, auch auf dem letzten Stück längs der Mauer von unten nicht gesehen zu werden.

Doch im Augenblick hatte er ein ganz anderes Problem, er mußte sich nämlich völlig auf seinen Tastsinn verlassen.

Vorsichtig griff er um die Ecke, dabei schob er seinen Oberkörper weit vor, um eine möglichst große Fläche abtasten zu können. Er bekam eine dicke Efeuranke an der Hausfront zu fassen und zog. Sie hielt. Er packte fester zu und glitt mit den Füßen von der Wand.

Erst später wurde ihm bewußt, wieviel Glück er gehabt hatte. Sein einziger Halt, die Efeuranke, löste sich unter seinem Gewicht, und er schlug hart seitlich gegen die Hauswand. Er ließ links los und pendelte einen Augenblick nur an einer Hand. Die Schwerkraft schien ihn nach unten aufs Pflaster ziehen zu wollen.

Mit einer Stiefelspitze fand er wieder Halt. Dann drückte er seine Brust gegen die Hauswand und suchte nach der nächsten Efeuschlinge. Er fand eine und packte zu. Diesmal hielt sie. Wenig später schwang er sich auf den rechten Balkon, der das mit Läden verschlossene Fenster im ersten Stock einrahmte. Er war völlig außer Atem.

Auf dem schmalen Eisengestänge mußte er sich ducken, hier im Licht fühlte er sich wie auf dem Präsentierteller. Außerdem diente der Balkon eher der Dekoration als einem praktischen Zweck. Wenn er nicht für ein so großes Gewicht konstruiert war ...

Er zog einen Dolch, schob seine Spitze vorsichtig in den

Spalt zwischen den Holzläden, fand den einfachen Metallhaken und schob ihn nach oben.

Gleich darauf glitt er in das Zimmer und zog die Läden hinter sich zu.

Der Raum war eher klein, ein hohes Daunenbett stand darin, dazu eine reich mit Schnitzereien verzierte Holzkommode, über der ein übergroßer ovaler Spiegel hing. Der Rahmen war aus lackiertem Bambus, und in einer Ecke wartete ein Bambusschaukelstuhl auf die Rückkehr seines Besitzers. Ein schwacher Duft hing im Zimmer, und auf einem kleinen Tisch neben dem Bett brannte eine Lampe. Das war seltsam, denn das Zimmer sah aus, als würde es zur Zeit nicht benutzt, wenn man sich auch alle Mühe gegeben hatte, den gegenteiligen Eindruck zu erwecken.

Mit drei großen Schritten hatte er das Zimmer durchquert und drückte sein Ohr an die Tür. Sie war zu dick, um etwas zu hören. Vorsichtig öffnete er sie Zentimeter für Zentimeter. Ein Gang mit einer geschwungenen Balustrade auf der anderen Seite, von wo aus man vermutlich die Eingangshalle unten überblicken konnte, lag vor ihm. Er verließ das Zimmer und blieb reglos stehen. Von unten kam ein leises Stimmengemurmel, und er ging in die Knie, um zwischen den Holzbalken hindurchsehen zu können. Senhora Seguillas y Oriwara stand an der Haustür und sprach mit Chimmoku. Offenbar war er im Begriff, das Haus zu verlassen, denn er hatte einen dunklen Umhang umgelegt.

»... so schnell wie möglich.« Ihre Stimme war bis oben zu hören. »Und achte darauf, daß er dich nicht bis hierher verfolgt!«

Chimmoku nickte ohne ein Wort und glitt zur Tür hinaus. Moichi mußte sich sofort entscheiden — wollte er hier bei der Senhora bleiben oder Chimmoku auf seinem nächtlichen Ausflug folgen? Er entschied sich für die erste Möglichkeit, nicht nur, weil das ursprünglich sein Plan gewesen war, sondern auch, weil die Situation günstig und er mit der Senhora alleine war. Es wäre ein unverzeihlicher Fehler gewesen, diese Gelegenheit nicht zu nutzen.

Die Senhora hatte die Tür hinter Chimmoku verriegelt und kam ins Haus zurück. Jetzt hatte sie die Treppe erreicht.

Moichi huschte schnell und ohne Lärm zu machen in das Zimmer, durch das er in das Haus gelangt war, und schloß die Tür bis auf einen Spalt. Trotz der brennenden Lampe war er ziemlich sicher, daß es nicht das Schlafzimmer der Senhora war. Kurz darauf hörte er sie vorbeigehen und riskierte einen Blick. Sie verschwand gerade in einer Tür am anderen Ende des Ganges. An der Wand darüber hing eine Schiffsglocke aus poliertem Messing.

Jetzt blieb ihm keine Wahl mehr. Wenn er noch länger wartete, kehrte Chimmoku womöglich zurück. Das wollte er auf jeden Fall vermeiden.

Er holte tief Luft, öffnete die Tür, trat auf den Gang und ging ohne jedes Geräusch in ihr Zimmer.

Es fiel Chiisai nicht leicht, den Mercado zu finden. Es handelte sich um ein gewaltiges einstöckiges Gebäude im Herzen von Corruña, das in unzählige Einzelstände unterteilt war, die alle an Händler oder Kaufleute vermietet waren. Die Nutzungsrechte dieser Räumlichkeiten wurden entweder auf Dauer vergeben oder wechselten ständig. Manchmal zogen innerhalb weniger Tage verschiedene Händler mit ihren Saisonwaren ein.

Zu bestimmten Zeiten, so wie jetzt auch — also nachts oder bei unfreundlichem Wetter — wurde der gesamte Mercado abgedeckt. Während der strahlenden dalusischen Sonnentage jedoch nahm man die einzelnen Dächer der Stände ab, und das riesige Areal erschien dann leuchtend bunt.

Selbst jetzt, nachdem die Hauptgeschäftszeit vorbei war, herrschte hier immer noch reges Treiben, wenn auch ganz anderer Art als wärend der Tagesstunden. Angeblich kam der Mercado von Corruña niemals zur Ruhe.

Die ganze Nacht hindurch luden hier die Arbeiter schichtweise immer neue Waren ab, Handwerker verarbeiteten Leder, Gold, Silber, Perlen, Edel- und Halbedelsteine, sie stellten Gemälde her, Wandteppiche, Stein- und Tonfiguren; weiter hinten arbeiteten schwitzende Schmiede an ihren rotglühenden Essen und fertigten Waffen. Tagsüber wurde hier nur verkauft; nachts jedoch fielen die Handwerker wie ein Schwarm seltsamer Nachtgeschöpfe über den Mercado her, bevor sie im Morgengrauen wieder verschwanden, um für die hart feilschenden Händler Platz zu machen.

Dies war der eigentliche Mercado, den nur wenige Menschen in Corruña je zu Gesicht bekamen. Denn im Gegensatz zu Sha'angh'sei war die Stadt nicht rund um die Uhr lebendig.

Chiisai blieb wie verzaubert am Rand des Mercado stehen, als hätte sie das Paradies vor sich. Kunsthandwerkern bei der Arbeit zuzusehen, war für sie nichts Ungewöhnliches, jeder Bujun betrieb zumindest auch ein Handwerk — *was nützt ein Bujun,* hatte ihr Vater oft gesagt, *der nichts kann außer töten?* Aber nie hatte sie so viele auf einmal gesehen. Der Anblick war schwindelerregend.

Langsam schlenderte sie durch die langen Gänge zwischen den Ständen. Hier spaltete ein Mann einen ungeschliffenen Diamanten, dort webte eine Frau einen Umhang aus Silberfäden, und weiter vorn ätzte ein Handwerker unter Zuhilfenahme von Säure ein feines Muster auf eine riesige Lederscheide.

Fasziniert blieb sie vor einer Frau stehen, die aus einem gewatigen Rubin einen menschlichen Kopf schliff. Sie wartete, bis die Frau in einer Pause kurz ihr Werkzeug weglegte und fragte: »Wird es ein Mann oder ein Frau sein?«

Die Frau drehte sich nach ihr um und wischte sich den Schweiß von der Stirn. Sie hatte dunkle Haare und ausdrucksstarke Augen, kräftige Lippen und einen zarten Hals, um den sie Chiisai sofort beneidete. Ein Leben voller Zielstrebigkeit hatte seine Spuren in ihrem Gesicht hinterlassen, zumindest sah Chiisai es so.

»Eine Frau«, sagte sie. »Aber das wird noch dauern.«

»Ist es sehr schwierig?«

»Meine Liebe«, sagte sie, »eigentlich ist es so gut wie unmöglich.«

»Warum tut Ihr es dann?«

»Weil ich diesen Stein nun einmal habe, und weil sich außer mir niemand daran wagen würde. Es ist mein zweiter Versuch. Beim erstenmal hat es nicht geklappt.« Sie streckte ihre Hand aus und tastete die kühle, unbearbeitete Seite des Rubins mit ihren langen, zarten Fingern ab, die wie die Fühler eines komplizierten Insekts wirkten. »Kommt und seht selbst.« Chiisai streckte ihre Hand aus. »Ich liebe den Rubin, so wie er ist«, fuhr die Frau fort, »denn er weigert sich, mir sein Geheimnis preiszugeben.« Sie lächelte. »Bis ganz zum Schluß jedenfalls.«

»Und das ist Euch wichtig?« fragte Chiisai, ohne recht zu wissen, ob sie wirklich eine Antwort wollte.

»So wichtig wie das Atmen«, sagte die Frau. »Für mich jedenfalls. Ohne Geheimnisse wäre das Leben nichts wert. Warum sollte ich sonst abends, wenn ich meinen Kopf auf das Kissen lege, wünschen, wieder aufzuwachen?«

Zögernd zog Chiisai ihre Hand von dem Rubin zurück. »Habt Ihr eine fertige Arbeit hier? Ich würde mir gerne etwas ansehen.«

»Ich weiß nicht, ob ...« Die Frau kramte unten in einem Regal ihres Standes. »Wartet. Hier ist eine.« Sie holte einen aus einem Tigerauge geschnittenen Krieger hervor. »Leider keine so gute Arbeit. Ein sehr frühes Stück. Trotzdem ...« Sie stellte die Figur auf ihren Arbeitstisch, und Chiisai nahm sie in die Hand. Etwas faszinierte sie daran.

»Das Gesicht des Kriegers kommt mir bekannt vor.«

»Es ist ein Tudesker«, sagte die Frau. »Wart Ihr schon in Tudeskien? Das ist meine Heimat.«

Chiisai sah überrascht hoch. »Ihr seid aus Tudeskien?«

Die Frau nickte. »Ich heiße Martyne.« Sie hielt ihr die Hand hin. »Und Ihr?«

»Ich heiße Chiisai. Ich bin Bujun.« Sie schüttelte ihr die Hand, die kühl und fest war. »Ihr müßt meine Unwissenheit entschuldigen, Martyne, aber ich dachte, Tudesker hätten helles Haar.«

»Die meisten schon. Nur meine Mutter war Tudeskerin. Von ihr habe ich wohl die hellen Augen und von meinem Vater das Haar.«

Chiisai betrachtete wieder die kleine Figur. Sie war wunderbar gearbeitet. Deutlich konnte sie die Grausamkeit im Gesicht des Mannes erkennen. »Gestern hat uns ein Tudesker angegriffen«, sagte sie. »Auf dem Meer.« Sie wartete einen Augenblick, dann fuhr sie fort: »Das scheint Euch nicht zu überraschen.«

»Warum sollte es? Es ist ein schlimmes Volk. Deswegen lebe ich ja jetzt in Dalusien.«

»Trotzdem habt Ihr dies hier gemacht.« Chiisai zeigte auf den Krieger.

»Ja, zur Erinnerung.«

»An was?«

»Mein Vater kam vom Meer. Er war Freibeuter, und eines Tages segelte er nach Tudeskien. Dort lernte er meine Mutter kennen. Sie leben beide nicht mehr.«

»Das tut mir leid.«

»Mir auch. Meine Eltern waren außergewöhnliche Menschen. Aber meine Mutter mißachtete das Gesetz. Beide wurden deswegen hingerichtet.«

»Sie müssen etwas Schreckliches getan haben, daß man sie dafür hingerichtet hat?«

»Sie haben geheiratet«, sagte sie schlicht.

Die Frau wirbelte herum, als er die Tür hinter sich schloß, dann seufzte sie resigniert.

Ihre Augen funkelten, und er sah die erdig braunen Flekken in den jadegrünen Augen. Sie trug eine am Hals weit offene cremefarbene Seidenbluse mit einer Zugschnur am Ausschnitt, so daß man ihren Brustansatz sehen konnte, darunter einen dunkelgrünen, fast schwarzen langen Rock.

»Ihr!« zischte sie. »Wie seid Ihr hereingekommen?«

Aber nicht: *Was wollt Ihr hier?*

Ihre Hände hingen locker an der Seite.

»Durch das Fenster im ersten Stock.«

»Verschwindet, augenblicklich!«

Das gab ihm zu denken, denn sie zeigte weder Furcht, noch hatte sie ihre Hände vor Wut zu Fäusten geballt. Selbst jetzt waren ihre Finger ruhig und offen.

»Erst möchte ich von Euch ein paar Antworten, Senhora.«

Er mußte seinen Blick von ihrem Ausschnitt losreißen. So ging es nicht. Er trat näher. »Senhora ...«

»Verschwindet!«

Seine Anspannung stieg, und er begann sich Sorgen zu machen. Er mußte sie unbedingt sprechen.

»Senhora, bitte. Ihr müßt mich anhören. Das Leben Eurer Tochter ...«

»Ich bin nicht bereit, mit Euch zu debattieren.« Ihre Stimme war eisig.

Das Bild von Cascaras in der Gasse.

»Ich werde nicht gehen.«

Sie machte eine Bewegung. Als er von der Wucht ihrer blitzschnellen Attacke zurückgeworfen wurde, wußte er Bescheid. Sie sprang vor, und er sah kurz die voll ausgestreckten Finger ihrer Hand. Dann rollten sie in einem Knäuel über den Boden. Er durfte auf keinen Fall aufhören, sich zu bewegen, sonst war er erledigt. Dann schlug er mit dem Hinterkopf auf die Holzbohlen und hatte nur noch ein einziges Wort im Sinn. Ein Schatten ragte über ihm auf.

Koppo.

»Das Volk der Tudesker ist absolut gesetzestreu«, sagte Martyne und nippte an ihrem Compaña. »So werden sie schon gleich nach ihrer Geburt erzogen. Sie haben ein dichtes Netz von Vorschriften, und so funktioniert das ganze Land. Effektiv und ohne jede individuelle Anstrengung. Ohne Leben.« Als sie dies sagte, war alle Farbe aus ihrem Gesicht gewichen. »Ein Tudesker darf nur eine Tudeskerin heiraten, sonst niemanden.«

Chiisai starrte schweigend in die tiefgoldene Flüssigkeit.

»Die Tudesker hassen Ausländer«, fuhr Martyne fort. »Oh, natürlich dulden sie alle, mit denen Handel unerläßlich ist. Aber jeder Besucher in Tudeska wird streng überwacht. Selbst die Mannschaften der Handelsschiffe mit wichtigen Importwaren dürfen nicht an Land. Außerdem bekommt jeder Ausländer eine ständige Begleitung.«

»Ihr wart nicht wieder dort?«

»Nein«, sagte Martyne. »Ich will nicht mehr zurück.«

»Kennt Ihr einen Tudesker namens Hellsturm?« fragte Chiisai plötzlich.

»Nein. Sollte ich?«

Chiisai schüttelte den Kopf. »Eigentlich nicht. Außer daß ihr beide Tudesker seid, besteht wohl keine Verbindung.«

»Meine ehemaligen Landsleute interessieren mich nicht mehr, Chiisai.«

»Dann habt Ihr vielleicht von einem dalusischen Kaufmann mit dem Namen Cascaras gehört?«

»Aber ja, natürlich.« Martyne schenkte erneut ein. »Aber es ist schon etliche Jahreszeiten her, daß ich ihn gesehen habe. Er wollte damals gerade die Stadt verlassen. Er hatte seinen Stand dort drüben ...«, mit einer Handbewegung wies sie auf das weite Gelände des Mercado. »Aber das ist schon eine Weile her. Wir haben uns angefreundet, denn er hatte sich auf archäologisches Kunsthandwerk spezialisiert.«

»Dann kanntet Ihr ihn gut?«

Sie schüttelte so den Kopf, daß ihr Gesicht unter dem nachtschwarzen Haar verschwand. »Eigentlich nicht. Er hätte mich wohl gerne — besser kennengelernt. Aber ich kam dahinter, daß eine Reihe seiner Kunstgegenstände gestohlen war.«

»Aus Sammlungen?«

»Nein, nein. Er war Grabplünderer. Er hat nachts Gräber beraubt. Meist oben im Nordwesten. Er kannte die Gegend so gut, daß ich ihm oft geraten habe, er solle die Klauerei sein lassen und Kartograph werden.« Sie lächelte Chiisai verlegen an. »Aber davon wollte er natürlich nichts wissen.

Dafür liebte er das Abenteuer viel zu sehr — und natürlich die ungeheuren Gewinne.«

»Hat Cascaras irgend etwas zu Euch gesagt, als Ihr ihn das letztemal gesehen habt? Irgend etwas?«

»Warum interessiert Ihr Euch so für ihn?«

»Er wurde ermordet, Martyne. In Sha'angh'sei.«

»In Sha'angh'sei?« Sie riß die Augen auf. »Was kann er so weit im Süden gewollt haben?«

»Er wurde von diesem Hellsturm verfolgt. Und er wurde gefoltert. Vermutlich ebenfalls von Hellsturm.«

»Wenn Hellsturm Tudesker ist, gibt es einen sicheren Weg, das herauszufinden.«

»Und der wäre?«

Martyne kehrte Chiisai den Rücken zu, streckte die Hand aus und strich wieder über den geschliffenen Rubin, ein Prüfstein, ein Talisman gegen böse Erinnerungen. »Die Tudesker sind in vielerlei Hinsicht ein wildes Volk, trotz der dünnen Hülle der Zivilisation, mit der sie sich umgeben.« Sie hielt inne, holte tief Luft und atmete unter Schaudern aus. »Meine Eltern starben an meinem Geburtstag. Ich sah, wie sie die Straße herunterkamen, denn ich saß am offenen Fenster und wartete auf sie. Sie hatten Geschenke für mich dabei. Sie wurden beim Überqueren der Straße niedergemetzelt. Zwei Männer hatten ihnen offenbar aufgelauert, und es ging sehr schnell, alles war ganz einfach. Sie wurden aufgeschlitzt, lagen in ihrem eigenen Blut und waren sofort tot. Eben waren sie noch da, und kurz darauf nicht mehr. Was danach geschah, kann ich nicht mehr genau sagen. Ich muß mich wohl irgendwo versteckt haben, denn sie haben bestimmt das Haus abgesucht. Ich fand mich draußen auf der Straße wieder und hatte keine Ahnung, wieviel Zeit inzwischen verstrichen war. Ich wußte nur, daß sie nach mir suchten und daß ich zur Grenze mußte.

Ich versuchte, ohne Schlaf auszukommen, aber das ging nach kurzer Zeit natürlich nicht mehr. Eines Nachts, ich hatte mich in einer Gasse versteckt, wurde ich durch Gepolter und Unruhe geweckt. Ich hätte weglaufen sollen, aber irgend etwas hielt mich zurück, ich war seltsam gelähmt. Das war auch gut so, sonst wäre ich den drei Kriegern direkt in die Arme gelaufen, es war nämlich eine Sackgasse.« Sie hielt inne und strich mit ihren schlanken Fingern über die Oberfläche des Rubins, als könne sie dort die Vergangenheit wiederfinden und die Zukunft ablesen. »Sie hatten auf der Straße eine Frau aufgegriffen und waren dabei, sie in die Gasse zu schleppen. Ich habe keine Ahnung, ob es eine Prostituierte war, jedenfalls vergewaltigten sie das Mädchen genau vor meinen Augen — es war ein kaltblütiges Ritual ohne auch nur den geringsten Anschein von Leidenschaft. Als sie damit fertig waren, folterten sie sie. Offenbar wollten sie noch mehr von ihr, vermutlich eine Information. Sie bekamen sie.«

Chiisai fühlte, wie sich eine kalte Hand um ihr Herz legte. »Was haben sie mit ihr angestellt?«

Die Erinnerung brachte Martynes Augen zum Funkeln. »Wollt Ihr das wirklich wissen — die ganze Geschichte?«

Chiisai nickte.

»Foltern gilt in Tudeska als hohe Kunst. In einer Gesellschaft voller Geheimnisse hält man es für unabdinglich, daß die Mächtigen auch die Mittel besitzen, alle Geheimnisse zu erfahren. Versteht Ihr?«

Chiisai mußte daran denken, was Moichi ihr über das Funktionieren der Gesellschaft von Sha'angh'sei erzählt hatte, die trotz all ihrer Geheimnisse recht freizügig war. »Nein«, gab sie zu, »ich fürchte, ich verstehe nicht.«

Martyne hob die Schultern. »Macht nichts. Wahrscheinlich müßtet Ihr wirklich dorthin reisen, um es völlig zu begreifen. Die Tudesker haben eine eigene Foltermethode entwickelt: Sie legen das schlagende Herz frei und massieren es kunstvoll. Damit beschleunigen oder verlangsamen sie die Lebensfunktionen ihres Opfers und können auf diese Art ungeheure Schmerzen hervorrufen, ohne daß ihr Opfer stirbt. Diese Folter hält niemand aus, und es ist nur eine von vielen Methoden.«

»Das war Cascaras Schicksal, fürchte ich.«

»Dann werde ich für den Frieden seiner Seele beten.«

Chiisai legte ihr die Hand auf den Arm. »Ich bitte Euch, Martyne. Ihr müßt Euch unbedingt erinnern, was er vor seiner Abreise gesagt hat.«

Martyne lehnte sich zurück und strich mit der Hand über die Stirn. »Mal sehen, es ist schon recht lange her, Anfang des Sommers. Er wollte nach ... Was hat er gleich gesagt? Ich kann mich wirklich nicht gut erinnern. Ja, irgendwo nach Nordwesten ...«

Genau, dachte Chiisai. Im Nordwesten von Corruña liegt Kintai.

»Er war ziemlich aufgeregt, das weiß ich noch. ›Wenn ich zurückkomme, Martyne‹, hat er gesagt, ›werde ich so reich und mächtig sein, daß du mich heiraten mußt.‹ Aber ich habe dem nur wenig Bedeutung beigemessen. Er hatte immer ein oder zwei Pläne, von denen er überzeugt war, sie würden ihn reich und mächtig machen. Das habe ich ihm auch gesagt. Mir war es egal, wie reich und mächtig er war. Ich liebte ihn nicht, deswegen wollte ich ihn auch nicht heiraten. Aber das hat bei ihm nicht viel genützt, er war überzeugt, mit Geld könne man alles kaufen und ich wolle ihn nur necken. Aber dann sagte er zu mir: ›Du begreifst nicht, Martyne. Diesmal habe ich wirklich den Schlüssel gefunden, den Schlüssel zur Herrschaft über die Welt. Aber das wirst du erst verstehen, wenn ich aus dem Land des schillernden Mondes zurück bin.‹«

Einen Augenblick lang blieb Chiisai regungslos stehen. Es hatte ihr den Atem verschlagen. Das Herz schlug ihr bis zum Hals. »Mar ...« Sie mußte sich räuspern. »Martyne, habe ich Euch richtig verstanden? Hat Cascaras tatsächlich gesagt, er wolle in das Land des schillernden Mondes?«

»Ja, es war mir anfangs nicht eingefallen. Wieso? Das ist doch sicher nur eine Redensart.«

»Nur eine ...« Chiisai starrte sie an. »Ihr wißt es nicht?«

»Was weiß ich nicht? Cascaras hat sich oft so blumig ausgedrückt. Er hatte sich eine Art Geheimsprache ausgedacht, damit niemand, der zufällig lauschte, von seinen Zielen erfuhr.«

»Das war keine Geheimsprache.« Sie stellte ihren leeren Becher weg und stand auf. »Ihr habt mir sehr geholfen. Mehr, als Ihr ahnt. Jetzt weiß ich wenigstens, warum das alles passiert ist.«

Martyne starrte Chiisai fragend an, denn die letzten Worte hatte sie zu sich selbst gesprochen.

»Es freut mich, daß ich helfen konnte, aber ...«

»Schon gut. Vielleicht kann ich es Euch eines Tages erklären. Auf Wiedersehen, Martyne.« Beschwingt verließ sie den Mercado.

Hinter ihr löste sich eine finstere Gestalt aus einer dunklen Ecke und folgte ihr in die Nacht.

Das Zimmer war in einem sehr dunklen Blau gestrichen, dunkler noch als der Nachthimmel. Der Farbton wurde durch die kuppelartige Decke und die gekreuzten, schmalen Stützbögen betont. Die blauen Wandtafeln ringsum waren ebenfalls überall mit Goldkanten abgesetzt. Hier und da hing ein Gemälde mit Schiffsmotiven.

Ein riesiges Daunenbett beherrschte das Zimmer. Es war sehr hoch, hatte ein Kopfteil aus Messing, und darauf lag eine Decke aus feinster Handarbeit in verschiedenen Grüntönen. Große Bleiglasfenster führten hinaus in einen üppigen Garten.

Alles in allem zeugte das Zimmer von ungewöhnlichem Geschmack. Der bei weitem bemerkenswerteste Gegenstand war jedoch das Gemälde. Es hing, riesig wie der Herbstmond, in einem schweren, reich verzierten Goldrahmen direkt über dem Bett und zog einen augenblicklich unheilvoll in seinen Bann. Man fragte sich zwangsläufig, wie jemand nachts unter dieser Fratze schlafen wollte.

Das Gemälde stellte einen muskulösen dalusischen Farmer mit schweißglatter Haut dar, der sich auf einem durch die seltsame Perspektive scheinbar endlosen Feld verlor, das flach wirkte und den Augen kaum einen Anhaltspunkt bot. Der Farmer hatte seinen Arm um die Hüfte seiner Frau geschlungen; sie lehnte sich schutzsuchend an seine massige Brust und umklammerte verzweifelt ein kleines Kind. In der anderen Hand hielt der Farmer eine riesige Sichel mit hölzernem Griff, mit der er offensichtlich gerade sein Feld abgeerntet hatte. Jetzt schwang er sie in den dunkler werdenden Abendhimmel, denn auf ihn und seine entsetzte Familie stürzte sich eine gewaltige Kreatur herab, halb Mensch, halb Fledermaus. Die ausgebreiteten Flügel schienen die schwüle Luft zu schlagen, aus den Menschenhänden und Vogelfüßen ragten lange, gebogene Krallen, die auf die Kehle des Farmers zielten.

Genau wie die Krallen, die Senhora Seguillas y Oriwara Moichi in die Kehle zu schlagen versuchte. Merkwürdigerweise behielt er aber das gesamte Zimmer im Auge, während sie sich am Boden wälzten.

Moichi kannte alle Grundabwehrtechniken, aber damit konnte er sie sich bestenfalls vom Leibe halten. Angriffstraining in *Koppo* hatte er nie geübt, und wenn sie eine Meisterin war, würde es ohnehin nicht lange dauern, bis sie seine Verteidigung durchbrochen hatte.

Seine Muskeln brannten, seine Knochen fingen an zu schmerzen. Wieder mußte er einen ungestümen Schlag gegen sein Schlüsselbein abblocken. Bei einem Treffer wäre er sofort außer Gefecht gesetzt gewesen.

Er machte sich ihren Angriffsschwung zunutze und wirbelte mit ihr um die eigene Achse. Dabei geriet er kurz in die Oberlage, nutzte sein größeres Körpergewicht und rammte ihr den Ellenbogen in den Magen. Unbeeindruckt holte sie zu einem Nasenstoß aus, der ihn ohne Zweifel erledigt hätte, wenn er ihm nicht knapp ausgewichen wäre. Völlig verzweifelt stieß er erneut mit dem Ellenbogen zu, ging dann in die Hocke und rammte ihr die geballte Kraft seiner massigen Schulter noch einmal in den Leib. Er konnte keine Rücksicht mehr darauf nehmen, daß sie eine Frau war.

»Oh …!« Ihr ging der Atem aus und sie krümmte sich.

Keuchend versuchte sie, Luft zu holen, aber er hielt sie an den Boden gepreßt und ließ ihr keine Chance. Sie würgte und drohte zu ersticken. Er ließ sie hochkommen, schraubte ihr aber die Arme mit seinem Eisengriff auf den Rücken. Sie kippte gegen seine Schulter und kam wieder zu Atem. Erstaunlich schnell kehrte die Kraft in ihre Arme zurück. Er packte sie noch fester an den Handgelenken.

»Und nun, Senhora«, sagte er, »werdet Ihr mir zuhören, ob es Euch gefällt oder nicht.«

Gefühllos starrte er auf sie herab. Sie riß die Augen auf, offenbar ließ der Schmerz rasch nach. Als er die kleinen braunen Flecken in den jadegrünen Augen sah, fiel ihm auf, wie außergewöhnlich schön sie war.

Das Sprechen bereitete ihm Mühe. »Cascaras ist tot, Senhora. Man hat ihn gefoltert und dann in einer Taverne in Sha'angh'sei ermordet.«

»Was interessiert mich das?« fauchte sie ihn an. »Ich kenne niemanden, der so heißt.« Sie wand sich voller Wut und versuchte, sich aus seinem eisernen Griff zu befreien.

»Vielleicht interessiert es Euch wirklich nicht«, sagte er ruhiger. »Aber ich denke, Ihr habt von ihm schon gehört. Denn er war ein Freund Eurer Tochter. Als ich Eure Tochter Aufeya in Sha'angh'sei traf, sollte sie gerade auf dem Sharida versteigert werden.«

Sie schnappte kurz nach Luft, und zum erstenmal entdeckte er eine menschliche Regung in ihren jadegrünen Augen. Angst.

»Ja, Senhora, auf dem Sha-rida, wo alle, die dort verkauft werden, ein häßlicher Tod erwartet. Hätten mein Freund und ich nicht eingegriffen, wäre das mit Sicherheit ihr Schicksal gewesen. Später erzählte sie mir, sie werde von einem Mann verfolgt. Es ist vermutlich derselbe, der auch Cascaras ermordet hat. Es war reines Pech, daß sie in der gleichen Stadt gelandet sind, geplant hatten sie es anders.« Er beobachtete ihr Gesicht genau. Es kam ihm vor, als veränderte es sich jetzt, aber möglicherweise bildete er sich das auch nur ein. Im schwachen Licht war ohnehin nicht viel zu erkennen. »Aufeya hatte eine Höllenangst vor diesem Mann, Senhora. Ich habe einen Fehler gemacht und sie eine Weile alleine gelassen. Er kam, hat sie entführt, und dabei meinen Freund erschlagen. Eines müßt Ihr wissen, Senhora — ich will Aufeya finden und sie zurückbringen, und ich will diesen Hellsturm töten.«

Er hielt ihr die Arme auf den Rücken gedreht, und sie schien ihm ihren Busen verlockend entgegenzurecken. Während des Handgemenges hatte sich die Verschnürung ihrer Bluse geöffnet, und sie stand halbnackt vor ihm. Ihre Brüste zeichneten sich deutlich unter dem dünnen Stoff ab. Er nahm sich zusammen und sagte: »Ich möchte, daß Ihr mir jetzt einige Fragen beantwortet.«

Sie starrte ihn an, und ihm wurde ganz anders.

»Laßt mich los«, flüsterte sie. »Bitte.« Sie schloß kurz die Augen, dann öffnete sie sie wieder. Er wechselte seinen Griff, um wieder etwas Blut in ihre Hände fließen zu lassen, dabei drehte er sie herum und drückte sie an sich.

»Laßt mich los«, murmelte sie, an seinen Hals gedrückt. »Ich werde Euch alles erzählen, was Ihr wissen wollt.« Sie stöhnte gequält. »Alles, was ich weiß.« Als könnte sie seine Gedanken lesen, fügte sie hinzu: »Und kein *Koppo* mehr.«

Vorsichtig ließ er ihre Handgelenke los. Dabei blickte er ihr scharf in die Augen, um sofort zu erkennen, ob sie vorhatte, ihn hereinzulegen.

Sie massierte ihre Finger, hielt sie hoch und sah ihn an. Dann berührte sie ihn mit der Hand, sachte diesmal, ohne jede böse Absicht.

»Was wollt Ihr wissen?« Ihre Stimme klang wie das Säuseln des Nachtwindes.

Sie legte ihm die Hände auf die Brust, sie glitten über seine Schultern, bis sie sich hinter seinem Kopf trafen. Langsam zog sie ihn zu sich herunter.

»Ich werde Euch alles erzählen«, hauchte sie, »alles.«

Dann öffneten sich ihre Lippen. Sie schmiegte sich an ihn, bewegte sich unmerklich hin und her, bis sie ihn mit ihren Beinen umschlungen hielt. Er umarmte sie fester und spürte, wie sie ihn immer wilder an sich zog.

Ein Rascheln — und dann ein leises Stöhnen, das kein Ende zu nehmen schien.

Bis zu ihrer Verabredung mit Moichi am Ende der Calle Cordél hatte sie noch Zeit, also suchte sie in den nachtschwarzen Gassen von Corruña eine offene Taverne. Hoffentlich war es noch nicht zu spät. Sie wollte in Ruhe alleine nachdenken.

Gleich nach Verlassen des Mercado war sie an der ersten Ecke abgebogen, obwohl sie noch den Kopf voll hatte von allem, was ihr Martyne erzählt hatte. Eigentlich war das reine Routine, Bujun Training. Zum Teil war es sogar instinktiv. Wahrscheinlich war es deswegen auch so ungeheuer wirkungsvoll.

Der Richtungswechsel gehörte zu den Grundregeln, sobald man in einer fremden Stadt war. Danach begann sie sofort, auf das Geräusch ihrer Schritte zu achten, und schließlich sortierte sie nacheinander all die anderen Geräusche der Nacht, die sie umgaben: das Rascheln der Bäume im Wind, das Zirpen der Zikaden, plötzlich weit entferntes Gelächter, das Zuschlagen einer Tür, und ganz weit weg das wütende Gekläff eines Köters. Und dann plötzlich Schritte.

Schon beim Abbiegen hatte sie geahnt, daß sie verfolgt wurde.

Sie ließ sich nichts anmerken und ging gleichmäßig weiter, als wäre alles in bester Ordnung. Nach zwei Dingen hielt sie jetzt Ausschau — nach einer weiteren Ecke und einem dunklen Türeingang, zur Not vielleicht auch eine dunkle Seitengasse.

Sie erreichte die Ecke, bog links ab und hielt Ausschau nach einem Versteck. Die Zeit wurde knapp. Sie mußte verschwunden sein, bevor ...

Da war es. Sie huschte nach links.

Sie verhielt sich völlig still, als sie die Schritte näherkommen hörte, und spannte die Muskeln an. Sie war bereit, sofort ... Merkwürdig. Irgend etwas stimmte mit dem Geräusch nicht.

»Chiisai?«

Bei Gott! dachte sie. Es ist Martyne.

»Chiisai!«

Ihr brach der Schweiß aus. Jetzt wußte sie, was nicht stimmte. Das Geräusch der Schritte hatte sich verändert. Jetzt waren es zwei, auf die sie achten mußte. Ihr fiel ein, was man Kossori angetan hatte.

Sie erkannte eine Gestalt. Martyne. Eine helldunkle Silhouette unter einer Straßenlaterne. Dann war sie wieder im Dunkeln. Jetzt oder nie, bevor sie wieder ins Helle trat. Es war riskant. Chiisai überlegte kurz, ob sie sie vorbeigehen lassen sollte, aber das war auch nicht ungefährlich, vor allem, weil sie dann zwischen Martyne und den anderen Verfolger geriet.

Blitzschnell streckte sie die Hand aus, packte Martyne am Arm und legte ihr die andere über den Mund. Zurück in den Türeingang.

»Was macht Ihr hier?« zischte sie.

»Chii ...« Sie hielt ihr wieder den Mund zu.

»Leise!«

»Ich wollte Euch nur warnen«, sagte Martyne leise, außer Atem. »Ihr werdet verfolgt.«

»Ich weiß.«

»Oh ... Es tut mir leid. Jetzt habe ich alles verdorben.«

Chiisai riskierte einen Blick auf die Straße. »Vielleicht auch nicht.« Sie lauschte angestrengt nach den schweren Schritten. Da waren sie wieder. Ihr blieb keine Zeit, die Frau in Sicherheit zu bringen, sie mußten sich in den Schatten drücken und darauf hoffen, daß sie nicht entdeckt wurden.

»Keine Sorge«, flüsterte Martyne. »Ich bin bewaffnet.« Sie griff geräuschlos an ihre Hüfte und zog etwas hervor.

Chiisai starrte die Waffe an. Sie war gut einen halben Meter lang, die Klinge merkwürdig dreieckig. In einem

Dorf in Ama-no-mori hatte Chiisai etwas derartiges schon einmal gesehen. Man hatte ihr erklärt, es sei ein Jagdmesser, dessen Klinge beim Zustoßen eine ungeheure Kraft entwickelte: *Man muß sofort ein lebenswichtiges Organ treffen, ohne das Fleisch unnötig zu zerstören, denn man jagt nur der Nahrung wegen.* Auf jeden Fall eine gefährliche Waffe, für den Nahkampf wie geschaffen.

»Eine Miss'ra«, erklärte Martyne flüsternd. »Eine tudeskische Militärwaffe.«

Chiisai sah sofort, daß sie sie zu gebrauchen wußte und war plötzlich froh, diese fremde Frau an ihrer Seite zu haben — denn mittlerweile konnte sie mindestens fünf verschiedene Schritte unterscheiden. Sie kamen näher.

Sie zog ihr Dai-katana, das Langschwert der Bujun. Wie üblich bei diesen Waffen hatte es seinen Namen beim ersten Blutkontakt erhalten. Chiisais Schwert war bekannt als *Kishsu-shi,* der Todesritter.

Als die Verfolger durch den Lichtkreis der Laterne schritten, konnte sie ein metallisches Blitzen erkennen, dann hüllte die Dunkelheit sie wieder ein. Zu Martyne gewandt, flüsterte Chiisai: »Wenn wir getrennt werden, treffen wir uns am Ende der Calle Cordél, um Mitternacht. Niemand darf Euch dorthin folgen. Habt Ihr verstanden?«

Martyne nickte. »Ihr könnt Euch auf mich verlassen.«

Hoffentlich.

Mit einem gellenden Kampfschrei sprang Chiisai auf die Straße. Das Dai-katana hielt sie mit beiden Händen über den Kopf, bereit zum tödlichen Schlag, sobald sie mit beiden Füßen sicher auf dem Pflaster gelandet war.

Die Schatten der Gegner wirkten massig und überragten alles. Sie waren sogar noch größer als Moichi. Aber sie war eine Bujun, eine Kriegerin von Geburt an.

Kishsu-shi zerteilte sirrend die Nachtluft, schlug dann in das Schlüsselbein eines der Männer zur Linken und schlitzte ihn bis zum Nabel auf. Der tote Körper torkelte wie betrunken auf das Pflaster. Der Mann hatte nicht einmal Zeit zu schreien.

Ihre Schwerter waren gerade, doppelklingig und vielleicht sogar schwerer als ihres. Aber sie waren nicht von einem Bujun geschmiedet, einem überlegenen Meister auf diesem Gebiet. Ihre Klinge wob ein tödlich silbernes Netz in die Luft. Rote und goldene Funken stieben, wo die Waffen sich kreuzten und mit ohrenbetäubendem Lärm gegeneinander schlugen.

Jetzt erkannte sie, daß ihre Gegner stämmige Tudesker waren, ungeheuer kräftig und diszipliniert. Die beiden direkt vor ihr arbeiteten in völligem Gleichklang. Ihre Schläge waren so bemessen, als gehörten beide Schwertarme zu einem Körper.

Schon nach kürzester Zeit sah Chiisai, daß Martyne weder gelogen noch übertrieben hatte, was das Ungestüm der Tudesker anbelangte. Sie waren Tiere in Menschengestalt, mordlustig und besessen, erschreckend gefährlich.

Allmählich wurde sie müde. Es war, als schlüge sie auf eine unnachgiebige Ziegelwand ein. Ihre Reflexe waren vielleicht wirklich etwas schneller, aber diese Monster brauchten nur ihre Schwerter etwas zu heben, um einen Schlag von ihr abzublocken. Genau darauf rechneten sie natürlich. Sobald sie nur geringfügig langsamer wurde, würden sie zum tödlichen Schlag ansetzen.

Damit blieb ihr nur eine Möglichkeit. Sie konnte ihre Erschöpfung vortäuschen und sie zu einem verfrühten Angriff verleiten. Aber damit würde sie sicher nur einen von ihnen täuschen. Doch was blieb ihr anderes übrig ...

Ihre Verteidigung wurde langsamer. Sofort rückte der Tudesker rechts entschlossen und geschickt vor. Chiisai stieß einen Schrei aus, tauchte unter seinem tödlichen Hieb weg und holte mit *Kishsu-shi* zu einem waagerechten Schlag gegen die Brust des einen Kriegers aus. Sie legte ihre ganze Kraft hinein. Der Mann sackte wie unter dem Schlachterbeil zusammen.

Sofort zog sie sich etwas zurück und hörte zum erstenmal das Kampfgetümmel hinter ihr. Martyne.

Sie riß ihre kürzere Klinge heraus und stellte sich breitbeinig und beidhändig bewaffnet dem Kampf. Mit einem weiteren Streich von *Kishsu-shi* griff sie den nächsten Tudesker in Brusthöhe an. Mühelos riß er sein Schwert nach oben und blockte den Schlag ab, aber Chiisai stieß schon mit ihrem Kurzschwert nach vorn. Er sah es im letzten Augenblick und konnte nur noch versuchen auszuweichen. Zu spät. Die Spitze bohrte sich ihm in die Seite. Chiisai folgte seiner Ausweichbewegung und zerschlug ihm mit dem Schwert das Rückgrat. Er knickte ein und kniete auf dem Pflaster, als betete er zu seinen Göttern. Dann sackte er vornüber und blieb regungslos liegen.

Der vierte Tudesker griff mit mehr Bedacht an, und sie machte einen Fehler, als sie nur auf sein Gesicht achtete und seine Schwertspitze nur verschwommen heruntersausen sah. Er hatte es nicht auf sie, sondern auf ihr Kurzschwert abgesehen. Der Aufprall kam mit solcher Wucht, daß er ihr das Kurzschwert aus der Hand riß. Es schlitterte scheppernd über das Pflaster.

Sie schlug unten, dann oben, und er blockte beide Schläge ab. Die ganze Zeit drängte er sie unter einem Hagel von Hieben zurück. Die Kräfte verließen sie schneller, als ihr lieb sein konnte. Er zwang sie in eine Seitengasse, dort hatte sie noch weniger Bewegungsfreiheit. Mit ihrem langen Dai-katana wäre sie dann zusätzlich im Nachteil gewesen. Also weg damit.

Am Eingang der Gasse ließ sie sich von ihm das Schwert aus der Hand schlagen, warf sich aber gleichzeitig auf den Boden und rollte in ihn hinein. Es reichte, um ihn von den Füßen zu holen, und noch während er fiel, zog sie ihren Dolch und stieß zu.

Jetzt mußte er auch sein Schwert fallen lassen. In dieser Enge nützte es ihm ohnehin nicht viel. Dennoch konnte er eine Hand schnell genug hochreißen, um ihren ersten Stoß abzuwehren und den zweiten abzulenken. Dann ging er zu einem Gegenangriff über, der sie beinahe erledigt hätte.

Sie keuchte und kämpfte, während er sich abmühte, über sie zu gelangen, um sein ganzes Gewicht einsetzen zu können. Das mußte sie auf jeden Fall verhindern. Sie wechselte die Klinge in die andere Hand und ging von links auf ihn los. Er sah es erst im letzten Augenblick und versuchte erneut, den Stoß abzuwehren. Diesmal jedoch hatte er sich verschätzt.

Allerdings war ihr Stoß alles andere als tödlich, er bohrte sich lediglich rechts oberhalb der Hüfte ins Fleisch. Er biß die Zähne zusammen und versuchte erneut, sie zu überwältigen, aber Chiisai ließ nicht locker. Sie drehte die Klinge mit einer Entschlossenheit in der Wunde, die ihn aufschreien ließ.

Er riß sich verzweifelt los, kam wieder auf die Beine und stürzte wankend die Gasse hinunter. Er wollte nur noch dahin zurück, woher er gekommen war.

Chiisai sah, was er vorhatte und mußte sich blitzschnell entscheiden. Entweder sie blieb hier und half Martyne, oder sie verfolgte den Tudesker. Der Entschluß war einfach, denn wenn sie realistisch war, blieb ihr eigentlich kaum eine Wahl. Alles deutete darauf hin, daß dieser Mann sie zu Hellsturm führen würde, wenn sie ihn nicht zuvor aus den Augen verlor. Kannte sie erst dessen Aufenthaltsort, blieb ihr mit etwas Glück immer noch genügend Zeit, Moichi zu treffen.

Sie schob ihr Dai-katana in die Scheide, suchte ihr Kurzschwert und folgte dem Tudesker vorsichtig weiter in die Gasse hinein. Von Martyne und dem Kampfplatz hinter der Straßenecke war nichts zu hören.

»Ihr seht dalusisch aus, wißt Ihr das?« Die Spannung war aus ihrem Gesicht gewichen, es wirkte jetzt zarter und weicher. Und es war schweißgebadet. »Deswegen habe ich Euch die Geschichte auch nicht geglaubt.«

Jetzt sieht sie fast so jung aus wie Aufeya, dachte Moichi. Sie hatte etwas von einem kleinen Mädchen, doch war es schwer zu beschreiben — zart und verletzlich, war sie doch ohne jene Schwäche, die er bei Leuten nicht ausstehen konnte.

»Ich bin ziemlich reich«, fuhr Senhora Seguillas y Oriwara leise fort, »wie Ihr ohne Zweifel wißt. Deswegen hat man es auf mich abgesehen.« Sie lag völlig nackt neben ihm auf der Decke in den verschiedenen Grüntönen. Ihr Körper strahlte eine herrliche, samtene Sinnlichkeit aus. Das geheimnisvolle Schattenspiel auf ihrer Haut schien ganz zu ihrem Wesen zu passen. »Es vergeht nur selten ein Tag, an dem man mich nicht um Geld bittet.« Sie seufzte leise und drehte sich in dem riesigen Bett zu ihm hin. Das Gemälde über ihren Köpfen wirkte immer noch bedrohlich. »Ich verlasse zur Zeit nur selten das Haus, denn oft — viel zu oft — bitten diese Leute nicht nur um Geld, sondern verlangen es von mir.« Sie sah ihm unverwandt in die Augen. »Könnt Ihr das als Mann überhaupt nachvollziehen?«

Er lachte und versuchte, ihr die Unsicherheit zu nehmen. Seit ihrer ersten Berührung war diese Unsicherheit auf ihn übergesprungen und hatte ihn nicht mehr losgelassen. Selbst nicht als sie sich liebten. »Aber mit *Koppo* ...«

Sie schüttelte den Kopf. »Ihr versteht nicht. Ob ich eine Kriegerin bin und mich nach Belieben verteidigen kann, hat hiermit nicht das Geringste zu tun.« Sie legte ihm die Hand auf die Brust und streichelte ihn. »Glaubt Ihr, ein Mann, egal ob Krieger oder nicht, könnte je in diese Lage geraten?«

Er wußte, was sie meinte und schüttelte den Kopf. »Nein.«

Sie schien beruhigt. »Meint Ihr auch, was Ihr sagt?«

»Natürlich. Sonst würde ich es nicht sagen.«

»Nicht einmal aus Nettigkeit?«

»Habe ich Euch nicht längst bewiesen, daß ich auf ehrliche Weise viel netter zu Euch sein kann?«

Zum erstenmal, seit er sie am Vormittag getroffen hatte, sah er sie lächeln. »Aber ja — doch. War ich auch nett zu Euch?«

»Das stimmt, ja.« Er nahm ihre Hand und küßte sie. »Macht Ihr Euch keine Sorgen um Eure Tochter?«

Sie legte sich auf den Rücken und starrte an die kuppelartige, kathedralenähnliche Decke. »Es ist schon sehr lange her«, sagte sie mit ruhiger Stimme, die Vergangenheit hatte sie eingeholt, »da war ich eine selbständige Frau. Ich bin auf meinem eigenen Schiff über die Meere gesegelt, habe gekämpft, mir genommen, was ich wollte, und eine Mannschaft von Leuten befehligt, die mir alle treu ergeben waren, mir allein. Überrascht Euch das?« Sie sah kurz zu ihm hinüber, nur einen winzigen Augenblick lang.

»Eigentlich nicht. In Euch tobt ein Sturm. Ich habe es die ganze Zeit vorhin gespürt, eine Flutwlle der Gefühle. Ihr seid viel zu stark, um nur die Ehefrau eines Mannes zu sein, ganz gleich, wie reich und mächtig er auch sein mag.«

Dazu sagte sie nichts, sie richtete ihren Blick nur wieder nach oben und fuhr fort. »Ich war glücklich, und trotzdem von einer unerklärlichen Traurigkeit erfüllt, die mich jedesmal überwältigte, wenn ich mich schlafen legte. Es wurde so schlimm, daß ich anfing, die Nacht erst zu fürchten und dann zu hassen. Dieser namenlose Schrecken schlug mich so in seinen Bann, daß ich nicht länger in meiner Kabine bleiben konnte, also ging ich öfter auf Deck spazieren. Sogar der Wache ging ich dann aus dem Weg. Nur dem Bootsmann nicht. Als er mich das erstemal nachts umherlaufen sah, brachte er mir einen Krug heißen Grogs. Und dies von da an jede Nacht.

Das Alleinsein nachts machte es etwas leichter. Ich schien mich im Licht des Mondes und der Sterne reinigen zu können. Trotzdem ging mir immer nur ein einziger Gedanke durch den Kopf — daß dies nicht genug war. — Aber was wollte ich wirklich?«

Auf dem Ast einer üppigen Pinie im Garten vor dem offenen Fenster begann eine Nachtigall zu singen. Wenn er über seine Schulter blickte, konnte Moichi die hauchfeine Sichel des neuen Mondes sehen — wie eine dünne Melonenscheibe, die man nach einem Bankett reicht. Und über den Wipfeln der Bäume die Sternenschleuse, ein Teil des Himmelsflusses, wie ihn die Seeleute auf der ganzen bekannten Welt nannten.

»Bald war ich überzeugt, daß ich mehr Geld wollte. Ich tat mich also mit jemandem zusammen und überwand meine Angst und Traurigkeit. Wir lernten uns in einem entlegenen Hafen kennen, ganz in der Nähe eines Flusses ohne Namen. Wir schlossen einen Pakt. Ich bekam eine Reihe von — Hilfen, und innerhalb eines einzigen Jahres hatte ich mehr Geld angehäuft, als in den davorliegenden acht oder neun. Ich konnte nachts wieder schlafen und war überzeugt, endlich das Heilmittel gefunden zu haben.

Meine Partnerin bekam natürlich die Hälfte all meiner Einnahmen, aber das bereitete mir keine Sorgen. Mein Schiff lag immer tief im Wasser, so beladen war es mit all den riesigen Mengen an Gold, Silber und Edelsteinen, die ich erbeutet hatte.

So ging es etliche Jahreszeiten lang. Anfangs erstaunte mich die Leichtigkeit, mit der alles lief, schließlich wurde sie mir zur Selbstverständlichkeit. Aber schon sehr bald konnte ich nachts wieder nicht schlafen. Ich lag wach in meiner Kabine und weinte. Mein eigentliches Heilmittel hatte ich doch nicht gefunden.«

Er betrachtete das rhythmische Heben und Senken ihres Busens, während sie sprach, das Spiel von Licht und Schatten auf ihrem Gesicht.

»Meine Partnerin fing an, bestimmte Forderungen zu stellen — man könnte sagen, sie hatte Aufträge für mich. Gegen einige hatte ich keinerlei Bedenken, andere gingen mir gegen den Strich. Als ich mich weigern wollte, wurde sie hartnäckiger, und plötzlich befand ich mich in einer unhaltbaren Situation. Ich wurde gezwungen, Dinge zu tun, die ich nicht tun wollte. Dieser Zustand lähmte mich lange Zeit, bis ich den Schmerz einfach nicht mehr ertragen konnte. Ich ging zu meiner Partnerin und sagte ihr, daß ich diese Arbeit nicht mehr aushielte. Sie lachte mich aus. Sie spuckte mir ins Gesicht und fragte, ob ich nicht wüßte, daß der Entschluß, für sie zu arbeiten, für ein ganzes Leben gelten würde.

Ich sagte ihr, daß ich es keinen Augenblick länger ertragen könne, für sie zu arbeiten, und warf ihr all die geheimen Hilfsmittel vor die Füße, die sie mir gegeben hatte. Sie drohte mir und meinte höhnisch, sie könnte mich auf der Stelle erschlagen, täte es aber deswegen nicht, weil ich mich eines Tages an diesen Augenblick erinnern und mir wünschen solle, sie hätte mich vernichtet.«

Die Senhora drehte sich um und sah ihn an. Das veränderte Licht ließ ihre Jadeaugen einen Augenblick lang schwarz erscheinen.

»Aber ich mußte mich von ihr lossagen, denn ich hatte endlich herausgefunden, was mich so bedrückte. Ich hatte auf meinen Reisen jemanden kennengelernt ... Und ihn wieder verlassen. Was blieb mir übrig, meine Arbeit ließ mir keine Wahl. Doch hatte ich erkannt, daß ich ihn schmerzlich vermißte. Er hatte eine Narbe auf meinem Herzen hinterlassen, die jede Nacht weh tat. Ich habe ihn natürlich nie wiedergesehen. So etwas passiert einfach nicht, dafür ist die Welt viel zu groß. Außerdem war längst zuviel Zeit verstrichen, als daß eine Suche nach ihm noch Sinn gehabt hätte.

Nachdem ich meine Partnerin verlassen hatte, machte ich mich an Land auf die Suche nach einem Mann, der mich glücklich machen sollte. Es dauerte nicht lange, und ich lernte Milhos Seguillas kennen. Seitdem war ich nie wieder auf See.« Sie schwieg eine Weile, und Moichi dachte trotz der fesselnden Geschichte, was in aller Welt das mit Aufeya zu tun hatte. »Ich möchte nicht, daß meine Tochter die gleichen Fehler macht«, sagte sie dann.

»Ich fürchte, dagegen läßt sich nicht viel tun. Das Leben ist oftmals der einzig brauchbare Lehrmeister.«

»Ja, die Erfahrung habe ich auch schon gemacht. Eine schmerzliche Erfahrung.«

»Wie meint Ihr das?«

Sie setzte sich auf. Ihr innerer Aufruhr ließ sie nicht zur Ruhe kommen.

»Wir haben uns — nicht sonderlich gut verstanden, Aufeya und ich. Schon seit langem nicht mehr. Und was wir uns zu sagen hatten, bevor sie abreiste — was wir uns zu sagen hatten, war einfach schrecklich. Wir haben uns unaufhörlich gestritten.«

»Worüber?«

Sie wandte sich kurz von ihm ab. Ihr dichtes Haar glitt über ihre Schulter. »Ach, die üblichen Geschichten zwischen Mutter und Tochter. Wir hatten einfach jedes Maß verloren.«

»Und warum ist sie davongelaufen?«

Sie schwieg und kehrte ihm immer noch den Rücken zu.

Er streichelte ihr sanft über den Hals. »Sie ist doch weggelaufen, oder?«

»Darüber möchte ich nicht sprechen.«

Er spürte, wie erneut jede Faser ihres Körpers unter Spannung geriet. »Doch, ich glaube schon«, sagte er zärtlich. »Ich glaube, Ihr möchtet sehr gerne darüber sprechen.«

Sie drehte sich wieder zu ihm, es war nur eine winzige Bewegung, aber voller Bedeutung. Er spürte, wie ihr Körper zitterte und merkte erst im nachhinein, daß sie lautlos weinte. Vielleicht wollte sie es nicht, daß er sie so sah, nackter, als sie sonst je hätte sein können.

Er nahm sie behutsam in die Arme und drückte sie an sich, wiegte sie hin und her und wartete, bis sie weitersprach.

Nach einer Weile sagte sie dann: »Ich war erst sehr kurz in Corruña, als ich Milhos kennenlernte. Davor, direkt davor war ich in Tudeskien. Es war die letzte Geschäftsreise im Auftrag meiner Partnerin. Ich hatte dort einen Mann kennengelernt, einen seltsamen, anziehenden, wunderschönen Mann. Während wir im Hafen lagen — blieb ich die ganze Zeit bei ihm. Sein Name war Hellsturm.«

Draußen hatte die Nachtigall ihr Lied beendet, sogar die Dunkelheit schien jetzt den Atem anzuhalten. Aber die Nacht war unendlich weit entfernt. Sie gehörte zu einer anderen Welt, wo Menschen sich liebten und lachten, wo sie so alltägliche Dinge taten wie zu Abend essen, ins Theater gehen oder einfach nur am Strand entlangspazieren. Hier drinnen hatte sich insgeheim eine frostige Kälte breitgemacht, die alles lähmte. Sie schien sie jetzt beide ebenso zu lähmen wie die dalusische Familie auf dem Bild über ihren Köpfen.

»Viele Jahre später kam er nach Corruña. Er hatte erfahren, daß meine letzte Reise nach unserer Trennung hierher geführt hatte. Zu der Zeit war ich längst mit Milos verheiratet und mehr als verliebt. Für ihn schien das alles keine Rolle zu spielen. Er wollte mich. Er war sehr hartnäckig, aber zu guter Letzt konnte ich ihn davon überzeugen, daß er mich in Ruhe lassen müsse. Ich verbrachte eine Nacht mit ihm. Milhos wußte damals nichts davon. Seine Reaktion wäre mir klar gewesen. Er war ein Ehrenmann.

Dann ging das Leben viele Jahreszeiten so weiter und ich vergaß Hellsturm. Ich wurde schwanger und gebar Aufeya. Milhos und ich, wir waren überglücklich. Bald war unsere Tochter erwachsen. Die Zeit scheint zu fliegen, wenn man Kinder hat. Dann kehrte Hellsturm zurück. Völlig unerwartet, wie aus dem Nebel der Zeit kam er und alles fing wieder von vorne an. Nur gab es diesmal Aufeya.« Sie verbarg ihr Gesicht in den Händen mit den langen Fingern und den glänzenden Nägeln. Als sie sie wieder herunternahm, waren ihre Augen fast leblos und das Grün stumpf. »Sie war in — in einem sehr schwierigen Alter. Außergewöhnlich hübsch war sie, meine Aufeya, und damals wurde sie gerade erwachsen. Sie war immer ziemlich wild, aber besonders zu jener Zeit. Sie sehnte sich danach, eine Frau zu werden, deshalb genoß sie es, ständig so viele Männer wie möglich um sich zu scharen. Und das waren schließlich eine ganze Menge. Ich war energisch dagegen und schickte die Verehrer weg. Sie wurde wütend. Nun, ich war in ihrem Alter ebenso wild gewesen und wollte ihr nichts mißgönnen, aber ich war schließlich ohne Eltern aufgewachsen und in so große Schwierigkeiten geraten, daß ich mich manchmal frage, wie ich es überhaupt geschafft habe, groß zu werden. Dieser Gefahr konnte ich Aufeya einfach nicht aussetzen, wenn auch all meine Verbote sie nur noch mehr gegen mich aufbrachten. Wir stritten uns pausenlos.« Sie schüttelte den Kopf, und er beobachtete ihre Augen.

»In dieser Situation tauchte Hellsturm auf — und wollte dasselbe wie damals. Diesmal wies ich ihn entschieden zurück. Ich sagte ihm, daß nichts dergleichen auch nur in Frage käme. Ich war wohl so naiv zu glauben, nach dieser einen Nacht wäre ich ihn für immer los gewesen.« Sie hob den Kopf und fuhr sich mit den Fingern durch die Haare. Jetzt sah er die Flecken in ihren Augen, sie leuchteten so hell wie Goldtupfer. »Dann stellte er Aufeya nach. In der Schule, auf dem Mercado, in irgendeiner Taverne, Gelegenheiten gab es genug. Er erzählte ihr vieles — einiges kam der Wahrheit vermutlich sogar recht nahe. Aber er hat eine Art, alles, sogar die Wahrheit, so lange zu verdrehen, bis sie seinen Zwecken dient. Dieser Mensch hat eine goldene Zunge.« Sie nahm seine Hand und zeichnete die Linien nach. »Was dann folgte, ist nicht schwer zu erraten. Er verführte sie, genau wie er mich damals verführt hatte, vor langer Zeit. Aber gleichzeitig vergiftete er ihre Gedanken in bezug auf mich. Sie ging mit ihm fort, weiß Gott, wohin. Das war das letzte Mal, daß ich sie gesehen habe.«

»Und was geschah mit ihrem Vater?« fragte er voller Zärtlichkeit.

Sie schauderte. »Ich mußte ihm natürlich alles erzählen. Er war manchmal völlig unbeherrscht, außerdem war er, wie gesagt, ein schrecklich stolzer Mann. Er forderte Hellsturm zu einem Duell heraus.«

Moichi mußte an Armazóns Worte denken und fragte sich, ob er nicht vielleicht doch recht gehabt hatte. Hatte sich die Senhora zusammen mit Hellsturm gegen Milhos Seguillas verschworen? Aber aus welchem Grund? Es gab nur eine Möglichkeit: die Senhora hatte ihren Mann geliebt, aber vielleicht liebt sie ihre Tochter noch mehr.

»Gott, was hatte ich Angst. Ich hatte meine Erfahrungen

und kannte Hellsturm. Trotz all seiner Tapferkeit hatte Milos gegen ihn kaum eine Überlebenschance. Ich flehte ihn an. Ich weinte, ich schrie, versuchte es mit Drohungen. Umsonst. Ich bin keine Dalusierin, müßt Ihr wissen. Ich bin nicht von ihrem Blut. Ist eine Duellforderung einmal ausgesprochen, kann sie unter keinen Umständen zurückgenommen werden. Nicht einmal, wenn Milhos es gewollt hätte, und das war gewiß nicht der Fall. Es gab keinen Weg, ihn davon abzubringen.« Sie hielt plötzlich inne, als wäre sie am Ende der Geschichte angelangt.

»Sprecht weiter«, drängte er sie.

»Es gibt eigentlich nicht mehr viel zu erzählen. Milhos traf sich mit Hellsturm und kam dabei ums Leben.«

Eine Weile herrschte Schweigen. Moichi lauschte auf die Stille der Nacht, die nur kurz von leisem Flügelschlagen unterbrochen wurde. Er fragte sich, ob ein Sturm in der Luft lag. Vom Zimmer aus konnte er unmöglich sagen, ob der Wind zugenommen hatte.

»Ich muß gestehen, von dem Duell hatte ich vorher schon gehört.«

Sie strich mit der Hand über die aufgeschlagene Decke, als wollte sie nicht vorhandene Falten glätten.

»An Bord des Clippers«, versuchte er ihre Aufmerksamkeit zu gewinnen. »Aber da hatte die Geschichte ein etwas anderes Ende.«

»Ja?« Sie drehte sich nicht einmal um.

»Es hieß — das Duell sei nicht fair verlaufen.«

Sie lachte ohne jede Freude. »Wie schön, wenn es so gewesen wäre, Moichi. Dann wäre es ein Leichtes für mich, Hellsturm zu jagen und umzubringen. Ich hasse ihn von ganzem Herzen.«

»Aber er hat Eure Tochter geraubt.«

»Sie ist freiwillig mit ihm gegangen.«

»Dann erklärt mir, warum sie Angst vor ihm hatte, als ich sie kennenlernte. Er hat sie mehr als zehntausend Kilometer weit verfolgt, das hat sie mir erzählt.«

»Die Menschen ändern sich. Vielleicht war sie endlich

erwachsen geworden. Vielleicht weiß sie jetzt, wie böse Menschen sein können.«

Er mußte unbedingt noch die andere Sache zur Sprache bringen. »Es war die Rede davon, Ihr hättet Euren Mann vergiftet, damit Hellsturm das Duell gewinnt.«

Sie drehte sich um. »Was? Wer hat Euch eine solche Lüge erzählt?«

»Armazón.«

»Ich hätte es wissen müssen.«

»Das gibt doch keinen Sinn.«

»Doch, Moichi, durchaus.«

»Weil er dem Senhor ergeben war?«

Sie nickte. »Ja. Und weil er hoffnungslos in mich verliebt war.«

Chamäleon. Das war das Entscheidende.

Die Bujun waren Meister im Beobachten der Natur, und sie lernten aus ihr. Das Chamäleon war ein harmloses Geschöpf. Es war nicht aggressiv und langsamer als die meisten Jäger, doch die Natur hatte es mit der bemerkenswerten Gabe der Tarnung ausgestattet. Es konnte sich jeder Umgebung anpassen.

Diese Gabe hatten die Bujun übernommen und zur Grundlage ihrer Überlebenstechniken gemacht.

Jetzt wußte sie, daß es nicht funktionieren würde.

Denn es fehlte etwas.

Um mit der Umgebung verschmelzen zu können, brauchte man diese Umgebung erst einmal. In Sha'angh'sei oder ihrer Heimatstadt Eido wäre das kein Problem gewesen. Aber sie befand sich in Corruña.

Sie brauchte Menschen, aber hier waren keine.

Deshalb konnte es nicht funktionieren.

Denn der verletzte Tudesker würde sie nur zu seinem Lager bringen, wenn er überzeugt war, daß niemand ihm folgte. Sollte er ihre Gegenwart auch nur ahnen, würde er sie im Kreis herumführen. An einer Besichtigungstour durch die Stadt lag ihr nichts.

Natürlich sind tagsüber, wenn es hell ist, viel mehr Menschen auf der Straße als nachts. Aber Städte wie Sha'angh'sei oder Eido kamen eigentlich nie ganz zur Ruhe. Selbst mitten in der Nacht waren dort noch genügend Leute unterwegs.

Nicht so in Corruña.

Schon das geringste Geräusch konnte sie verraten. Sobald er jedoch Verdacht schöpfte, mußte sie die Verfolgung abbrechen. Jede weitere Verzögerung vergrößerte die Chance, daß er sie entdeckte.

Sie tat das einzig richtige. Sie verließ die Straße.

Er rollte aus dem Bett, trat ans Fenster, steckte seinen Kopf hinaus und schnupperte. Ein rotflügeliger Spatz wurde durch den Eindringling aufgeschreckt und flatterte aufgeregt davon. Es zog tatsächlich ein Sturm herauf, von Westen her.

»Vielleicht haben sie sich gestritten«, sagte er nach hinten. »Und dann getrennt.« Er meinte Aufeya und Hellsturm.

»Hoffentlich. Ich kenne die beiden. Es ist durchaus möglich.«

Er drehte sich zu ihr um. »Ihr nehmt das wirklich sehr gelassen.«

Sie betrachtete ihn eine Weile aufmerksam aus ihren dunklen Augen. »Ihr kennt meine Tochter nicht so wie ich, Moichi. Sie streitet sich schneller, als ein Gewitter losbricht.«

»Streiten ist eine Sache«, sagte er geduldig, »aber offenbar hat sie sich vor diesem Mann gefürchtet. Er hat Cascaras erst gefoltert und ihn dann umgebracht. Aufeya war mit Cascaras gut befreundet.«

»Ah, da habt Ihr es. Wenn es um seine Frauen geht, ist Hellsturm rasend eifersüchtig.«

»Sie sagte zu mir: ›Jetzt stehe ich ganz alleine gegen ihn.‹ Ich erinnere mich ganz genau. Wie auch immer, Cascaras hätte gut ihr Vater sein können.«

»Das hätte sie bestimmt nicht davon abgehalten.«

»Herrgott, Senhora, ich begreife Euch einfach nicht!« donnerte er.

»Ganz recht, mein Lieber, Ihr begreift mich nicht.« Sie streckte die Hand nach ihm aus. »Und jetzt kommt.«

»Was wollt Ihr?«

»Was meint Ihr wohl?«

Er kniete auf dem Bettrand, und sie zog ihn an sich. Er küßte ihre leicht geöffneten Lippen und tastete sich hinunter bis zu ihrem schlanken Hals. Sie war unwiderstehlich. Und nicht wegen ihres lustvollen Körpers. Moichi war schon früher mit Frauen zusammen gewesen, die ebenso gut gebaut waren, aber sie besaß eine Aura, die beinahe greifbar war, eine sexuelle Ausstrahlung, die ihn in seinem Innersten traf.

Er glitt tiefer zu ihren bebenden Brüsten.

»Gut«, stöhnte sie ...

Das erste, was sie danach sagte, war: »Ihr seid in Aufeya verliebt.«

Er riß den Kopf hoch und blickte ihr fest in die Augen.

»Wie kommt Ihr darauf?«

»Eine Mutter merkt so etwas.« Sie lachte, aber es klang nicht unfreundlich.

Er löste sich aus ihrer Umklammerung. »Das amüsiert Euch wohl?«

Sie lächelte ihn an. »Warum auch nicht? Ich hatte in letzter Zeit nur wenig Gelegenheit, mich zu amüsieren.« Sie streckte die Hand nach ihm aus. »Wollt Ihr allen Ernstes behaupten, es hätte Euch keinen Spaß gemacht?«

»Nein. Aber Ihr wißt genau, was ich meine.«

»Ja«, sagte sie mit funkelnden Augen. »Das weiß ich nur zu gut. Aber eines müßt Ihr mir glauben — Aufeya ist nicht in Gefahr. Hellsturm wird ihr nichts antun.«

»Wie könnt Ihr so sicher sein?«

»Weil ich versprochen habe«, sagte sie leise, »zu ihm zurückzukehren.«

Das Schwierigste war das jetzt ständig wechselnde Mondlicht.

Von Nordwesten her waren Wolken aufgezogen, die sich vor die Mondsichel schoben. Das silbrige Licht veränderte sich pausenlos.

Wegen des fahlen nächtlichen Lichts war es schon unter normalen Umständen schwierig genug, Perspektiven und Entfernungen abzuschätzen.

Aber diese Umstände waren alles andere als normal. Alles schien weiter weg und war ständig in Bewegung. Nur das Denken änderte sich nicht.

Am gefährlichsten waren die Kanten.

Chiisai huschte über ein Flachdach und wurde erst kurz vor der niedrigen Ummauerung langsamer. Der Mond war gerade wieder untergetaucht, und ein tiefer Schatten machte sich breit, der den Abstand zwischen zwei Häusern verzerrte. Sie mußte im Laufen die Entfernung abschätzen, sprang über den schmalen Abgrund, stieß beim Landen gegen einen kleinen Stein und rollte sich sofort zu einer kompakten Kugel zusammen. Das Rollen nahm ihr einiges von ihrem Schwung, und schon war sie wieder auf den Beinen. Geräuschlos huschte sie in den Schwarm aus Fledermäusen, die über dem Dach kreisten.

Sie hatte den Tudesker bis jetzt nicht aus den Augen verloren, obwohl er sich in unregelmäßigen Abständen umsah und auch sonst recht vorsichtig zu Werke ging. Wo immer er konnte, suchte er in Schatten und Türeingängen Deckung. Er ahnte nicht einmal, daß er verfolgt wurde.

So rannten sie kreuz und quer durch den Irrgarten Coruñas, die Jägerin und der Gejagte.

»Es ist Teil unserer Abmachung«, sagte sie. »Er darf sie jetzt unter keinen Umständen anfassen.«

»Aber das hat er doch schon.«

»Das ist völlig unmöglich.«

»Dann hat sich irgend etwas verändert. Vielleicht ist da ein Punkt, von dem Ihr nichts wißt.«

»Er würde nie aufs Spiel setzen, was er sich am meisten wünscht.«

Ruhelos trat er wieder ans Fenster und suchte den Mond. Es war nur noch ein fahler Lichtschimmer zu erkennen, hinter einer kleinen, bauschigen Kumuluswolke, die von Nordwesten her vorüberzog.

Ganz sicher gibt es einen Sturm, dachte er.

Es ging auf Mitternacht.

»Ich muß gehen«, sagte er.

»Werdet Ihr zurückkommen?« Plötzlich wirkte ihre Stimme verloren in dem riesigen Zimmer mit der kathedralenähnlichen Decke und dem angsteinflößenden Gemälde.

»Ja«, gab er zurück. »Wie könnte ich anders. Aber heute nacht schaffe ich es vielleicht nicht mehr.«

»Dann morgen früh?«

»Gut.«

Sie drehte sich plötzlich zu ihm um, und er sah die Angst in ihren jadegrünen Aufgen aufblitzen — in ihren Augen, in denen er Aufeya erkannte.

»Das müßt Ihr mir versprechen, Moichi«, flehte sie ihn an. »Oder hat Euch der Abend so wenig bedeutet?«

»Er hat mir eine Menge bedeutet«, sagte er. Jetzt glaubte er sie zu verstehen. Sie hatte ihm etwas geschenkt, etwas sehr Wertvolles, etwas, das sie den meisten anderen vorenthalten hatte. Abgesehen von Hellsturm. Welche Ironie. Wenn es nicht auf so verzweifelte Weise tragisch gewesen wäre, hätte er es sogar amüsant finden können. »Es hat mir sehr viel bedeutet. Ich werde es nie vergessen.«

»Dann sind wir Freunde.«

»Ihr erweist mir eine große Ehre.« Das klang sehr förmlich und etwas gestelzt nach all den Initimitäten zuvor. Dennoch konnte er sehr gut unterscheiden, was sinnliche Lust gewesen war und was ... Nun, es war wirklich nicht schwer, dem Körper freien Lauf zu lassen. Jemanden auch geistig zu erobern, war ganz etwas anderes. Durch Zwang war das nicht möglich, bestenfalls durch List.

Wie auf ein gemeinsames Stichwort hin kamen sie aufeinander zu und küßten sich keusch auf die Lippen. Innerlich spürte er, wie sehr sie miteinander verbunden waren.

Im Zimmer war es vollkommen still.

Dann trennten sie sich. Sie zog ihren Umhang über, und er kleidete sich wieder an.

Bevor er ging, stellte er ihr noch eine Frage. »Woher habt Ihr das Gemälde dort?«

»Es stellt den Diablura dar. Habt Ihr davon gehört? Nein? Der Diablura ist in der dalusischen Religion der Alte der Nacht, der Herrscher über das Böse.«

»Der Teufel?«

»Der Teufel, ja.«

»Warum hängt er hier?«

»Damit ich ihn nie vergesse.«

»Komm und setz dich zu mir, Kleine«, hatte der Dai-San gesagt. »Kleine«, das bedeutete Chiisai.

Sie befanden sich im Palast des Kunshin vor den Toren von Eido, der Hauptstadt Ama-no-moris.

»Hast du dir schon Gedanken gemacht, was du aus deinem Leben machen willst?«

Sie sah ihn an. Er lebte jetzt bereits eine ganze Weile in Ama-no-mori, trotzdem wurde sie es nie müde, sein scheinbar unergründliches, fremdartiges Gesicht zu betrachten. Jedesmal, wenn sie endlich glaubte, es zu kennen, stellte sie beim erneuten Hinsehen fest, daß es sich wieder verändert hatte. Dabei hatte sie ihn vielleicht erst am Vortag gesehen. Manchmal waren die Unterschiede nur geringfügig, manchmal überraschend groß.

Auf andere mochte er furchterregend wirken, wie ein Gott, der in Menschengestalt auf die Erde herabgestiegen war. In gewisser Weise kam das der Sache auch am nächsten. Für sie war er jedoch weit mehr. Er war wie ein Bruder zu ihr. Ein Bruder, den sie nie gehabt, aber nach dem sie sich immer gesehnt hatte.

»Willst du jetzt meinen Vater spielen?« fragte sie, meinte es aber nicht allzu ernst.

Er lächelte auf seine seltsam entwaffnende Art, und sie merkte auf einmal, wie sehr sie seine Freundschaft und Liebe zu schätzen wußte. Er stand auf und überragte sie um einiges. Vorsichtig nahm er ihre Hand, und sie fühlte das rauhe Leder seines Handschuhs.

»Gehen wir nach draußen.« Der Form nach war es eine Frage, dem Tonfall nach nicht.

Es war kurz nach Mittag. Die Hitze der zitronenfarbenen Sonne war überwältigend und legte sich wie eine Hülle um sie. Die Zikaden zirpten, überall sprangen graue Regenpfeifer aus ihren Verstecken im hohen Gras.

Der Horizont wurde von den kuppelartigen Wipfeln japanischer Zedern und den schlanken Pinien durchbrochen. In weiter Ferne ragten die purpurnen Hänge des Fujiwara in den Himmel, über die sich jetzt ein feiner Dunst gelegt hatte. An seinem Fuß war gerade der neue Schrein auf dem Gelände des Haneda-Schlosses fertiggestellt worden, dem Geburtsort des Dai-San, der im Verlauf des titanischen Todeskampfes zwischen Dor-Sefrith und dem Dolman zur Zeit seiner Geburt zerstört worden war.

»Bist du glücklich hier?« Der Dai-San sprach zwar ein makelloses Bujun, die älteste aller Sprachen, so wie es nur wenige Bujun noch lernten. Aber er hatte eine etwas seltsame Aussprache, die oft nicht leicht zu verstehen war.

Chiisai fragte sich, warum er sich wohl dieser alten Sprache bediente, die sie als Tochter des Kunshin natürlich ebenfalls fließend beherrschte. Sie wollte zu gern wissen, was er von ihr erwartete, was er hören wollte.

Als hätte er ihre Gedanken erraten, fuhr er fort: »Sag mir die Wahrheit, Kleine. Alles andere ist unwichtig.«

»Also gut«, sagte sie erleichtert. Er hatte ihr eine große Last von der Seele genommen. In seiner Nähe fühlte sie sich ganz gelöst. Erst jetzt wurde sie sich ihrer inneren Anspannung bewußt. »Nein, glücklich bin ich nicht.«

Er nickte. »Ich verstehe.«

»Wirklich?« Sie konnte sich nicht vorstellen, daß jemand wirklich dazu in der Lage war. Deswegen hatte sie auch ein

Geheimnis daraus gemacht, das sie manchmal sogar vor sich selbst hütete.

»O doch«, entgegnete er mit einer Stimme, die wie Donnern über eine weite Ebene rollte. »Ich kenne diese Unruhe, die dich jetzt verfolgt. Es hat keinen Sinn, sie verstekken zu wollen, Kleine.«

»Aber mein Vater ...«

»Mein Schatz, dein Vater hat Verständnis für diese Dinge. Er hat mich gebeten, mit dir zu sprechen, weil er die Macht der Bujun-Tradition kennt.«

»So offen hätte ich mit ihm nicht darüber sprechen können.«

»Das hat er vermutet.«

»Ich will fortgehen«, sagte sie und wurde sich zum erstenmal selbst darüber klar. »Aber ich will nicht, daß er glaubt, ich ließe ihn im Stich.«

»Eines weiß ich genau — der Gedanke an dein Glück wird all seine Trauer zerstreuen.« Er sah in die andere Richtung. »Das wäre also erledigt. Wohin möchtest du reisen?«

»Ich — ich weiß nicht.«

»Möchtest du vielleicht nach Sha'angh'sei?«

Selbst in der Erinnerung hörte sie noch deutlich seine Stimme. Er hatte es ohne böse Untertöne oder versteckte Anspielungen gesagt.

Sie war entzückt und sofort einverstanden gewesen.

»Ich möchte, daß du einen Freund von mir besuchst, sobald du dort bist, Kleine. Du hast den Namen schon oft aus meinem Mund gehört. Mein Blutsbruder.«

»Moichi ...«

»Ja. Moichi Annai-Nin. Das ist sehr wichtig, Kleine. Ich möchte, daß du Moichi Annai-Nin besuchst und ihm die Geschenke von mir überreichst.«

»Wie lange soll ich in Sha'angh'sei bleiben?« fragte sie.

Er drehte sich ihr zu, das Sonnenlicht erhellte seine Gesichtszüge. Nie war er ihr schöner und überwältigender vorgekommen. »Das liegt ganz an dir. Aber ich könnte mir denken, daß du dort eine ganze Weile bleiben möchtest.«

Als sie jetzt wie eine Fledermaus über die schrägen Dächer von Corruña flog, fiel Chiisai das Gespräch von damals wieder ein. Wenigstens dieses eine Mal hatte der Dai-San nicht recht behalten, denn in Sha'angh'sei war sie wirklich nicht lange geblieben. Aber anstatt sich einsam und allein in dieser fremden Stadt zu fühlen, spürte sie eher eine Art aufregender Wärme. War dies wirklich der Grund, warum sie auf den Kontinent der Menschen gekommen war? Und war es nur Zufall, daß sie in Sha'angh'sei gelandet war? Schließlich war es die größte Hafenstadt auf dem Kontinent der Menschen, und, auch das sicher kein Zufall, von Ama-no-mori aus gesehen die nächste.

Dennoch wurde sie den Gedanken nicht los, daß es schließlich der Dai-San gewesen war, der ihr dieses Ziel vorgeschlagen hatte. Aber letztlich hatte sie ihr Schicksal doch selber bestimmt. Niemand hatte sie bei der Wahl ihres Zieles beeinflußt. Und sie hatte sich Sha'angh'sei ausgesucht.

Oder doch nicht?

Die letzten Worte des Dai-San gingen ihr immer noch durch den Kopf. *Aber ich könnte mir denken, daß du dort eine ganze Weile bleiben möchtest.* Hatte er ihr vielleicht etwas verschwiegen?

Sie schob den Gedanken fürs erste mit einem Achselzucken zur Seite. Im Augenblick hatte sie Wichtigeres zu tun.

Sie waren mittlerweile im westlichsten Teil Corruñas angelangt. Trotz aller Haken und Kurven lief der Tudesker immer noch fast genau Richtung Westen. In diesem Tempo würden sie die Stadt bald verlassen haben.

Sie sah kurz zum Himmel, um am Stand des Mondes die Zeit abzuschätzen. Mittlerweile war nur noch ein diffuser Lichtschein zu sehen, der kaum hinter den eilig dahinjagenden Wolken zu erkennen war, die jetzt zunehmend aus Nordwesten heraufzogen. Vielleicht sogar ein Sturm. Hoffentlich hielt er sich noch zurück, bis der Tudesker sein Ziel erreicht hatte.

Er lief immer noch nach Westen. Wenn sie die Verabredung mit Moichi noch einhalten wollte, hätte sie die Verfolgung jetzt abbrechen müssen. Der Schweiß brach ihr auf Oberlippe und Stirn aus. Sie wischte ihn weg, mußte an Martyne denken und betete zu ihren Göttern, daß die Frau es geschafft hatte und an ihrer Stelle die Verabredung einhalten konnte. Alles andere war im Augenblick unwichtig.

Denn der Tudesker war jetzt langsamer geworden und sah sich zum letzten Mal sorgfältig nach allen Seiten um. Hier war es also. Sie wartete, bis er sich einen Überblick über das umliegende Gelände verschafft hatte, dann ließ sie sich von dem Dach hinter ihm auf die Straße herab. Höchste Zeit, denn das schwächer werdende Licht machte eine Verfolgung aus größerer Entfernung zu einem waghalsigen Unterfangen.

In diesem Teil der Stadt standen dicht an dicht nur einstöckige Häuser — die Kirchen waren die einzige Ausnahme. Die Häuser waren fensterlos, ihre Dächer flach und ohne jeden Schmuck. Vermutlich waren es Lagerhäuser, denn hier am westlichen Stadtrand trafen sich die Handelsstraßen zu den anderen dalusischen Städten und den Ländern hinter den Grenzen Dalusiens. Hier sah sie auch zum erstenmal ganze Familien, die auf der Straße schliefen, entlang der Hauswände oder in dunklen Eingängen. Es waren Arbeiter, die jeden Tag mit dem ersten Lichtschimmer am östlichen Himmel aufwachten, um die endlosen Karawanen aus fernen Ländern in Empfang zu nemen. Man zahlte ihnen ein paar Kupfermünzen, dafür luden sie die unzähligen Güter ab und schleppten sie auf ihrem Rücken in die nahegelegenen Lagerhäuser der Kaufleute.

Sie schlich vorsichtig zwischen ihnen hindurch. Auch der Tudesker hatte darauf geachtet, sie nicht zu wecken. Schließlich entdeckte sie in einem riesigen Hinterhof eine kleine Karawane von vielleicht sechs Kamelen, die darauf wartete loszuziehen. Sie befand sich ganz in der Nähe des hohen Westtores der Stadt.

Der Tudesker trat zu dieser Gruppe von Männern, die

um ein kleines Feuer hockten. Chiisai wagte sich in der trostlosen Stille der Nacht nicht nahe genug heran und konnte nicht hören, was sie sprachen, aber sie war dicht genug herangekrochen, um alles sehen zu können. Einer legte dem Verwundeten eine Decke auf den Boden und machte sich an ihm zu schaffen, ein anderer hockte sich dicht neben den Kopf des auf dem Boden Liegenden und fragte ihn, was geschehen war. Plötzlich machte der Hokkende eine rasche Bewegung. Er brüllte etwas, das sie nicht verstand, dann zerrte er den Verwundeten auf die Beine. Er schien ungeheuer kräftig zu sein. Es folgte weiteres Geschrei, bis sie plötzlich hinter sich eine Bewegung spürte. Sie wirbelte herum und sah, wie zwei große Augen aus einem kleinen Gesicht an ihr vorbei auf die Szene starrten. Es war eines der jungen Cambujomädchen, eines der vielen Kinder aus den Arbeiterfamilien, die hier ohne ein vernünftiges Dach über dem Kopf lebten. Der Lärm hatte sie geweckt, und jetzt reckte sie den Hals vor und wollte wissen, was die Aufregung zu bedeuten hatte.

Chiisai wandte der Streiterei ihre Aufmerksamkeit gerade noch rechtzeitig zu, um das kurze metallische Aufblitzen zu sehen. Der verärgerte Mann stieß dem Verwundeten ein Messer in den Bauch, dann trat er mit der Stiefelspitze in den toten Körper, als wäre es nichts weiter als fauliger Abfall. War das vielleicht Hellsturm? Offenbar war er nicht gerade erfreut über das Versagen seines Gefolgsmannes.

Jetzt merkte Chiisai, daß das junge Mädchen dichter zu ihr gerückt war, sie spürte sogar, wie es leicht zitterte, drehte sich etwas und streckte den rechten Arm aus. Das Mädchen kroch in die warme Höhle, und Chiisai wickelte sie in ihren Umhang.

Dann beobachtete sie weiter das Karawanenlager. Mittlerweile waren alle aufgestanden. Einer der Männer trat lustlos ins Feuer, ein anderer hängte einem Kamel eine leinene Satteltasche um den Hals. Jetzt sah sie, daß die Tiere gerade gefüttert wurden. Sie waren fast fertig damit.

Sie sah auf das zitternde Mädchen, das neben ihr hockte und ihr den Kopf auf die Schulter gelegt hatte, dann wieder zurück zur Karawane, die sich zum Aufbruch bereit machte. Aus ihrer Schärpe nahm sie drei Kupfermünzen und hielt sie so, daß das Mädchen sie sehen konnte. Dann drückte sie sie ihr in die kleine Hand und schloß sie.

Das Mädchen hob den Kopf und sah sie fragend an. Chiisai flüsterte ihr etwas ins Ohr. Das Mädchen riß ihre goldschwarzen Augen auf.

»Weißt du, wohin du gehen mußt?« flüsterte ihr Chiisai auf dalusisch zu.

Das Mädchen nickte eifrig.

»Ich kann nicht länger warten«, sagte Chiisai. »Wie ist mein Name?«

»Chiisai«, sagte das Mädchen. Sie lächelte das fremde Gesicht von unten an. »Chiisai geht nach Nordwesten.«

WATERKANT

Die Calle Cordél war menschenleer, als er dort eintraf.

Es war kurz vor Mitternacht, wie er nach einem schnellen Blick auf das verschwommene Mondlicht feststellte. Selbst das wurde immer schwächer, während sich die Wolkendecke verdichtete. Er schnupperte und konnte ihn bereits riechen.

Den Sturm.

Er zog seinen dalusischen Umhang fest um sich, aber der Wind zerrte so sehr daran, daß das Seidenfutter immer wieder nach außen schlug.

Hatte der Umhang früher Milhos Seguillas gehört? Wenn, dann war er sich der außergewöhnlichen Ehre bewußt, die die Senhora ihm zuteil werden ließ. Sie war eine wirkliche Dame ...

Er sah sich um. Verriegelte Türen und dunkle Fenster. Nur ein paar flackernde Laternen leisteten ihm Gesellschaft.

Wo war Chiisai?

Nachdenklich blickte er zum Himmel, aber mittlerweile waren sämtliche Spuren des Mondlichtes verschwunden. In der Ferne hörte er das erste Donnergrollen.

Ein abgemagerter Hund mit zotteligem Fell trabte durch eine Seitenstraße, blieb kurz stehen, sah ihn, hob das Bein und urinierte gegen eine Hauswand. Er drehte sich um und schnupperte daran, bevor er gemächlich weiterstrolchte und dabei mit der Schnauze dicht über dem Boden nach etwas Eßbarem suchte.

Die Bäume raschelten und seufzten geheimnisvoll, als die ersten Böen hindurchfuhren.

Mitternacht war vorbei.

Wo steckte sie?

Er hörte ein scharfes Klacken und drehte sich abrupt um. Stiefel kamen über das Pflaster. Die Schritte hielten kurz inne, und er ging in Deckung. Dann kamen sie näher.

Eine Frau erschien, groß und mit schlankem Hals. Ihr Gesicht war noch im Schatten. Sie blieb stehen, als sie ihn entdeckt hatte und zögerte, schien aber keine Angst zu haben.

Er sah, daß sie in der Linken eine Waffe trug, bereit zum Kampf.

»Wer seid Ihr?« fragte er.

Sie sagte nichts, sondern blieb einfach nur mitten auf der Straße stehen. Sonst war niemand in der Nähe. Er machte einen Schritt auf sie zu. Es war so dunkel, daß er unmöglich mehr von ihr erkennen konnte. Das gefiel ihm überhaupt nicht.

Sie hielt das Messer mit der Dreiecksklinge hoch, damit er sehen konnte, was ihn erwartete.

»Keinen Schritt weiter«, warnte sie ihn. Ihre Stimme klang unheimlich in dieser düsteren Nacht.

Plötzlich spürte er, wie sich der Luftdruck veränderte, das rollende Krachen des Donners war unüberhörbar. Er blickte von der Stelle, wo ihr Gesicht sein mußte, zu der Klinge und zuckte zusammen. Sie schimmerte dunkel. Blut. Die Frau mußte vor kurzem noch in einen Kampf verwickelt gewesen sein.

»Braucht Ihr Hilfe?« fragte er.

Sie stand unbeweglich wie eine Statue da und sagte kein Wort.

»Seid Ihr verletzt?«

»Ich bin unversehrt«, sagte sie nach einer Weile. »Geht Ihr freiwillig, oder muß ich ...« Die Klinge zuckte ein Stück höher.

»Ich will hier jemanden treffen«, sagte er. »Einen Freund. Ich gehe nicht weg.«

Jetzt kam sie einen Schritt näher und trat in den Lichtkreis einer nahen Laterne, die im auffrischenden Wind zunehmend schwankte. »Ihr seid kein Dalusier.«

»Nein.» Jetzt sah er zum erstenmal ihr Gesicht. Schmal, schlank und attraktiv. Ein starkes, charaktervolles Gesicht. Wer mochte sie sein? Dann ging ihm auf, daß sie sich dasselbe fragen mußte. »Ich bin Moichi Annai-Nin aus Iskael.«

Das minderte ihren Argwohn etwas. Er sah, wie sie ein wenig lockerer wurde. Sie musterte ihn genau.

»Also kein Tudesker.«

Er erstarrte. »Was wißt Ihr über die Tudesker hier?«

»Zu viel«, gab sie zurück. »Meine Freundin und ich sind gerade von fünf Tudeskern angegriffen worden. Sie waren ihr vom Mercado gefolgt und ...«

»Chiisai!«

Sie trat zu ihm und hielt ihm die Dolchspitze direkt unter das Brustbein.

Er rührte sich nicht, starrte ihr nur in die Augen. Sie waren groß, leuchtend und machten einen intelligenten Eindruck.

»Los, rasch, redet schon«, fauchte sie ihn an. »Seid Ihr Freund oder Feind?«

»Ich bin ein Freund von Chiisai«, sagte er gleichmütig, ohne sich durch ihre ruppige Art beirren zu lassen. »Sie ist die einzige Tochter des Kunshin der Bujun.«

»Sie ist eine Adlige?« wunderte sich die Frau. »Davon hat sie mir nichts erzählt.«

»Sie wird es kaum an die große Glocke hängen wollen«, sagte er. Die Dolchspitze bohrte sich immer noch in sein Hemd. »Wir waren hier kurz vor Mitternacht verabredet.«

Endlich verschwand die Waffe in ihrem Gewand. »Ich bin Martyne«, sagte sie. »Chiisai hat mich gebeten, Euch hier um Mitternacht zu treffen, für den Fall, daß wir bei dem Handgemenge getrennt werden. Nun, wir wurden getrennt.«

»Was ist mit ihr geschehen?«

»Es ist alles in Ordnung. Sie hat drei der tudeskischen Krieger getötet und einen vierten verwundet. Vielleicht war das ihre Absicht. Sie hat ihn jedenfalls entkommen lassen und ist ihm dann gefolgt.«

Keine schlechte Idee, dachte Moichi. Nur hatten sie jetzt keine Verbindung mehr. Daran war nichts zu ändern. Ihm blieb nichts weiter übrig, als weiter seinen Plan zu verfolgen. Er mußte einfach warten, bis sie sich wieder bei ihm meldete.

»Kommt«, sagte er und drehte sich um. »Ich bin mit einem Dalusier am andere Ende der Calle Cordél verabredet. Ihr könnt mitkommen. Ich will die ganze Geschichte erfahren.«

Dort, wo die Calle Cordél kurz vor den hölzernen Hafenanlagen von Corruña endete, lag *El Cambiro.*

Der Geruch des Meeres lag schwer in der Luft, er stieg einem zu Kopf und machte ihn frei. Moichi atmete ein paarmal tief durch und fühlte sich sofort belebt.

Das Knarren der Schiffstakelage drang so klar und deutlich an sein Ohr, als lägen die Schiffe längsseits und nicht ein Stück weiter draußen vor Anker. Das Wasser übertrug Geräusche ausgezeichnet, sowohl über als auch unter der Oberfläche.

Die Fischer holten bereits wieder ihre Netze von den Stangen, wo sie den ganzen Nachmittag lang in der heißen Sonne zum Trocknen gehangen hatten. Jetzt breiteten sie sie längs der noch stillen Kais aus, bevor der Hanf im Morgentau feucht werden konnte, und entfernten die letzten Büschel Seegras und das Treibholz, das sich am Vortag dort verfangen hatte. Anschließend rollten sie sie zu langen Ballen zusammen und hievten sie jeweils zu zweit auf ihre Fischerboote, verstauten sie auf Deck und deckten Öltuch darüber.

Ein Segeltuchfetzen flatterte dumpf schlagend im Wind, und das Klatschen der Wellen gegen die Holzbohlen nahm zu. Der aufziehende Sturm zerwühlte die Meeresoberfläche.

Außerhalb des ruhigen Hafenbeckens war die See bereits rauh. Die Sicht war unnatürlich klar, und der Horizont, der ständig mit der Dünung zu wechseln schien, erstreckte sich schwarz zu beiden Seiten, so weit das Auge reichte.

Die Taverne war ein niedriges, gedrungenes Gebäude mit weißgetünchten Wänden, durch dessen hölzerne Schwingtür einladend helles Licht drang. Auf dem quietschenden Schild über der Tür war eine Riesenkrabbe mit übertriebenem Rückenpanzer dargestellt. Sie sah fast prähistorisch aus.

Sie gingen hinein.

Das Lokal war ebenso lang wie breit, die groben Wände paßten gut zu den einfachen Holztischen und -stühlen, auf denen eine Mischung aus Alkohol und Seewasser deutliche Spuren hinterlassen hatte. Die niedrige Decke wurde der Länge nach von dicken Holzbalken gehalten. In einem Steinofen auf der gegenüberliegenden Seite knisterte ein großes Feuer, links davon gab es eine langgeschwungene Bar, dahinter Regale voller Flaschen. Die Luft war dick von Rauch und es stank nach Schnaps, Fett und Talg.

Moichi führte Martyne an einen unbesetzten Tisch in einer Ecke gegenüber der Bar, von wo man die Tür im Auge behalten konnte, ohne sich umzudrehen. Sie bestellten das ortsübliche Bier, das beinahe so dunkel und süß schmeckte wie Met.

Das Lokal war nicht einmal zur Hälfte gefüllt. In der Nähe des Ofens war ein Seemann am Tisch zusammengesackt und hatte den Kopf zwischen seine stämmigen Arme gelegt. Neben seinem Ellenbogen stand eine ganze Reihe leerer Gläser. Niemand dachte daran sie abzuräumen, obwohl er manchmal in seinem Schlummer aufschreckte und eines vom Tisch stieß, wo es auf dem Lehmboden zersplitterte.

Zwei verwitterte Matrosen mit zerfurchten und vernarbten Gesichtern würfelten, das rhythmische Geklapper des Spiels war so beruhigend wie das Schlagen der Wellen gegen einen Schiffsrumpf.

Der fette Kerl mit dem schmierigen Gesicht und dem Dreitagebart hinter der Theke summte ein Shanty vor sich hin, ohne sich um die Melodie zu kümmern, und wischte die schon spiegelglatte Theke noch blanker.

Mitternacht war längst vorbei.

Ein großer dalusischer Seemann kam herein, riß sich die Strickmütze vom Kopf und klatschte sie ein paarmal auf seinen Oberschenkel. Er ging zur Bar, und der Dicke zapfte ihm etwas zu trinken, dann machte er sich wieder ans Wischen. Der Seemann ging mit seinem Glas zu einem leeren Tisch und ließ sich auf den Stuhl sacken. Er nahm einen kräftigen Schluck und schmatzte geräuschvoll mit den Lippen.

Moichi nippte an seinem Gebräu, es schmeckte ihm nicht besonders. Martyne hatte ihm alles erzählt, was sie wußte, aber er war immer noch nicht zufrieden. Offenbar hatte sie Chiisai den entscheidenden Hinweis zur Auflösung dieser Geschichte gegeben. Sie hatte es mehrfach wiederholt, aber er kam einfach nicht dahinter, was es zu bedeuten hatte. Plötzlich ärgerte ihn, daß Chiisai einfach weggelaufen war. Obwohl eigentlich nichts dagegen einzuwenden war. Es wäre unverantwortlich gewesen, sich eine solche Gelegenheit entgehen zu lassen. Trotz allem schien er auf einmal völlig im dunkeln zu tappen, und dieses Gefühl behagte ihm überhaupt nicht. Es war wie ein Kampf gegen Schatten.

Die Tür ging auf und riß ihn aus seinen düsteren Gedanken. Ein schmächtiger kleiner Cambujojunge erschien und sah sich um. Unter dem Arm trug er ein Paket.

Er entdeckte Moichi, kam zu ihm und Martyne herüber, drückte ihm das Paket in die Hand und machte Anstalten, wieder zu verschwinden.

»Was ist das?« fragte Moichi.

Der Junge drehte sich um und zog die Schultern hoch. »Das seht Ihr doch, Senhor. Ein Paket für Euch.«

»Woher weißt du, daß es für mich ist?«

Der Junge zuckte wieder mit den Schultern. Scheinbar kannte er keine andere Geste. »Der Mann auf dem Kai hat mir das Paket gegeben. Er hat mir gesagt, wie Ihr ausseht.«

»Welcher Mann? Wie sah er aus?«

»Es war dunkel, Senhor. Sehr wenig Licht. Ich habe ihn kaum gesehen.« Er drehte sich um und rannte zur Tür hinaus.

Moichi starrte das Paket einen Augenblick unschlüssig an. Es war recht klein, in Ölpapier eingeschlagen und mit Fischerzwirn umwickelt. Er packte es vorsichtig aus.

Martyne stockte der Atem.

Es war das Herz eines Mannes, blutverschmiert. Und es war mit einem blut- und schweißdurchtränkten purpurnen Stirnband umwickelt. Rohjas Stirnband.

Moichi bedeckte das Herz wieder mit dem Ölpapier und sagte sehr leise: »Steht bitte auf und verlaßt das Lokal, als wäre nichts geschehen. Geht zurück zum Mercado und vergeßt die ganze Geschichte. Habt Ihr verstanden?«

»Aber ich will Euch doch helfen«, flüsterte Martyne. »Wenn ich irgend etwas für Euch tun ...«

»Ich habe gerade gesagt, was Ihr für mich tun könnt. Tut es, bitte, jetzt gleich. Ich werde dafür sorgen, daß Chiisai sich bei Euch meldet, sobald alles in Ordnung ist. Tut mir leid, daß ich Euch hierhergebracht habe, Martyne. Ich habe einen dummen Fehler gemacht. Bitte geht jetzt.«

Sie starrte ihn minutenlang an, dann nickte sie kurz, glitt von ihrem Stuhl und ging zur Tür hindurch, ohne sich noch einmal umzudrehen.

Als sie weg war, stand er auf. Er ließ Rohjas Herz einfach unter dem Ölpapier auf dem Tisch der Taverne liegen und verließ das Lokal. In ihm brannte kalte Wut.

Nur der Himmel und das Meer waren zu sehen.

Die dahinjagenden Wolken hatten sämtliche Schattierungen ausgelöscht.

Er hielt es nicht für sonderlich sinnvoll, aber er tat es trotzdem und streifte über die Landungsbrücken und Werften, durchsuchte die Fischmärkte, die Häuser der am Ufer lebenden Cambujos und die zwei oder drei riesigen Lagerhäuser an den Docks. Er suchte Hellsturm. Ohne Zweifel hatte er dem jungen Seemann dies angetan. Er mußte an Martynes Beschreibung der Tudesker denken. *Sie sind wie wilde Tiere.* Aber sie irrte sich, kein wildes Tier würde so etwas nur zum Vergnügen tun. Die Tat hatte etwas furchterregend Berechnendes, das sich mit bestialisch nicht mehr umschreiben ließ. Es war teuflisch.

Nur das Rauschen des Meeres und der tiefliegende Himmel begleiteten Moichi Annai-Nin, der über die knarrenden Bohlen der Docks lief, die Augen voller Haß. Gleichzeitig fühlte er eine tiefe Verzweiflung. Die Welt würde sich nie ändern. Männer und Frauen, ja, auch Kinder würden sterben, während andere auf die Welt kamen, neue Städte würden aus den Trümmern der alten entstehen, und immer würde es Menschen geben, die finstere, geheime Rituale ausübten und denen das Böse, das sie verehrten, wie geronnenes Blut an den Händen klebte.

Er war jetzt alleine in der Dunkelheit, selbst die Fischer, die zuvor noch draußen gewesen waren, hatten sich unter die Decks ihrer Clipper zurückgezogen und schliefen. Es war kurz vor Anbruch der Dämmerung, und es kam ihm vor, als wären auch die letzten Wächter verschwunden. Corruña stand ganz im Zeichen der unzähligen Träume seiner Bewohner, und er war der Einzige, der jetzt in der Stadt noch wachte.

Gegen seinen Willen mußte er an Kossori denken, der in jungen Jahren in der Hafengegend von Sha'angh'sei völlig alleine gewesen war. Tränen traten ihm in die Augen. Jetzt konnte er es ihm nachfühlen. So trostlos war das, von der ganzen Welt isoliert. Selbst ein Tier wußte immer, wohin es gehörte.

Schließlich gab er seine Sucherei auf, und da es bald Tag wurde, richtete er seine Gedanken auf praktischere Probleme. Chiisai. Sie war jetzt seine einzige Verbindung zu Hellsturm. Er wußte, daß sie ihm eine Nachricht schicken würde, sobald sie konnte. Aber wohin? Sie kannte drei seiner möglichen Aufenthaltsorte in Corruña: die Taverne, *El Cambiro,* wo sie sich mit Rohja hatten treffen wollen, das

Haus der Senhora Seguillas y Oriwara, und Aufeyas Schiff. Die erste Möglichkeit verwarf er sofort. Selbst wenn er Rohja dort getroffen hätte, wären sie nur kurz dort geblieben, das war viel zu riskant. Das Haus der Senhora war in anderer Hinsicht ein Risiko. Chiisai konnte unmöglich ahnen, wie seine ›Unterhaltung‹ mit ihr ausgegangen war, ob man ihn dort jetzt als Freund oder Feind betrachtete. Das kam ebenfalls nicht in Frage. Blieb also nur das Schiff.

Der Wachhabende begrüßte ihn, als er die Planke hochkam.

»Ist heute irgend jemand an Bord gekommen?« fragte Moichi. »Außer der Mannschaft?«

Der Mann schüttelte den Kopf. »Während meiner Wache nicht, Piloto. Aber ich habe gerade erst angefangen.«

»Wer hatte vor dir Wache?«

»Armazón, Piloto. Er ist jetzt unter Deck.«

»Gut. Ich werde mit ihm sprechen. Sollte jemand kommen — irgend jemand — rufst du mich sofort.«

»Aye, Piloto.«

Moichi ging aufs Vorschiff und kletterte durch die Luke unter Deck. Vorbei an der winzigen, aber höchst tauglichen Kombüse ging er ganz nach vorne zu den Mannschaftsquartieren. Die meisten Kojen waren natürlich leer, da viele der Männer die Nacht an Land bei ihren Familien oder Freundinnen verbracht hatten. Armazón lag nicht in seiner Koje.

Er machte kehrt und ging nach achtern zu der Kapitänskajüte. Dort hatte Aufeya immer geschlafen, und Moichi hatte sie selbst auf der Rückreise nicht benutzt und sie lieber Chiisai überlassen. Jetzt fand er Armazón schlafend in dem breiten Bett des Kapitäns, einen Arm über das Gesicht gelegt.

Moichi weckte ihn.

»Ah, du bist es«, sagte Armazón. »Ich dachte, wir würden dich hier nicht mehr sehen.« Damit legte er sich wieder aufs Bett zurück.

»Ist heute abend jemand an Bord gekommen?«

»Was? Nein. Niemand.«

Moichi stieg durch die Luke an Deck und verließ das Schiff. Er hatte gerade das Holz des Piers wieder unter den Füßen, als er im Schatten zwischen einem Stapel Holzfässern eine Bewegung zu sehen glaubte. Die Fässer waren leer, man hatte sie dort zum Verrotten abgestellt.

Ein kleines Gesicht erschien, und er nahm seine Hand vom Schwertgriff. Als er auf das Gesicht zuging, verschwand es sofort. Mit einem Satz war er über die Fässer gesprungen und hatte eine kleine Gestalt am Wickel.

»Komm her, Kleiner«, sagte er. »Wen suchst du denn?« Jetzt sah er genauer hin. Es war ein kleines Mädchen.

»Bitte verzeiht, Senhor, aber Ihr müßt mir erst den Namen sagen, bevor ich antworte.«

Moichi lachte. »Ja, natürlich. Ich bin Moichi Annai-Nin.« Er betrachtete sie. »Und mit wem habe ich die Ehre?« Er setzte sich und zog sie auf seinen Schoß.

»Ich heiße Alma, Senhor. Ich habe eine Nachricht für Moichi Annai-Nin.«

»Dann laß hören«, sagte er. Die Spannung war unerträglich.

Sie faßte ihm mit ihrer kleinen Hand ins Gesicht. »Bitte, Senhor, laßt mich Eure Nase sehen.«

»Meine Nase? Warum in aller ...?« Dann wurde ihm klar, daß sie nach dem Diamanten in seinem Nasenflügel suchte. »Hast du ihn gefunden?«

»Ja, Senhor. Die Nachricht ist von Chiisai. Sie hat mir gesagt, ich soll zu diesem Clipper gehen, aber nur mit Euch allein sprechen. Ich bin schon eine ganze Weile hier. Ich wollte auch schon an Bord, aber ein Mann hat mich nicht hinaufgelassen. Er hat gesagt, er hätte Euren Namen noch nie gehört und ich solle verschwinden. Aber ich habe ihm nicht geglaubt, Senhor.«

»Das hast du gut gemacht«, sagte Moichi und strich ihr durch die Haare. »Sag mal, Alma, wie sah dieser Mann aus?« Sie beschrieb Armazón.

»Chiisai hat mich nahe beim Westtor getroffen, Senhor.

Dort wollte gerade eine kleine Karawane aufbrechen. Es war keine Handelskarawane, denn wir wußten nichts davon. Ich soll Euch sagen, daß es ihr gut geht und daß sie nach Nordwesten unterwegs ist.«

»Sie folgt der Karawane?«

»Ja, Senhor.«

»Hast du einen der Männer in der Karawane genauer gesehen?«

»Nicht gut genug, um ihn beschreiben zu können.«

Er fragte sich, ob Hellsturm unter den Leuten war.

»War das richtig, daß ich gewartet habe, Senhor?«

»Ja, Alma, das war genau richtig.«

»Nachts habe ich hier immer Angst.«

»Wirklich?«

Sie nickte. »Ja. Der Mann vom Schiff kam ein oder zweimal herunter und hat mich gesucht. Aber hinter den Fässern konnte er mich nicht sehen.«

Moichi drückte sie zärtlich an sich. »Du bist sehr tapfer.« Er kramte in seiner Schärpe und gab ihr eine Silbermünze. »Dafür kannst du dir viele Sachen zum Essen und Anziehen kaufen, Alma. Aber eines mußt du mir noch versprechen.«

»Was denn, Senhor?«

»Kauf dir einen warmen Umhang.« Damit stand er auf und setzte sie auf den Bohlen ab. Sie streckte die Arme aus und drückte ihm einen Kuß auf den Mund. Ganz und gar nicht wie ein Kind.

»Und jetzt lauf«, sagte er leise. »Geh sofort nach Hause.« Er sah schweigend zu, wie sie den Kai entlang lief, unauffällig wie ein Schatten. Dann verschwand sie in den Straßen der Stadt.

Anschließend ging er wieder auf das Schiff zurück und betrat leise die Kapitänskajüte. Er zerrte Armazón aus der Koje.

»He — was willst du?« sprudelte der andere hervor.

»Es ist also niemand an Bord gekommen und hat nach mir gefragt, ja?«

»Wieso? Nein«, sagte er fast beleidigt. »Das habe ich dir doch schon gesagt. Wer etwas anderes behauptet, ist ein verdammter Lügner.« Er versuchte verzweifelt, sich aus Moichis eisernem Griff zu befreien.

»Du bist der verdammte Lügner, Armazón.« Damit riß er den Bootsmann hoch. »Erst hast du mich über die Senhora angelogen. Und jetzt über das Cambujomädchen.« Er zerrte den Mann, dem die Hosen an den Knien hingen, aus dem Bett. »Was für ein mieser, nachtragender Kerl du bist. Du widerst mich an!«

»Hör zu, hör doch zu«, winselte Armazón. »Wahrscheinlich hat dir Rohja mit all diesen Geschichten die Ohren vollgejammert. Nichts davon ist wahr, das mußt du mir glauben! Er will doch nur der neue Bootsmann hier auf dem Schiff werden. Dafür würde er alles mögliche erzählen ...!«

Moichi schlug ihm quer durchs Gesicht, und er fing an zu wimmern. »Halt den Mund, du Mistkerl! Rohja ist tot. Aber als er noch lebte, hat er kein einziges schlechtes Wort über dich gesagt.« Dann schleifte er den Mann quer durchs Schiff bis zur Luke. »Ich habe das kleine Cambujomädchen am Kai getroffen.«

»Sie lügt!« flehte Armazón. »Ich wollte der kleinen Göre nur nichts zu essen geben, das ist alles. Wer will mir das vorwerfen? Wenn ich ihr etwas gebe, muß ich allen anderen auch etwas geben.«

»Glaubst du, ich bin ein Idiot?«

Er hievte den Bootsmann auf die Beine und fand ein passendes Stück Hanftau. Damit fesselte er Armazón die Hände, warf ihn sich über die Schulter und begann, den Mast hinaufzuklettern.

Armazón fing entsetzt an zu kreischen. »Dafür wirst du büßen! Bei allen Göttern, was hast du vor? Ich werde dafür sorgen, daß Senhora Seguillas y Oriwara alles erfährt!«

»Ganz wie du willst«, sagte Moichi und befestigte einen Knoten an der Quersaling. Dann ließ er Armazón los, der nur noch an seinen Händen baumelte.

Wieder auf Deck wandte sich Moichi an den Wachhabenden. »Sag das allen Männern: Wer ihn herunterschneidet, bekommt es mit mir zu tun.«

Der Matrose sah erst Moichi, dann den baumelnden Bootsmann an, schluckte trocken und sagte: »Aye, Piloto. Ich werde es ihnen sagen.«

Die Sonne ging gerade auf. Möwen kreischten, und die ersten begannen, auf Nahrungssuche dicht über dem Wasser zu segeln. Offenbar hatte der Sturm über Nacht die Richtung gewechselt und die Stadt verschont. Es hatte nicht einmal geregnet.

Moichi kehrte dem schreienden Mann den Rücken zu, genau wie der rötlich aufgehenden Sonne. Bald würde es heiß werden.

Kurz darauf war nur noch das Gekreisch der hungrigen Möwen zu hören.

»Sie ist in der Kirche«, sagte er. »Es ist Descansado.«

»Ich bin gekommen, um sie zu sprechen.«

»Ja, ich weiß.« Der Schatten des Türrahmens lag über seinen Augen, und mit seinem weit herabhängenden Schnauzer sah er aus wie ein abgemagertes, hungriges Tier. »Sie hat mich gebeten, Euch den Weg zu beschreiben.«

»Ich habe nicht viel Zeit.«

»Daran hat sie ebenfalls gedacht.«

»Tatsächlich? Oder hast du daran gedacht?«

Chimmoku hob beide Brauen, trotzdem verriet sein Blick keinerlei Unruhe. »Ich? Ich hatte nichts damit zu tun.«

»Vermißt du Sha'angh'sei?« versuchte Moichi ihn zu überrumpeln.

Chimmoku trat von einem Fuß auf den anderen. »Vielleicht«, sagte er. »Manchmal. Aber die Senhora lebt nun einmal hier in Corruña. Also bin auch ich hier.«

»Hast du sie dort getroffen?«

»In Sha'angh'sei? Ja.«

»Am Hafen?«

»Ja, am Hafen.«
»Möglicherweise warst du dann der Mann ...«
»Ich werde Euch jetzt den Weg beschreiben.«

Hoch oben im Turm läuteten die Glocken, sie glänzten golden im frühmorgendlichen Sonnenlicht, als sie dort oben im Glockenturm schwankten. Ihr Geläut klang melancholisch.

Das Gebäude ragte hoch auf, die Spitze erstrahlte jetzt in grellem Weiß, weiter unten zum Eingang hin lag sie noch im Schatten — die letzten Reste der Nacht. Zu beiden Seiten wurde die Kirche von riesigen, uralten Platanen flankiert, die im Wind rauschten.

Die untere Hälfte der Türen war aus Eiche. Darüber hatte man schmale Hartholzstreifen abwechselnd hell und dunkel eingearbeitet, so daß die natürliche Färbung auch ohne Lacke und Farben hervortrat.

Eine breite weiße Treppe führte hoch zum Portal.

Dalusier, die Umhänge in gedämpften Farben trugen, gingen hinein. Die Frauen waren so früh am Morgen in der Überzahl. Sie trugen alle gehäkelte Kopftücher.

Drinnen war es kühl, jedes Geräusch rief ein Echo hervor. Weihrauch hing in der Luft, und wie aus weiter Ferne konnte man gedämpften Gesang hören. Im Kirchenschiff standen Reihen von Bänken aus poliertem Holz ohne Lehne. Am Ende der drei Zwischengänge führten wenige niedrige Stufen auf eine Plattform. Rechts befand sich eine holzgeschnitzte Kanzel, und links eine Art winziger Balkon. Steinerne Statuen säumten die Wände zu beiden Seiten.

Er ging durch den Mittelgang und entdeckte sie in einer der ersten Reihen. Leise setzte er sich neben sie.

»Ich bin froh, daß Ihr gekommen seid«, sagte sie, ohne den Kopf zu wenden.

»Senhora, ich habe nicht viel Zeit ...«

Aber sie lächelte bloß und legte ihren langen Zeigefinger auf die Lippen. Vor dem Altar entstand Bewegung, und die

Gemeinde erhob sich. Hinter der Kanzel erschien ein Priester. Zu Moichis Überraschung war es Don Hispete, der Cura mit dem Spatenbart, dessen Unterhaltung er am Vorabend beim Essen belauscht hatte.

Don Hispete hob die Arme. »*Todos y cada uno, sea ustedes bienvenidos a la iglesia del Dihos Santo.*«

Die Gemeinde kniete und bekreuzigte sich. Moichi wurde erneut überrascht. Die Stimme des Cura — in der Öffentlichkeit — hatte nichts mit der gemein, die er zuvor gehört hatte. Jetzt klang sie überzeugend und voll ausstrahlender Kraft.

»*Bien.*«

Die Gemeinde nahm wieder Platz.

»Heute ist der Tag des Descansado«, hub Don Hispete an. »Ein äußerst wichtiger, ja sogar ein bedeutender Tag unseres Kalenders. Denn er ruft uns die Erinnerung an die Leiden unserer Vorfahren ins Gedächtnis. Es ist ein Tag der Sorge, an dem wir schmerzlich den Verlust all jener spüren, die von uns gegangen sind, und an dem wir all jener gedenken wollen, die weit von zu Hause sein müssen. An diesem Tag wollen wir uns erinnern und so unser Dasein von der Sünde befreien.

Aber der Descansado dient auch noch einem anderen Zweck. Denn an diesem Tag widmen wir uns ganz der Erkenntnis des Bösen, damit wir seine vielfältige Gestalt erkennen, und dagegen zur Wehr setzen und vor seiner Verderbtheit schützen können.

Daher, meine Kinder, sollten wir die weiten Flügel des Diablura ständig in unserer Nähe spüren, denn ohne ihn würden wir die ewige Güte Gottes nicht begreifen. Wenden wir uns also der tieferen Bedeutung des Descansado zu, der schwierigen Erkenntnis der finsteren Seite unseres Wesens, unserer Schuld. Denn nur so können wir uns auch unserer eigenen Güte bewußt werden ...«

Nach der Predigt führte die Senhora Moichi die Treppe hoch und durch eine schlichte, aber stabile Holztür hinter der Kanzel. Dahinter folgte ein kurzer, gemauerter Gang mit einer weiteren Tür am Ende. Sie klopfte. Es wurde sofort geöffnet.

Sie befanden sich in Don Hispetes Pfarrei. Sie war klein, aber es herrschte eine gemütliche Unordnung. Ein paar große Sessel, ein schlichter Schreibtisch aus Holz, dahinter ein Sessel mit hoher Lehne und, wohin man sah, Regale bis unter die Decke. Die Wand links wurde zur Hälfte von einem Bleiglasfenster eingenommen, durch das man in einen üppigen Garten schaute. Die kleine Tür nach draußen stand halb offen.

Don Hispete hatte offenbar gerade hinter seinem Schreibtisch Platz genommen, als er sie jedoch hereinkommen sah, stand er auf und ging um seinen Tisch herum, um sie zu begrüßen.

»Senhora«, sagte er mit einem fast unterwürfigen Lächeln. Dazu verbeugte er sich und berührte mit seinen Lippen ihre dargebotene Hand.

»Don Hispete«, lobte die Senhora, »Eure Predigt war ausgezeichnet.« Sie drehte sich um und schien fast verwundert, jemanden neben sich zu sehen. »Ach, übrigens, das ist Moichi Annai-Nin, ein Freund von mir.«

»Bienvenido, Senhor.« Der Priester verneigte sich leicht, bot ihm aber nicht die Hand. Bestimmte Liebenswürdigkeiten sparte er sich offenbar nur für seine besten Bekannten auf. »Darf ich Euch etwas zu trinken anbieten?« Dabei blickte er nur die Senhora an.

»Bitte.«

Er schenkte allen aus einer großen, zu drei Vierteln gefüllten Kristallkaraffe ein, dann hob er seinen Becher und sagte: »Salhud!« Er trank in tiefen Zügen, und die anderen taten es ihm nach.

Don Hispete stellte seinen Becher neben sich auf den Schreibtisch und setzte sich wieder auf seinen hochlehnigen Stuhl. Er faltete die Hände über seinem Bauch. »Womit kann ich Euch dienen, Senhora?«

»Ist Hellsturm nach Corruña zurückgekehrt?« fragte sie unvermittelt.

Der Priester strich sich mit dem Zeigefinger durch seinen Bart, dann breitete er die Hände aus. »Senhora, das kann ich unmöglich …«

Aber sie war bereits aufgestanden und auf die andere Seite gegangen. Vor dem Fenster blieb sie stehen und schien den Garten zu bewundern.

»Diese herrlichen Bäume«, sagte sie. »Diese Olivenbäume, Don Hispete, sind sehr alt, wirklich sehr alt, wußtet Ihr das? Gewissermaßen Großväter.«

»Ja, Senhora, das stimmt.«

»Es wäre schade, sie zu zerstören.«

Wieder breitete der Priester seine Hände aus. Sie erinnerten Moichi an eine Seeanemone, die einen unachtsamen Fisch schnappen will. »Die Zerstörung der Natur ist stets ein schrecklicher Anblick, Senhora, an welchem Ort auch immer. Aber in diesem Fall geschieht es zu Ehren Gottes. Es wird seinen Ruhm mehren.«

»Oh, ja.« Ihre Stimme war honigsüß. »Gottes Ruhm muß zu allen Zeiten gemehrt werden, schließlich ist das die wichtigste Aufgabe des Erzbistums. Ist es andererseits aber nicht so, Don Hispete« — und damit kehrte sie dem Fenster den Rücken zu und sah den Cura an — »daß das Bistum ohne Unterstützung der Gemeinde nichts ausrichten kann? Ich kann mir nicht vorstellen, daß der Bischof bereit ist, für — nun, für *alles* zu bezahlen.«

Zwischen den Brauen des Priesters hatten sich zwei senkrechte Sorgenfalten gebildet.

»Ist es nicht so?« wiederholte sie.

Don Hispete wand sich. »Sicher, das stimmt, Senhora. Ich verstehe allerdings nicht ganz, worauf …«

»Die geplante Kirchenerweiterung ist doch sehr kostspielig, oder irre ich mich? Die Kosten sind, man könnte fast sagen, gewaltig.«

»Ich bitte Euch, Senhora, jetzt muß ich aber …«

»Und zur Deckung dieser Kosten bedarf es der Unterstützung — der *aufopferungsvollen* Unterstützung jedes Einzelnen, nicht wahr, Don Hispete?«

»Ja, Senhora, durchaus richtig. Natürlich weiß jeder, daß von ihm erwartet wird, eine ...«

»Von denjenigen, die, sagen wir, überdurchschnittlich wohlhabend sind, erwartet man dabei natürlich etwas mehr ... nun, Hingabe, als von den anderen.«

Don Hispete war mittlerweile zur Statue erstarrt.

»Ich weiß es gewissermaßen aus erster Hand, denn ich gehöre schließlich dazu.«

Der Priester rang nach Worten, mußte sich aber erst räuspern, bevor er erneut ansetzen konnte. »Ihr denkt doch nicht etwa daran, Eure Bürgschaft zurückzuziehen?« Seine Stimme klang dünn und gequält.

»Davon kann natürlich nicht die Rede sein.« Ihre Stimme klang immer noch zuckersüß, aber inzwischen bestand kein Zweifel mehr, daß sie ihn auf den Arm nahm. »Wie kommt Ihr nur darauf? Völlig absurd!«

Sie setzte sich neben Moichi. »Um noch einmal auf meine Bitte von vorhin zurückzukommen ...«, fuhr sie fort.

»Senhora, Ihr bringt mich in eine äußerst verzwickte Lage.« Sein Gesichtsausdruck wirkte gequält. »Ihr wißt sehr wohl, daß ich unmöglich meine heilige Pflicht dem Bischof gegenüber verletzen kann.« Ein Rinnsal aus Schweiß bahnte sich langsam einen Weg seine Wange hinunter.

»Ich bin in diese Olivenbäume geradezu verliebt, Don Hispete. Erst jetzt geht mir auf, wie sehr ich sie doch vermissen würde, sollten sie einfach gefällt werden. Wenn ich es recht überlege, gibt es gewiß noch andere, die genauso empfinden wie ich. Nun ...«

»Senhora, bitte ...« Seine Stimme war kaum noch ein Wimmern. Sie ließ sich nicht beirren, sondern sah ihm fest in die Augen, bis er endlich den Blick senkte und auf seine gefalteten Hände starrte.

»Ja, er war kurz in der Stadt«, sagte er kaum hörbar. »Nicht lange. Bei Tagesanbruch ist er wieder abgereist.«

»Was wollte er hier?« Ihre Stimme war so schneidend, daß Don Hispete betroffen zusammenzuckte.

»Keine Ahnung, Senhora. Das schwöre ich.«

»Er war nicht für den Bischof unterwegs?«

Der Priester sah hoch, sein Gesicht aschfahl. Er bekreuzigte sich mit einer schnellen Bewegung. »Bei Gott, nein, Senhora! Er wurde sofort nach dem letzten — ah, Zwischenfall aus seinen Diensten entlassen.«

»Zwischenfall«, ihre Stimme war angewidert und voller Verachtung. »So nennt man das also? Nun, beschönigende Worte gingen Euch ja schon immer schnell von der Zunge.«

Don Hispete schauderte. »Bitte, Senhora.« Seine Stimme war kaum noch zu verstehen.

»Für wen arbeitet er jetzt?«

»Ich — ich bin nicht sicher. Ich ...«

Sie stand auf und hob die Hand zu einer der bedrohlichsten Gesten, die Moichi je gesehen hatte.

»Ich kann es Euch nicht sagen, Senhora«, sabberte der Priester und klammerte sich an die Goldkette um seinen Hals, als befürchte er, sie könnte vollends die Kontrolle verlieren und ihn erwürgen.

»Don Hispete, unser Gespräch ist hiermit beendet.« Es klang so endgültig wie eine zugeschlagene Tür. Sie drehte sich um. Für Moichi war es das Zeichen, sich zu erheben.

»Wa — wartet, Senhora.« Der Cura stand auf, die Kette immer noch in den Fingern. »Bitte.« Sie drehte sich um und wartete geduldig. Sie wußte, daß sie gewonnen hatte. Er atmete in kurzen Stößen, sein Gesicht war schweißgebadet. »Angeblich arbeitet er jetzt für La Sequeadora — für Sardonyx.«

Die Senhora schrie auf wie von einer Klinge getroffen.

Don Hispete kam um seinen Schreibtisch herum. Die Angst stand ihm ins Gesicht geschrieben. »Senhora! Was ...?«

Moichi fing sie auf. Sie zitterte unkontrollierbar, als hielte sie eine schreckliche Macht gepackt.

»Bringt mich hier raus!« stieß sie hervor.

»Was ist passiert?«

»Rasch. Um Gottes willen!« schrie sie. *»Macht doch schnell!«*

Er hob sie hoch und trug sie durch den Gang und die eigentliche Kirche nach draußen.

Dort, auf der breiten Steintreppe, im gleißenden Sonnenlicht, setzte er sie ab.

»Senhora«, sagte er. »Was ist geschehen?«

Sie klammerte sich immer noch an ihn. »Ihr hattet recht. Bei Gott, Ihr hattet recht. Jetzt begreife ich alles.«

»Um Gottes willen, Senhora, was ist passiert?« rief er.

»Moichi, Sardonyx ist die Freibeuterin, die vor langer Zeit meine Partnerin war.« Die Tränen traten ihr in die Augen. »Sie hat mir fürchterliche Rache geschworen, und jetzt ist es soweit. Hellsturm wird sich nicht mehr an den Pakt mit mir halten; das war auch nur ein Teil des Täuschungsmanövers. O Gott, er hat sie zur Sardonyx gebracht! Ich bin erledigt!« Sie brach schluchzend an seiner Schulter zusammen.

»Senhora«, sagte er leise, »Senhora.« Er strich ihr über die Haare und spürte, wie ihr zarter, kräftiger Körper in seinen Armen bebte. Natürlich konnte er ihr Leid nicht in seinem ganzen Ausmaß begreifen, aber als sich ein Knoten in seinem Magen zusammenzog, wurde ihm klar, was er für Aufeya empfand. Sie schwebte nicht nur in Gefahr, sie befand sich in einer völlig verzweifelten Lage. Er mußte sofort nach Nordwesten, und zwar auf dem schnellsten Pferd, das er bekommen konnte.

»Senhora«, sagte er, »ich muß Hellsturm sofort nachreiten. Sofort. Und Ihr könnt mir dabei helfen.«

Sie sah ihn an, immer noch mit Tränen in den Augen. Er versuchte zu lächeln. »Wie merkwürdig«, sagte sie, »daß du mich immer noch so nennst. Ich kann dir gegenüber nicht mehr so förmlich sein, Moichi. Weder jetzt, noch irgendwann in der Zukunft.« Die Flecken in ihren jadegrünen Augen begannen zu tanzen. »Nenn mich Tsuki.«

Einen Augenblick lang stockte ihm der Atem, und er hatte das Gefühl, den Boden unter den Füßen zu verlieren. Er mußte an Kossori denken. O mein Gott, Kossori … Das war also deine Geliebte.

Dritter Teil

FEUERMASKE

ANDEUTUNGEN

Normalerweise hätte der Regen ihm die Reise erschwert, aber jetzt war er geradezu froh, daß er doch noch gekommen war. Das Unwetter war vor der Küste ins Stocken geraten und hatte seine Richtung geändert. Jetzt zog es landeinwärts, nachdem es über dem Meer viel von seiner ursprünglichen Kraft verloren hatte.

Es war ihm egal, daß die Hufspuren der Karawane fast vollständig verwischt waren, da sich der Staub in Schlamm verwandelt hatte. Er kannte ihr Ziel.

Das hatte er Tsuki zu verdanken, genau wie das Luma, auf dem er saß, sowie das andere, dessen Zügel hinten an seinem Sattel befestigt waren.

Tsuki. Was ›Der Mond‹ bedeutete.

Wo magst du jetzt sein, Kossori, mein treuer Freund?

Ich hoffe, du hast nichts dagegen. Nein, bestimmt nicht.

Der Regen prasselte schräg herab, eine graugrüne Decke, die die Sicht einschränkte und alles durchnäßte. Und seine Verfolgungsjagd vor allzu neugierigen Blicken schützte.

Das Westtor von Corruña lag bereits eine halbe Tagesreise hinter ihm, er ritt nach Nordwesten, nach Kintai. Das glatte Fell seines Luma hatte eine gelbbraune Farbe. Es war mit einem schwarzen Ledersattel ausgestattet, einem silbernen Sattelknauf und rotem Ledergeschirr. Die etwas kleinere Stute war von tiefblauer Farbe. Für die beiden Lumas war er besonders dankbar. Wegen ihrer hohen Intelligenz, ihrer großen Schnelligkeit und Ausdauer zog man sie gerne normalen Pferden vor. Aber sie waren ungestüm und schwierig, ihre Ausbildung teuer, deshalb gab es nur sehr wenige davon.

Er überquerte einen Hügelkamm braunen, fruchtbaren Bodens und tauchte auf der anderen Seite in ein langes, sich sanft dahinschlängelndes Tal. Immer wieder wischte er sich den Regen aus den Augen. Der Baumbestand war hier nur spärlich. So weit man sehen konnte, nichts als niedriges Gebüsch und braune, verdorrte Pflanzen. Er bohrte seinem Luma die Hacken in die Flanken und ließ die Zügel locker. Der Hengst machte einen Satz nach vorn, hob den Kopf und schnaubte im Wind.

Das Leben ist eigenartig, dachte Moichi. Viel eigenartiger als alle Geschichten, die man sich je in einer warmen Taverne oder rund um ein flackerndes Lagerfeuer erzählt hat. Alles bewegt sich im Kreis, jedes Ende ist auch gleichzeitig ein Anfang. Wenn Kossori geahnt hätte, daß er bis zum letzten Atemzug Tsukis Tochter verteidigt hat ...

Sein Tod soll nicht umsonst gewesen sein, dachte Moichi. Es war traurig, wenn ein Leben endete, aber gleichzeitig unausweichlich. Warum sollte dann dieses Ende keine Bedeutung haben? Darin waren sich die Iskamen und die Bujun durchaus ähnlich. Vielleicht nicht nur darin.

Kossori war einen Heldentod gestorben. Schade nur, daß er es nie mehr erfahren würde. Oder vielleicht doch, wenn die Seele, wie die Bujun glaubten, eine lange Folge von Leben miteinander verband, bis das höchste Stadium erreicht war und man von der endlosen Wiederkehr von Leben und Tod befreit wurde.

Die Iskamen dachten ähnlich. Gott, das ist der Ablauf der Zeiten, war sein Vater nie müde geworden, ihm zu erklären. Im Ablauf der Zeiten liegt des Menschen einzige Rettung.

Als er jetzt einsam im Regen über die Ebene ritt und dem Bösen nachjagte, wurde Moichi klar, daß sein Glaube überlebt hatte. In seinen Adern floß noch das Blut seiner Vorväter. Es war zu stark, um es für längere Zeit zu vergessen oder zu ignorieren. Tränen traten ihm in die Augen und vermischten sich mit dem Regen, als er an seinen Vater und dessen unbeugsamen Glauben an Gott dachte. Ihrer beider erbitterte Glaubensstreitereien fielen ihm ein und er erinnerte sich an das lange Schweigen, unter dem der Rest der Familie zu leiden hatte, an die langen Tage und Nächte voller Ärger und Enttäuschung. Wieviel Zeit hatten sie verloren, weil sie beide so starrsinnig gewesen waren. Du warst mir gegenüber sehr unduldsam, Vater. Wie sehr hast du es mir übelgenommen, daß ich unabhängig von deinem Willen aufgewachsen bin. Ganz anders als Jesah, den du ganz nach deinen Vorstellungen formen konntest, vielleicht weil er der Jüngere war. Er tat alles, was du von ihm verlangt hast, während ich mich widersetzt habe. Warum hast du mich nicht gewähren lassen, Vater? Wovor hattest du Angst? Doch nicht davor, daß ich mich von Gott abwenden könnte, wie du so oft geschrien hast? Dazu hast du mich doch erst getrieben.

Er gab seinem Luma wieder die Sporen. Schon während des ganzen langen Ritts über Land war er diese Gedanken nicht mehr losgeworden. Vater, ich werde es jetzt nicht mehr erfahren. Die Antwort darauf hast du mit ins Grab genommen. Du hast dich dein ganzes Leben lang mir gegenüber unversöhnlich gezeigt. Auch darin glich das Ende dem Anfang.

Jeder hat sein eigenes Schicksal zu tragen.

Tod lag in der Luft.

Er sog scharf den Atem ein. Obwohl er weit von seiner geliebten See entfernt war, konnte er sie noch immer riechen. Er glaubte an Prophezeiungen. Nicht, daß er abergläubisch gewesen wäre, aber die turbulente Geschichte der Iskamen war eben voll solcher Botschaften, mit denen Gott seinem Volk den rechten Weg wies.

Der Regen hatte etwas nachgelassen. Als der Dunst sich hob, sah er in dem tief hängenden Gewitterhimmel vor sich fantastische Gestalten aus der Dunkelheit der aufquellenden Wolken aufblitzen. Weit im Nordwesten zuckte blauweiß und gespenstisch ein Blitz, kurz darauf ein Krachen, und dann dröhnte ihm der Nachhall des Donners in den Ohren.

Das Luma stürmte unbeirrt weiter.

So weit das Auge reichte, kein kultiviertes Feld, kein

Haus, keinerlei Anzeichen menschlichen Lebens. Nur das Prasseln des Regens. Als er wieder schwächer wurde, tauchte ein verwitterter Gebirgszug am Horizont auf, Gipfel die aussahen wie ein Haufen abgekämpfter Veteranen auf dem Weg in den nächsten Krieg.

»Ich habe keine Hoffnung mehr«, hatte sie gesagt, als er sie an die Brust gedrückt hielt. »Wenn es Sardonyx ist, bin ich zu verwundbar.«

»›Mein ist die Rache‹, sprach der Gott meines Volkes«, sagte Moichi darauf und merkte, daß es die Worte seines Vaters waren.

»Das verstehst du nicht, Moichi. Wir sprechen von Sardonyx. Bevor du aufbrichst, mußt du eines wissen. Sie ist eine Hexe.«

Er mußte lachen. »Es gibt keine Hexerei mehr in unserer Welt, Tsuki.«

Aber sie schüttelte den Kopf. »Das ist nicht wahr. Sie kann das Unmögliche möglich machen.«

»Dann ist sie vielleicht eine geschickte Zauberkünstlerin. Ich habe schon ein paar davon kennengelernt. Es ist alles nur Täuschung.«

»Nein, Moichi. Nein. Bitte, mach diesen Fehler nicht. Ich weiß es, glaube mir. Die Geschöpfe, deren sie sich bedient, sind wirklich, erschreckend wirklich. Hüte dich vor ihrer Macht. Nimm dich in acht.«

Kurz vor Sonnenuntergang ragten die Berge bereits hoch über ihm auf. Er hatte das Ende der weiten Ebene erreicht. Die Bäume standen hier dichter, das Gras wucherte wild und hoch, so daß die Luma gezwungen waren, langsamer zu gehen. Die vielen versteckten Kaninchenlöcher hatten sie zusätzlich ermüdet.

Fast genau vor ihm trafen sich zwei Berghänge zu einem engen Hohlweg, wie es schien dem einzigen Durchgang. Nur das Licht wurde jetzt zum Problem. Vermutlich wäre es sicherer, hier das Nachtlager aufzuschlagen und dann beim ersten Tageslicht durch den engen Paß weiterzureisen. Aber dabei würde er viel zuviel Zeit verlieren.

Die Karawane hatte ohnehin schon einen Riesenvorsprung.

Er hatte im Grunde keine Wahl.

Im vollen Galopp hielt er auf den Hohlweg zu.

Im Osten war das Firmament immer noch bleigrau und unruhig, aber vor ihm im Westen klarte es auf. Der Himmel war lavendel- und pflaumenfarben, als hätte das durchziehende Unwetter seine Spuren hinterlassen. Die untergehende Sonne stand bereits zu tief und war nicht mehr zu sehen, aber überall reflektierte die Welt noch ihr strahlendes Licht.

Der Mond war bereits aufgegangen. Eine wuchtige Sichel, dunkelrot wie Blut.

Der Weg wurde sofort steinig und das Gras zunehmend karger, als er sich den ersten Hügeln am Fuß der Bergkette näherte. Zu allen Seiten türmten sich riesige Granitbrocken und matt schimmernde Schieferschichten auf.

Kurz darauf hatte ihn der Hohlweg verschluckt. Mächtige Felswände ragten schräg in den Himmel. Das Abendlicht schien an ihnen herabzufließen und die gesamte Schlucht in tiefes Rot zu tauchen. Weiter oben schichteten sich natürliche Felsterrassen empor, bis sie sich im Dunst verloren.

Als der Himmel dunkler, als es völlig Nacht wurde, schienen die Felswände näher zusammenzurücken, bis nur noch ein ganz schmaler Himmelsstreifen zu sehen war.

Hier hatte die Karawane deutlichere Spuren hinterlassen. Anfangs glaubte er, sie hätten sich in dem Hohlweg vielleicht sicherer gefühlt, aber bei näherem Hinsehen stellte er fest, daß die Spuren frischer waren. Er war seinem Ziel näher, als er dachte.

Hier schien es überhaupt kein Leben zu geben. Keine Nachtvögel in der Luft, keine Echsen oder Insekten. Er fühlte sich plötzlich von aller Welt abgeschnitten. Die Einsamkeit war fast körperlich spürbar.

Auch die Felsen hatten sich verändert. Er mußte eine Pause einlegen und eine Fackel aus dicht geflochtenem

Hanf und Pech anstecken. In ihrem Flackerlicht sah er, daß die Felsen jetzt von orangenen und schwefelgelben Streifen durchzogen wurden. Sie waren ineinander verwunden und unregelmäßig geschichtet, als hätten sie ihre Form erst nach einem qualvollen Ausbruch der Erde gefunden.

Er zügelte sein Luma und zog den Säbel.

Hinter einer Biegung weiter vorn sah er den Lichtschein einer zweiten Fackel. Er zögerte, da er keine Ahnung hatte, was ihn erwartete.

Es war ein einzelner Reiter. Beim Näherkommen sah er, daß es sich um eine Frau handelte, die unglaublich groß war, aber einen kleinen Kopf und tiefliegende Augen hatte. Sie trug das schlichte Kleid der Bauern aus schwarzbrauner Baumwolle und schien unbewaffnet zu sein.

»Sei gegrüßt«, sagte sie. Ihre Stimme hatte in der gespenstischen Enge der Schlucht Mühe, bis zu ihm zu dringen.

»Sei gegrüßt«, gab Moichi zurück.

»Ich hörte dich kommen«, sagte sie. »Ich hatte in der letzten Zeit sehr wenig Besuch — deshalb bin ich neugierig geworden. Ich hoffe, es macht dir nichts aus.«

»Überhaupt nicht«, sagte er. »Leider habe ich für Gespräche und sonstige Freundlichkeiten gerade keine Zeit.«

»Du hast es eilig. Ja«, nickte sie, »das ist unverkennbar. Dein Auftrag ist sehr dringend. Bist du einverstanden, wenn ich dich bis zum Ende des Hohlwegs begleite? Dann könnten wir miteinander sprechen, ohne daß du aufgehalten wirst.«

Moichi nickte und gab seinem Luma die Sporen. Die Frau lenkte ihr Pferd herum und ritt an seiner Seite. Sie hatten nebeneinander gerade genug Platz. Das Geklirr ihres Zaumzeugs hallte unnatürlich von den Felsen wider.

»Was ist dein Ziel?« fragte sie. »Ich kenne dieses Land sehr gut. Vielleicht kann ich dir helfen, den richtigen Weg zu finden. Ich habe sofort gesehen, daß du noch nie hiergewesen bist.«

Es wurde wieder nebliger, obwohl der Regen scheinbar

aufgehört hatte. »Man hat mir den richtigen Weg bereits beschrieben, danke«, sagte er so freundlich es ging. Ungern ließ er sich jetzt von jemandem ablenken. Die Stelle war für einen Hinterhalt wie geschaffen. Wenn sie ihn kommen gehört hatte, warum dann nicht auch andere?

»Vielleicht war die Beschreibung nicht ganz korrekt«, sagte die Frau nachdenklich. »Das passiert hier im Augenblick recht oft. Die Menschen sind nicht mehr so gewissenhaft wie früher. Vermutlich ist das einfach nicht mehr üblich. Ich kenne allerdings nicht sehr viel von dieser Welt. Wer hat dir den Weg beschrieben, wenn ich fragen darf?«

Moichi warf ihr einen kurzen Blick zu. Irgend etwas stimmte mit ihrem Gesicht nicht, aber im undeutlichen Licht der Fackeln war nicht mehr zu erkennen. »Ein Freund«, sagte er unverbindlich.

»Ein Freund«, ahmte sie ihn nach. »Ja, natürlich. Wer sonst? Nun, auch Freunde können sich irren — besonders, wenn inzwischen viel Zeit verstrichen ist.«

Moichi wollte sie schon bitten, näher zu erklären, was sie damit meinte, als sie ihm zuvorkam. »Ich fürchte, ich bin schon viel zu lange an deiner Seite geritten.« Damit gab sie ihrem Pferd die Sporen und verfiel in einen seltsamen Galopp. Im nächsten Augenblick war sie bereits im dichter werdenden Nebel verschwunden. Er wollte sie zurückrufen. Die etwas einseitige Unterhaltung hatte ihn verunsichert. Aber die einzige Möglichkeit war, ihr hinterherzurufen, und das konnte er nicht riskieren.

Er ritt im gleichen Tempo wie zuvor weiter, und plötzlich weiteten sich die Felsen. Er spürte es mehr, als daß er es sah. Als er die Fackel hob, entdeckte er lediglich, daß die Felswände etwas weniger steil geworden waren, danach wurden sie rasch immer flacher. Er legte etwas an Tempo zu und hatte die Schlucht bald hinter sich.

Auf dieser Seite mündete der Hohlweg in ein langes Tal. Der Himmel über ihm war sternenübersät. Das Land weit vor ihm schien so flach und nichtssagend wie ein frisch gepflügtes Feld.

Er flog über hügeliges Grasland, und der Wind peitschte ihm kühl und belebend ins Gesicht. Er genoß das offene Gelände ringsum, als wäre er gerade in einem Alptraum einem Sarg entstiegen.

Nicht viel später entdeckte er einen stecknadelkopfgroßen Lichtpunkt am Horizont. Er hielt vorsichtig darauf zu. Hier waren die Spuren der durchziehenden Karawane noch frischer als auf dem letzten Lagerplatz. Und auch dort war der Kameldung noch warm gewesen. Als er näherkam, sah er, daß es sich um ein kleines Bauernhaus am diesseitigen Ufer eines breiten, träge dahinfließenden Stromes handelte. Der Fluß wand sich noch ein kurzes Stück nach Westen, bevor er, etwa einen Kilometer hinter dem Haus, nach Süden abknickte.

Er hielt an, saß eine Weile auf seinem Luma, sah sich um und lauschte dem Zirpen der Zikaden und dem friedlichen Gequake der Flußfrösche. Der Mond über ihm schien unnatürlich groß, so als sähe man ihn durch eine Linse. Er war immer noch blutrot.

Endlich stieg er ab und führte sein Luma weiter. Er lugte durch ein Fenster in die Hütte hinein und sah eine alte Frau, die mit dem Rücken zu ihm saß. Plötzlich bekam er Hunger, schritt entschlossen zur Tür, öffnete sie und ging hinein.

Die Alte saß über einem kreisrunden Steinofen gebeugt, der in der Mitte des Fußbodens auf einer Art Steinplatte stand. »Schließ die Tür«, sagte sie, ohne sich umzudrehen. »Die Nacht ist kalt, ich vertrage das nicht.« Ihre Stimme klang wie das Quietschen von Kreide auf einer Schiefertafel.

Als sie sich umdrehte, sah er ihr schmales Gesicht und ihr zerfurchtes Kinn, in dem die Zeit überall ihre Spuren hinterlassen hatte. Die Haut glänzte, als wäre sie aus einem fremdartigen Material. Ihren breiten Mund mit den konturlosen Lippen hatte sie achtlos mit roter Farbe beschmiert, und ihre winzigen Knopfaugen bestanden nur aus Pupille, wie die eines Vogels.

»Hast du Hunger?« fragte sie, obwohl sie bereits den Tisch deckte mit grob gehauenen Holzschalen und primitiven Eßwerkzeugen. »Ich habe einen Eintopf auf dem Herd.«

Als sie das sagte, roch er den gehaltvollen Duft des Essens, und ihm lief das Wasser im Mund zusammen. Hinter ihr hing ein schwarzer Metallkessel über dem Feuer.

»Hast du eine kleine Karawane hier vorbeiziehen sehen?« fragte er.

»Komm«, sagte sie. »Setz dich und iß.« Sie löffelte den dicken, kochendheißen Eintopf in die Schalen. Auf einem Holzbrett lag ein mächtiger Laib Schwarzbrot, daneben ein Messer.

Er setzte sich.

»Ich war den ganzen Tag noch nicht draußen«, sagte sie. »Ich gehe nicht mehr so oft vor die Tür.«

»Dann hast du den Reiter auch nicht gesehen?«

»Den Reiter?«

»Es war eine Frau. Sie sah seltsam aus. Sehr groß. Sie muß hier vorbeigekommen sein.«

»Du hast wahrscheinlich meine Tochter getroffen.«

»Aber hier ist sie nicht.«

»Natürlich nicht. Sie ist zur Jagd.«

»Nachts?«

»Anders geht es hier nicht. Hier leben nur Nachttiere.« Die Alte zeigte auf seine Schale. »Koche ich so schlecht?«

Er nahm einen Löffel. Es schien nach gar nichts zu schmecken, und er roch daran. Es roch köstlich.

»Du bist der Karawane gefolgt?« wollte die Alte wissen. Sie erinnerte ihn an jemanden. »Du bist offenbar kein gewöhnlicher Reisender.«

Ihm fiel etwas auf.

»Hast du keinen Hunger? Iß nur, iß!«

Was war es nur? Die Zeit schien zu dehnen. Auf einmal hörte er seinen eigenen Atem so überlaut wie den eines Drachen. Außerdem hatte er Schwierigkeiten, sich zu bewegen. Es war, als wäre die Luft dickflüssig geworden.

»Iß nur weiter, iß, iß!«

Im Augenwinkel, eine Million Meilen e-n-t-f-e-r-n-t ... Es dauerte, bis er es merkte. Die Flammen tanzten, bildeten hübsche Muster. Er riß sich im Geiste zusammen. Rutschte weg, tiefer, immer t-i-e-f-e-r ... das Feuer. Nein, nicht das Feuer ... Darunter, es schimmerte wie das Meer in einer Mondnacht erinnerst du dich noch wach doch um Himmels willen auf verdammt noch mal was ist los die Farben z-e-r-l-a-u-f-e-n irgend etwas Wichtiges das Mondlicht zerschneidet die Meeresoberfläche in zehntausend E-i-n-z-e-l-t-e-i-l-e reiß dich zusammen du mußt dich konzen-trie-ren. *Konzentrieren.* Das war's, jetzt nur nicht locker lassen — nein, laß das! *Hör auf!* Der Ofen war gar nicht rund. Es war ein fünfzackiger Stern. F-ü-n-f-z-a-c-k-i-g, Du Idiot, begreifst du jetzt?

Er begriff.

Stürzte sich über den Tisch auf die Frau, bekam ihr Handgelenk zu fassen, das ihm schnell entglitt ... Überall Farben wie bunte Seifenblasen Federn fächernd die dumpfe stickige Luft verschwitzt nach der Arbeit den ganzen Tag in der Sonne unheimlicher Durst Zunge klebt am Gaumen der Mund aufgequollen und so ausgetrocknet daß er nur noch an eines denken kann ... *Ich muß sie erwischen!* feuerte er sich selbst an. Er drehte den Arm und merkte, wie ihr Handgelenk brach wie ein dürrer Zweig.

Die Frau taumelt zurück das Haus bebt sie stolpert das Haus schimmert sie fällt das Haus löst sich ringsum in nichts auf.

Benommen saß Moichi im Gras, mit den Händen flach auf der Erde. Ihm war speiübel. Ruhig zirpte und quakte die Nacht weiter, als wäre nichts Ungewöhnliches geschehen. Ein paar Schritte entfernt graste sein Luma und kaute zufrieden. Was war geschehen?

Plötzlich kam es ihm hoch. Er fühlte sich schwach, drehte sich um, legte sich hin und blickte in den unendlichen Sternenhimmel, der so nahe glitzerte, als wolle ihm sein

Licht neue Kraft geben. Das Mondlicht brannte ihm auf den Augen. Er schloß sie. Er atmete schwer, als wäre er lange gerannt. Auf einmal wußte er es wieder — er war um sein Leben gerannt.

Tsukis Worte hatten ihn gerettet.

Er war Sardonyx begegnet, und sie hätte ihn um ein Haar besiegt. Um ein Haar. Was hatte sie von ihm wissen wollen? Und was hatte er ihr erzählt? Nicht viel, dessen war er sich sicher. Er öffnete die Augen.

Mittlerweile fühlte er sich wieder etwas besser. Er ging zu seinem Luma und stieg auf. Unter der Straße aus Sternen ritt er nach Nordwesten, der Karawane hinterher.

Als er sie sah, wurde ihm wohl ums Herz.

Sie hatte unterhalb eines großen, glitzernden Granitbrockens Schutz gesucht, vielleicht tausend Meter vom Lager entfernt. Nur ein Schatten unter Schatten.

Er entdeckte sie sofort, stieg von seinem Luma und schlich, es hinter sich herziehend, auf sie zu. Die Tiere verhielten sich vollkommen ruhig, sie wußten, daß die Feinde nah waren. Chiisai wirbelte herum und hatte ihr Kurzschwert gezückt. Dann fiel das Sternenlicht kurz auf ihn, und sie erkannte ihn. Sie umarmten sich freudig.

»Den Göttern sei Dank, daß du endlich hier bist«, flüsterte sie nüchtern, als der erste Freudentaumel vorbei war. »Gestern ist mein Pferd erschöpft liegen geblieben. Seitdem konnte ich nur zu Fuß weitergehen.«

Er erzählte ihr rasch, was geschehen war.

»Ich bin sehr erleichtert, daß Martyne nicht verletzt wurde. Dauernd habe ich mir wegen ihr Sorgen gemacht. Aber für Aufeya kommen wir möglicherweise schon zu spät.«

»Was soll das heißen?« zischte er. »Hat Hellsturm sie etwa schon umgebracht? Wieso hast du das nicht verhindert?«

»Beruhige dich«, sagte sie. »Ich verstehe deine Unruhe. Aber eines steht fest, sie reist nicht mit der Karawane.«

»Sie ist nicht hier? Wie ist das möglich?«

»Genau weiß ich das auch nicht, Moichi.«

»Dann ist sie schon in Mistral bei Sardonyx.«

»In Mistral?«

»Eine seltsame Burg, wie mir Tsuki erzählt hat. An der Nordwestseite eines noch seltsameren Sees, des Totensees. Dort wohnt diese Zauberin.« Dann erzählte er ihr alles über Sardonyx, was er wußte.

»Verstehe.« Chiisai runzelte die Stirn. »Es scheint mehrere miteinander verstrickte Pläne zu geben.«

»Was hast du herausgefunden? Martyne hat mir berichtet ...«

»Ja. Das Land des schillernden Mondes. Ich konnte es kaum glauben, als ich es zum ersten Mal hörte.« Sie drückte sich an einen Felsen und warf einen schnellen Blick auf das Karawanenlager. Dann fuhr sie fort: »Ich kenne die Legende, allerdings glaube ich nicht, daß sie von den Bujun stammt. Vielleicht ist sie zu einer Zeit entstanden, als Ama-no-mori noch ein Teil des Kontinents der Menschen war.«

»Du meinst während der Zauberkriege?«

»Genau. In der Legende heißt es, damals sei ein Ort entstanden, an dem die Zeit zusammenschmilzt und aufhört, zu existieren. Eine Art Öffnung im Gewebe des Universums, wie mit dem Skalpell eines Chirurgen geschnitten. Vielleicht war dies eine unbeabsichtigte Folge der ständigen bösen Zaubersprüche, vielleicht liegt die Erklärung auch ganz außerhalb unserer Vorstellungskraft. Wie auch immer — als dieses Auge der Zeit entdeckt wurde, eröffneten sich ungeahnte, furchterregende Möglichkeiten. Wem es zum Beispiel gelang, hindurchzuschlüpfen, dem standen alle Geheimnisse der Zukunft offen. Er konnte sie sogar mit zurückbringen. Wer von den Zauberern dies als erster schaffte, galt als unbesiegbar. Leicht war die Aufgabe allerdings nicht. Denn das Auge der Zeit verhielt sich Menschen gegenüber feindselig. Selbst die Beschwörungen der Zauberer boten keinen Schutz vor diesem tödlichen Strudel. Der Ort wurde daher gemieden und geriet in Vergessenheit. Er überlebte nur in der Legende.«

»Willst du damit sagen, Sardonyx hat herausgefunden, wo dieses — Auge der Zeit liegt?« Chiisai nickte. »Aber was hätte sie davon?«

»Du übersiehst den entscheidenden Punkt, Moichi. Sobald es Sardonyx gelingt, sich dort Zugang zu verschaffen, kann sie bis zur Zeit des Kai-feng oder gar darüber hinaus zurückgehen. Bis zu einer Zeit, als Zauberei noch mächtig war. Sie könnte alle Geschöpfe der Magie wieder zum Leben erwecken, die ...«

Er hob seine Hand. »Das genügt. Jetzt verstehe ich, was du meinst. Du willst also damit sagen, daß dieses Auge der Zeit sich hier in Kintai befindet?«

Chiisai nickte. »Der Legende nach befindet es sich in einem Land, in dem der Mond immer voll ist. Außerdem ist er dort nicht flach, wie in anderen Ländern, sondern kugelrund. Und er ist weder silbern wie im Norden, noch golden wie im Osten, nicht blau wie im Westen, und auch nicht orange wie im Süden. Er vereint all diese Farben. Mehr noch, der Mond schillert.«

Moichi sah fast gegen seinen Willen zum Himmel. »Aber sieh doch, Chiisai. Der Mond hier ist eine Sichel und rot wie eine Rose.«

»Ja«, flüsterte sie, »das stimmt. Aber in der Legende heißt es weiter, der einzige Zugang zum Land des schillernden Mondes führe durch eine Ebene, über der *ninsowaru*, das Dämonenauge, leuchtet.«

»Dort befinden wir uns also jetzt.«

»Ja.«

»Wenn Sardonyx Schloß hier in der Nähe liegt, muß sie schon eine ganze Weile im Besitz dieser Kenntnisse gewesen sein. Cascaras und Aufeya müssen also noch etwas anderes herausgefunden haben.«

»Nun, die Legende geht leider noch weiter.« Sie seufzte. »Als die Zauberkriege beendet waren, entstand die Geschichte über ein seltsam künstliches Gebilde. Es tauchte an den unterschiedlichsten Orten auf. Angeblich war dieses künstliche Gebilde der Schlüssel zum Rätsel des Auges der Zeit. Einige behaupteten sogar, es gesehen zu haben. Aber da jeder einen anderen Ort angab und da keiner dieser Orte sich als richtig herausstellte, zweifelten die meisten an seiner Existenz. Dennoch hofften und träumten einige weiter und hielten so seinen Namen am Leben: Man nannte es *Feuermaske.*«

Ein ganz kurzes Zischen entlang des schmalen Schiefergrats.

Er rührte sich nicht. Die schuppige Echse mit den rubinroten Augen saß genau vor ihm. Mit ihrem gezackten Rükken sah sie aus wie eine Erscheinung aus prähistorischer Zeit. Ihre gespaltene Zunge zuckte hervor und schien den Felsen abzutasten, während sie ihn ohne jedes Interesse anblickte. In dem Fleischlappen unterhalb von Kiefer und Nacken schlug langsam ihr Puls. Dann huschte sie an ihm vorbei und versteckte sich in einer Felsspalte. Von dort starrte sie ihn erneut wie versteinert an.

Er kniff die Augen zusammen und sah nach oben. Schwach leuchtende Wolkenstreifen zogen über ihn hinweg, ohne jedoch in die Nähe des blutroten Mondes zu geraten.

Angestrengt lauschte er auf das winzigste ungewöhnliche Geräusch. Dort weiter unten lag eine Menge loser Schiefersplitter. Es war völlig unmöglich, sich geräuschlos heranzuschleichen. Im Grunde hatte er noch Glück gehabt. Wäre Hellsturm ein Jhindo gewesen, hätte er nicht die geringste Chance gegen ihn gehabt. Schließlich war die Nacht der Freund der Jhindos. Aber Hellsturm war lediglich *Koppo*-Meister. Er mußte innerlich lachen — lediglich —, aber es war alles andere als komisch. Schließlich war er nicht der Dai-San, und der Tudesker hatte sogar Kossori getötet.

Während er dort oben auf dem schmalen Felsgrat allein in der dunklen Nacht abwartete, hatte er Zeit zum Nachdenken. Der Anfang war gar nicht schlecht gelaufen, aber hatte die Karawane ihr Ziel, Mistral, erst einmal erreicht, war es zu spät. Solange durften sie nicht warten. Hellsturm und Sardonyx waren vermutlich mittlerweile beide im Besitz der Hälfte der entscheidenden Information. Aufeya kannte die andere Hälfte. Wie wichtig diese Information wohl war? Wenn er sich zusammenreimte, was Martyne ihnen über Cascaras und was Aufeya ihm über Hellsturm erzählt hatte, gab es nur eine mögliche Schlußfolgerung:

Cascaras und Aufeya mußten gemeinsam den Ort der sagenhaften Feuermaske entdeckt haben.

Was immer Hellsturm jetzt nach Mistral führte — es mußte vereitelt werden. Es gab keine andere Möglichkeit.

Die Karawane hatte ihr Lager inmitten einer flachen Mulde aufgeschlagen, die links von einem dichten Eichenwäldchen und rechts und hinten von schützenden Felsen begrenzt wurde.

Dort saßen vier tudeskische Krieger — aber Hellsturm hatte noch einen weiteren Mann in seinem Gefolge. Er war untersetzt und kräftig wie ein Bulle. Das war kein Tudesker. Moichi sah, daß es ein Tülc war, der zu einem finsteren Stamm im Norden gehörte. Sie lebten in den endlosen, schneebedeckten Steppen und kleideten sich in Raubtierfelle von Wölfen oder Bären. Die Anführer bedeckten mit den Schädeln dieser Tiere die obere Hälfte ihrer Gesichter. Auf dem zweiten Schiff, auf dem Moichi angeheuert hatte, war er zum erstenmal einem Tülc begegnet. Er war nie dahinter gekommen, was dieser Mann so weit von seiner Heimat wollte, und ihn danach zu fragen, war ihm nicht eingefallen. Schließlich war Moichi damals auch fern seiner Heimat gewesen und hatte es vorgezogen, über die Gründe dafür zu schweigen. Aber etwas anderes hatte er von dem Mann gelernt — die Tülc waren ein gewalttätiges Volk und in vielerlei Hinsicht nur halb zivilisiert. Unmöglich, festzustellen, was dieser Mann bei Hellsturm zu suchen hatte.

Insgesamt waren sie zu sechst.

»Ein ausgeglichenes Verhältnis«, hatte Chiisai ihm lächelnd zugeflüstert. Er konnte ihren Optimismus nicht teilen.

Die Tudesker waren im Nu auf den Beinen und kampfbereit, und das, obwohl er und Chiisai sich so leise wie möglich herangeschlichen hatten. Allerdings hatten sie einen anderen Vorteil auf ihrer Seite: Offenbar hielten die Tudesker nichts von weiblichen Kriegern. Zumindest nicht, bis Chiisai den ersten Angreifer mit einem Hieb ihres Dai-katana erledigt hatte. Sie tauchte unter der Attacke des Tudeskers hinweg und durchbohrte ihn von vorne bis hinten dicht unter dem Brustbein.

Fluchend hetzte ihr Hellsturm sofort zwei neue Angreifer auf den Hals.

Chiisai selbst sah diesem Doppelangriff so ruhig entgegen wie die Oberfläche eines Sees. Sie wich keinen Zentimeter. Das lange Heft ihrer Waffe hielt sie fest in beiden Händen, die Spitze berührte den Boden.

Die Tudesker teilten sich auf und griffen von beiden Seiten an. Wie Giganten kamen die beiden Krieger auf sie zugepoltert. Der Krieger rechts von ihr holte als erster aus und setzte zu einem seitlichen Schlag an, und dann prasselten die Hiebe von rechts und links auf sie ein. Chiisai blockte alle ab, ihre Schwertspitze tauchte unter dem Angriff des zweiten Tudeskers weg und stieß blitzschnell vor. Er wurde von seiner rechten Hüfte bis zum Rücken aufgeschlitzt; noch im Fallen flog ihm die Waffe aus der Hand.

Dann mußte sie sich unter dem Schlag des ersten Kriegers ducken, beugte sich vor und versuchte es mit einem Aufwärtshieb. Er parierte, und sein Gegenangriff kam mit solcher Wucht, daß er sie fast aus ihrer Position gedrängt hätte. Sie fing sich rechtzeitig und lenkte einen Schlag gegen ihren Hals ab, trotzdem prallte die flache Seite der schweren Waffe gegen ihre Schulter. Mit einem Schrei drehte sie ihre Klinge nach oben und durchbohrte den Hals des Kriegers dicht über seinem Adamsapfel.

Moichi war inzwischen völlig mit dem letzten Tudesker beschäftigt. Der Mann schlug zweimal zu, und mit dem dritten Hieb schlug er Moichi den Säbel aus der Hand. Moichi fluchte innerlich, weil er nicht besser aufgepaßt hatte, aber Zweikämpfe dieser Art hatten ihn früher nie sonderlich interessiert. Wie hätte er ahnen können, jemals in eine solche Situation zu geraten.

Das Gesicht des Tudeskers verzog sich zu einem barbarischen Grinsen, als er zum entscheidenden Schlag ausholte, und dieses Grinsen blieb auf seinem Gesicht. Er hatte Moichis Bewegung mit der linken Hand nicht einmal gesehen. Mit immer noch demselben Grinsen stierte er blöde auf den dicken Kupfergriff, der aus seiner Brust ragte, keuchte einmal und kippte dann nach hinten.

Jetzt blieb nur noch Hellsturm. Und der Tülc. Er ging auf Chiisai los, während Moichi sich Hellsturm zuwandte. Der hatte die Kapuze seines Umhangs nach hinten gezogen, und zum erstenmal sah Moichi sein Gesicht.

Er sah verblüffend gut aus. Weniger wegen der einzelnen Gesichtspartien — seine Nase war zu gerade, sein Mund eine Idee zu breit, die Lippen übertrieben sinnlich —, aber ihr Zusammentreffen machte das Ganze ungewöhnlich. Er hatte etwas ausgeprägt Animalisches an sich — gefährlich, gerissen und ohne jede Moral. All das gehörte zu seiner männlichen Anziehungskraft, die sowohl Tsuki als auch Aufeya in ihren Bann gezogen hatte.

Seine tiefliegenden Augen waren schwarz. Das schien auch die einzige Farbe zu sein, die er trug. Der Lederhelm war ebenholzfarben, genau wie sein Kettenhemd, seine Beinkleider und die hohen Stiefel. Die einzigen Farbtupfer befanden sich vorne an seinem Helm und an der Schnalle seines Waffengürtels. Dort war ein blutrotes Kreuz aufgemalt, umgeben von einem Kreis im gleichen Farbton.

Moichi zog seinen Dolch heraus und wischte die Klinge am Umhang des Toten ab, dann nahm er seinen Säbel wieder an sich. Er steckte seinen Dolch weg und hielt den Säbel vor sich, die Spitze leicht angehoben.

Hellsturm kam lächelnd auf ihn zu. Seine weißen Zähne schimmerten im Mondlicht, scharf, feucht und mit einem Hauch von Rosa. Er berührte das Schwert nicht, das leicht schwankend in der Scheide an seiner Seite hing.

»Du weißt, was ich bin.«

Es klang wie das leise Rauschen einer Sommerbrise. Der Unterschied zwischen seinem Anblick und seiner Stimme war ein Schock. Als hätte Hellsturm zu seiner Geliebten gesprochen. Moichi zuckte innerlich zusammen. Er mußte an Tsuki und Aufeya denken.

Er hatte nur eine Chance — er mußte Hellsturm dazu bringen, sein Schwert zu ziehen. Wenn nicht ... Er täuschte einen Angriff vor, aber sein Gegenüber wich behende aus, schüttelte den Kopf und schnalzte dabei wie eine Frau.

»So nicht«, sagte er. »Ganz bestimmt nicht.«

Dann hob er die Hände.

Moichi schob seine nutzlose Waffe in die Scheide und stellte sich seitlich hin, um eine kleinere Angriffsfläche zu bieten. Aber Hellsturm war zu schnell. Als er auf ihn losging, konnte Moichi gerade noch mit seinen Unterarmen die vier, fünf Handkantenschläge ablenken, die in rascher Folge auf ihn einprasselten.

Moichi wich zurück, und Hellsturm setzte nach. Er blockte einen Schlag auf die Augen ab, aber den nächsten auf die Brust konnte er nur noch abschwächen. Wie eine glühende Lanze schoß ihm der Schmerz durch die Brust. Dann tat er das einzig Mögliche, um sich zu retten. Er rannte weg.

Er hat ein Gesicht wie ein Wiesel, dachte Chiisai, und einen Kopf, der selbst für diesen massigen Körper viel zu groß war. Ein Monster. Winzige Augen, fast keine Nase, aber übergroße klaffende Nüstern wie ein Tier. Seine Ohren waren ebenfalls klein — nur die Ohrläppchen waren in die Länge gezogen, wahrscheinlich wegen der vielen eingesteckten Schmucksteine. Er war in einen Wolfspelz gehüllt und stank.

Sie ließ dem Tülc den ersten Hieb.

Er erschütterte sie bis zu den Knöcheln. Wäre ihre Klinge nicht in Ama-no-mori geschmiedet worden, sie wäre bestimmt zu Bruch gegangen.

Er ließ ihr keine Zeit zum Luftholen, sondern drosch ohne Unterlaß und ohne erkennbaren Rhythmus auf sie ein. Sie fand es zunehmend schwieriger, sich zu verteidigen. Manchmal schien er Ordnung in seine Angriffe bringen zu wollen, aber das dauerte nicht lange und brachte sie nur aus dem Gleichgewicht und dadurch in Gefahr.

Ihre Arme fingen an zu schmerzen. In kürzester Zeit wurden die Schmerzen unerträglich, bis es eine Last wurde, das Schwert über den Kopf zu heben.

Der Tülc griff weiter an, ein barbarisches Grinsen kroch über sein Gesicht. Den Ausdruck kannte sie. Sie wußte, was dieser Kerl mit ihr vorhatte, bevor er sie tötete.

Sie hätte nicht soviel nachdenken sollen. Es konnte nur eine winzige Bewegung gewesen sein, trotzdem hätte sie sie normalerweise erfaßt. Zu spät. Undeutlich raste sein Hieb auf sie zu, und dann war es, als hätte man ihre rechte Schulter mit Feuer übergossen. Sie schrie auf, als sie durch die Wucht nach hinten geschleudert wurde, geriet ins Stolpern, und das Dai-katana fiel ihr aus der Hand.

Der Sturz war hart, sie griff sich an die Schulter, in der noch der Eisendorn steckte. Er hatte ihn mittels einer versteckten Feder aus dem Heft seines Schwertes abgeschossen.

Jetzt stand er über ihr und starrte sie wie versteinert an, dann warf er seine Klinge weg. Er zog einen Gegenstand unter seinem Pelz hervor. Als Chiisai ihn im Mondlicht aufschimmern sah, wußte sie, daß sie erledigt war.

Die Echse war nicht mehr da, nur ein leises Geräusch war zu hören. Moichi zuckte zusammen. Jetzt wußte er, Hellsturm war ihm auf den Fersen.

Er hatte immer noch keinen klaren Plan. Nur eines war sicher, er hatte vor dieser Tötungsmaschine fliehen und Deckung suchen müssen. Jetzt zermarterte er sein Gehirn und versuchte sich zu erinnern, was Kossori ihm alles über *Koppo* erzählt und gezeigt hatte. Noch gab er sich nicht verloren, auch wenn er wußte, daß sein jetziger Verfolger Kossori getötet hatte — und Moichi hatte seinen Freund für beinahe unbesiegbar gehalten.

Da war dieses Geräusch wieder — das Scharren von Leder auf Stein. Jetzt konnte er bereits die ersten Umrisse erkennen, viel näher als erwartet. Viel Zeit blieb nicht mehr.

Er widerstand der Versuchung, sich zu bewegen. Noch war er sich fast sicher, daß Hellsturm ihn nicht entdeckt hatte, obwohl er genau auf ihn zukam. Sinnlos, dem Tudesker mehr Vorteile als nötig zu lassen. Das Problem war nur, daß sein Kopf so vollkommen leer war. Er hatte immer noch nicht die geringste Idee, was ...

Die Umrisse waren verschwunden. Eben waren sie noch da gewesen, jetzt nicht mehr.

Wo steckt dieser Hellsturm? dachte er verzweifelt.

Mittlerweile herrschte völlige Stille. Nur gegen sein Trommelfell pochte ein ohrenbetäubender Lärm, bis er merkte, daß er seinem eigenen Puls lauschte. Er suchte die Dunkelheit vor sich ab.

Es war eher ein Gefühl, als daß er wirklich etwas gehört hätte. Er wollte sich gerade umdrehen, als der Schlag ihn traf und von seiner Stirn abglitt. Benommen rollte er weg, und ohne diese Bewegung hätte der Hieb mit Sicherheit seinen Kopf gespalten wie eine reife Melone.

Mühsam kam er auf die Knie, aber Hellsturm trat ihm hart in die Seite, und er ging wieder zu Boden. Sein Gegner fiel über ihn her, ohne ihm Zeit zum Luftholen zu lassen. Er mußte eine ganze Serie von wüsten Schlägen auf sein Brustbein abblocken, und dies alles ohne klaren Kopf und in ungünstigster Lage. Der Schweiß rann ihm in die Augen. Er schüttelte den Kopf rasch hin und her, um wieder deutlich zu sehen, aber dadurch wurden die Schmerzen nur noch größer. Scharfe Spitzen bohrten sich in seinen Rücken, Staub wirbelte auf und verstopfte ihm die Nase. Er konnte sich kaum noch rühren. Das war das Ende — wenn er sich auch nur einen einzigen Augenblick nicht mehr bewegen konnte, war er erledigt.

Sie waren am Rand eines Schiefergrats angelangt. Ein Hieb sauste undeutlich auf sein Gesicht zu, und er spürte, wie sie beide hinüberkippten, sich kurz schwerelos drehten und dann in entsetzlichem Tempo auf den Erdboden zurasten.

Er zwang seinen Körper, sich zu entspannen, aber Hellsturm war immer noch über ihm. Moichi schlug zuerst mit seiner rechten Schulter auf, fing das volle Gewicht der beiden Körper und den gesamten Schwung damit ab. Ein Gefühl wie in einem Schraubstock. Er schrie auf, irgend etwas in ihm riß. Dann hörte er ein Knacken, seltsamerweise ohne Schmerz — sein rechter Arm war ausgekugelt. Jetzt gab es keine Hoffnung mehr — nicht die geringste.

Sie hatte die Waffe schon einmal gesehen. Sie bestand aus einem langen Holzgriff, der in einer gefährlich aussehenden Klinge endete. Am Ende des Griffs hing eine Gliederkette mit einer dornenübersäten Metallkugel. Sie bekam Angst. Nicht ohne Grund.

Chiisai war eine Shujin, eine Großmeisterin der Kampfkünste. Nur Shujin durften ein Dai-katana tragen. Und sie gehörte zu den ganz wenigen Frauen unter den Bujun, die es so weit gebracht hatten.

Aber Chiisai war in Ama-no-mori besiegt worden. Einmal.

Ihr Gegner hatte diese Waffe geführt.

Sie war vor Angst wie gelähmt. Noch nie hatte sie gegen diese Waffe gesiegt, bestimmt hatte sie auch jetzt keine Chance.

Die Kette kreiste sirrend durch die Luft, und als sie mit aberwitziger Geschwindigkeit lospeitschte, grinste der Tülc. Sie schrie, als sich ihr die Kette mit dem ganzen Schwung seines Wurfs und der Wucht der Metallkugel um den Hals wickelte. Das Geräusch war dem Schnappen eines hungrigen Wolfs nicht unähnlich.

Ihr blieb die Luft weg. Sie fiel zu Boden und begann zu würgen, Schreie blieben ihr wie ein Röcheln tief in der Kehle stecken. Panik stieg in ihr hoch, griff wie eine Faust um ihren Magen. Sie keuchte und sah die zahnlückige schwitzende Fratze über sich, als der Tülc mit seinen groben, dreckigen Fingern die Kette allmählich fester um ihre Kehle zurrte.

Die Waffe selbst hielt er am Griff und wirbelte die sichelförmige Klinge im engen Bogen immer dichter vor ihren bebenden Brüsten.

Während sie kraftlos strampelte, zog er sie mit der Kette näher zu sich, wie einen Fisch an der Leine. Ihre Lungen drohten jeden Augenblick zu bersten, samtene Schwärze hüllte sie ein. Ein Nebel legte sich auf ihr Bewußtsein. Sie wußte, der Tod war nah. Vor Entsetzen wie gelähmt starrte sie ihn an. In Wirklichkeit passierte das doch jemand anderem — aber nicht ihr, nicht ihr!

Dann tat er etwas Merkwürdiges. Mit einer Hand hielt er die Kette weiter gepackt, mit der anderen faßte er an seinen Gürtel aus polierten Tierzähnen und begann ihn zu lösen, ohne den Blick von ihr abzuwenden. Dann schnellte die Klinge nach unten und durchtrennte die Lederschnüre ihres Brustpanzers. Mit halb geöffnetem Mund starrte er auf das, was ihn unter der dünnen Seidenschicht erwartete. Er riß seine Hose auf. Sie sackte an seinen haarigen Beinen herunter.

Ihr Blick glitt nach unten. Der Gedanke an das, was er vorhatte, war so entsetzlich, daß sie aus ihrer Erstarrung gerissen wurde. Ihre Niederlage und die seltsame Waffe, die Schuld daran hatte, waren vergessen.

Jetzt ging es ums nackte Überleben.

Ihr Geist wich zurück zum Ursprung. Denn jetzt blieb ihr nur noch das *Tai,* die Bewegung, die sie vor jeder Technik hatte erlernen müssen. Sie hörte ihren Trainer Hanjo sagen: *Wenn du dein Schwert nicht rechtzeitig ziehen kannst, ist alles weitere überflüssig. Begreifst du das?* Damals nicht, nicht wirklich. Trotzdem hatte sie jene Bewegung gelernt, und zwar gut, denn Hanjo war der beste Iaijutsu-Meister der Bujun. Jetzt begriff sie. Und war ihm dankbar.

Der Tülc wurde von ihrem blitzschnellen Stoß vollkommen überrascht. Eben noch lag sie ihm ausgeliefert da, und er hockte drohend über ihr, im nächsten bohrte sich eine Speerspitze aus Schmerz durch seinen Unterleib.

Die Augen traten ihm vor, Speichel troff aus den hängenden Mundwinkeln. Er ließ die Waffe fallen. Aus seinen Beinen war jedes Gefühl gewichen, sie trugen ihn nicht mehr. Er sackte auf die Knie, umklammerte mit zitternden Händen seinen Unterleib, versuchte sein zerrissenes Fleisch zusammenzuhalten. Erschreckend dicht vor sich sah er Chiisai, starrte sie immer noch voller Verlangen an ... Dann durchfuhr ihn ein kalter Schauer, stärker als jemals zuvor. Er mußte an die riesigen Schneewölfe und die frostharte Steppe denken, an die orgiastische Erregung bei der Jagd, wenn das heiße rote Blut auf die jungfräulich weiße Erde spritzte. Und jetzt strömte mit jedem Pulsschlag seines wild pochenden Herzens sein eigenes Blut durch seine kraftlosen Finger vor ihm in den Staub. Er stürzte vornüber und war tot, bevor er die Erde berührte.

Chiisai zerrte in Panik an der Kette, die sie noch immer würgte. Der schwere Körper des Tülc war auf die Waffe gerollt, und sie mußte ihn zur Seite schieben, um sie hervorzuziehen und so den Druck zu verringern. Als sie sich endlich von der Kette befreit hatte, waren ihre Nägel abgerissen und ihre Finger blutüberströmt.

Ihr traten Tränen in die Augen, und sie mußte tief durchatmen. Schwindel überkam sie, und sie wagte nicht, aufzustehen. Keuchend lag sie auf dem feuchten Boden, nie würde sie je wieder genug Luft bekommen, ein taubes Gefühl zog sich über Nase und Wangen zu ihren Lippen. Sie mußte sich zwingen, langsamer zu atmen. Ganz langsam und tief. Tief — und ruhig.

Es kam ihr vor, als läge sie endlos einfach nur da und atmete. Ohne etwas zu sehen, starrte sie in den Himmel voller eiskalt funkelnder Sterne und mit dem blutroten Mond. Sie weinte. Aber jetzt würde alles wieder gut werden.

Der Schlag traf seine ungedeckte Seite und raubte ihm dort jegliches Gehör. Er wich aus, aber es reichte nicht, der *Koppo*-Hieb hatte ihn direkt über dem rechten Ohr erwischt. Mein Gott, das ist kein Mensch, das ist ein Monster.

Er torkelte benommen zur Seite, stieß sich von einem

Felsen ab, spürte den Granit in seinem Rücken und wußte, was er zu tun hatte. Er biß die Zähne zusammen, versuchte Schock und Schmerzen zu überwinden und rammte seinen rechten Arm gegen die gewölbte Felsoberfläche. Der Winkel müßte in etwa stimmen.

Hinter seinen Augen blitzte es auf. Er stöhnte — aber er fühlte das Knacken, als der Arm wieder im Gelenk einrastete. Als der erste Schock nachließ, flammten die Schmerzen auf wie Donnergrollen nach einem Blitz. Am ganzen Körper brach ihm der Schweiß aus, und er fing an zu zittern, als er tief durchatmete. Mit seinem gesunden Arm wischte er sich über die Augen und löste sich torkelnd von der Felswand.

Hellsturm war bereits wieder dicht vor ihm. Moichi sprang zur Seite, rannte in die Nacht hinaus, fand einen Felsvorsprung und kletterte ihn hinauf, als wäre das seine einzige Rettung.

Gott wird mich erretten — bei diesem Gedanken ertappte er sich. Er wacht unablässig über mich. Genau das hatte sein Vater immer vor dem Schlafengehen zu ihm gesagt, als er noch ein kleiner Junge gewesen war. Ein Spruch, den er nie vergessen hatte und der im Augenblick für ihn voller Bedeutung war. Er gab ihm eine innere Kraft, die ihn vor dem Verzweifeln bewahrte.

Die Geräusche hinter ihm verrieten ihm, daß Hellsturm aufholte. Mit jedem Schriftt verließen ihn zunehmend die Kräfte. Abblocken und ständig in Bewegung bleiben, das hatte jetzt keinen Sinn mehr. Jetzt wurde es ihm klar — das war von Anfang an sinnlos gewesen, hatte das Unvermeidliche nur hinausgezögert. Wie hatte er nur glauben können, diesem Teufel gewachsen zu sein? Er hatte an der Seite des größten Helden dieser Welt gekämpft, aber warum hielt er sich selber für einen?

Trotzdem kletterte er weiter nach oben. Tief im Innern konnte er sich mit der Niederlage einfach nicht abfinden, auch wenn ihn der Gedanke an das Unvermeidliche nicht mehr losließ. Er kletterte hinauf zu den Sternen und dem blutroten Dämonenauge, das über ihm hing wie die gierig grinsende Fratze von Sardonyx.

Der Felsvorsprung, den er oben entlanglief, knickte scharf nach links ab. Er folgte ihm weiter, das Gestein knirschte unter seinen Sohlen, tastete sich zur Orientierung an der Innenwand entlang, zog sich nach vorne, rannte, stolperte, fing sich wieder, rannte atemlos weiter. Seine Lungen drohten zu bersten, und seine Kehle fühlte sich an, als wäre sie voller Staub. Durch die Anstrengung floß sein Schweiß in Strömen, was seine rasch schwindenden Kräfte noch zusätzlich erschöpfte.

Wasser. Er brauchte Wasser. Der Gedanke wurde plötzlich wichtiger als der, Hellsturm abzuschütteln.

Abrupt verließ er den Vorsprung und hangelte sich an einem Felshang hoch, kletterte stolpernd über Felsbrocken und verdörrtes Gestrüpp, auf der Jagd nach Zeit, dem einzigen, was jetzt noch Sinn für ihn hatte.

Völlig außer Atem erreichte er den Hügelkamm und versuchte, seinen Atem zu kontrollieren. Jetzt ging es auf der gegenüberliegenden Seite bergab, plötzlich war er inmitten üppigen Gebüschs. Ganz entfernt dämmerte ein erster Hoffnungsschimmer, denn er konnte es jetzt riechen — Wasser.

Er stieß mit dem Zeh gegen einen Stein, eine Wurzel, und stürzte das letzte Stück des Abhangs Hals über Kopf hinunter. Dann kniete er auf einem schmalen Uferstreifen, trank das kühle Wasser in großen Schlucken aus dem Bach, bückte sich schließlich noch tiefer und benetzte Kopf und Schultern. Das linderte den Schmerz etwas.

Endlich rappelte er sich auf und watete vorsichtig durch den Fluß. Er war breit, aber ziemlich flach, das gurgelnde Wasser reichte ihm nicht einmal bis an den Rand seiner Stiefel. Allerdings waren die Steine auf dem Grund scharfkantig und glatt, und einen Sturz wollte er nicht riskieren.

Er erreichte das andere Ufer ohne Zwischenfall und lief in ein dichtes Pinienwäldchen. Dort erklomm er einen Felsvorsprung, dem er folgte, bis er eine passende Stelle gefunden hatte. Von hier aus hatte er im Licht des Mondes einen ausgezeichneten Blick über den Bach, ohne selbst gesehen zu werden. Er hockte sich hin und wartete. Mit jedem Augenblick kehrten seine Kräfte zurück. Aber rein physische Kraft würde nicht reichen, das wußte er.

Mit dem Rücken gegen einen mächtigen Stamm gelehnt atmete er den betäubenden Duft des dicken Piniennadelteppichs über dem Boden ringsum ein. Hoch über ihm erschallte der traurige Ruf eines Käuzchens. Er blickte nach oben und entdeckte eine braunweiß gescheckte Eule ganz in der Nähe. Irgend etwas war seltsam an ihr. Er blickte erneut hoch. Sie hatte die Augen geschlossen. Als Nachtvogel hätte sie um diese Zeit hellwach sein müssen ...

Dann dämmerte ihm die Antwort, und er wußte, daß er siegen konnte. Jetzt hatte er eine Chance. Eine gegen zehntausend, aber immer noch besser als gar keine. Doch er brauchte Zeit zum Nachdenken.

Es war der Mond. Er war zwar nicht voll, aber er wirkte größer über diesem fremdartigen Land. Und er leuchtete so blutrot und gleißend hell, daß die Eule die Augen geschlossen hatte.

Mondlicht auf dem Wasser des rauschenden Bachs.

Plötzlich fiel es ihm wie Schuppen von den Augen, und er erinnerte sich.

Daß es so lange dauert, bis man Koppo beherrscht, hatte ihm sein Freund Kossori damals erzählt, *liegt daran, daß es zum größten Teil rein geistig ist. Man muß seinen Geist dazu bringen, »so ruhig zu werden, wie das Mondlicht«. Also vollkommen leidenschaftslos die gesamte Umgebung erfassen, mit all ihren Details. In diesem Zustand gilt ein Koppo-Meister als unbesiegbar. Aber sobald er sich auf irgendeine Weise ablenken läßt, schiebt sich gewissermaßen eine Wolke vor den Mond. Die Welt wird schattig und dunkel, und man kann ihn bezwingen.*

Das Dämonenauge zersprang in tausend Splitter, als Hellsturm in den Bach stürzte und das diesseitige Ufer erreichte. Dort blieb er stehen und hielt nach seinem Opfer Ausschau.

Ohne sich zu rühren, tastete Moichi den Piniennadelteppich ab, bis er gefunden hatte, was er suchte. Er wog den Stein in seiner Linken, schätzte das Gewicht, dann steckte er ihn sich hinten in den Gürtel, damit man ihn nicht sehen konnte.

Dabei fiel das Mondlicht kurz auf seinen Ellbogen. Wie ein Spürhund bei der Aufnahme der Witterung fuhr Hellsturms Kopf herum. Er hatte ihn geortet. Der Tudesker kam den Abhang schneller heraufgeschossen, als Moichi es für möglich gehalten hätte. Mit seinen langen, geschmeidigen Beinen schien er die Schwerkraft Lügen zu strafen.

Die tödlichen Hände waren zum Schlag erhoben. Moichi wich zurück. Er stolperte und mußte im Rückwärtsfallen den ersten Schlag abblocken.

Der Mann verfügte wirklich über furchterregende Kräfte. Selbst jetzt noch. Die Wucht des teuflischen Angriffs raubte Moichi fast den letzten Mut.

Seine Abwehr drohte zusammenzubrechen. Ihm blieb keine Zeit mehr. Jeden Augenblick konnten ihm sämtliche Knochen zerschmettert werden. Er biß die Zähne zusammen und hob seinen rechten Arm, der ausgekugelt gewesen war, um sich vor den prasselnden Schlägen zu schützen. Der Schmerz schien sich wie ein lebendiges Wesen in sein Fleisch zu fressen, aber er hatte keine Wahl — er brauchte seine linke Hand. Blitzschnell packte er den kühlen, harten Gegenstand hinter seinem Rücken. Und zog ihn hervor.

Jetzt.

Sein Kopf brannte von einem nur schlecht abgewehrten Tigerhieb.

Jetzt, jetzt, jetzt ...

»Tsuki!« brüllte er. »Hierher, schnell!«

Er war verzweifelt. Der Trick war so alt, daß ihn längst niemand mehr benutzte.

Doch Hellsturm riß den Kopf herum, die Augen weit geöffnet. Seine Hände zögerten einen winzigen Augenblick, eine Wolke schob sich vor den Mond.

Aus dem dunklen Schatten heraus schlug Moichi mit aller Wucht von unten zu. Und klemmte Hellsturms rechte Hand zwischen dem Stamm und dem scharfkantigen Stein in seiner Hand fest.

Ein scharfes Krachen, wie von einem gefällten Baum. Haut riß. Moichi ließ nicht locker und grub den Stein in die Knochen, bis Blut spritzte und die Knöchel zersplitterten.

Hellsturms Kopf sackte nach hinten, er bleckte die Zähne. Das Weiße um seine Augen leuchtete auf. Moichi konnte seinen säuerlichen Schweiß riechen, aber Hellsturm hatte immer noch seine linke Hand, und davon machte er jetzt Gebrauch. Ohne Rücksicht auf die Schmerzen riß er Moichi den Stein aus der Hand und drosch damit auf seinen Gegner ein.

Moichi riß ein Bein hoch und rammte Hellsturm die Stiefelspitze in den Magen, doch dessen Kettenhemd fing den Aufprall ab, und er stürzte sich weiter auf Moichi. Jetzt hielt er Moichis rechte Schulter gepackt und bohrte seine Finger in das wunde Gelenk.

Der Schmerz hüllte Moichi ein. Tränen traten ihm in die Augen, er brüllte auf, sein Arm hing wie betäubt herab.

Mit seiner Linken suchte er hektisch in seinem Gürtel, bis er den Griff eines seiner Dolche gefunden hatte. Er versuchte ihn zu ziehen, aber er hatte sich beim Kampf in seinem Hemd verheddert.

Hellsturms Gesicht verzog sich zu einer Maske aus blutrünstigem Haß, während er seine Finger immer tiefer in die Schulter bohrte und an Moichis Arm riß. Gleich hatte er seinen Arm wieder ausgekugelt, der Schmerz wurde unerträglich. Wenn er jetzt das Bewußtsein verlor …

Der Dolch löste sich, er hatte ihn: Moichi riß ihn ohne weitere Überlegung hoch, die Klinge schoß vor und schlitzte Hellsturms Gesicht vom rechten Auge über den Nasenrücken bis hin zum linken Auge auf.

Hellsturm heulte auf wie ein Tier, fuhr zurück, hielt sich seine zerschmetterte Hand vor das zerschnittene Gesicht und torkelte nach hinten. Er stolperte und fing sich fast wieder, aber der Abhang war zu steil, und er konnte vor Blut nichts mehr erkennen. Krachend stürzte er rücklings gegen einen Pinienstamm, wurde durch seinen Schwung wie trunken herumgewirbelt und schoß, sich um seine Achse drehend, die Böschung hinunter. Bis er im rauschenden Bach eingeklemmt zwischen den Felsen hängenblieb. Das blutrote Licht des Dämonenauges tauchte den leblosen Körper in ein sanftes Licht. Und die Landschaft versank wieder in ihrer gewohnten Ruhe.

DER AMBOSS

Am Ende der Ebene lag der Wald, und dahinter der helle Strand des Totenmeeres.

Erst gegen Mittag durchbrachen sie den Waldrand am anderen Ende. Ein scheinbar trostloser Ort — dicht überwuchert mit undurchdringlichem Blattwerk, armdicken Lianen und stacheligen Schlingpflanzen, der Boden dazwischen übersät mit riesigen, bösartig aussehenden Pilzen, fahl wie Schnee. Aber fast kein tierisches Leben. Die Vögel in den oberen Gefilden waren reine Nachttiere, sie waren verschwunden, bevor die Sonne ihren massigen Ball über den zerrissenen Horizont geschoben hatte.

Beide waren sie erleichtert, als sie aus dieser undurchdringlichen Finsternis ins Freie traten.

Ein überraschender Anblick bot sich ihnen: Das Totenmeer war eine tiefe, wasserlose Narbe in der Erdoberfläche, ein verwesendes Skelett ohne Haut oder Fleisch. Es bestand nur aus Staub und Flugasche, die unter der unbarmherzigen Sonne glitzerte und zu bizarren Formen aufgeworfen war. Die steilen Ränder verwandelten es in einen Glutofen.

Sie blieben am Rand stehen und sahen hinüber. Dort, auf dem gegenüberliegenden Ufer, konnte man gerade noch die dunklen Türme und Fenster von Mistral erkennen — und dort also wohnte Sardonyx.

Sie entschlossen sich ohne langes Zögern für den kürzesten Weg: mitten durch das Totenmeer. Es war vielleicht doppelt so breit wie lang. Für eine Umrundung hätten sie vermutlich gut vier Tage gebraucht.

Während ihres Abstiegs stieg die Temperatur alarmierend an. Moichi spielte kurz mit dem Gedanken, umzukehren, brachte es aber nicht übers Herz, das Chiisai vorzuschlagen. Wenn er an Aufeya dachte und was sie bei Sardonyx vielleicht zu erleiden hatte, verstärkte sich sein Entschluß.

Ringsum nichts als Staub und Verfall. Nicht der feuchte Moder, den man tief in einem üppigen Dschungel oder einem fruchtbaren Sumpf finden konnte, eher eine seltsame Art der Verödung — als wäre diesem Meer jegliche Feuchtigkeit entzogen worden.

Je tiefer sie hinabstiegen, desto grimmiger wurde die Hitze, eine trockene Backofenhitze, die immer weiter anstieg, bis sie sich fühlten wie auf einem Bratrost. Aber das Fehlen jeglicher Feuchtigkeit machte sie erträglich und trieb sie weiter.

Die Sonne hing weiß, aufgequollen und scheinbar regungslos über ihnen. Moichi hatte bereits reichlich Erfahrungen mit der grauenhaften Hitze in den Kalmenzonen südlicher Breitengrade und wickelte sich zusätzlich ein Hemd um Kopf und Stirn. Er riet Chiisai, das gleiche zu tun. Auf keinen Fall durften sie einen Sonnenstich riskieren.

Sie sprachen nur wenig, und wenn, nur einsilbig. Der Kräfteverschleiß zehrte sie aus. Aber das war nicht der einzige Grund.

Kurz nach Mittag aßen sie etwas, lustlos und ohne Appetit. Chiisai hätte ganz auf das karge Mahl verzichtet, aber Moichi bestand darauf. Die Sonne entzog dem Körper zu schnell alle Kräfte.

Der Boden des Totenmeeres wurde jetzt ebener, trotzdem schienen sie sich noch auf einer Art Untiefe zu befinden. Kurz darauf gerieten sie an das Ende der Felsplatte und stiegen steil hinab auf den eigentlichen Grund.

Am Nachmittag legten sie eine kurze Pause ein, um den Lumas Wasser zu geben. Wie Kamele speicherten sie den größten Teil ihres Flüssigkeitsbedarfs. Chiisai trank zwei Schlucke von der trüben Flüssigkeit, Moichi weigerte sich. Durch hartes Training hatte er gelernt, sich einzuschränken und wußte, wie er seine Körperflüssigkeit erhalten und seine Flüssigkeitsaufnahme auf ein Minimum beschränken konnte. Vielleicht wurde das später noch wichtiger, wenn sie wegen unvorhergesehener Schwierigkeiten plötzlich Wasser brauchen sollten.

Tief unten passierten sie einen zum Skelett gewordenen Kadaver. Er ragte höher auf als ein Haus. Die starren, trokkenen Knochen warfen ein Schattengeflecht aus abwechselnd hellen und dunklen Streifen über den Meeresgrund. Der gewaltige Schädel, halb unter Staub begraben, war lang und schmal und bestand fast nur aus dem vorspringenden Kiefer. Er wies eine Doppelzahnreihe und nur eine winzige Schädelhöhle auf.

Wenig später trafen sie auf den völlig ausgedörrten Körper eines anderen Geschöpfes. Es schien Flügel gehabt zu haben, die zarten Knochen lagen zu beiden Seiten kreisrund ausgebreitet und waren — wie Moichi an einer Bruchstelle sehen konnte — innen hohl. Durch das Fehlen jeglicher Feuchtigkeit war das Totenmeer natürlich ein idealer Ort für die Konservierung von Lebewesen.

Moichi hätte sich gerne noch mehr dieser Fossilien angesehen, aber er hatte weder die Zeit dafür noch die Möglichkeit, sie auf die großen Entfernungen hin zu erkennen. Das grelle Licht und die Verzerrungen in dieser enormen Hitze machten es unmöglich, etwas genau zu identifizieren, bevor man fast davor stand. Die riesigen Skelette dieser vorzeitlichen Lebewesen machten da keine Ausnahme.

Der Himmel über ihnen war wolkenlos, grellweiß in der Nähe der Sonne, dann in ein blaßes Blau übergehend. Jetzt sah er weiter vorne eine Art Dunst, der zwischen ihnen und dem anderen Ufer hing. Er schüttelte den Kopf und schützte die Augen, vielleicht spielte ihnen die Hitze einen Streich. Er stieß Chiisai an. Sie sah in die Richtung, in die er zeigte, und nickte.

Vor ihnen schwebte eine Wolke, so tief, daß sie den Grund des Totenmeeres zu streifen schien. Der obere Rand ragte nicht über das Ufer hinaus.

Sie schien ständig in Bewegung zu sein, bot kein klares Bild und kam zweifellos auf sie zu.

Dann war sie über ihnen. Ganz plötzlich waren sie von einem Schwarm rieisger, fliegender Insekten umgeben. Das Gebrumm dröhnte ihnen in den Ohren, die Tiere selbst aber flogen zu schnell, um sie genau sehen zu können; nichts als undeutliche Umrisse, die hin- und herschossen. Allerdings kam kein einziges nah genug, um es berühren zu können, sie machten einen durchaus harmlosen Eindruck.

Sie trieben ihre Lumas weiter und hatten den Schwarm bald hinter sich. Als sie sich umdrehten, konnten sie beobachten, wie die Insekten quer durch das gesamte Totenmeer zogen. Von was sie sich wohl ernährten? An diesem trostlosen Ort gab es doch absolut nichts.

Die Dämmerung begann für sie sehr früh, sie setzte sofort nachdem die Sonne hinter dem hohen Ufer untergegangen war, ein, obwohl der Rest der Welt immer noch in Sonnenlicht getaucht war. Ein Segen, denn nachdem die ersten Schatten über den Meeresgrund krochen, fiel auch die Temperatur. Woraus er auch immer bestehen mochte, der Boden speicherte die tagsüber angestaute Hitze nicht lange.

Schon bald hüllte sie die Dunkelheit ein.

Sie machten früh Halt und richteten das Nachtlager her. Die Tageswanderung und dazu die Anstrengungen der vergangenen Nacht hatten sie völlig erschöpft. Den ganzen Tag über hatte Moichi seinen verletzten Arm dicht an der Seite gehalten und den Unterarm auf seine Hüfte gestützt, die Hitze tat ihm gut.

Sie ließen sich unter dem gewaltigen Gerippe irgendeines Wesens nieder, der Brustkorb spannte sich über ihren Köpfen wie das Gewölbe einer Kathedrale. Der Schädel war breit und mächtig, ein langes, gerades Horn ragte aus seiner Stirn.

Unglücklicherweise hatten sie nichts zum Feueranzünden, was den folgenden Temperatursturz äußerst unangenehm machte. Unvorstellbar, daß noch vor kurzer Zeit die Luft vor Hitze geflirrt hatte. Die Luma drängten sich schnaubend dicht zusammen, ihr Atem bildete kleine Nebelwolken. Moichi und Chiisai machten es ihnen nach und kauerten sich zum Wärmen dicht aneinander.

Nach dem Essen hätten sie Zeit zu sprechen gehabt, schienen aber beide nicht recht zu wollen. Moichi hatte gesehen, was sie mit dem Tülc gemacht hatte, wußte aber immer noch nicht, was er ihr angetan hatte. Er kannte Chiisai gut genug, um zu wissen, daß sie eigentlich recht gesprächig war, und ihr Schweigen beunruhigte ihn. Trotzdem hielt er sich noch zurück. Es war besser, wenn sie anfing. Offenbar bedrückte sie etwas.

»Wie geht es deiner Schulter?« Ihre Stimme klang leise und gedämpft. »Sind die Schmerzen schlimm?«

»Im Augenblick geht es. Die Hitze hat viel geholfen.«

»Du solltest den Arm in einer Binde tragen.«

»Unter den gegebenen Umständen ist das kaum eine gute Idee.«

»Er wird dir ohnehin nicht viel nützen.«

»Morgen werde ich sehen, ob ich ihn wieder über den Kopf heben kann.«

»Du bist verrückt.«

»Ja. Kann sein.«

Sie wollte lachen, aber es schien ihr in der Kehle stecken zu bleiben, und plötzlich lag sie an seiner Schulter und weinte lautlos. Die Tränen rollten ihr über die Wangen.

»Es ist alles vorbei, Chiisai«, sagte er. Die Worte kamen ihm sogar selbst lächerlich vor.

»›Das Entsetzen‹«, flüsterte sie, »›ist nichts anderes, als der eigenen Angst gegenüberzustehen.‹ Das ist ein Bujun-Sprichwort. Ich hatte es schon oft gehört, aber erst gestern nacht habe ich es begriffen. Ich habe dem Tod ins Angesicht gesehen, Moichi, und keine Angst gehabt. Aber der Tülc ...« Sie zögerte, und er wußte, daß dies die ganze Zeit an ihr genagt hatte und daß dies der Grund für ihr langes Schweigen war. Plötzlich waren sie rot und schwarz gestreift — durch das Mondlicht und die Schatten der Rippen des riesigen Brustkorbs, unter dem sie dicht aneinandergedrängt lagen. Sein Luma stapfte einmal auf, dann war es wieder ruhig. »Der Tülc hätte mich vergewaltigt. Tot oder lebendig, ich glaube, das war ihm egal. Vielleicht wollte er mich sogar dabei sterben sehen ...« Sie brach ab und konnte lange nicht weitersprechen. Als sie sich fester an ihn klammerte, wußte er, daß das Schwierigste noch kam — für sie. »Ich — ich war noch nie mit einem Mann zusammen. Und als ich ihn dort über mir stehen sah — als er da stand ... Es durfte einfach nicht passieren. Ich — ich hatte Angst und — habe mich geschämt.« Die letzten Worte stieß sie dann hervor, als wollte sie sicher gehen, nicht noch im letzten Moment einen Rückzieher zu machen, nachdem sie sich einmal entschlossen hatte: »Ich hatte allen Mut verloren.«

»Hör zu«, sagte er. Sie lagen so dicht beieinander, daß seine tiefere Stimme seltsam vibrierte. »Das hat dir das Leben gerettet. Deswegen brauchst du dich nicht zu schämen.«

»Ich bin nicht zum Krieger geeignet, schon gar nicht zum Shujin.«

»Chiisai«, sagte er und hob ihr Kinn, damit sie ihm direkt in die Augen sehen konnte. »Ich habe schon sehr früh gelernt, daß gesunde Angst manchmal das einzige ist, was einen am Leben hält. Überleg doch — jetzt liegst du hier, neben mir. Hättest du keine Angst gehabt ...« Er zog die Schultern hoch.

Sie sagte immer noch nichts. Vielleicht brauchte sie noch etwas Zeit, vielleicht aber auch nicht. Er konnte nichts daran ändern. Sein eigener Kampf war entsetzlich gewesen. Sicher waren dabei einige böse Geister vertrieben worden. Aber längst nicht alle.

In dieser Nacht träumte er von seiner Heimkehr, aber weder in kurz aufblitzenden Erinnerungen oder seltsam unzusammenhängenden Szenen — auch nicht in der zeitlosen, bildüberfrachteten Traumsprache — sondern eher, als würde er sich im Wachzustand an Ereignisse aus seiner Vergangenheit erinnern.

Der Wind hatte ihm diesen Traum zugeflüstert. Und so würde er ihn immer in Erinnerung behalten:

Er wachte zu Beginn der Stunde des Kormorans auf und ging an Deck. Es war die *Biy'hee,* sein erstes Schiff. Die See war glatt wie eine Schieferplatte, und die Sonne kaum mehr als ein Lichtschimmer am östlichen Horizont, wo ihr blasses Licht die Nacht schon verdrängte.

Aber nicht alles war noch so wie abends, als er zu Bett gegangen war. Der Wind war anders. Irgendwann im Verlauf der kurzen Nacht hatte er sich verändert, hatte gedreht und kam jetzt aus Süden.

Er holte tief Luft und schmeckte ihn, wie ein Leichentuch hing ein seltsamer Geruch in der Luft. Er ging hinüber zur Steuerbordreling und suchte den Horizont ab. Außer Himmel und Meer war nichts zu sehen. Himmel und Meer. Trotzdem war es da.

Er drehte sich um, legte die Hände wie einen Trichter vor den Mund und rief dem Steuermann den neuen Kurs zu. Dann brüllte er Befehle in die Takelage, und im Nu war alles Tuch gesetzt. Kurz darauf kam der erste Maat an Deck, und Moichi informierte ihn über den Kurswechsel.

Sie kamen an, und er hatte das Gefühl, als wäre er sehr lange weg gewesen, aber das bildete er sich vielleicht auch nur ein. Alara'at hatte sich gewiß nicht verändert Die Hafenstadt der Iskamen, von wo aus er vor so langer Zeit in See gestochen war, brodelte vor Leben. Als er jedoch die *Biy'hee* zum Anlegen auf den Kai zumanövrierte, entdeckte er hier und da ein neues Gebäude oder ein Gelände, das vormals Wildnis gewesen und jetzt zu einem Platz umgestaltet worden war. Aber das war nur normal, funktionierende Kulturen mußten sich mit der Zeit ausdehnen. Die hohen, schattigen Palmen standen jedoch immer noch an ihrem Platz, sie säumten den Strand diesseits der ersten Häuser.

Sein Vater war der letzte gewesen, von dem er sich als kleiner Junge verabschiedet hatte. Er hatte ihm damals sein

Gesicht für den schroffen Abschiedskuß hingehalten, für Moichi eher Tradition als eine Sache des Gefühls.

Und jetzt war es wieder sein Vater, weswegen es ihn nach Hause gezogen hatte. Denn das war die Botschaft gewesen, die ihm der Wind gebracht hatte: Sein Vater lag im Sterben.

Und so war es auch. Die Eingangshalle des Hauses seiner Familie war von unzähligen weißen Totenkerzen hell erleuchtet.

Es war mitten am Vormittag, und offenbar herrschte nur wenig Betrieb. Niemand beachtete ihn, bis sein Bruder Jesah die Zedernholztür zu dem Zimmer seines Vaters öffnete und in die Diele hinaustrat.

Sie standen da und sahen sich an, während Bedienstete an ihnen vorbeieilten. Die beiden Brüder, die geistig und körperlich so verschieden waren. Moichi wirkte normalerweise sehr kräftig, aber in der Gegenwart seines jüngeren Bruders, fast eines Riesen, schrumpfte er regelrecht zusammen. Und natürlich ähnelte Jesah in allen Dingen dem Vater. Er hatte die Interessen seines Bruders immer schon verachtet, er hielt sie für eines Mannes unwürdig, der vielleicht — nein, ganz bestimmt die Verantwortung als zukünftiges Familienoberhaupt würde übernehmen müssen.

Jesah räusperte sich. »Nun«, sagte er, »du bist also nach Hause zurückgekehrt. Du hast dir genau den richtigen Augenblick ausgesucht.«

»Ich bin gekommen, weil er im Sterben liegt, Jesah.«

»Ach so.« Er faltete die Hände, eine für ihn typische Geste, vermutlich sollte sie ihm etwas Feierlich-Religiöses verleihen. Für Moichi sah er dann eher aus wie ein pedantischer Lehrer. »Und aus welchem entfernten Land kommst du gerade?«

»Ich war mitten auf See, siebzehn Tagesreisen von Bylante'an entfernt.«

»Das ist weit weg. Ich bin überrascht, daß du es überhaupt geschafft hast.«

»Er ist mein Vater.«

»Wer weiß das besser als ich.«

»Was willst du damit sagen?«

»Du warst sehr lange fort, aber wie ich sehe, hast du dich nicht verändert.«

»Ich habe lediglich getan, was ich tun mußte. Entweder du oder ich. Du hast dich nie vernünftig verteidigen können. Der Junge starb. Einer von uns mußte die Schuld auf sich nehmen und Iskael verlassen.«

»Du wolltest es doch nicht anders!« Moichi konnte Jesahs Verachtung förmlich spüren. »Du hast immer nur davon geträumt, dich deiner Verantwortung unserem Vater — und mir und den Mädchen — gegenüber zu entziehen. Die Familie hat für dich nie eine Rolle gespielt. Darum kann Jesah sich doch kümmern, hast du gedacht, das gefällt ihm ohnehin am besten.«

Moichi starrte ihn an. Zum erstenmal hatte Moichi den Eindruck, daß Jesah gar nicht so viel an seiner Stellung lag. »Jesah, ich ...«, setzte er an.

Sein Bruder schnitt ihm das Wort ab. »Vater hat nach dir gerufen.«

»Deswegen bin ich hier.«

»Also gut.« Als ob er einem Außenstehenden die Erlaubnis erteilt, ging er auf die Seite und ließ Moichi eintreten.

Früher war er sehr oft im Zimmer seines Vaters gewesen. Oder in dem seiner Eltern. Bis seine Mutter an einer Krankheit starb, die kein Arzt erkennen konnte. Es war nur natürlich, daß sein Vater es für einen Wink Gottes hielt. Es folgte ein Jahr der Gebete und strengster Disziplin, als hätte sich die gesamte Familie versündigt und müßte jetzt dafür büßen. Das Zimmer war im ganzen Haus einzigartig. Die Küche zum Beispiel, aus Ziegeln und Stein, war freundlich und hell, durch die vielen Fenster sah man auf hügeliges Grasland. Das Wohnzimmer war dunkel und höhlenartig, es wurde von einem riesigen offenen Kamin beherrscht, dessen Feuerstelle ihm als Kind wie der Mund Gottes erschienen war; die großen, flachen Steine, so hatte er damals geglaubt, führten durch das Dach hindurch und reichten bis mitten in den Himmel. Vielleicht hatte ihm sein Vater diese etwas groteske Vorstellung eingeimpft, auf jeden Fall hatte er nichts dagegen einzuwenden gehabt. Das Schlafzimmer, das er mit Jesah teilte, hatte er immer gemütlich und tröstlich gefunden (die Zimmer der Mädchen befanden sich im gegenüberliegenden Flügel, er hatte sie nie zu Gesicht bekommen). Das Zimmer seines Vaters jedoch überwältigte einen, es war sicherlich das größte im ganzen Haus, größer noch als das Wohnzimmer oder die Küche, in der der große Eßtisch aus Zedernholz stand, um den sich täglich dreimal die gesamte Familie versammelte. Außerdem hatte es als einziges Zimmer im ganzen Haus ein schräges Dach. Das lag daran, daß es zum ursprünglichen Gebäude gehörte, an das sein Vater im Laufe der Zeit und mit Unterstützung der gesamten Familie großzügig hatte anbauen müssen. Auch kam es ihm alt vor. Dabei dachte er nicht an Staub und Tod, eben das Älterwerden, sondern eher an eine Art Unerschütterlichkeit, die Moichi insgeheim bewunderte und genoß, wie eine warme Daunendecke, die einem an einem kalten Winterabend über die Schultern gelegt wird. Als er noch sehr klein war, schlich er mit Vorliebe heimlich in das Zimmer, einfach nur, um dort zu sitzen, ohne sich zu bewegen, ohne etwas anzufassen, ohne sich sogar etwas Bestimmtes anzusehen. Er saß einfach im riesigen, abgewetzten Holzstuhl seines Vaters am Schreibtisch — in dem sich möglicherweise die Geheimnisse aller Zeiten stapelten — und ließ das Zimmer allmählich auf sich einwirken. Und als er älter und immer häufiger zum Opfer des alltäglichen Ärgers wurde, stellte er fest, daß die stille Atmosphäre dieses Zimmers wie ein lebendes Wesen die Kraft besaß, ihn zu beruhigen.

Jetzt strahlte das Zimmer eine andere Atmosphäre aus. Als er über die Schwelle trat und die Tür hinter sich schloß, spürte er immer noch die vertraute Ruhe, die aber jetzt vielleicht von einer neu hinzugekommenen Traurigkeit überlagert wurde.

Er ging über den nackten, polierten Boden und blieb neben dem hohen Messingbett stehen. Plötzlich kam er sich übergroß vor, stieß fast mit dem Kopf gegen das schräge Dach. Unbewußt duckte er sich.

Die Gestalt im Bett wirkte zerbrechlich. Mit leisem Schrecken stellte er plötzlich fest, daß er den Vater schon seit langem so in Erinnerung behalten hatte, wie er damals ausgesehen hatte, als er, Moichi, noch jung gewesen war. Er hatte absichtlich das Voranschreiten der Zeit ignoriert und es wie ein Kind geleugnet. Auf ihn traf das alles nicht zu. Und auch nicht auf seinen Vater.

Er hatte sich nie überwinden können, sich seinen Vater als alten Mann vorzustellen, selbst jetzt nicht, wo er, zerstört durch Alter und Krankheit, vor ihm lag. Dafür war er immer viel zu kräftig gewesen. Daß er jetzt ans Bett gefesselt war, das war ein Beleg für die Ernsthaftigkeit seines Zustandes. Wie ein Pferd sträubte er sich bis zuletzt gegen den Untergang. Nur der Tod konnte diesen Kampf beenden.

Moichi beugte sich über das Bett und lauschte dem unregelmäßigen Röcheln. Das Atmen bereitete seinem Vater Mühe, es klang, als hätte er die Lungen voller Flüssigkeit. Unbegreiflicherweise wurde er an die Nächte erinnert, in denen er als Kind wach gelegen und den Mond auf seiner endlos langen Bahn verfolgt hatte, auf der er wie ein Schoner durch das Meer aus Sternen segelte. Er dachte daran, wie er Jesahs sachtem, flachem Atem in der Koje unter ihm lauschte und dabei von unbekannten Meeren träumte, deren Wellen weit weg auf die Küste von Alara'at schlugen.

Sein Vater hatte die Augen geschlossen, aber seine aderdurchzogenen Lider waren so dünn und durchsichtig wie feines Gewebe. Er hatte dunkle Ränder um die Augen, und der träge Puls schien jetzt dichter unter der Haut zu schlagen. Jeden Augenblick drohte das Blut hervorzusprudeln, durch das Tor der Sterblichkeit zu brechen, hinter das es ein Leben lang sicher verbannt gewesen war.

Ein Leben lang.

Er beugte sich schweigend über seinen Vater und dachte: Hier liegt jemand, den ich nicht kenne. Dieser Mensch mit dem alten und müden Gesicht könnte genausogut ein Fremder sein.

Sein Vater starb bei Sonnenuntergang. Friedlich, ohne ein Wort zu sagen oder die Augen zu öffnen. Moichi kam es vor, als ebbte sein flacher Atem genau in dem Augenblick ab, als die Sonne hinter den hohen Bergen weit im Westen verschwand. Angeblich waren sie so hoch, daß sich die Felsen dort oben in massives Eis verwandelt hatten.

Es wurde dunkel, für beide. Schatten stahlen sich wie Todesengel durch das Fenster im Zimmer. Der Übergang war so schnell oder auch nur so geringfügig, daß er den genauen Augenblick, in dem sein Vater starb, nicht mitbekam.

Er drehte sich um und verließ das Zimmer.

Jesah und seine drei Schwestern mit ihren Männern — zwei der Schwestern waren verheiratet — traten hinter ihm nacheinander ins Zimmer. Moichi ließ sie gewähren. Niemand sprach mit ihm.

Er durchquerte die lange, breite Halle und ging in die Küche, in der noch ein Feuer brannte. Sie lag nach Südwesten, die letzten Lichtspiegelungen der Dämmerung waren noch zu sehen, denn obwohl die Sonne längst untergegangen war, leuchtete der Himmel noch in den fantastischsten Farben.

Er öffnete die Hintertür und trat hinaus. Sofort war er von dem schrillen Gezirpe der Grillen und den selteneren, tiefen Rufen der Graugänse umgeben. Er entdeckte ein braunweißes Kaninchen. Auf seinen kräftigen Läufen hokkend, saß es halb im Schatten eines Dornenbuschs und starrte ihn an. Lange Zeit rührte sich keiner von beiden. Dann schnupperte es wie eine der Figuren aus dem Kinderbuch, aus dem ihm seine Mutter vorgelesen hatte, und er sah die Schneidezähne. Im Nu war das Tier verschwunden und sprang durch das hohe Gras.

Hinter sich hörte er ein Geräusch. Jemand war herausgekommen. Er drehte sich nicht um und ärgerte sich einen Augenblick lang, daß man die Frechheit besaß, ihn in diesem Moment zu stören.

Jemand faßte ihn am Arm, er spürte die schmalen, kräftigen Finger, die sich um seinen Ellenbogen schlossen.

Es war Sanda, seine jüngste Schwester. Der Wind wehte ihr das lange schwarze Haar aus dem Gesicht, und er sah ihre großen, tiefliegenden Augen. Sie war eine Schönheit, zartgliedrig und doch mit einem ausdrucksstarken Gesicht. Überrascht stellte er fest, daß sie ihm ähnlicher sah als irgend jemand anderem aus der Familie.

»Es ist schön, dich wieder hier zu haben«, sagte sie. Ihre Stimme war melodisch und voller Wärme. »Du wirst uns nicht wieder verlassen, oder?« Sie hatte ihren Kopf in seinen Arm gelegt, sie war genauso klein wie ihr Vater. Ohne eine Antwort zu erwarten, fuhr sie fort: »Weißt du noch, als du mich hochgehoben hast und ich auf deinen Schultern reiten durfte?«

»Ja, das weiß ich noch.«

»Vater war sehr böse auf dich.«

»Damals warst du noch sehr klein.«

Aber sie hatte ihr Gesicht bereits an seiner Brust vergraben und schüttelte sich unter Tränen. Er legte den Arm um sie. Tieftraurig — nicht wegen seines Vaters, dieses fremden Mannes, der dort oben im Zimmer seiner Eltern lag, sondern wegen Sanda, dieser jungen Frau, wegen all der Zeit, die er so weit weg von zu Hause gewesen war, und wegen eines jungen Mädchens, das er liebte und schrecklich vermißt hatte.

»Das habe ich immer schon an dir gemocht«, sagte sie. Er spürte ihre Worte an seiner Brust. »Ich war so stolz auf dich, daß du mich vor Vater und Jesah in Schutz genommen hast.« Sie drückte ihn an sich. »Du hast mich als einziger wie einen richtigen Menschen behandelt. Für dich war ich nicht immer nur die Kleinste, die die alten Sachen der anderen auftragen mußte und die jeder für dumm hielt, weil er schon alles wußte, was ich erst herausfinden wollte.« Sie wischte sich über die Augen. »Du hast mich nie aufgezogen, weißt du das? Deswegen habe ich dich besonders gern gehabt.«

Moichi lachte leise. »Ich konnte dir nie etwas abschlagen. Erinnerst du dich noch, wie ich dich nach Alara'at mitgenommen habe, ohne daß jemand etwas davon ahnte? Du hast dort in einem Schaufenster ein Schmuckstück gesehen und warst so verrückt danach, daß ich dich ausgelacht habe und sagte, du bekämst es erst, wenn du eine erwachsene Frau wärst.«

»Ja, ich weiß«, sagte sie. »Dann habe ich angefangen zu heulen, und du bist zurückgelaufen und hast es mir gekauft.«

»Ich konnte dir einfach nicht weh tun. Du weißt, wie Kinder sind. Sie wollen alles haben, was sie sehen, und am nächsten Tag ist es vergessen und liegt irgendwo herum. Aber ich hatte dir weh getan, und den Gedanken konnte ich nicht ertragen. Ich weiß es noch, du hast den Schmuck jeden Tag getragen, und als Vater wissen wollte, woher du ihn hast, sagtest du, ein Junge aus der Schule hätte ihn dir geschenkt.«

Sie schlug die Augen nieder. »Ich trage ihn noch immer.« Dabei zupfte sie an dem kleinen sechszackigen Stern, der an einem dünnen Kettchen um ihren Hals hing.

»Hast du jetzt einen Mann, der dir Schmuck schenkt?« fragte er halb ernsthaft.

»Noch nicht.« Sie legte ihre Arme um ihn. »Außerdem werde ich dies hier immer tragen, ganz gleich, was man mir sonst noch schenkt. Es erinnert mich an eine lange, glückliche Zeit.«

Die Beerdigung blieb immer etwas undeutlich in seiner Erinnerung. Es war, als hätte er bewußt einen Schleier vor diese Zeit gezogen. Sogar in seinen Träumen blieb sie vage, als wäre er nie wirklich dabeigewesen.

Nach dem Brauch der Iskamen gab es schließlich ein ausgedehntes feierliches Mahl für die Familie und die Freunde seines Vaters. Anschließend sollte sieben Tage lang gefastet werden.

Moichi saß neben Sanda. Links von ihm saß eine große, elegante Frau. Als Sanda kurz aufstand, bemerkte er, daß die Frau ihn unablässig ansah. Er drehte sich um und betrachtete sie genauer. Sie hatte schwarze Augen und trug ihr dunkles Haar mehrfach um den Kopf geschlungen. Ein glänzender, flaschengrüner Umhang bedeckte nur eine Schulter. Der Ausschnitt gab ihren Brustansatz frei.

»Bitte entschuldige, daß ich dich so angestarrt habe«, sagte sie mit ein wenig rauher Stimme. »Du bist doch der andere Sohn. Der zur See fährt.«

Ihre Blicke trafen sich kurz.

»Ich bin Elena.« Als er sie immer noch mit leerem Gesicht anstarrte, fügte sie hinzu: »Justees Frau.«

Moichi war verblüfft. Justees Sohn war bei einer Rauferei ums Leben gekommen. Das war auch der Grund, warum Moichi Iskamen vor langer Zeit schnell hatte verlassen müssen. Justees Sohn hatte sich mit Jesah gestritten und ein Messer gezogen. Jesah war im Kämpfen ungeübt und hätte bestimmt sein Leben verloren, wenn Moichi den anderen Jungen nicht überwältigt hätte. Justees Land grenzte an das von Moichis Vater, er war nur unwesentlich jünger.

»Dem Vater geht es leider nicht gut«, sagte Elena. »Sonst wäre er mit mir hierhergekommen, um seinem nächsten Nachbarn und Freund die letzte Ehre zu erweisen. Sobald es ihm besser geht, will er zum Grab deines Vaters gehen und die Gebete für eine gute Reise und den ewigen Frieden sprechen.«

»Hast du meinen Vater gut gekannt?«

»Eigentlich nicht. Ich habe Justee erst vor kurzem geheiratet. Erst nach dem Tod seiner ersten Frau. Es tut mir sehr leid — der Tod deines Vaters. Bitte nimm meine besten ...«

»Entschuldige«, unterbrach Moichi sie und stand auf. Er bekam plötzlich keine Luft mehr und verließ den Raum. Er wollte in die Küche, aber jetzt war sie voller Köche und

Diener. Dann entdeckte er Sanda in einer Ecke. Sie überprüfte gerade zusammen mit einem Mundschenk die Weinbestände. Ihr überlassen sie immer noch die ganze Arbeit, dachte er. Er ging hinaus in die Stille der Nacht und suchte nach seinen Sternen, dem Kreuz des Südens und dem Sternbild des Löwen. Aber es hatte sich zugezogen, und nicht einmal die größten Sterne erster Ordnung waren zu erkennen. Der Mond war nur ein bleicher, von einem Lichtkranz umringter Fleck hinter der Wolkendecke. Der Wind kam aus Südost, er brachte die Hitze und die würzige Luft der Großen Wüste mit sich. Er dachte wieder an seinen Vater, aber immer noch stellte sich kein Gefühl ein. Er empfand nichts.

»Vermißt du dieses Land?« fragte eine Stimme hinter ihm.

Er drehte sich um und sah Elena hinter sich, eingerahmt im hellgelben Lichtschimmer der Hintertür. Sie wirkte zugleich kühl, aristokratisch und sehr verletzlich.

»Es — es tut mir leid, wenn du wegen mir gegangen bist. Ich wollte dir nur sagen …« Sie zögerte, als würde er sie verwirren. »Hast du etwas dagegen, wenn ich hier bin?« Ihre Stimme klang ganz normal, vielleicht ein wenig traurig.

Er schüttelte stumm den Kopf und drehte sich wieder um. Warum er sich einverstanden gezeigt hatte, wußte er nicht. Er hätte sie ins Haus zurückschicken sollen. Er hörte ihr Kleid rascheln, dann roch er den leichten Moschusduft und spürte die Wärme ihres Körpers ganz in der Nähe.

»Ich vermisse Iskael«, sagte er nach einer Weile.

»Warum gehst du dann fort?«

Links von ihnen raschelte etwas im Gras. Vielleicht war das braunweiße Kaninchen wieder da.

»Meine erste Geliebte war die See«, sagte er und war selbst über seinen sanften Tonfall überrascht. »Aber man kann mehr als eine einzige Geliebte haben.«

»Ich verstehe.« Sie schob sich eine verirrte Haarsträhne wieder hinter das Ohr zurück. Dann brach sie die Stille, die entstanden war: »Du fragst dich bestimmt, warum ich Justee geheiratet habe.«

Er sagte nichts. Jede Antwort hätte oberflächlich geklungen. Außerdem würde sie es ihm ohnehin erzählen, deswegen war sie schließlich herausgekommen.

»Er war so unheimlich freundlich zu mir. Ich kam aus dem Süden hierher, wo selbst jetzt noch ständig Grenzscharmützel stattfinden.« Sie meinte die Kämpfe zwischen den Iskamen und ihren Nachbarn aus Aden. Der Streit war uralt und erbittert, denn es hieß, die Iskamen stammten urspünglich aus Aden. »Dabei kam meine Familie ums Leben. Meine Eltern, meine Schwestern.« Sie machte eine Pause und befeuchtete sich die Lippen. »Ich kam mit leeren Händen hierher, und Justee nahm mich auf. Ich war zwar keine Bettlerin, aber, um die Wahrheit zu sagen, ich wußte nicht, wohin ich sonst hätte gehen sollen. Mein Vater hatte ihn einmal erwähnt, aber das war so lange her, damals war ich noch ein kleines Mädchen.

Justee hat mich nie gefragt, wie lange ich bleiben oder ob ich je wieder weg wolle.« Der helle Fleck des Mondlichts flackerte einmal kurz auf, aber dann schob sich die dichte Wolkendecke wieder davor und löschte jeden Lichtschein. »Seine Frau war damals schon krank, schon seit einiger Zeit. Ihre ständigen Wünsche und all die Aufmerksamkeit, die sie nötig hatte, wurden ihm zur Qual. Ich wurde gebraucht und blieb bis zu ihrem Tod bei ihr. Anschließend kam er zu mir und fragte mich, ob ich ihn heiraten wolle.«

»Und das kam dir sehr gelegen.«

»Gelegen? Was meinst du damit?«

»Sein Geld.«

Sie wirkte überrascht. »Überhaupt nicht.« Beleidigt schien sie nicht, sie zog nur die Schultern hoch. »Vielleicht brauchte ich damals einen Vater.« Er hörte die ganze aufgestaute Enttäuschung in ihrer Stimme. »Aber jetzt nicht mehr. — Ich will ihm nicht weh tun. Aber ich brauche jetzt — etwas anderes.« Sie strich ihm mit ihren kühlen Fingern über den Nacken. Ihre Berührung war sehr sanft, und sie wußte, wohin sie ihre Finger legen mußte.

Plötzlich kam es ihm nicht mehr absurd vor oder gar falsch, sondern so einfach wie die natürlichste Sache der Welt. Er wollte es auch. »Komm«, sagte er mit belegter Stimme und zog sie an der Hand in das hohe Gras.

Sie sank neben ihm auf die Erde.

»Ich bin so alleine«, sagte sie und küßte ihn dabei, so daß er ihre Worte nicht nur hörte, sondern spürte.

Behutsam streifte er ihren Umhang ab, und ihre Haut schimmerte in der Nacht wie ein Leuchtfeuer. Aber wohin wies es? Trost? Erlösung? Vielleicht nichts so Kompliziertes — nur reine Lust.

Ihre Haut war weicher, als er es je für möglich gehalten hätte, und so feucht wie eine vom Morgentau bedeckte Blume der Nacht.

Er verbrachte viele Stunden mit ihr. Ihm kam es wie ein ganzes Leben vor. Die ganze Zeit über flüsterte sie ihm leise Worte und Liebkosungen zu, stellte unter Tränen Fragen und gab selbst träge Antworten. An dieses innige Gespräch erinnerte er sich klarer als an das Gefühl körperlicher Nähe, die sinnlichen Berührungen, die in gewisser Weise zufällig waren. Aber sie gehörten auch dazu und waren wichtig.

Als alles vorbei war, liefen Tränen über ihr Gesicht. Er hatte ihr etwas gegeben, einen Schmerz gelindert, sie besaß jetzt etwas völlig Neues.

Er blieb noch draußen im Gezirpe der Nacht, als sie längst wieder nach drinnen gegangen war. Nachdem sie ihm Gesicht und Augen geküßt hatte. Nachdenklich. Nun, ihm hatte es großes Vergnügen bereitet und seine ständig steigende Spannung gelockert.

Und jetzt wußte er also, wer sie war, wem er die Hörner aufgesetzt hatte. Aber eben deswegen wurde ihm schnell bewußt, wie kindisch diese Vorstellung eigentlich war. Denn sie strahlte eine Ehrlichkeit aus, eine Wahrhaftigkeit, die ihn berührt hatte und die über die Situationen hinausführte. Sie war ganz offen auf ihn zugegangen und hatte frei heraus gesagt, was sie wollte. *Kannst du es mir geben?* hatte sie ihn stumm mit Fingern und Lippen gefragt. *Und dies? Und dies? Dafür bekommst du von mir …*

Mehr als er je hätte erwarten dürfen.

Ihm wurde seltsam zumute. Er stand auf und lief hinaus ins Gras. Immer noch nackt, ohne Kleider, genau wie als kleiner Junge, als sein Vater ihn ermahnte, er solle sich etwas überziehen. Seine Mutter hatte dann nur lachend den Kopf geschüttelt und ihn einfach laufen lassen — bis das Haus nur noch ein schwarzer Umriß war, in dem undeutlich gelbe Lichtpunkte brannten. Er drehte sich kurz um. Das strahlende Licht aus den Küchenfenstern schien sehr weit entfernt, wie auf der anderen Seite einer breiten Bucht.

Jetzt fühlte er sich wie im Zimmer seines Vaters — eine Wärme und ein Gefühl uralter Geborgenheit umgaben ihn. Endlich wußte er, was es war: die lange, gewaltdurchsetzte Geschichte der Iskamen, so spürbar und kraftvoll wie ein lebendiges Wesen. Er gehörte wirklich dazu — und die anderen gehörten zu ihm.

Er blickte hinaus auf die entfernten, jetzt unsichtbaren Berge, wo unter Gottes Hand der höchste aller Gipfel zum Schutze der Iskamen und ihrer Heimat aufragte.

Die Nacht ringsum war voller Leben. Das hohe Gras streifte gegen seine Schenkel, die Zikaden zirpten, überall standen duftende Zedern, und weiter draußen, verteilt auf dem üppigen Weideland, leuchteten vereinzelte Birken wie Wegweiser. Und über allem erhoben sich die Berge. Er fühlte, wie ihn etwas streifte …

»Hallo«, flüsterte er.

»Du bist also zurück?«

»Der Wind hat mich hergebracht. Er hat mir von deinem Tod erzählt.«

»Der Wind.« Die Stimme klang spöttisch. »Gott war es. Er hat es dir gesagt.«

»Der Wind oder Gott, was ist der Unterschied?«

»Du sprichst wie ein Fremder.« Die Stimme wurde bitter. »Aber dafür mußtest du nicht erst dein Zuhause verlassen. Dein Bruder ...«

»Willst du, daß ich so bin wie Jesah?«

»Er ist Iskael treu ergeben.«

»Er ist unglücklich.«

»Er ist treu.«

»Das bin ich auch.«

»Aber nur dir selbst gegenüber.«

»Das ist der Unterschied zwischen uns. Ich finde das gut. Du nicht.«

»Du hast dich vor langer Zeit von mir abgewandt.«

»Nein. Von dir niemals. Nur von dem, was du aus mir machen wolltest.«

»Ich wußte, was das Beste für dich ist.«

»Nein, das wußtest du nicht. Ich gehöre aufs Meer. Dort bin ich glücklich.«

»Du hast dich mir immer widersetzt!«

»Ich habe mich nur gegen die Fesseln gesträubt, mit denen du mich an dich binden wolltest. Menschen sind keine Tiere. Man kann ihnen keine Zügel anlegen und ihnen ihren Willen aufzwingen. Das ist auch die Botschaft der Geschichte der Iskamen ...«

»Versündige dich nicht!«

»Tue ich das wirklich? Hör mir doch nur ein einziges Mal zu — nur ein einziges Mal.«

»Ein Kind ist seinem Vater verpflichtet. Es muß ihn respektieren. Zum Zeichen dafür gehorcht es ihm.«

»Du hast nie gelernt, daß man sich diesen Respekt erst verdienen muß. Hättest du mir zugehört, was ich damals gesagt habe, dann hättest du verstanden, daß ich ein eigener Mensch bin — und nicht nur ein Ableger von dir. Auch die Iskamen haben in Aden ihre Fesseln gesprengt. Verstehst du nicht, daß dies dasselbe ist? Ich mußte mein eigenes Schicksal bestimmen können.«

Eine Weile herrschte Stille. Selbst die Zikaden hatten aufgehört zu zirpen.

»Ich war immer ein starrsinniger Mensch. Ich wollte nicht, daß du von meiner Seite weichst.«

»So habe ich das nie betrachtet.«

»Ich habe nie die richtigen Worte gefunden.«

»Eines Tages werde ich nach Iskael zurückkehren, vielleicht für immer.«

»Du wirst nie lange hierbleiben. Aber jetzt weiß ich, wie es in deinem Herzen aussieht. Es ist schön, daß du heute zurückgekommen bist — mein Sohn.«

Und er war wieder alleine in der Nacht. Vor Tränen konnte er kaum etwas erkennen und hatte nur noch einen Gedanken: Er ist von uns gegangen — für immer, immer.

SARDONYX

Sie erreichten das andere Ufer des Totenmeeres am nächsten Tag bei Einbruch der Dämmerung. Auf dem Weg nach Mistral durchquerten sie ausgedehnte, wellige Felder voller Gänse- und Butterblumen. Ein frischer Wind rauschte durch die schweren Blüten und kündigte den Beginn der Nacht an. In der plötzlich einbrechenden Dunkelheit schien der üppige Safran im rötlichen Mondlicht zu gefrieren. Glühwürmchen umschwärmten sie von allen Seiten.

Das üppige Feld endete ohne jede Vorwarnung. Plötzlich befanden sie sich auf einem schroffen Felsvorsprung von vielleicht sechs Metern Höhe. Tief unten rauschte ein reißender, brodelnder Fluß, an dessen gegenüberliegendem Ufer Mistral stand.

Man hatte es an der höchsten Stelle des Geländes errichtet, wenn auch das Land gegen Nordwesten zu den Steppen und Bergzügen hin noch weiter anstieg.

Mistral konnte man leicht selbst für eine Felsspitze halten. Das Fundament bestand aus Rhyolit, einer grünlichen Granitart. Das Schloß selbst hatte vier Grundmauern, weiter oben jedoch waren die Zinnen, Türme und mit Schießscharten durchsetzten Wehrmauern derart verwinkelt, daß einem die Augen schmerzten, wenn man zu lange hinsah.

Das Fallgatter stand offen, doch ihnen war sehr unbehaglich zumute, als sie hindurchschritten. Der Hof innen war menschenleer. Zu ihrer Überraschung erklang von irgendwo ein Lied, die ganze Luft war davon erfüllt. Moichi blickte nach oben. Der Wind pfiff um die Zinnen und die mit Fenstern versehenen, nadelähnlichen Türme und entlockte der bizarren Architektur seltsame Harmonien. Das Schloß sang sich selbst eine traurige Melodie.

Die steinernen Tore zur Haupthalle vor ihnen standen offen, als erwartete man sie bereits.

Sie stiegen ab und gingen die breite Treppe hoch. Die gewaltige Vorhalle ragte bis unters Dach des Gebäudes und nahm so dem Gemäuer viel von seiner Schwere.

Moichi entdeckte die schmale Treppe aus glänzendem Obsidian, die sich wie der Faden eines Mammutspinnennetzes nach oben rankte. Er wandte sich Chiisai zu, um ihr etwas zu sagen …

»Man hat Euch schon erwartet!« rief Mistral.

Er wollte zurück zu den Flügeltüren rennen, aber der Weg kam ihm jetzt unnatürlich weit vor. Noch während er dies dachte, schlugen sie auch schon hallend und mit tödlicher Endgültigkeit zu. An ihrer Innenseite gab es keine Griffe.

Chiisai war verschwunden. Wie war das möglich? Er war sicher, daß sie mit ihm hereingekommen war.

»Es gibt kein Entrinnen«, sagte die Stimme. »Weder hier, noch sonst irgendwo — es sei denn, ich lasse es zu.«

Er wirbelte herum. »Wo bist du?« rief er. »Zeige dich!«

»Ich bin hier.«

Er drehte sich um, sah hoch und entdeckte eine Gestalt auf dem ersten Treppenabsatz. Langsam durchquerte er die Halle und stieg die Treppe hinauf.

Oben stand ein Mädchen von vielleicht zehn Jahren, schlank, mit hellen Augen und einem wunderhübschen, zarten Gesicht, in dem es nicht einen harten Zug gab. Die reine Unschuld.

»Wo ist Chiisai?« fragte er drängend.

»An einem anderen Ort«, sagte sie mit einem süßen Lächeln. »Sie ist unversehrt, kann dir aber nicht zu Hilfe kommen.«

»Hilfe? Wozu?«

Das Mädchen achtete nicht weiter auf seine Worte und hielt ihm die Hand hin. »Komm«, sagte sie. »Folge mir.«

»Ich will zu Aufeya.«

»Ich werde dich zu ihr bringen.«

Sie sah ihn aus sanften, lebhaften Augen an und drängte ihn, ihre Hand zu nehmen.

Schließlich gab er nach, und sie führte ihn die Wendeltreppe hoch.

Mit jeder ihrer Bewegungen glänzte ihr Haar im wechselnden Licht. »Du wirst deine Aufeya sehen. Schon bald. Aber zuerst wirst du dir andere Dinge ansehen müssen. Danach« — sie zog die Schultern hoch — »danach willst du sie vielleicht gar nicht mehr treffen.«

Sie hatten den nächsten Absatz erreicht. Das Mädchen führte ihn zu einer eisenbeschlagenen Tür. Sie schien fest verschlossen zu sein, öffnete sich aber auf eine leichte Bewegung ihres dünnen Ärmchens hin geräuschlos nach außen. »Bitte!«

Der Raum war nur schwach erleuchtet. Eine einzige flache Öllampe stand hoch oben auf einem Mauervorsprung. Das quaderförmige Gewölbe war angefüllt mit Schmucksteinen jeder Art, geschliffen oder unbearbeitet. Riesige grüne Smaragde, mächtige blutrote Rubine, makellose Diamanten unvorstellbarer Größe, Saphire, so blau wie der Mittagshimmel. Dazwischen lagen verstreut die weniger wertvollen Steine: gewaltige, düstere Topase, dunkel glimmende Amethyste, feurige Opale und schimmernde Perlen. In einer Ecke leuchtete in tiefem, lichtdurchlässigem Grün die königliche Fa'sui-Jade, die seltenste ihrer Art.

»Was sagst du jetzt, Moichi?« fragte das Mädchen. »Was interessiert dich diese eine Frau, wenn dir dieser ganze Reichtum zur Verfügung steht? Mit diesen Schätzen könntest du ohne weiteres die ganze Stadt Alara'at kaufen!«

»Alara'at?« Er wirbelte herum. »Was weißt du von Iskael?«

Aber das Mädchen war verschwunden. An ihrer Stelle stand eine Frau mit dem Kopf eines Ibis. Um ihren üppigen Körper hatte sie ein Gewand aus bunt schillernden Federn geschlungen. Ihr Kopf war so weiß wie Schnee.

»Komm«, sagte sie, nahm ihn an der Hand und führte ihn aus dem Raum weiter nach oben.

Auf dem nächsten Absatz befand sich wieder eine Tür, hinter der er sein Haus in Iskael sah. Es war die Rückseite, gleich vor der Küche. Er sah, wie Sanda und Jesah sich offenbar stritten, konnte ihre Worte aber nicht hören. Jesah schlug Sanda. Sie taumelte, dann floh sie in die Nacht.

»Was weißt du von meinem Zuhause?« fragte Moichi. »Wie kannst du so etwas herbeihexen?«

Der Ibis senkte mit einem Lächeln den Kopf. »Nach einer gewissen Zeit gelingt einem so etwas ganz leicht. Du wärst überrascht.«

Er sah sie argwöhnisch an. »Ich hatte gestern einen Traum.«

»Von zu Hause?«

»Ja, von zu Hause. War das dein Werk?«

»Wie könnte ich das bewirken? Das ist vollkommen unmöglich.«

»Aber du weißt von meinem Bruder und meiner Schwester, du kennst mein Zuhause.«

»All das kenne ich.«

»Aber wieso?«

»Wie gesagt, es ist nicht so schwer — nach einer Weile.« Sie drehte sich um und machte eine Armbewegung. Die Tür schloß sich. »Komm.«

Sie stiegen auf der Treppe bis ganz nach oben. Jetzt waren sie dicht unter dem Gewölbe der Vorhalle. Die seltsame Musik war hier lauter und hatte einen anderen Klang.

»Was ...?«

Er stand neben einer großen Frau mit einer Haut aus Blattgold. Ihr Haar war aus geflochtenem Platin, und ihre Augen große, geschliffene Rubine. Die Fingernägel bestanden aus lichtdurchlässigen Saphiren, ihre halbbedeckten Brüste waren Opale. Der Umhang, den sie trug, war aus einem Silbergewebe gefertigt, ein Material, das keine gewöhnliche Schneiderin verarbeitet hatte, und ihre flachen Sandalen waren mit dem Pelz von Hermelinen verziert. Auf dem Kopf trug sie einen hohen, spitz zulaufenden Helm aus Platin mit einem Horn daran.

»Ich war schon an vielen Orten.« Ihre Stimme hatte sich verändert. Sie hatte jetzt einen harten, beinahe metallischen Klang.

War das ihre richtige Stimme? Unmöglich zu sagen.

Sie gingen über die schmale Balustrade. Nur ein niedriges Steinmäuerchen schützte sie vor dem jähen Abgrund bis zum Boden der Vorhalle. Durch einen mit Skulpturen geschmückten Torbogen erreichten sie eine Art Wohnzimmer. Der Steinfußboden vor dem großen Sofa und verschiedene hochlehnige Stühle waren mit Hermelinpelzen übersät. Eine Wand hinter dem Sofa ragte zu drei Vierteln in das Zimmer hinein. Links gab es eine Reihe schmaler Fenster; der übrige Raum lag im Dunkeln. Moichi wußte weder, was dort verborgen sein mochte, noch wie weit nach hinten er reichte.

Als sie das Zimmer betreten hatten, warf sie sich der Länge nach auf das üppige Sofa. »Ich würde dir gerne etwas zu trinken oder zu essen anbieten«, sagte sie ohne das geringste Bedauern in der Stimme, »aber wie du siehst, gibt es hier nichts dergleichen.«

»Warum zauberst du es nicht herbei?« Mit seiner Linken hielt er das Heft seines Säbels umklammert.

Sie lächelte beunruhigend, ihr Gesicht glitzerte. »Ein hübscher Einfall.« Dann legte sie den Zeigefinger auf ihre Lippen. Er wirkte wie ein schlankes Juwel. »Du bist ein erstaunlicher Bursche. Ich würde dich gerne näher kennenlernen.«

Er lachte ohne eine Spur von Humor. »Dazu wird es wohl kaum kommen.« Er ging quer durch das Zimmer auf sie zu, setzte sich auf die Sofakante und streckte eine Hand aus.

»Was machst du?«

»Ist das alles echt?« Damit zeigte er auf das Zimmer, die ganze Umgebung.

»So echt, wie alles andere auch«, antwortete sie ernst. Trotzdem spielte ein verhaltenes Lächeln um ihre Lippen.

»Nur du nicht.«

Sie tat überrascht. »Ich? Ich bin ebenso wirklich wie du. Komm, berühre mich, wenn du mir nicht glaubst.«

Mitten in der Bewegung zögerte er.

Sie warf den Kopf zurück und lachte. »Du erwartest also, getäuscht zu werden?«

Er sah sich um. »Alles in diesem Zimmer scheint Einbildung zu sein.«

»Aber nein«, sagte sie. Sie hatte den Kopf an die Rükkenlehne des Sofas gelegt. »Jetzt tust du mir unrecht.« Er berührte sie mit der Hand. Sie drückte seinen Finger gegen ihre Brust. Er war überrascht, als sie sich warm und fest anfühlte. Sie war tatsächlich aus Fleisch und Blut. Er spürte ihr Herz schlagen. »Und was sagst du nun?« Ihre Stimme war fast nur noch ein Flüstern. Sie verführte ihn dazu, ihr kreisend über die Brüste zu streichen, immer wieder. Er spürte, wie erregt sie wurde.

Vorsichtig zog er seine Hand zurück und stand auf. Unter halb geöffneten, schweren Lidern blickte sie ihn an. »Warum hast du Angst, mir dein wahres Gesicht zu zeigen?«

»Angst?« fragte sie. »Ich habe vor nichts Angst.«

»Du hast Angst vor der Wahrheit, Sardonyx.«

»Mir gefällt, wie du meinen Namen aussprichst.« Sie erhob sich und stellte sich neben ihn. »Ich werde dir beweisen, daß ich keine Angst vor der Wahrheit habe. Frage mich etwas.«

»Wo ist Aufeya?«

»Hier. Über uns.«

»Lebt sie?«

»Ja, natürlich.«

»Hast du sie mißhandelt?«

»Du liebe Zeit, wofür hältst du mich denn?«

»Die Frage möchte ich lieber nicht beantworten.«

Sie lächelte gequält. »Weißt du«, sagte sie, »ich glaube, ich mag dich wirklich.«

»Was hattest du in Iskael zu suchen?«

»Was ich dort zu suchen hatte? Nun, das gleiche, was ich

überall suche — Geschäfte. Ich habe getauscht, gehandelt ...«

»Und als Piratin Schiffe überfallen«, beendete er den Satz für sie.

Sie nickte. »Es stimmt, ich bin eine Freibeuterin. Früher war das ein angesehener Beruf.«

»Und du bist eine Zauberin.«

Sie lachte. »Wer hat dir denn das erzählt?«

»Eine Freundin.«

Ihr Gesicht wurde hart, und ihre Stimme bekam etwas Sprödes. »Etwa aus Corruña?«

»Vielleicht.«

»Was hat dir diese alte Ziege für Lügen über mich erzählt?«

»Tsuki will nichts weiter, als in Ruhe gelassen zu werden«, sagte er ruhig.

»Das hätte sie sich vor langer Zeit überlegen sollen, mein Freund. Jetzt ist es zu spät. Viel zu spät.«

»Es ist wirklich nicht nötig, daß ...«

»Sei kein Idiot«, fuhr sie ihn an. »Das paßt nicht zu dir.« Sie lehnte sich in die Polster zurück. »Ich bin nun einmal, was ich bin.« Sie bewegte sich leicht, und der Schlitz in ihrem Kleid wurde größer. Jetzt konnte man ihr Bein bis zur Hüfte sehen.

Er wendete sich ab, ging zu einem der schmalen Fenster und warf einen Blick hindurch. Aber es war eigentlich nichts zu erkennen. Er drehte sich wieder ihr zu. Sie saß noch genauso da wie zuvor. »Woher kommst du?« wollte er wissen.

Sie schnaubte. »Ich weiß beim besten Willen nicht, was dich das angeht.«

»Ich möchte es gerne wissen, es interessiert mich.«

»Ich kann mir kaum vorstellen, daß du mir glaubst.«

»Du hast mir dein Wort gegeben, mir nur die Wahrheit zu sagen, Sardonyx. Daran müßte auch eine Hexe gebunden sein.«

»Du hast recht«, nickte sie. »Der Unterschied zwischen

dir und mir ist viel kleiner, als du denkst.« Sie holte tief Luft, und er beobachtete, wie ihre Brüste sich unter dem Platingewebe ihres Kleides hoben. »Ich bin in Aden geboren.«

»Aden«, sagte er nachdenklich. »Das liegt südlich von Iskael. Unsere uralten Feinde.«

»Die beiden Länder haben eine gemeinsame Grenze«, mehr war sie nicht bereit, einzugestehen. »Ich wurde allerdings in den Bergen geboren. Weit von der Grenze entfernt. Meine Eltern waren sehr arm, meine Mutter verkrüppelt. Sie konnte nicht arbeiten. Als ich noch sehr klein war, haben sie mich an Sklavenhändler verkauft.« Sie zog die Schultern hoch. »Unter diesen Leuten war das nichts ungewöhnliches.« Ihm fiel auf, daß sie sich offenbar nicht zu diesen Leuten zählte.

»Ein Mann kaufte mich. Er war Kaufmann und so reich, daß er für den Rest seines Lebens nicht mehr zu arbeiten brauchte. Darum kümmerten sich andere. Weil er nie etwas zu tun hatte, langweilte er sich fast zu Tode. Zum Ausgleich fing er an, Frauen zu kaufen — Mädchen, um ganz genau zu sein. Ich glaube, vor *Frauen* hätte er zuviel Angst gehabt.« Sie streckte sich und verschränkte die Arme hinter dem Kopf. Ihre Brüste schienen sich ihm jetzt noch mehr entgegenzurecken. Er durfte sich nicht zu sehr ablenken lassen. »Er machte sich einen Spaß daraus, mich zu fesseln. Anschließend schlug er mich lang, bis ... Nun, ich will dir die Einzelheiten ersparen. Du kannst dir sicher selbst ausrechnen, was anschließend geschah. Es reicht, wenn ich dir sage, daß es äußerst — unangenehm war.« Sie lächelte. »Anfangs habe ich mich natürlich nicht getraut, Widerstand zu leisten. Wie gesagt, Sklaverei ist in diesem Land nichts ungewöhnliches ...«

»Die Iskamen wissen das nur zu gut, Sardonyx.«

»Ja, natürlich. Du hast recht. Das war der Grund für die uralte Feindschaft zwischen den beiden Völkern. Die Iskamen erhoben sich, sprengten die Ketten der Unterdrükkung und verließen Aden.«

»Mit Gottes Hilfe.«

»Dem Gott der Iskamen.« Sie sah ihn seltsam durchdringend an. »Wie ich dich darum beneide.« Aber er wußte nicht, was sie meinte. Die Freiheit, oder den Glauben? Vielleicht beides. »Nach einer Weile«, fuhr sie fort, »konnte ich es nicht länger ertragen. Mein Selbstwertgefühl war einfach zu groß. Also suchte ich mir tagsüber, wenn er sich mit einer seiner anderen Gespielinnen amüsierte, alles zusammen, was ich brauchte. Eines Abends lag er zufrieden schnarchend neben mir, nachdem ich ihm hatte zu Gefallen sein müssen. Ich holte vier Stücke kräftigen Hanftaus hervor, die ich irgendwo aufgelesen hatte, und band seine Hand- und Fußgelenke vorsichtig an die vier Bettpfosten. Er hatte einen tiefen Schlaf, und ich wußte, wenn ich vorsichtig genug war, würde er nicht aufwachen. Als ich endlich zufrieden war, zog ich ihm seine seidene Hose aus und — machte mich ans Werk.« Sie hielt inne und sah ihn an. »Ich hoffe, ich werde nicht zu drastisch für dich, oder?«

»Sprich weiter.« Mehr sagte er nicht.

»Er wachte natürlich auf, als er langsam scharf wurde, öffnete die Augen und starrte mich an. ›Mach weiter‹, sagte er herrisch. ›Los, mach weiter. Ich hatte ja keine Ahnung, wie gut dir das gefällt.‹« Sie lächelte. »Er wußte nicht, wie recht er damit hatte. Ich habe ihn umgebracht.« Sie entfernte ein unsichtbares Stäubchen von ihren goldenen Schenkeln. »Wie, verrate ich dir lieber nicht.«

Moichi betrachtete ihre Augen, als könnten sie ihm etwas sagen, was sie ihm verschwieg.

»Dann floh ich in die Berge«, fuhr sie fort. »Dort war meine Heimat. Wahrscheinlich fühlte ich mich dort geborgen.«

»Und dort«, sagte Moichi mit Ironie in der Stimme, »bist du dann einer alten Frau begegnet, die weitab aller Zivilisation lebte und dir beibrachte, was man als Hexe wissen muß.«

Sie mußte lachen. »Du hast Sinn für Humor, wußtest du das? Aber das ist alles ein Ammenmärchen. Natürlich geschah nichts dergleichen. Ich wurde verfolgt und am Ende geschnappt.« Sie zuckte mit den Schultern. »Wahrscheinlich war das mein Glück. Ich war halbtot vor Hunger und Kälte, als sie mich fanden. Viel war nicht von mir übrig.« Sie setzte sich auf und legte die Hände in den Schoß wie ein verschüchtertes junges Mädchen. Der Schlitz in ihrem Kleid war jetzt verschwunden. »Sie warfen mich in eine Zelle, wo ich verrotten sollte.« Sie lachte wieder. »Dabei war es ohnehin schon fast soweit. Aber allzusehr konnte ich mich nicht beklagen. Ich bekam jeden Tag Wasser und etwas zu essen, und man ließ mich in Ruhe. Ich kam wieder zu Kräften — und dann wollte ich raus.«

»Und das ist dir gelungen.«

»Natürlich«, sagte sie. »Sonst säße ich nicht hier.«

»Und wie hast du das geschafft?«

»Durch Bestechung.« Sie lächelte. »Mit meinem Körper.«

»Das erklärt kaum die ganze Geschichte«, meinte Moichi.

»Natürlich nicht. Du kannst nicht erwarten, daß eine Frau ihre ganzen Geheimnisse preisgibt. Jedenfalls nicht sofort.« Ihre Augen funkelten. »Wir haben uns doch gerade erst getroffen.« Sie stand auf. »Entschuldige mich jetzt. Ich muß dich einen Augenblick alleine lassen.« Sie berührte seinen Handrücken. »Sei ein guter Junge und lauf nicht weg. Dieser Ort kann gefährlich sein.« Damit ließ sie ihn stehen und verschwand links hinter der Wand in der Dunkelheit.

Er blieb noch einen Augenblick an derselben Stelle stehen und lauschte dem Gesang Mistrals. Einem plötzlichen Entschluß folgend drehte er sich um und ging ihr nach.

Er bog um die Ecke.

Licht gab es hier nicht. Es war, als wäre er unvermittelt an einer seichten Stelle von einem Felsen gesprungen und sänke jetzt auf den Grund des Meeres. Er wollte den Weg zurückgehen, den er gekommen war, konnte aber nichts mehr erkennen. Keine Wand, keine Fenster. Er streckte tastend seine Hand aus. Nichts.

Dann hörte er Gelächter hinter sich und wirbelte herum. Es war Hellsturm. Er stützte eine Hand auf seine vorgereckte Hüfte und grinste ihn an, als wäre nichts geschehen. Dann hob er die andere Hand und winkte Moichi zu sich.

Was ist das? fragte Moichi sich. Wieder alles Einbildung? Dann durchfuhr ihn eine böse Ahnung — hatte er neulich im Wald mit einer Illusion gekämpft?

Er rannte auf Hellsturm zu. Der große Mann ergriff die Flucht, sein seltsam bestialisches Lachen hallte von allen Seiten wider. Moichi zückte seinen Säbel, schlug auf die Gestalt ein und zerteilte sie. Als er sich aber über den toten Körper beugte, war es Aufeya. Er starrte sie entsetzt an, und plötzlich kroch das Etwas unter ihm wie eine Schlange ins Dunkel.

Dann begriff er. Er schob seinen Säbel in die Scheide, blieb ruhig stehen und wartete. Nach einer Weile hörte er das Klappern ihrer Sandalen, dann spürte er ihre Hand. Sie hatte ihn am Arm gepackt und führte ihn hinaus.

Er war wieder im Wohnzimmer.

»Ich habe dir doch gesagt, du sollst hier warten.«

»Was ist dies für ein Ort?«

»Ein Zimmer. Ein ganz gewöhnliches Zimmer.«

»Ein Zimmer, um darin Erscheinungen herbeizuzaubern.«

»Träume vielleicht.« Sie zog die Schultern hoch.

»Dann lebt er also nicht mehr?«

»Hellsturm?« Sie mußte lachen. »Mein Gott, das will ich nicht hoffen. Nicht nach dem, was du ihm angetan hast. Nein, er lebt ganz bestimmt nicht mehr.« Sie lächelte. »Dafür bin ich dir dankbar.«

Er betrachtete sie argwöhnisch. »Entschuldige, wenn ich mich irre, aber soviel ich weiß, stand dieser Teufel in deinen Diensten.«

»Er stand in meinen Diensten, richtig«, sagte sie gleichmütig. »Doch er hatte seinen Zweck erfüllt. Als er diesem Weibsstück in Corruña immer häufiger hinterherlief, wurde er zunehmend zur Last. Sein Nutzen hatte sich erschöpft. Er wäre gestorben, sobald er die Schwelle von Mistral übertreten hätte. Reiner Zufall, daß er nicht soweit kam.«

»Dann werde ich jetzt Aufeya mitnehmen, als Belohnung.«

Sie lachte. Die goldene Göttin verschwand. An ihre Stelle trat eine Frau mit flachem Gesicht und hohen Wangenknochen. Sie hatte hüftlanges, nachtschwarzes Haar und kobaltblaue Augen. Ihre Haut war weich und dunkel wie die der Frauen aus Iskael und Aden. Bekleidet war sie mit einem glänzend polierten Harnisch und einer alten, taillierten Lederweste. Darunter trug sie samtweiche schwarze Beinkleider aus Rehleder. Sie steckten in Stiefeln, die ihr bis über die Knie reichten. Ein schmaler schwarzer Ledergürtel hing ihr locker um die Hüften. Ein langes Jagdmesser in einer Scheide war an dem Gürtel befestigt. Sie war überraschend klein.

»Habe ich endlich die echte Sardonyx vor mir?«

»Wenn du es wünschst.«

»Du steckst voller Überraschungen.«

»Nicht mehr als jede andere Frau auch.«

»Können wir endlich damit aufhören ...?« fragte er ungeduldig und trat näher zu ihr. Sie sah ihn argwöhnisch an.

»Womit?«

»Dem Bauernjungen vom Land zu imponieren.«

Für einen kurzen Augenblick verfinsterte sich ihr Blick, als hätte er einen wunden Punkt getroffen, aber als sie sprach, war ihre Stimme wieder sanft wie zuvor. »Das war bestimmt nicht meine Absicht.«

»Ich hatte aber den Eindruck.«

»Das tut mir leid. Wirklich.«

Er sagte nichts, obwohl sie offenbar eine Bestätigung von ihm wollte, sie vielleicht sogar brauchte. Aber vielleicht bildete er sich das auch nur ein. Warum sollte sie ausgerechnet auf seine Gedanken Wert legen? »Ich will jetzt zu Aufeya.«

»Und was ist mit mir?« wollte sie wissen. »Willst du mich etwa nicht?«

»Das wäre viel zu einfach. Bist du das überhaupt?«

»Das spielt keine Rolle«, sagte sie leise und berührte seinen Arm. »Ich bin immer die, die du dir wünschst.«

»Auch Sanda?«

Sie verwandelte sich in Sanda. »Ja.«

»Elena?«

Sie verwandelte sich in Elena. »Natürlich.«

»Tsuki?«

Ein kurzes Zögern, dann stand Tsuki vor ihm. »Ja, sogar Tsuki.«

»Das ist zu viel«, sagte er. »Oder zu wenig.«

Sie verwandelte sich wieder in die Frau mit dem nachtschwarzen Haar. »Ich hatte befürchtet, du würdest etwas Derartiges sagen.« Sie machte einen enttäuschten Eindruck.

»Vielleicht ein andermal ...«

»An einem anderen Ort?«

»Wer weiß?«

Sie lächelte. »Geh den Weg zurück, den du hereingekommen bist. Es gibt nur eine einzige Treppe, die in das Stockwerk über diesem führt. Dort ist Aufeya. Und auch die Bujunfrau.«

»Dann sind wir also fertig?« fragte er mit der Hand fest am Heft seines Säbels. »Du läßt uns ungehindert ziehen?«

Ihre nachtschwarzen Haare flogen, als sie den Kopf schüttelte. »Im Augenblick, ja. Ihr könnt gehen, wann immer ihr wollt.« Sie hatte in der Nähe der Fenster gestanden, und jetzt tauchte sie in den dunklen Grund dahinter, bis sie nicht mehr zu sehen war. »Leb wohl, Moichi Annai-Nin aus Iskael.«

Er wandte sich fast noch im selben Augenblick von dem Fenster ab. Es hatte keinen Sinn, ihr zu folgen. Nur sie allein wußte, wie man die Geschehnisse in dieser Finsternis beeinflussen konnte. Für ihn wäre es reine Zeitverschwendung gewesen.

Ein Stockwerk höher entdeckte er zuerst Chiisai. Sie stand über eine liegende Gesetalt gebeugt, richtete sich aber auf, als sie ihn sah.

»Moichi!« In ihrem Gesicht spiegelte sich Erleichterung. »Gott sei Dank bist du in Sicherheit. Ich hatte keine Ahnung, was aus dir geworden war. Als ich über die Schwelle trat ... Na ja, sofort danach torkelte ich durch völlige Finsternis. Dann war ich ebenso plötzlich hier. Wo ...?«

»Ich war bei Sardonyx«, kam er ihrer Frage zuvor.

»Dann hast du sie besiegt«, sagte sie entzückt. »Und wir brauchen uns wegen der Feuermaske keine Sorgen mehr zu machen?«

»Wegen der Feuermaske?« Moichi runzelte die Stirn. »Daran habe ich überhaupt nicht mehr gedacht.« Wie hatte er etwas so Wichtiges einfach vergessen können?

Chiisai packte ihn. »Wo ist sie, Moichi? Was ist mit Sardonyx geschehen?«

Er schob sich an ihr vorbei und kniete sich hin. »Im Augenblick interessiert mich mehr, wie es Aufeya geht.« Sie sah blaß und erschöpft aus. Die dunklen Ringe unter ihren Augen wirkten wie dicke blaue Flecken. Er legte ihr eine Hand unter den Kopf und hob ihn etwas an.

»Aufeya«, sagte er leise, aber eindringlich. »Aufeya.«

Chiisai stand dicht neben ihm. »Moichi, wo steckt Sardonyx?«

»Sie ist verschwunden«, sagte er, ohne Aufeya aus den Augen zu lassen. »Wohin, weiß ich nicht. Was macht das jetzt auch für einen Unterschied?«

Aufeya öffnete die Augen. Erst war ihr Blick noch verschwommen, dann kam Leben in ihn. Sie fuhr hoch, als sie ihn erkannte.

»Moichi.« Ein kaum hörbares Hauchen.

»Ich bin bei dir, Aufeya.«

»Sie hat gesagt, du wärst tot. Hellsturm hätte dich — dich ...« Tränen traten ihr in die Augen.

»Es ist alles in Ordnung«, tröstete Moichi sie. »Ich bin jetzt bei dir. Alles wird gut werden.«

Aber Aufeya weinte immer noch. »Nein, du verstehst das nicht. Nichts ist in Ordnung. Als sie zu mir nach oben kam und sagte — und sagte, du wärest tot, hatte ich alle Hoffnung verloren.« Sie sah ihm in die Augen und bat ihn stumm um Vergebung. »Moichi, ich — ich habe ihr meine Hälfte verraten. Sie weiß, daß — daß ...«

Dahin ist sie also verschwunden, dachte Moichi.

»Jetzt hat sie die Feuermaske«, sagte Chiisai. Ihre Stimme klang wie das Schlagen schwerer Glocken. »Und sie wird sie bestimmt gebrauchen.«

SCHILLERNDER MOND

Am Rand des Steppengebietes zügelte er fluchend sein Luma. Sardonyx hatte ihn reingelegt, trotzdem war er seltsamerweise nicht sauer auf sie. Sie hatte nicht einmal versucht, ihn zu täuschen. Ihr Plan war völlig klar, und er hatte reichlich Gelegenheit gehabt, ihn zu durchschauen. Nur war er mit den Gedanken woanders gewesen.

Chiisai neben ihm sah nach oben. Im Augenblick konnte keiner von beiden viel für Aufeya tun. Moichi hätte es zwar lieber gesehen, sie wäre bei der Dalusierin geblieben, hatte aber dann doch eingewilligt, als sie ihn unbedingt begleiten wollte.

»Sieh«, sagte sie und zeigte nach oben. »Ich hatte recht.«

Moichi hob seinen Blick, während sie weiter in das Steppengebiet hineinritten. Der Mond war voll und stand hoch — eigentlich unmöglich, denn noch gestern nacht war er kaum mehr als eine schmale Sichel gewesen —, außerdem wirkte er nicht mehr flach. Er war kugelrund — und funkelte ihnen rötlich-silbern, smaragdgrün und bläulich entgegen. Er senkte den Blick und starrte Chiisai an.

Sie machte ein ernstes Gesicht und nickte. »Die Legende lebt, Moichi. Uns bleibt nur wenig Zeit.«

Nur die trostlosen Sterne wiesen ihnen den Weg durch die Steppe, und selbst die wirkten in diesem furchterregenden, schillernden Licht kleiner als sonst. Immer noch ragten die gewaltigen Berge vor ihnen auf, ein Schattenriß aus schwarzem Onyx vor dem Sternenmeer, das sich über den gesamten Himmel zog.

Einmal zerriß ein Heulen die Stille der Nacht. Ihre normalerweise furchtlosen Luma schnaubten und schreckten voller Angst zurück. Aber es wiederholte sich nicht, und sie flogen weiter im Galopp über die Ebene, bis sie schließlich die steile Schieferflanke der Berge erreichten. Als sie nach oben blickten, erhellte ein Lichtblitz vielleicht vierzig Meter über ihnen für einen Augenblick den scharfen Rand eines Felsvorsprungs. Er blitzte noch einmal auf und erlosch.

»Rasch«, sagte Chiisai und stieg ab.

Links von ihnen entdeckten sie eine Art Pfad. So schnell sie nur konnten, hasteten sie die felsübersäte Bergflanke hoch.

Kurz unterhalb des Vorsprungs stoppte Moichi und flüsterte Chiisai ins Ohr: »Laß mich vorgehen. Sie wird mich bereits erwarten. Vielleicht kann ich sie ablenken ...« Chiisai nickte. Sie schlichen weiter.

Als sie die Felskante erreicht hatten, blitzte das Licht erneut auf. Moichi rief laut, voller Angst, es könnte vielleicht schon zu spät sein. Wenn sie bereits hindurch war, konnte kein Mensch mehr etwas dagegen tun.

»Sardonyx!« rief er noch einmal. Seine Stimme kam als hohles Echo von den Bergen zurück und schien ihn verhöhnen zu wollen. »Unser Handel ist noch nicht abgeschlossen. Ich habe es mir überlegt!« Jetzt hätte er ihr alles versprochen, wenn er sie damit nur einen Augenblick aufhalten konnte.

Er lief den Vorsprung entlang. Urplötzlich blitzte das Licht wieder auf. Diesmal sah er sie — eine Gestalt, schwärzer als die Nacht. Er lief weiter, durchquerte die scharf umrissenen Schatten, rief ihr wieder etwas zu. Diesmal hörte sie ihn.

»Zu spät, Iskamen. Es tut mir leid — aber es ist zu spät.«

Ein seltsamer Unterton lag in ihrer Stimme. Als er näherkam, drehte sie sich ihm zu. Ohne es zu wollen, blieb er mit offenem Mund stehen und versuchte instinktiv, sein Entsetzen zu dämpfen. Etwas in ihm schrie auf: Nichts wie weg von hier! Mach, daß du wegkommst, solange du noch dazu in der Lage bist!

Sie hatte die Feuermaske angelegt.

Ein Abbild äußersten Grauens bot sich ihm, abscheulich

und ruchlos. Was er sah, war schlimmer als jedes Monster und sprengte jede menschliche Vorstellungskraft, war derart fremd, daß er lange Schwierigkeiten hatte, den Anblick überhaupt zu ertragen. Die Oberfläche der Maske schien aus einer spiegelglatt polierten Substanz gefertigt, die gelegentlich im Mondlicht funkelte. Wie auch immer, hier stand sie, immer noch auf dem Felsvorsprung. Und hinter ihr der bodenlose, unheilkündende Schlund eines Höhleneingangs, ein klaffendes Maul, hinter dem sich ohne Zweifel das Auge der Zeit verbarg. Warum hatte sie hier draußen gezögert? Sie mußte doch wissen, daß kein Sterblicher ihr ins Innere der Höhle folgen konnte, sobald sie die Feuermaske angelegt hatte.

»Ich hatte gehofft, wir würden uns nicht unter diesen Umständen wiedersehen«, sagte sie ruhig. Nur ihre Stimme wurde durch dieses Ding auf ihrem Gesicht leicht verzerrt. »Nicht so, Moichi. Ich habe nicht die Absicht, gegen dich zu kämpfen.Ganz im Gegenteil.«

»Ich wüßte zu gerne, warum mir solche Schmeicheleien nichts bedeuten«, sagte er und ging auf sie zu. Er hatte seinen Säbel bereits halb aus der Scheide gezogen.

»Jetzt machst du dich lustig über mich«, sagte sie traurig. »Ich habe deine Verachtung nicht verdient.«

»Bist du mit deinem Reichtum nicht zufrieden? Und mit deiner — Gabe?«

Sie lachte herb. »Reichtum ist nichts als eine hohe Form der Illusion. Das weiß ich besser als jeder andere. Mein Reichtum hat mir nichts als Sorgen bereitet.«

»Was erwartest du, solange du dich auf Mistral vergräbst? Die ganze Welt liegt dir zu Füßen.«

»Die Welt«, höhnte sie, »will nichts mit mir zu schaffen haben. Es waren Menschen, die mich in mein Asyl nach Mistral gezwungen haben — wußtest du das nicht? Hat dir das deine Freundin, dieses Weibsstück aus Corruña, nicht erzählt?«

»Davon weiß ich nichts.«

»Und jetzt ist nicht der rechte Zeitpunkt, es dir zu sagen.« Sie machte einen Schritt auf das wartende Maul der Höhle zu.

Ein metallisches Geräusch in der Nacht. Moichi hatte seinen Säbel gezogen.

»Versuche nicht, mich aufzuhalten, Moichi. Bitte.«

»Ich kann nicht zulassen, daß du dort hineingehst, Sardonyx.« Er hob seine Waffe.

»Ach«, sagte sie leise, »ist das deine Entscheidung?«

»Du gehst deinen Weg und ich meinen.«

»Wie du recht hast«, sagte sie betrübt. Und hob ihre Arme.

Jetzt machte er in der Tat einen Satz zurück. Sein Herz pochte ihm bis zum Hals. Vor ihm hockte nicht etwa Sardonyx, sondern ein Geschöpf aus einem fiebrigen Alptraum.

Es schwang seine lederartigen Flügel und öffnete sein viel zu menschliches Maul. Er sah die Reihen jadegrüner Zähne, alle so scharf wie zweischneidige Klingen. Es stieß einen unmenschlichen Schrei aus, der einem das Rückenmark gefrieren ließ. Moichi brach kalter Schweiß am ganzen Körper aus. Seine Nackenhaare sträubten sich.

Vor ihm stand jene entsetzliche Kreuzung aus Mensch und Fledermaus, von der in der dalusischen Religion und Mythologie berichtet wurde. Aus welchen Tiefen der Hölle mochte Sardonyx sie herbeigerufen haben?

Es war Diablura, der Herrscher der Unterwelt.

Plötzlich stand Chiisai neben ihm.

Sie hatte ihr Schwert gezogen und rief: »Dieses Ding ist nur eine Illusion, Moichi! Es kann unmöglich existieren.«

Er schüttelte den Kopf. »Illusion oder nicht, Chiisai, es ist da, es hat einen Körper ...«

»Das glaube ich einfach nicht«, sagte sie und schob sich auf dem Schiefervorsprung an ihm vorbei, geradewegs auf den Diablura zu.

»Warte!« rief er, aber sie achtete nicht auf ihn.

Das Biest schrie auf und stieg einen Meter in die Luft,

vorsichtig mit den Flügeln schlagend, damit es nicht gegen die Felsvorsprünge stieß. Ein unheimliches, flatterndes Geräusch hallte von den narbenübersäten Felswänden wider. Die Nacht war plötzlich erfüllt von dämonischem Geheul. Die Kreatur hob zwei hornhautüberwucherte, vierzehige Füße, die in langen, gebogenen Krallen endeten.

Dann ging das Ungeheuer mit klickenden Klauen auf Chiisai los. Ihr Dai-Katana schlitzte den nur spärlich behaarten Unterleib auf. Es schrie erneut, die Jadezähne bleich im schillernden Mondlicht, und versuchte, sie mit den Klauen zu packen. Chiisai schwang erneut ihr Dai-Katana, aber das Biest war viel zu kräftig. Blitzschnell schossen seine Krallen vor, man sah sie kaum, und schlugen in ihre linke Schulter. Sie versuchte, wegzurollen, aber das schreckliche Geschöpf hatte sich in ihr Fleisch gekrallt und sie festgenagelt. Mit ihrem freien Arm kämpfte sie unentwegt weiter, immer wieder verbiß sich ihre Klinge in dem pelzigen Fleisch.

Moichi stürmte auf den flatternden Dämon zu, hob seinen Säbel hoch über den Kopf und durchtrennte mit einem mächtigen Hieb den Knorpel seines rechten Flügels. Er zerriß wie ein Segeltuch. Moichi wurde nach hinten gegen den Hang geschleudert, als der Diablura einen Augenblick das Gleichgewicht verlor und es unter Gekreisch und Geflatter nur mühsam wiederfand.

Aufgewirbelter Staub legte sich Moichi auf die Lungen. Er holte wieder aus und durchschnitt den Hauptknorpel am oberen Rand des Flügels. Ein Zittern ging durch den Körper des Diablura, als er flügelschlagend versuchte, sich höher in die Luft zu erheben. Chiisai wurde zur Seite geschleudert, das Schwert fiel ihr aus der Hand. Moichi rannte zu ihr und schleuderte dem Biest den Säbel mit der Spitze nach vorn entgegen. Er sah, wie er von der knochigen Brust abprallte und scheppernd auf dem Felsen landete. Verdammt. Der Diablura schlug immer noch mit seinem losen Flügel und versuchte in die Luft zu kommen, stieg auch hoch, sackte aber wieder zurück.

Moichi erwischte genau den richtigen Zeitpunkt und sprang dem Diablura auf den Rücken, als er näherkam. Er zog einen seiner Dolche, schlitzte ihm die Kehle auf, und mit schrecklichem Kreischen schoß das Ungeheuer nach oben. Höher und immer höher — auf die Sterne zu, er hatte das Gefühl, die Hand ausstrecken, den schillernden Mond greifen und auf die Erde schleudern zu können.

Dann kippte der Diablura in spitzem Winkel ab und stürzte der Erde entgegen. Ein-, zweimal schlug er hart gegen die Felswand, beim dritten Mal wurde Moichi heruntergeschleudert und rutschte Hals über Kopf am Fels in die Tiefe.

Verzweifelt versuchte er, den Vorsprung zu fassen. Und es gelang — er blieb hängen, pendelte hin und her. Seine Nägel krallten sich in den Fels, und es lief ihm eiskalt den Rücken herunter. Die Nachtluft hallte von den Todesschreien des Diablura wider, der sich immer noch bewegte, wie elektrisiert zuckte und wild mit den Flügeln um sich schlug, während er tiefer und tiefer den Hang hinunterstürzte. Als wehrte er sich selbst noch im Tod mit aller Macht dagegen, seine Herrschaft aufzugeben.

Moichi holte tief Luft, zog sich nach oben und versuchte, sein rechtes Bein auf die Felskante zu hieven. Daneben. Ein zweiter Versuch. Diesmal schaffte er es und zog sich über die Kante.

Dort blieb er lange keuchend liegen, bis ihm Sardonyx und die Feuermaske wieder einfielen. Zum Aufstehen mußte er über seine linke Seite rollen, durch die enorme Anstrengung hatte sich seine verletzte Schulter erneut verschlimmert. Er sah Sardonyx vor der Höhlenöffnung stehen. Warum war sie noch nicht hineingegangen? Er lief auf sie zu.

Das Geräusch von Hämmern, die klirrend auf zehntausend Ambosse prallten, das schrille Gezirp eines Heuschreckenschwarms, der Widerhall eines riesigen Widderhorns, Flammen, die knisternd an blutigem Fleisch züngelten, tanzende Staubwirbel, trompetende Elefanten, das Knistern und Grollen eines Gewitters — all das schallte aus der Höhle heraus und überlagerte sich in vielfachem Echo.

Und eine Hitze entströmte ihr, grimmiger als die Sonne.

Er wirbelte herum. Irgend jemand hatte ihn gepackt und zerrte an ihm, bis er sich rührte. Seine Füße waren wie Blei, aber dann entfernte er sich von dem Schlund der Höhle. Keuchend schöpfte er Luft, seine Lungen brannten, die Augen tränten, Insekten schienen durch seinen Verstand zu krabbeln.

Sardonyx, das Gesicht immer noch unter der spiegelglatten Ungeheuerlichkeit der Feuermaske verborgen, hielt ihn gepackt. »Wie konntest du nur so dumm sein?« fragte sie sanft. »Du hättest jeden Augenblick tot sein können.«

Er starrte sie an, um Atem ringend. Nach einer Weile sagte er: »Ich verstehe dich nicht.«

Sie tätschelte seinen Arm. »Was gibt es da zu verstehen? Ich habe dir gesagt, daß ich dich mag.«

»Ich glaube, ich werde wahnsinnig.«

»Das ist keine Lösung.«

»Nimm dieses Ding ab.«

Sie löste die Siegel. »Warum nicht? Es scheint ohnehin nicht mehr zu funktionieren.«

Jetzt hatte er wieder die Frau mit der dunklen Hautfarbe und den nachtschwarzen Haaren vor sich.

Er stand zwischen ihr und dem Höhleneingang.

»Keine Ahnung, was damit nicht stimmt«, sagte sie, während sie die Maske in den Händen drehte und betrachtete. Auf der Rückseite war sie mattschwarz, unergründlicher als die Nacht. »Sie bietet keinen Schutz mehr.«

»Vielleicht ist sie zu alt«, sagte er. »Und hat die Zauberkraft verloren.« Er sah sie an. »Aber wenn das alles ist ...«

»Natürlich ist das nicht alles.« Sie versuchte noch immer, den Schlüssel zu finden. Das schillernde Mondlicht blitzte kurz auf der Außenhaut der Maske auf und verwandelte sie in das Leuchtfeuer, das er von unten gesehen hatte. »Wer sie trägt, kann angeblich das Auge der Zeit öffnen — oder für immer verschließen.«

Jetzt war es klar. Er hatte ihn von Anfang an direkt vor Augen gehabt — diesen Schlüssel. Er mußte überlegen. So eindeutig war es doch nicht. Er hatte nur eine Vermutung — mehr nicht. Wäre dies eine Legende, würde er keinen Augenblick zögern. Aber dies war das Leben — sein Leben. An dem er sehr hing. Er hatte längst noch nicht alles gesehen, weite Länder und viele Menschen warteten noch auf ihn. Er war noch nicht bereit zu sterben.

»Wenn sie ohnehin nichts mehr taugt«, sagte er mit belegter Stimme, »hast du sicher nichts dagegen, wenn ich sie mir kurz ansehe.«

Sie sah ihn argwöhnisch an. »Nur über meine Leiche.«

Er zog die Schultern hoch und tat, als wolle er gehen. »Gut. Dann kümmere ich mich jetzt um Chiisai.«

»Was hast du vor?«

Er blieb stehen und drehte sich um. »Liebe Sardonyx, ich weiß erheblich weniger als du über dieses Ding, diese Feuermaske. Was sollte ich also vorhaben?«

»Ich weiß nicht. Trotzdem ...«

Ein kurzer, ansatzloser Schlag seitlich gegen den Kopf kurz unterhalb ihres rechten Ohres, und sie ging geräuschlos zu Boden. Er fing sie gerade noch auf und murmelte: »Jetzt sind wir quitt.« Vorsichtig legte er sie auf den Schiefervorsprung und nahm ihr die Feuermaske aus den schlaffen Händen.

»Ich bin froh, daß wir nicht darum kämpfen mußten, Sardonyx«, sagte er ihr ins reglose Gesicht.

Er drehte die Maske um und verzog vor ihrer Scheußlichkeit das Gesicht. Grotesk verzerrt spiegelte sich die Umwelt in den glatten Erhöhungen und Vertiefungen. Es war, als betrachtete er die Erde aus großer Höhe.

Eine Befestigungsvorrichtung schien es nicht zu geben. Er hob die Maske hoch und spürte, wie er wieder unruhig wurde. Der Selbsterhaltungstrieb meldete sich am ganzen Körper. Aber das war nur natürlich, darauf durfte er jetzt nicht weiter achten.

Als sich die Maske seinem Gesicht näherte, hatte er das

seltsame Gefühl, sein Gesicht wäre aus Metall, und die Maske ein extrem kräftiger Magnet. Sie sog sich an sein Gesicht und klebte dort wie eine zweite Haut. Im ersten Augenblick blieb ihm die Luft weg, doch als er sich daran gewöhnt hatte, war es in Ordnung.

Er sah sich um; nichts hatte sich verändert. Natürlich nicht.

Der Mond schien jetzt noch intensiver zu leuchten. Er holte ein letztes Mal tief Luft, vielleicht war dies die letzte Gelegenheit, sich das schreckliche Ding vom Gesicht zu reißen.

Statt dessen richtete er seinen Blick nach oben auf den schillernden Mond.

Als das Licht mit voller Kraft auf die Feuermaske fiel, fuhr ein kolossaler Schock durch seinen Körper, als wäre er vom Blitz getroffen worden. Er torkelte, streckte eine Hand aus und suchte am Felsen hinter sich nach einem Halt.

Plötzlich glühte sein ganzes Gesicht. Die Hitze drang durch die Feuermaske in seine Haut, sein Fleisch, seine Knochen. Sie durchströmte seinen ganzen Körper. Eine Schwingung setzte ein, einen kurzen Augenblick lang hielt er es für ein Erdbeben. Dann merkte er zu seinem Entsetzen, daß sie ganz aus seinem Innern kam.

Das seltsam schillernde Mondlicht war also der Schlüssel gewesen. Jetzt wußte er, daß die Feuermaske aktiviert war. Wie ein fremdartiger Schwamm sog sie beständig weiter die Energie des Mondes in sich auf — bis er glaubte, unter all der Kraft auseinanderzubersten.

Er drehte sich einmal ganz um seine Achse. Dort lag ausgestreckt Chiisai, und etwas näher und hinter ihm Sardonyx. Er starrte in den Höllenschlund. Vorher hatte er einen Vorgeschmack von dem bekommen, was sich dort drinnen verbarg.

Dann ging er auf den Höhleneingang zu.

Drinnen war es nicht mehr dunkel. Die Finsternis löste sich auf, Strukturen bildeten sich, Strukturen anstelle von Farben.

Er ging hinein und wurde sofort von den Geräuschen des Auges der Zeit überschwemmt. Das Zusammenprallen glatt gepanzerter Insekten, das Schaben von Vogelschwingen, das Tosen unterirdischer Ströme, das Geschrill unirdischer Instrumente.

Einen Augenblick blieb er verwirrt stehen. Er hatte fest geglaubt, unter der Feuermaske würde er nichts hören, doch das war ein Irrtum. Die Geräusche waren alle deutlich vernehmbar — mehr noch als zuvor — aber sie bildeten kein wahnwitziges Durcheinander mehr, das einem Trommelfell und Verstand zu sprengen drohte. Die Feuermaske filterte sie.

Als er vorsichtig weiterging, begriff er allmählich. Licht gab es hier nicht — und durch das Fehlen sämtlicher Farben wurden Geräusche die wichtigste Orientierungshilfe. Tonhöhe und Lautstärke führten ihn zum Auge der Zeit.

Es gab keinen festen Boden, weder links noch rechts, weder oben noch unten, er bewegte sich wie durch ein Gestrüpp. Glühend heiß war es, und er zog das Hemd aus. Die warme Sonne trocknete sofort den Schweiß. Der Zaun befand sich unten in diesem Abschnitt. Er fand die Stelle ohne Schwierigkeiten und machte sich sofort daran, sie zu reparieren. Irgendein größeres Raubtier war durchgebrochen und hatte dabei einige Pfosten aus der Erde gerissen. Die Arbeit war schwer, aber er bewegte sich Schritt für Schritt unablässig weiter. Die farblose Welt ringsum war von Getöse erfüllt, dem Rauschen von Sturzbächen und dem Gebrumm vieler Fliegen. Dann saß er an seinem Pult in der großen Landschule. Es roch nach Pinienharz, Bienenwachs und Kirschbaumholz. Er war noch zu jung, um über die Ländereien seiner Familie zu reiten. Dann nahm ihn sein Vater eines Tages aus der Schule und bestellte einen Privatlehrer. Er hörte die Stimme seines Lehrers eintönig wie aus weiter Ferne, und dann auch seine Stimme, wie das Gebrumm träger Insekten. Alles war jetzt in einen Nebel gehüllt, das matte Frühlicht, die silberhelle Nacht, das goldene Mittagslicht, die amethystfarbene Abenddämmerung. Er setzte einen Fuß vor den anderen, hörte das Stöhnen der Gezeiten, das Geknirsch von Hummerscheren im Watt, das scharfe Rascheln von Libellenflügeln, das leise Waldesraunen. Schließlich stand er auf einer kleinen Anhöhe, über die sich der blaue Himmel mit weißgrauen Streifen erstreckte, die von seinem Standpunkt aus nach Nordwesten zogen, zu der höchsten Erhebung auf seinem Land. Er schützte die Augen vor der Sonne und suchte am Horizont den flachen Streifen von Alara'at und dahinter das lockende Meer, silbrig funkelnd oder grün, wo die Sonne über den tiefen Stellen nichtdiamanten über der Oberfläche flirrte. Meine See! Er ging weiter, stieg jetzt voller Gottesfurcht in die Berge. Seine Beine zitterten, er schüttelte sich am ganzen Körper und sank auf die Knie, als sich vor ihm ... Endlich erfüllte tiefer Friede ihn, als das Schiff schließlich aus Alara'at in See stach und ihn aus Iskael fortbrachte. Sein Vater insektenklein auf dem Kai. Ob er geweint hatte? Dann endlich auf See. Dem Meer, das ihm während all der mühsamen Tage und Nächte Mut gemacht hatte. Aber nicht immer war es mühsam gewesen. Er mußte auch an die Tage denken, an denen er lachend mit Sanda auf den Schultern durch die Reihen der Apfelbäume getollt war, sich mit ihr über die Erde gewälzt und an die Stämme geklammert hatte, um sich die reifen Früchte auf die Köpfe prasseln zu lassen. Oder als er mit ihr im Frühjahr zwischen den Bäumen spazieren gegangen war, die voller bauschiger weißer und rosafarbener Blüten hingen, die durch die Luft segelten, sich ihnen auf Haar und Kleider legten und das Gras, den ganzen Erdboden wie unter einer himmlischen Decke begruben. Jetzt ließ er das Land hinter sich, ließ Sanda hinter sich und die üppigen Obstgärten, die er nie mehr erblicken würde, weder dieses Jahr, noch im nächsten, noch irgendwann ...

Er klettert tiefer und hat endlich wieder festen Boden unter den Füßen, eine Art Felsen im Nebel, der eigentlich gar keiner ist. Die Echos branden immer noch gegen sein Gehirn. Die Bilder aus der Vergangenheit, Strudel aus dem

Auge der Zeit, wie er jetzt weiß, umspülen ihn und werden mit jedem Schritt reißender.

Vor sich entdeckt er einen brodelnden Wirbel, der sich zusammenzieht, sich teilt, sich in immer kleinere Wirbel aufspaltet. Eine gewaltige Iris. Weder geöffnet, noch geschlossen. Abwartend.

Das Auge der Zeit.

Das Tor ins ewige Gestern und ins unendliche Morgen.

Jetzt wird er unentrinnbar hineingesogen, wird ihm jeder Wille genommen. Das stete Öffnen und Schließen zieht ihn ganz in seinen Bann, fast hätte er kurz vor dem Ziel noch einmal gezögert.

Gestalten verändern sich, bilden sich neu, drehen, winden sich, saugen sich fest und überlappen sich, aufgewühlt von einer so elementaren Gewalt, daß er ihr unmöglich einen Namen geben kann. Nur in der komplexen Symbolsprache des Verstandes kann so etwas begriffen werden. Unmittelbar.

Jetzt ändern sich die Geräusche, erst langsam, dann plötzlicher. Der Schmerz an seinem Trommelfell wird heftiger, trotz der Feuermaske. Er preßt sich die Fäuste gegen die Ohren, aber nichts geschieht. Nur der Schmerz läßt etwas nach, und ein ungeahntes ekstatisches Gefühl durchfährt ihn, eine Erregung, die er nur mit Sex vergleichen kann, obwohl selbst dieser Vergleich schwach und unpassend scheint. Als er sich dem Strudel nähert, hält er die Hände vor sich ausgestreckt. Er fühlt sich angeregt, wie unter Drogen. Als er noch näher kommt, übertönt ein Geräusch alle anderen: ein Klang. Mit zittrigen Fingern scheint er ihn beinahe greifen zu können, will ihn wie eine Geliebte liebkosen, als das Auge der Zeit seine Iris öffnet, hinter der sich …

Nein!

Irgendwo in einem tiefsten Innern, so tief, daß selbst das Getöse dieses Strudels sie nicht erreichen kann, schreit eine Stimme der Vernunft auf. »Benutze sie!« schreit sie. »Benutze die Feuermaske!«

Anfangs begreift er nicht. Er ist dieser Kraftquelle jetzt so nahe, daß es unmöglich wird, etwas zu verstehen.

Mühsam hält er inne, wird aber von einer unsichtbaren, jedoch deutlich hörbaren unermeßlichen Kraft weitergezogen. Sich zu wehren wäre so, als müßte er den Lauf der Welt aufhalten.

Denk nach!

Benutze sie! Jetzt!

Er konzentriert sich. Es beginnt in seinem Gehirn, das unter den Sphärenklängen in Flammen aufzugehen scheint, und drängt durch seine Augen nach draußen.

Und jetzt kommt es.

Die gespeicherte Kraft des schillernden Mondlichts folgt seinen Befehlen. Sie entweicht der Feuermaske unter lautem Getöse und gleißt hell wie ein gebündelter Blitz. Die Hitze steigt, genau wie draußen auf dem Schiefervorsprung. Wie weit ist der entfernt.

Krachen und Donnern.

Sein Gesicht steht in Flammen.

Wie ein kosmisches Leuchtzeichen.

Energie strömt aus, und zum erstenmal erkennt er das Wesen dieses Strudels, seine vollkommen böse Natur. Wie ein Chirurg vernäht er den Riß in der Zeit. Langsam und mit unendlicher Behutsamkeit, schweißgebadet unter diesem knisternden Energieausfluß, voll konzentriert und mit ruhigem Blick. Dann hat er es geschafft.

Er wird ruhiger, und die Schwingungen setzen ein, Explosionen jagen einander. Die Energie des Mondlichts hat sich zu sehr angereichert und droht außer Kontrolle zu geraten. Er stemmt sich dagegen, er zittert vor Anstrengung am ganzen Körper, aber es gelingt ihm, das Kraftfeld abzuschwächen. Langsam, unendlich langsam weicht die Hitze aus der Feuermaske und aus seinem Gesicht. Stolpernd kehrt er einer dichten, tiefen Stille den Rücken zu.

Und rennt aus der Höhle, hinaus aus dieser Stille in die sternübersäte Nacht.

Vierter Teil

Der Löwe in der Dämmerung

IDYLLE

Als erstes sah er, daß sie verschwunden war.

Er wollte sich die Feuermaske mit einem Ruck vom Gesicht reißen, aber als er seine Finger betrachtete, waren sie nur noch mit einem stumpfgrauen Pulver bedeckt. Das war alles, was von ihr übriggeblieben war.

Hastig lief er den Felsvorsprung entlang — von Sardonyx keine Spur. Chiisai saß mit dem Rücken an die Bergflanke gelehnt. Sie hatte die untere Hälfte ihres Hemdes in Streifen gerissen und ihre verletzte Schulter verbunden.

Sie stand auf und lächelte als sie sah, wie er erschöpft in ihre Richtung kam.

»Es ist vorbei«, sagte er. Die eigene Stimme kam ihm fremd vor.

Sie reichte ihm seinen Säbel. Anschließend kletterten sie im Zickzack den Hang hinunter.

Er erklärte ihr kurz und so gut er konnte, was geschehen war. »Hast du Sardonyx gesehen?« fragte er.

Chiisai schüttelte den Kopf. »Sie muß schon weg gewesen sein, bevor ich wieder zu mir kam. Ich habe sie nicht gesehen.«

Die Luma grasten zufrieden am Fuß des Berges, wo sie geduldig gewartet hatten. Sie stiegen auf und machten sich bereit. Moichi warf noch einen Blick zurück. Irgend etwas fehlte. Er konnte den Kadaver des Diablura nirgendwo entdecken. Dabei war er sicher, daß er hier den Hang hinabgestürzt war.

Vor ihnen ragte Mistral auf. Er wollte nur noch Aufeya holen und dann dieses Land weit hinter sich lassen.

Alles war ruhig, als sie im Innenhof die Pferde zügelten, doch als sie abstiegen, hörten sie weit über sich ein Poltern.

Die Mauer eines der hohen Türme fiel in sich zusammen, Gesteinsbrocken und Mörtel hagelten herab.

Moichi duckte sich unter dem Trümmerhagel und rannte durch das Tor in die Haupthalle. Er nahm die Spinnwebtreppe mit drei Stufen auf einmal und rief: »Aufeya!«

Das nächste Beben erschütterte das Schloß, und er fürchtete, das ganze Gebäude würde zusammenbrechen. Das gewaltige Gewölbe der Vorhalle war bereits voller Staub, und die Wände zitterten.

Mit riesigen Sätzen erreichte er endlich den obersten Absatz — und fand Aufeya an der alten Stelle. Sie war immer noch blaß, schien sich aber vom Schlimmsten erholt zu haben. Er warf sie sich über die Schulter, und als er zu der Treppe zurückrannte, fiel bereits die Kammer nebenan in sich zusammen. Wolken von erstickendem Staub quollen unter dämonischem Getöse hervor.

Ein eisiger Nordwind pfiff jetzt schrill durch das zerberstende Gemäuer. Auf der Höhe des zweiten Absatzes wölbte sich ein Teil der Außenwand, und die Tür zum Juwelenraum wurde aus der Verankerung gerissen. Bis auf die niedrige Lampe war die Kammer leer.

Dann in die Haupthalle. Das ganze Gebäude bebte, als er durch die Tür sprang. Draußen hielt Chiisai die Luma bereit. Er warf Aufeya quer über den Sattel. Die gesamte Vorderseite von Mistral brach auseinander. Gesteinsbrokken flogen ihnen wie ein Schwarm zorniger Bienen um die Ohren.

Moichi sprang hinter Aufeya in den Sattel, und sie ritten los, preschten im vollen Galopp durch das zersplitterte Fallgatter und flogen in Riesensätzen über herumliegende Trümmer.

Hinter ihnen fiel Mistral in Schutt und Asche. Der Schein eines riesigen Scheiterhaufens erhellte den Nachthimmel und überdeckte für eine Weile die blutige Sichel des Mondes.

Auf dem Weg nach Süden flüsterte ihm Aufeya ihre ganze Geschichte ins Ohr und redete sich den Schrecken von der Seele, den sie hatte durchmachen müssen. »Ich verwandelte mich in andere Leute. Anfangs waren es noch Menschen, die ich kannte, auch von früher, dann war ich mir nicht mehr sicher, bis sie immer fremder und fremder wurden — und am Schluß sogar feindselig. Das war schon schlimm genug. Dumm wie ich war, dachte ich, es könnte nicht noch schlimmer kommen. Das war ein Irrtum. Als das vorbei war, verwandelte ich mich in alle möglichen Tiere. Mein Verstand wurde dumpf und zähflüssig wie Schlamm. Ich versuchte, zu denken, unmöglich, denn ich war ein Reptil, abwechselnd träge, dann wieder energiegeladen. Der einzige Gedanke, zu dem Reptilienhirne fähig sind, ist Nahrung, um den Magen zu füllen, dabei setzt ein Tötungstrieb ein, den man einfach nicht unterdrücken kann. Dann fühlte ich mich wie ein Insekt. Tausende von Bildern und Gerüchen surrten mir durch den Kopf, um das Fehlen der anderen Sinne auszugleichen. Ich versuchte zu denken, aber die Eindrücke überlagerten sich zu sehr. Dann war ich ein Fisch. Ich schwamm zufrieden im Wasser, völlig gedankenlos. Wer war ich? Nichts schien mehr von meiner früheren Existenz geblieben zu sein. War ich wirklich ein Fisch? Oder vielleicht ein Vogel oder irgendein anderes Tier — der Mensch in mir war verschwunden. Der Verlust war um so entsetzlicher, als ich mich nicht mehr erinnern konnte, was ich einmal gewesen war.

Ich fing an, zu schreien und zu toben, bis Sardonyx endlich nach mir sah und mich aus dem Wasser fischte. Da habe ich ihr erzählt, was sie wissen wollte«, sagte sie, dicht an seinem Ohr. »Und weißt du, was das Merkwürdigste war? Es tut mir nicht leid. Ich wollte wieder Mensch sein. Der Preis war mir egal, ich hätte alles dafür gegeben. Mit Handkuß.«

Moichi verstand sie nur zu gut. Er konnte ihr keinen Vorwurf machen.

»Erzähl, was unter dem schillernden Mond passiert ist.«

Also berichtete er ihr von seinem Abenteuer. Am meisten schienen sie die Ereignisse in der Höhle zu fesseln, und er war froh, ihr alles genau schildern zu können. Wenigstens wurde sie dadurch eine Weile von ihren eigenen Erinnerungen abgelenkt.

Während er noch erzählte, spürte er ihre zarten Lippen hinten an seinem Hals, ihre Zunge, forschend und gleichzeitig naiv, wie bei einem Kind — sie probierte seinen salzigen Schweiß. Endlich wurden seine Sorgen und Befürchtungen um ihre Sicherheit zerstreut. Als hätte sie mit dieser kleinen Geste beide aus aller Trostlosigkeit befreit.

Moichi ließ sich viel Zeit auf der Rückreise. Nicht, daß er nicht gerne nach Corruña zurückgekehrt wäre und von da nach Sha'angh'sei, aber sie hielten sich alle drei nur noch mühsam auf den Beinen. Er hielt es für klüger, sich nicht auf einem scharfen Ritt restlos zu verausgaben, sondern bei einem gemütlichen Tempo allmählich wieder zu Kräften zu kommen. Unbewußt wollte er damit vielleicht auch erreichen, daß er und Aufeya so noch länger zusammenbleiben konnten, aber im Grunde wußte er, daß sie sich in Corruña trennen mußten.

Auch Chiisai dachte daran. Während der langen Nachmittage, an denen sie Rast machten — sie ritten nur in der noch frischen Kühle des Morgens und während der letzten, verstreuten Lichtstrahlen des Spätnachmittags — ließ sie die beiden unter irgendeinem Vorwand allein. Zumeist erforschte sie dann die Ruinen längst vergangener Kulturen, die in dieser Gegend überall zu finden waren.

Aufeya selbst hatte ein feines Gefühl für die Situation und konnte sich ihr entspannt hingeben. Sie war froh, daß Chiisai so aufmerksam und voller Verständnis und überhaupt nicht eifersüchtig war. Und sie genoß es, jeden Tag mit Moichi alleine zu sein. Ironischerweise war es nur Moichi selbst, der das fein gesponnene Netz menschlicher Gefühle nicht ganz durchschaute, in dem er sich plötzlich gefangen sah.

Sie saßen zusammen im warmen Sonnenlicht, hielten sich bei den Händen und sprachen über ihre Vergangenheit. Aufeya erinnerte sich voller Zärtlichkeit an ihren Vater, und am deutlichsten an die Zeit, als er sie mit an Bord eines seiner Schiffe genommen hatte. Eines Tages, so erzählte sie, hatte er sie entlang der dalusischen Küste bis nach Puerto Chicama mitgenommen, von wo er, wie sie später herausbekam, illegalen Rum ins Landesinnere schmuggelte. »Der Schnaps ist doch nicht schlecht«, hatte er später zu ihr gesagt. »Er ist nur verboten, weil es der Bischof so will. Du glaubst doch nicht, daß es deswegen keinen gibt? Er wird höchstens teurer, weil mehr Leute die Hand aufhalten« — dabei hatte er ihr zugezwinkert — »darunter auch ein paar Curas. Ich könnte dir eine Reihe von Namen nennen.« Später dann, erzählte sie, sei sie ins Landesinnere gereist und hätte gesehen, daß ihr Vater die Wahrheit erzählt hatte. Ruuma wurde beinahe überall getrunken, und die einzig schlimme Nachwirkung war ein kurzer Schlummer in der Hitze des Nachmittags.

»Und deine Mutter?« fragte er sie eines Tages.

Sie begann zu schimpfen und sich in einer Weise zu äußern, die keinerlei Irrtum zuließ.

Er war klug genug, ihr nicht zu widersprechen und wechselte schnell das Thema. Dies blieb der einzige Mißklang während der Tage, die sie zusammen verbrachten. Die Tage und Nächte vergingen. Allmählich heilten ihre Wunden, bis nur noch rötliche Narben übrigblieben, die sich hin und wieder durch ein Jucken bemerkbar machten. Nur manchmal taten sie noch weh, gegen Ende des Tages oder wenn schwere Regenwolken düster über den Horizont zogen, die Luft feucht wurde und der Luftdruck sank.

Nachts schliefen sie friedlich getrennt nebeneinander um das freundlich knisternde Lagerfeuer. Nachmittags jedoch, wenn Chiisai unterwegs auf ihren archäologischen Ausflügen war, liebten sie sich leidenschaftlich bis zur Erschöpfung und genossen ihre Nacktheit unter der heißen Sonne. Wenn jemand in der Nähe war, schwammen und planschten sie in den reißenden Strömen, die jetzt weiter im Süden immer häufiger wurden, und liebten sich anschließend noch einmal. Moichi schien nicht genug von Aufeya bekommen zu können, aber das lag vielleicht nur daran, daß ihre Zeit zusammen begrenzt war. Zumindest waren aus demselben Grund seine Sinne ständig hellwach.

Chiisai kehrte grundsätzlich erst zurück, wenn sie sich zum Aufbruch bereit machten. Sie ließ ihnen soviel Zeit, wie nur möglich. Eines Tages jedoch hatten sie bereits gepackt, und sie war noch immer nicht zurück. Während die Sonne tiefer sank und sie bedrückt schweigend auf sie warteten, kam ihm zu Bewußtsein, wie unfair sie sich ihr gegenüber verhielten.

Die Dämmerung ging bereits zögernd in die Nacht über, als sie endlich auf einem niedrigen, mit einigen Platanen bewachsenen Hügel erschien. Über die linke Schulter hatte sie den haarigen Körper eines kleinen Wildschweins geschwungen. So frisches Fleisch hatten sie schon eine ganze Weile nicht mehr gegessen. Sie hatten sich daran gewöhnt, Nüsse und Früchte zu sammeln oder, wenn sich die Gelegenheit bot, einen Süßwasserfisch aufzuspießen.

Also bot diese Beute allen Grund zu einer kleinen Feier, und sie machten sich sofort daran, das Wild aufzuschneiden und auszunehmen. Chiisai überließen sie das Feuermachen. Sie brieten das Fleisch außen an, bis es knusprig war, dann begann das eigentliche Rösten. Der Duft war so köstlich und verlockend, daß sie das Ende der Garzeit kaum erwarten konnten. Während Aufeya die Eingeweide in einem nahen Bach auswusch und dann Beeren und Nüsse für eine Füllung suchte, betrachtete Moichi zufrieden die Sterne, die weit entfernt und kalt funkelten. Das Land des Blutmondes hatten sie schon lange hinter sich, hier herrschte nachts wieder sein alter Freund, stellte Moichi voller Freude fest. Silbrig und flach wie eine Münze stand der Mond im letzten Viertel.

Chiisai saß ihm gegenüber neben dem Feuer und wetzte ihr Dai-Katana. Er stellte sich neben sie und beobachtete ihre geschickten Hände bei der Arbeit. Als er sich räusperte, sah sie auf. Ihre Hände hielten über der Klinge inne, auf der der Widerschein des Feuers funkelte und die lange, präzise geschliffene Schneide hervorhob. Wirklich eine herrliche Waffe.

»Ich fürchte, Aufeya und ich waren ziemlich egoistisch.«

»Wie kommst du darauf?« Sie wischte die Klinge ab und schob sie in die Scheide. »Ich habe mir unterwegs gerne das Land angesehen.« Sie mußte lachen. »Du hättest schon gemerkt, wenn ich unzufrieden gewesen wäre.«

»Trotzdem ...«

»Außerdem, Moichi, um die Wahrheit zu sagen, ich habe auch etwas Zeit für mich alleine gebraucht. Sobald wir wieder in Sha'angh'sei sind, muß ich einige wichtige Entscheidungen treffen. Dann möchte ich darauf vorbereitet sein.«

»Ganz bestimmt?«

Sie stand auf, stellte sich auf die Zehenspitzen und gab ihm einen herzlichen Kuß.

An jenem Abend, der Mond stand hoch am Himmel, veranstalteten sie eine regelrechte Freßorgie. Anschließend rationierten sie den Rest des Fleisches, das bis nach Corruña reichen sollte.

Während der letzten Reisetage ritten sie zunehmend weitere Strecken. Je näher sie der Stadt kamen, desto magnetischer, so schien es, zog sie sie an. Tagsüber sprachen sie wenig, aber nachts, unter Mond und Sternen, erzählte Chiisai Geschichten von Ama-no-mori und den Bujun.

Moichi und Aufeya waren nicht sehr gesprächig. Vermutlich deswegen, dachte Chiisai, weil sie sich schon bald trennen mußten, vielleicht für immer. Unbewußt tat ihr Moichi leid.

Auch sie liebte ihn, aber in der Art der Bujun, und das war für einen Außenstehenden nur schwer zu verstehen. Sie liebte ihn, wie ein Krieger den anderen liebt. Sie waren durch Gefahr und Abenteuer zusammengewachsen, und ihre Heldentaten konnte ihnen niemand mehr nehmen. Sicher standen sie sich längst näher als Verwandte oder Liebende. Auch ohne daß Moichi es ihr gesagt hätte, wußte sie zum Beispiel, daß er sich nicht für einen Helden hielt. Sie dagegen war fest davon überzeugt, denn er schöpfte seine Kraft aus einer inneren Vision, die ihn vorantrieb. Er hatte seine eigene Moral, seine ihm eigene Kraft und Zuversicht, seine eigene Welt — und war ebenso ein Held wie der Dai-San. Sie hatte geglaubt, sie würde ihn darum beneiden, aber so war es nicht. Im Gegenteil, sie liebte ihn deswegen nur um so mehr.

So gesehen war sie zufrieden. Zumindest glaubte sie jetzt zu wissen, warum der Dai-San sie nach Sha'angh'sei und zu Moichi geschickt hatte. Vielleicht hatte er all das nicht wirklich gewußt — die Feuermaske, Sardonyx oder gar das Auge der Zeit — aber ganz sicher kannte er das *Karma* seines Freundes. Sie war froh, daß sie bei diesem Abenteuer hatte dabeisein können. Aber während all dieser trägen Nachmittage zwischen den zerfallenden Ruinen, zwischen all den bunten Schmetterlingen, als sie die Wärme der schrägen, heißen Sonnenstrahlen auf ihrer Haut spürte, die die Überreste einer Kultur aus dunkler Vorzeit bestrahlten, fragte sie sich ständig, ob die Geschichte für sie jetzt auch wirklich zu Ende sei.

Und dann, wie jeder Bujun vor ihr, der sich die gleichen Gedanken über seine unsichere Zukunft gemacht hatte, zuckte sie innerlich mit den Schultern. Was immer ihr widerfahren würde, sie war bereit, es zu akzeptieren.

Karma.

WAISENKINDER

Kurz nach Mitternacht passierten sie das Westtor von Coruña und durchschritten schnell den ausgedehnten Bezirk der Lagerhäuser. Die Cambujoarbeiter sprangen nach allen Seiten, Händler mit dunklen, schwitzenden Gesichtern und dichten Bartlocken schwangen die Fäuste hinter ihnen her, sie fühlten sich gestört. Ihre Rufe hallten von den glatten, nichtssagenden Fassaden der Lagerhäuser wider.

Die Plaza de la Pesquisa lag bei ihrer Ankunft in völliger Stille, und die Hufe ihrer Luma klapperten laut auf dem Pflaster. Die beiden alten Männer in ihrer blitzsauberen dalusischen Tracht saßen an ihrem gewohnten Platz auf der Bank im Schatten der Olivenbäume. Nur der Brunnen war hinter dem üppigen Grün nicht zu sehen, als sie abstiegen, konnten sie aber das fast musikalische Plätschern seines Wassers hören.

Jetzt waren sie also zurück. Moichi machte sich Sorgen, wie Aufeya diese Rückkehr verarbeiten würde. Natürlich hatte er versprochen, sie hierher zurückzubringen, trotzdem hatte er schon seit Tagen versucht, nicht an diesen Augenblick und was danach kam zu denken. Tsuki, das wußte er, wollte ihre Tochter wieder zu Hause haben. Aber wie dachte Aufeya darüber?

Er nahm sie an der Hand und begleitete sie die gewundene Treppe zur Eingangstür hinauf. Noch bevor er klopfen konnte, wurde sie aufgerissen und Chimmoku stand auf der Schwelle. Sein Gesicht verzog sich zu einem Lächeln, und sein »Willkommen zu Hause, Aufeya« klang so liebevoll, daß Moichi sofort beruhigt war. Vielleicht war alles viel einfacher, als er befürchtet hatte. Manchmal neigte der Verstand dazu, sich das Schlimmste auszumalen.

»Kommt rein! Bitte, kommt alle rein!« sagte Chimmoku und trat zur Seite. »Wir haben um Eure sichere Rückkehr gebetet.«

Moichi begleitete Aufeya durch die Diele bis vor die Treppe. Er sah nach oben.

Dort stand Tsuki, regungslos, mit einer Hand vor der Brust. Sie sah stolz und prächtig aus wie immer, nur ihre Blicke wanderten vom einen zum anderen.

»Aufeya«, hauchte sie.

Ihre Tochter sagte nichts.

Tsukis Blick fiel auf Moichi. »Und Sardonyx?«

»Sie ist weg«, sagte er. »Besiegt.«

»Ich danke Euch beiden, daß Ihr mir meine Tochter zurückgebracht habt. Von ganzem Herzen.«

»Nichts zu danken.« Moichi verneigte sich übertrieben förmlich.

Dann breitete sie die Arme aus. »Ich will mich bei dir entschuldigen, Aufeya, für alles. Willkommen zu Hause, mein Liebling.«

»Geh zu ihr«, flüsterte Moichi Aufeya ins Ohr und gab ihr einen Klaps. Sie drehte sich um und zwang sich zu einem Lächeln.

»Warte auf mich«, flüsterte sie. »Ich bin gleich wieder da.« Dann stieg sie langsam die Stufen hoch. Ihre Hand glitt über das polierte Geländer.

Tsuki legte den Arm um ihre Tochter, dann verschwanden beide in der Diele.

»Seit Eurer Abreise war die Senhora vollkommen verstört. Sie fühlte sich schuldig, weil sie nicht selbst gegangen ist. Das Landesinnere ist ihr geradezu verhaßt, außerdem dachte sie, sie würde eher stören.« Geistesabwesend zupfte Chimmoku an seinem herabhängenden Schnäuzer. »Aufeya ähnelt in vielen Dingen dem Senhor, aber in diesem Punkt ist sie genau wie die Senhora.«

Moichi lachte. »Du vergißt dabei das eine Mal, als er sie die Küste hoch nach Puerto Chicama mitgenommen hat.«

Chimmoku sah ihn verständnislos an. »Ich verstehe nicht.«

»Als er den Ruuma verkaufen wollte.«

Chimmoku richtete sich auf, seine Stimme bekam einen deutlich schärferen Ton. »Senhor, Milhos Seguillas y Oriwara hatte genauso wenig mit diesem illegalen und äußerst giftigen Getränk zu tun wie ich. Zu etwas Derartigem hätte er sich nie herabgelassen, und schon gar nicht im Beisein seiner geliebten Tochter.«

Moichi spürte, wie sich ihm der Magen zusammenkrampfte. Ihm blieb kurz die Luft weg. Dennoch ließ er nicht locker. »Ich bin sicher, du irrst dich. Ich ...«

»Senhor, ich versichere Euch, Aufeya war nie mit ihrem Vater in Puerto Chicama ...«

Aber Moichi war bereits an ihm vorbei und sprang die Stufen hoch. Ein Gedanke ließ ihn erschauern ...

»Senhor, ich glaube nicht, daß Ihr jetzt stören ...«

»Chiisai!« rief Moichi über die Schulter, ohne auf Chimmokus Worte zu achten. »Nach draußen! Unter das Fenster der Senhora!«

Chiisai machte kehrt und rannte die Diele entlang, riß die Tür auf und verschwand.

Moichi hatte inzwischen den ersten Stock erreicht und lief den Flur entlang. Die Tür am Ende war geschlossen. Innen schien alles ruhig zu sein.

Er probierte den Türgriff, abgeschlossen, ging einen Schritt zurück und trat mit voller Wucht gegen das Schloß. Es gab ein wenig nach, hielt aber stand. Er trat noch einmal zu und legte diesmal sein ganzes Gewicht hinein. Das Schloß splitterte heraus und die Tür flog nach innen. Er stürzte hinein.

Drinnen war es dunkel, die Vorhänge waren zugezogen. Zuerst schien niemand im Zimmer zu sein, aber als sich seine Augen an das schwache Licht gewöhnt hatten, erkannte er eine Gestalt auf dem Bett. Er rannte zu ihr.

Tsuki lag ausgestreckt auf dem breiten Lager. Blut rann ihr aus dem Mundwinkel. Ihr Kleid war zerrissen, und sie umklammerte ein Kissen und drückte es sich an die Brust wie ein kleines Kind, das gerade aus einem Alptraum erwacht ist.

Das Heft eines Sägezahndolches ragte an einer Stelle unter dem Kissen hervor, wo ihr Herz sein mußte.

Aber noch mehr zogen ihn ihre Augen in ihren Bann. Er würde sie lange nicht vergessen können. In ihnen spiegelte sich fassungsloses Entsetzen.

Er beugte sich über das Bett, hob sie hoch und hielt ihren leblosen Körper in den Armen. Das Zimmer war leer, und als einziger anderer Ausgang blieb nur das Fenster. Er brauchte nicht einmal hinauszusehen, um sicher zu sein. Um die Mörderin mußte Chiisai sich kümmern.

Als erstes schloß er ihr vorsichtig die Augen, noch bevor er den Dolch aus ihrer Brust gezogen hatte. Er weinte. Das hatte sie nicht verdient. Das nicht. Ein schrecklicher Tod — von ihrer eigenen Tochter ermordet zu werden. Und das Schlimmste daran: es war alles eine einzige Lüge. Nicht Aufeya hatte Tsuki umgebracht. Gut, es war ihr Körper gewesen, aber ganz sicher hatte sich Sardonyx seiner bemächtigt. Wie oft, fragte sich Moichi, habe ich mit ihr geschlafen?

Am Ende war er doch gescheitert. Tsuki war die erste Liebe seines Freundes gewesen. Es war seine Pflicht, sie zu beschützen. Erst hatte er mitansehen müssen, wie Kossori umgebracht wurde, und jetzt hatte er Tsuki in den Tod gehen lassen. Tief im Innersten wußte er, daß er zu hart mit sich ins Gericht ging. Dennoch: *Ich war zu sorglos.*

Wie aus weiter Ferne hörte er Stimmen, die immer lauter wurden, darunter auch die Chiisais. Sie rief nach ihm.

Er achtete nicht auf sie. Versunken betrachtete er Tsukis jetzt vollkommen entspanntes Gesicht. Der Mond war endlich untergegangen.

An der Grabstätte standen Moichi und Aufeya weit voneinander entfernt. Chiisai nahm es mit einem Seufzer zur Kenntnis, richtete sich aber auf, als der Sarg, glatt wie

Glas, in das frisch ausgehobene Grab neben dem Stein für Milhos Seguillas y Oriwara hinabgelassen wurde. Don Hispete setzte zur Totenrede an. Sie achtete kaum auf seine Worte.

Es war nicht schwer gewesen, Aufeya zu überwältigen, als sie aus dem Fenster im ersten Stock in den Garten kletterte. Aber da war es bereits zu spät. Sie war wieder die wirkliche Aufeya, die es kaum fassen konnte, daß sie in Corruña war und jetzt vor dem Haus ihrer Eltern stand. Es dauerte eine ganze Weile, bevor man ihr erzählen konnte, was geschehen war. Sie hörte teilnahmslos zu. Ganz anders Moichi. Er verließ mittendrin das Zimmer. Jetzt wußte Aufeya auch, daß zwischen ihm und Senhora Seguillas y Oriwara etwas gewesen war. In der Folge hatten sie zwei Tage nicht miteinander gesprochen.

Don Hispete schlug das Zeichen des Kreuzes über dem herabgelassenen Sarg. Chiisai war froh, daß die Zeremonie endlich vorbei war. Bei all den aufgewühlten Gefühlen war die Spannung fast unerträglich geworden. Es kam ihr vor, als hätten sie alle fast einen halben Tag im Schatten des riesigen Olivenbaumes neben dem Grab gestanden. Außerdem war sie froh, daß Moichi ihr gesagt hatte, sie würden noch am selben Nachmittag, gleich nach den Feierlichkeiten, nach Sha'angh'sei in See stechen. Sie hatte genug von diesem deprimierenden Haus mit seinen düsteren Gemälden und der Ausstrahlung unbarmherziger Verdammnis, so schnell wie möglich wollte sie nach Sha'angh'sei. Moichis verdrießliches Gesicht veranlaßte sie, insgeheim zu lächeln. Seine Laune würde sich ändern, wenn er sah, was ihn in Sha'angh'sei erwartete.

Bis auf die drei waren alle gegangen, und jetzt machte auch Chiisai kehrt, ohne die beiden anzusehen. Hier hatte sie nichts mehr verloren. Sie hörte, wie ihr jemand nachkam, blieb stehen und drehte sich um. Es war Aufeya.

»Gehst du zurück ins Haus?«

»Nein, ich gehe zum Mercado. Ich möchte mich von Martyne verabschieden, bevor wir abfahren.«

»Wann reist du — ihr ab?«

»Heute nachmittag. Sehr bald.«

Aufeya schüttelte bestürzt den Kopf. »Das wußte ich nicht. Ich ...«

»Hättet ihr zwei euch nicht die ganze Zeit angeschwiegen ...« Auf einmal hatte Chiisai genug. Sie hatte in den vergangenen paar Tagen genug geredet. »Entschuldige.« Damit ließ sie das Mädchen stehen.

Moichi blieb als einziger zurück, während der Totengräber Erde ins Grab schaufelte. Es klang hohl, als sie auf den Sargdeckel fiel, aber das änderte sich bald, als die Grube sich füllte.

Dann war der Mann fertig, und Moichi war alleine. Es herrschte völlige Stille.

»Verzeih mir, Tsuki.« Noch während er das sagte, kam es ihm unpassend vor. Er schämte sich zu sehr. Hätte er einem anderen Volk angehört, er hätte sich an Ort und Stelle umgebracht, aber für einen Iskamen kam das nicht in Frage. Er mußte mit seiner Scham leben. Das war seine Buße. Innerlich lächelte er traurig, als er die Stimme seines Vaters und dessen Vaters hörte. Von Generation zu Generation. Niemand konnte der Geschichte der Iskamen entrinnen. Ebensogut hätte er aufhören können zu atmen, denn sie durchströmte jede Faser seines Körpers, ging durch Fleisch und Blut, durch Muskeln und Sehnen, durch seinen Verstand und sein Herz.

Dann sah er plötzlich eine Szene vor sich, kurz nach dem ersten Treffen mit Chiisai auf dem Kai in Sha'angh'sei. Seltsam, daß er gerade jetzt daran dachte. Die Wahrsagerin und ihre Prophezeiung. Was hatte sie gleich gesagt?

Die Sonne: Sie kündigt eine große Veränderung an.

Die Vergangenheit: *Sie wird dir dabei helfen.* Eine Leiche auf einer Bahre.

Wer dir begegnen wird. Sardonyx.

Wie sollte er sich das alles zusammenreimen?

Er spürte jemand hinter sich.

»Es gibt nichts …«, die Worte blieben ihr in der Kehle stecken, und sie mußte heftig schlucken. Aufeyas Mund war vor Angst wie ausgetrocknet. Noch nie war ihr etws derart schwergefallen. Teils sträubte sie sich gequält dagegen wie ein störrisches Kind, aber dann biß sie die Zähne zusammen. Tief im Innern wußte sie — dies war ihre einzige Chance, ohne sie wäre sie verdammt und für alle Zeiten an diesen Ort gekettet. »Es gibt nichts, was sie dir verzeihen müßte.«

Moichi starrte sie an und beobachtete, wie alles Wilde mit jedem Augenblick mehr aus ihrem Gesicht wich. Plötzlich verstand er sein Selbstmitleid bis auf den Grund.

»Ich glaube, ich weiß, was du meinst.«

Sie warf einen kurzen Blick auf das frische Grab, dann sah sie ihn wieder an.

Schweigend erwiderte er den Blick.

»Und was das andere betrifft …«, sagte sie leise.

»Welches andere?« Er wußte genau, was sie meinte, wollte aber, daß sie es aussprach.

»Mit dir und Mutter …«

»Es war völlig anders als du vermutest, Aufeya. So darfst du nicht von ihr denken.«

»Ich möchte nur nichts darüber hören«, sagte sie. »Das ist das einzige, um was ich dich bitte. Ich dachte nur …« Sie stockte, und Tränen traten ihr in die Augen. »Sie war immer so schön, so wunderschön.«

Er legte den Arm um sie, und sie gingen zusammen fort. Im Frühling würde Gras über die dunkelbraune Erde wachsen, die nicht einmal festgestampft worden war. Tsuki Seguillas y Oriwara war es ohnehin egal, nur vielleicht denen nicht, die sie besuchen wollten.

DIE STERNE WEISEN MIR DEN WEG

Sha'angh'sei, ewiges Sha'angh'sei, dachte Moichi, als sie in den Hafen einliefen und den unzähligen größeren Handelsseglern auswichen, immer im sicheren Abstand zu den schwankenden Landungsbrücken in der Nähe der Kaimauer. Wie wohl wird mir ums Herz, wenn ich deine Gestade wieder sehe. Dennoch will ich zurück nach Iskael. Nach Hause.

Chiisai stand neben ihm und war unerklärlicherweise nervös. Aufeya stand auf der anderen Seite.

»Ich möchte dich nach Sha'angh'sei begleiten«, hatte Aufeya gesagt.

»Und was wird aus der Familie? Dem Haus?«

»Im Grunde existiert die Familie gar nicht mehr. Nicht mehr. Ich bin jetzt allein. Die letzte der Seguillas y Oriwara. Jetzt, wo Mutter nicht mehr lebt, will auch Chimmoku nicht länger im Haus bleiben. Und auch ich gehöre nicht mehr dorthin.«

»Aber ich werde mich nicht lange in Sha'angh'sei aufhalten, Aufeya.«

Sie lächelte. »Soll das eine Warnung sein?«

»Ich möchte nur, daß du es weißt.« Er sah sie ernst an. »Was hast du danach vor?«

»Eines nach dem anderen, Moichi. Einverstanden?«

Gleich nach dem Anlegen schickte er einen Kubaruläufer los, der Aerent benachrichtigen sollte. Chiisai begleitete ihn.

Es war kurz vor der Abenddämmerung. Die Häusergevierte der riesigen, ausufernden Stadt verschwanden im Dunst. Der Himmel hatte die Farbe von dunklem Amethyst, vereinzelt flackerten bereits die ersten Lichter entlang der Straßen auf. Die großzügigen Anwesen der reichen Händler in der ummauerten Stadt hoch oben auf den

Hügeln lagen bereits teilweise im Nebel, als gehörten sie nicht mehr zu dieser Welt.

Sie drängten sich durch das Getümmel auf der Uferstraße, bis Moichi eine vorbeifahrende Riksha anhielt. Der Strudel von Sha'angh'sei hatte sie im Nu geschluckt.

Sie hatten den gesamten Balkon eines Restaurants hoch oben in der Stadt für sich allein; von hier aus genoß man einen herrlichen Blick über den Hafen. Tief unter ihnen spülten die braunen Gewässer gegen die uralten Pfähle, auf den schwankenden Landungsbrücken sah man Lichterketten. Die Kubaru waren schon dabei, das Abendessen abzuräumen.

Aerent seufzte bedächtig und lehnte sich in seinem Sessel zurück. Er schlug Moichi auf die Schulter. »Schön, dich wieder hier zu haben, mein Freund. Ich habe dich schmerzlich vermißt.«

»Das glaube ich nicht«, sagte Moichi und wischte sich über den Mund.

»Bei Gott, es stimmt, Moichi«, sagte Llowan von der anderen Seite der Tafel inmitten eines Durcheinanders aus Platten, Tellern und leeren Karaffen. »Die Geschäfte gehen schlecht ohne dich.«

Moichi lachte. »Jetzt seid ihr beide verrückt geworden.«

»Und was hast du jetzt vor, Chiisai?« fragte Aerent. »Kehrst du nach Ama-no-mori zurück?«

Ihre Augen fingen an zu strahlen. »Nein, Regent. Ich habe noch nicht genug vom Kontinent der Menschen gesehen. Außerdem kenne ich Sha'angh'sei noch gar nicht richtig.«

»Sehr gut, ausgezeichnet!« rief Llowan und hob seinen Becher. »Schön gesagt! Ich trinke auf deinen Entschluß« — dabei lachte er von ganzem Herzen — »und deinen Mut. Wenn du willst, kannst du in Moichis altem Quartier wohnen.«

»Augenblick mal«, sagte Moichi. »Ich habe zwar gesagt, daß ich nach Alara'at will, aber du weißt ganz genau, daß das nicht so einfach geht. Es gibt immer noch kein passendes Schiff.«

»Ach«, sagte Aerent mit einem Lächeln, »wenn es nur darum geht, werden wir dich schon loswerden.«

»Aber nur, wenn es ein vernünftiges Schiff ist«, entgegnete Moichi. »Iskael liegt weit im Süden. Ich habe nicht vor, den ganzen Weg zu rudern.«

»Wenn alle fertig sind«, sagte Chiisai und erhob sich, »warum gehen wir dann nicht etwas spazieren? Ich hatte noch keine Gelegenheit, mir Sha'angh'sei bei Nacht anzusehen. Dafür hat Moichi mich viel zu früh weggelockt.«

Und so kam Chiisai endlich dazu, Moichi das zweite Geschenk des Dai-San zu übergeben. Am Hafen lag es vor ihnen, schon seit dem Morgen ihrer Ankunft.

»Die *Tsubasa*«, sagte sie strahlend. »Sie gehört dir.«

»Mir?« Er konnte es kaum fassen.

»Ja. Damit du nach Hause segeln kannst.«

»Nach Hause, nach Iskael«, sagte er atemlos. »Und du, Aufeya?«

Sie stand dicht neben ihm. »Ich möchte mit dir nach Iskael ...«

»Was? Ich glaube, das hast du dir nicht gründlich genug überlegt. So etwas kann man nicht einfach ...«

»Im Gegenteil«, fiel sie ihm ins Wort. »Ich denke schon seit geraumer Zeit an kaum etwas anderes.«

»Aber Aufeya ...«

Dann sah er ihren Augen an, wie verletzt sie war und daß er einen Fehler gemacht hatte.

»Also gut!« explodierte sie. »Du hast recht! Die Idee war kindisch. Wie konnte ich mir nur einbilden, du würdest dich darüber freuen!« Er wollte sie in den Arm nehmen, aber sie entzog sich ihm. Jetzt wollte sie nur noch eines: Ihn ebenso tief verletzen, wie er sie. »Sag es doch. Sag es vor all deinen Freunden! Ich bin sicher, sie werden dich verstehen. Du willst mich nicht. Und hast mich nie gewollt. Du wolltest meine Mutter. Du bist wie all die anderen, die in unser Haus kamen. Sie kamen und sahen sie — immer nur meine Mutter! Warum hat nie jemand mich beachtet?« Damit ließ sie die Gruppe stehen und rannte auf den ›Kai der drei Fässer‹ hinaus.

Das Schweigen hinter ihr legte sich wie eine undurchdringliche Decke über die anderen und erstickte jedes Geräusch. Moichi sah Chiisai kurz an, er fühlte sich hilflos und alleine. Aber sie betrachtete angestrengt die Maserungen im Holz der Kaiplanken.

Er räusperte sich und ging Aufeya nach.

Die Welt bestand jetzt nur noch aus schwarzen Masten und dahinter der endlosen Weite des Meeres.

Schließlich holte er sie ein und stellte sich neben sie, ohne sie zu berühren. Er wußte genau, daß sie das jetzt nicht aushalten würde. Der Wind blies vom Meer und wehte ihr die Haare aus dem Gesicht. Nie sah sie schöner aus als in diesem Augenblick, wo das Mondlicht ihre Haut mit einem Silberschleier überzog, und nie war sie ihrer Mutter ähnlicher.

»Es tut mir leid«, sagte er leise. »Ich war einfach so überrascht und ...«

»Eben. Außerdem werde ich für dich nie etwas anderes sein als die Tochter meiner Mutter«, entgegnete sie beißend. »Warum läßt du mich nicht einfach in Ruhe?«

»Ich möchte, daß du mit mir kommst.«

Sie sagte kein Wort. Rechts von ihnen, hinter der *Tsubasa*, auf dem ›Kai der Vier Winde‹, setzte ein Kubarugesang ein und hallte bittersüß durch die Nacht. Er konnte keinen der Sänger sehen, aber ihre Stimmen erhoben sich klar und hell zu einer unvergänglichen Hymne.

»Deine Mutter hat dich sehr geliebt, Aufeya. Mehr als irgend etwas sonst in der Welt.«

»Den Spruch kenne ich schon von ihr«, zischte sie. »Nach einer Weile bedeuten Worte nicht mehr das geringste.«

»Ohne dich war das Leben für sie sinnlos.«

»Erwartest du etwa, daß ich dir das glaube?«

»Hör zu, Aufeya — sie wollte mit Hellsturm gehen, sich ihm ausliefern, nur um dich in Sicherheit zu bringen.« Eigentlich hatte er ihr das nicht erzählen wollen, aber ihm blieb jetzt keine Wahl.

Er sah ihrem Gesicht an, wie schockiert sie war. »Dihos, nein!« rief sie. »Das kann sie nicht gewollt haben!«

»Du irrst dich. Es war alles bereits arrangiert. Und so wäre es auch gekommen, wenn Sardonyx und Hellsturm sich nicht begegnet wären.« Er hielt ihr die Hand hin. »Aufeya, deine Mutter hat niemanden mehr gehaßt als Hellsturm.«

»Ja. Wenigstens das habe ich auf Mistral erfahren.«

»Und sie hat dich von ganzem Herzen geliebt.« Noch während er die Worte aussprach, merkte sie, daß dasselbe auch auf ihn und seinen Vater zutraf.

Sie hielten sich in den Armen, als wäre es das erste Mal. Gleich neben ihnen traf die Mannschaft der *Tsubasa* die letzten Vorbereitungen.

Der Morgen dämmerte.

Llowan hatte ihnen schon Lebewohl gesagt und stand bereits wieder auf dem Kai. Aerent hakte sich bei Moichi ein. »Bitte vergiß nie, Moichi, daß in Sha'angh'sei immer ein Zuhause auf dich wartet.« Dann drehte er sich um und stieg in seiner etwas steifen, seltsamen Art die Planke herab.

Moichi wandte sich Chiisai zu.

»Dies ist nicht das Ende, das habe ich damals bereits dem Dai-San gesagt.«

»So ist es«, sagte sie. »Aerent und ich werden dich sicher eines Tages wiedersehen.«

Sie umarmten sich.

»Ich wünsche dir viel Glück, Moichi.«

»Ich dir auch. Bei allem, was du tust.«

Chiisai gab Aufeya noch einen Kuß, dann verließ auch sie die *Tsubasa*.

Die Planke wurde an Bord gehievt, und Moichi gab das

Zeichen zum Ablegen. Ein Gewimmel von Matrosen, wo vorschiffs und achtern die Leinen eingeholt wurden, dann lichtete man den Anker.

»Abgelegt, Navigator!« kam der Ruf des Maats vom Mittelschiff.

»Aye!« rief er zurück, dann stieg er die Treppe hoch auf das erhöhte Achterdeck. »Setzt alle Segel, sobald wir den Hafen verlassen haben.«

»In Ordnung, Navigator!«

Er warf einen Blick zurück auf das Trio, das immer noch am Kai stand. Welche Abenteuer mochten sie vor sich haben? Er drehte sich um, gab mit lauter Stimme ein paar knappe Anweisungen, und die Männer kletterten über die Wanten in die Takelage.

Die nächsten Minuten nahm ihn das Manövrieren der *Tsubasa* durch das unübersichtliche Hafenbecken von Sha'angh'sei voll in Anspruch. Aufeya ging unter Deck, um andere Kleidung anzulegen.

Kurz darauf hatten sie die anderen Schiffe hinter sich gelassen, und Moichi hörte das scharfe Kommando des ersten Maats. Mit einem harten Knall wurden die Segel entrollt. Ein guter Mann, dachte Moichi. Dann gab er dem Steuermann den Kurs an: »Süd-Südost!«

»Aye, Sir!«

Das Schiff wühlte sich in die See, die Gischt am Bug spritzte hoch auf, das Kielwasser schäumte weiß.

Vor ihnen stieg die Sonne in den Himmel und verwandelte das tiefe Blau in gleißendes Weiß. Nicht ein einziges Wölkchen am Himmel, soweit das Auge reichte, nur ganz im Westen, kaum erkennbar hinter den höchsten Dächern des schnell kleiner werdenden Sha'angh'seis, stand dicht über dem Horizont ein blasser, voller Mond.

Er verließ den Steuermann und lehnte sich an die Steuerbordreling. Wieder ein Schiff unter den Füßen zu haben, der Geruch und die Dünung des Meeres, und die Gewißheit, beides zu beherrschen, vermittelten ihm ein unbeschreibliches Gefühl.

»Ist es nicht seltsam, daß man den Mond zu dieser Tageszeit sehen kann?« Die Frauenstimme kam von hinten, voll, melodisch, und mit einem beinahe spöttischen Unterton.

Er drehte sich schnell um. Vor ihm stand Aufeya. Sie trug ihre hohen, polierten Seestiefel, die weite Bluse und die Beinkleider eines Matrosen. Langsam kam sie über das hohe Achterdeck auf ihn zu, hatte die Sonne in den Augen und lächelte ihn an.